U0906351

西方文论中的中国

吴娱玉 著

上海人民出版社

FORWORD

序 一

本书是近年来中国人文学术界热议的西方理论与中国的关系大话题的一部分。“西方理论”广义上指的是近40年改革开放以来大量进入中国的西方思想观念，狭义是指西方的20世纪以来的文艺理论。西方进入中国的政治、经济、社会思想观念五花八门，立场与价值取向多元。但就文化领域而言，西方理论在中国产生最多影响的，是具有左翼倾向的批判理论（Critical Theory）和各种“后学”，即后结构主义、后殖民主义、后现代主义等等。

西方理论在中国的影响巨大，其接受、变异、转换的过程，牵涉到中国的走向或命运。来自西方的马克思主义，自1949年以来始终是中国国家主流意识形态。此外几乎所有现代化的理论，都是来自西方。回顾中国30多年来的人文社科发展轨迹，似可发现“译介开路、借用西方”，“以西人之话语，议中国之问题”这个特征。这跟中国改革开放的道路完全吻合，并且高度一致。中国的现代化、改革开放，就是借鉴西方理论和西方经验，来推动中国前进的。当然，中国马克思主义的理论与实践、更早的戊戌变法、五四运动，无不循着这一“西方话语—中国问题”的轨迹而行。所谓中国“强大的近现代本土传统”，其思维与话语范式实际上也都来源于西方。

20世纪80年代，中国社会思想风云激荡。这一阶段的最大特征，就是通过大量译介西方学术思想和文化理论，把中国现代化过程中几乎所有问题都重新提出来争论，通过西方的新理论、新观点来重新认识中国，重构中国的人文社会研究的话语体系。当代中国知识界的重要话题如现代性、传统与现代、伦理与法制、市民社会与公共领域、个人自由与人权、市场竞争与社会公平等，均由当年风华正茂的青年学者通过夹译夹叙又夹议的文风，在中国大地推进，成为对中国改革与发展现状最有针对性、最富问题意识的论点。可以说，没有这批学者的思想创新和学术创新，中国当代学术的基础也就无从谈起。

到了90年代，一度叱咤风云的中国人文社科知识分子，迅速从社会舞台的中心消遁。在这一阶段，“后学”打头的西方理论纷纷登场，迅速取代了80年代的以西方启蒙时代古典主义思想为基础的现代性文化反思。中国一方面跟西方“后学”接轨，似乎中国也跨越了“前现代”、“现代”历史阶段，直接进入了“后现代”。另一方面，学科建设的需求、学术论文生产线的出现、项目驱动型而非问题导向型的研究方向，成为今天中国的学术现状，更是西方理论进入中国近20多年来的大背景、大环境。中国从2001年加入WTO以来，顺应全球经济一体化潮流，经济持续高速发展，GDP成为世界第二，中国全球崛起势不可挡。随之而来的民族主义意识也日益高涨。最近几年来，中国特殊论或例外论（在学术界往往以“中国主体性”、“中国问题意识”等呈现）的论述增多，往往以来自西方的“普世主义”论述为批驳对象。这些西方论述当然包括了种种后学理论。

吴娱玉作为学术新秀，近年来在中国文论界崭露头角。在重要中英文学术期刊发表了许多篇论文，主题就是西方理论与中国关系，本书更直指西方理论中的中国问题。本书是她近年论文的集录，但有一个鲜明连贯的主题，脉络清晰，思路明确，对西方理论的诸多方面都论述精辟，条分缕析，许多洞见。由于是论文的合辑，保持了十分鲜活的问题意识和思辨锋芒，比起长篇大论的专著来，更贴近当下知识与思想的走向。本书的主题是后殖民理论。吴娱玉在绪论中认为，“在20世纪西方文论的诸多流派中，后殖民主义、马克思主义、后现代理论等与中国的关系紧密。中国，是后殖民理论家萨义德‘东方主义’涉及的远东，是斯皮瓦克‘属下’理论所关注的底层，是左派理论家詹姆逊、德里克‘第三世界’涵盖下的亚非拉，也是朱利安所谓的欧洲文化之外的‘他者’”，“所以，中国学界在对后殖民理论接受时，最容易产生共鸣，亲近感也最为强烈。”本书要追究的问题是：“中国作为对象和方法究竟在西方理论中扮演了何种角色、发挥了何种作用？中国文化又是如何在西方理论中存活、变异、生长、运作的，它经历了怎样的理论旅行和接受过程？”

吴娱玉将西方理论中的“中国成像”划分为“对象”和“方法”两大类，并进一步细化为“注脚、参照、理论”这三种模式。所谓“中国成像”的意思，大概是指欧美理论家笔下的中国再现（representation of China），盖因

“再现”乃后殖民理论的关键问题和概念。“注脚”的提法很生动（还有“括弧”）。在美国后殖民理论宗师萨义德、大咖霍米·巴巴、斯皮瓦克笔下，“中国”都是或隐或现、可有可无的注释而已。巴勒斯坦人萨义德和印度人巴巴、斯皮瓦克，对中国不了解，也无甚兴趣，在其理论建构中，中国自然是无足轻重的。德里克治中国现代史出身，詹姆逊是西方马克思主义的美国传人，对中国充满热情，两人都在杜克大学任教多年（吴书也提到了也在杜克任教的我本人）。所以，他们的左翼理论中的中国再现变为中国参照，甚而“中国理论”与“方法”。这些都是书中熠熠闪光的洞见。当然，提升到理论和方法的高度，不可避免地要回溯到法国结构马克思主义理论家阿尔都塞对毛泽东的理论重构，以及阿氏对詹姆逊的决定性影响。这些在本书中都有精彩的分析，这里不赘述，请读者细细揣摩。

中国与美国的理论错位，本来就是西方理论与中国关系的核心问题。文中谈到了后殖民理论，这也是我最为熟悉的部分，我们都知道，产地美国的后殖民理论，基本没有把中国当成对象。只是中国学界在热情接受该理论时，不无一厢情愿地自己把自己当成了西方后殖民理论的对象（镜像？成像？）。我们循“以西人之话语，议中国之问题”的思想轨迹而行，则不难理解西方理论在中国的命运。这个来自西方的时尚理论，跟后结构主义、后现代主义等另两个“后学”同胞兄弟姐妹，多半是以西方内部的问题为对象和方法，中国既不是研究对象，更不会成为理论和方法的核心。后殖民理论的对象看似是西方之外的第三世界。但“殖民”才是最根本的坐标系，非西方国家经过了西方殖民，自然而然就跟西方产生了密切关联，成为西方内部的问题。而中国这个“半殖民半封建”国家，始终都没有成为西方内部的问题和对象。直到 1960 年代，从阿尔都塞开始，中国“文化革命”的理论受到世界上左翼文化的关注，大大影响了詹姆逊。但这却是另外一个话题了。

在后殖民理论刚刚进入中国时，我写文章指出，“后殖民主义理论家所最关心的，并非第三世界国家和民族的文化受西方控制与反控制问题，而是在西方国家内部的文化问题，”也即“西方文化内部的自我与他者的关系问题”。[1]我的文章花了一半的篇幅来讨论后殖民理论与中国的关系。我主要的观点是：第一，后殖民批评在西方的中国

[1] 刘康、金衡山：《后殖民主义批评：从西方到中国》，《文学评论》1998 年第 1 期，第 149—159 页。

研究中正在制造一种新的话语。这里面最重要的趋向，就是把中国现代的反帝、反封建的社会革命，局限于西方的“民族 / 国族”和“想象的社区”(imagined community)之中，认为中国革命的话语结构基本上陷于西方话语的圈套，没有任何突破，也并没有找到真正的本土的经验。马克思主义作为来自西方的一种思想理论，自然也被后殖民主义批评解释成为西方对非西方的知识暴力。第二，“后殖民主义又指出了另一个危险，那就是发展中国家为了避免前一种困境，而拒绝接受西方先进国家的可取之处，将本土经验本质化。后殖民主义理论本身就有助长这种本土文化的本质化的倾向，把本土和民族文化抬高到绝对本体和本质的层面。后殖民主义的这些倾向，有助于提醒我们注意这两种不同的危险。比如把对先进国家的学习，简单理解成受殖民话语的压迫，就可能导向盲目的关门主义。”[1]

20年过去了，我提出的这些问题依然存在。对于第二个方面的问题，中国学界有许多讨论和反思。吴娱玉在绪论中提出，“又如中国后殖民理论奉为经典的‘民族寓言’，是詹姆逊以第三世界反思西方世界的理论武器，当

[1] 刘康、金衡山：《后殖民主义批评：从西方到中国》，《文学评论》1998年第1期，第156—159页。

它进入中国语境时，原有的问题意识被更改，中国学者不加反思就拿来作为增强民族自信的灵丹妙药，变成民族主义和文化保守主义的理论武器，殊不知詹姆逊的理论洞见竟然可能变成中国学者的理论盲点。”在当前文化例外论与“普世论”之争的大氛围内，后殖民理论成为本土经验本质化的支撑，值得警惕。吴娱玉敏锐地看到了各色例外论的本质主义盲点，把握住了当下一个理论前沿的问题：诉诸民族主义、民粹主义的形形色色的文化例外论，是本质主义的回光返照，还是文化相对论、多元文化论的变异？

至于我曾提到的“后殖民批评在西方的中国研究中正在制造一种新的话语”，这个话题在20年前，也仅仅刚出现些苗头，所以我当时语焉不详。但现在已然在美国的中国现代文学研究领域里成了气候，并对中国本土的研究（学科划分叫“中国现当代文学”）产生了不可避免的影响。或许由于前面提到的学科建设与分野、论文生产线、项目导向的原因，后殖民理论的研究在中国被划归为“文艺学”的学科领域。现当代与文艺学虽然同属中文系（当然外文系也有研究文艺理论的学者，但在外文系里并无建制的归属），但相互之间的关联并不密切。就以吴娱玉为例，她原来研究的主题是中国现当代文学，写的博士论文题目是《毛泽东延安讲话以来的“红色文学”》(一部非常扎实的文学史考证和文本细读的论文)。而毕业后她主要做的研究，都成了文艺学圈里的理论问题了，本书就是最好的例证。但跟她一直十分熟悉的现当代文学，好像又关联不大了。

把话题还是转回到西方理论与中国现当代文学的关系。在美国汉学圈里，近十余年来的“华语语系文学”（Sinophone Literature）成为比较热门的话题。Sinophone Literature 本来是美国英语学术界的说法，后来则有了“华语语系文学”的中文概念，开始在中国现当代文学圈里流传。中国学者朱寿桐、徐志啸、李林荣等，从不同角度对这个新潮话题作出回应。徐志啸提出，“哈佛大学的王德威教授提出了一个‘华语语系文学’的口号，试图整体笼罩上述概念，从而解决概念混乱、困惑及矛盾。……但实际上，问题依然明显地存在着。表面上看，‘华语语系文学’能涵盖海外华文文学、世界华人文学（包含台港澳文学），但仔细推敲，这里面有一个很严重的缺陷——所谓‘华语语系文学’，实际特指中国本土之外的华人创作的华语文学与文化，以及中国本土之内的少数民族文学与文化。它的提出，显然是受了域外的英语语系文学、法语语系文学、西班牙语语系文学等语系文学的影响。这些语系文学的形成和命名，实际并不包含语系文学的宗主国本身，即语系文学不同于国家文学，它属于由其本国语言的衍生体系派生的产物。”徐文非常尖锐地指出，“这种提法（或谓这个口号的含义）本身，是将西方带有殖民性质的话语模式挪用到东方话语语境之中，是西方学术话语内滋生的东西，不应该套搬挪用于东方中国。……所谓的‘华语语系文学’，不仅无法解决‘中国现当代文学’概念的矛盾，还造成了显而易见的对立，它客观上完全排除了中国本土的汉语文学。”[1] 李林荣将美国华裔学者史书美和王德威的“华语语系文学”论点做了认真的梳理，他的结论跟徐志啸几乎一样：“这两条路（史书美和王德威）的基本取向相似，都是要背离尊奉本土华语为唯一正统的文学价值体系。”[2]

总之，美国汉学圈现在这股“华语语系文学”潮流，跟后殖民话语如出一辙，完全挪用后殖民理论和方法，来

[1] 徐志啸：《“汉学新文学”的是与非》，《南国学术》2017 年第 7 卷第 1 期，第 140—146 页。

[2] 李林荣：《透视“华语语系文学”——在被“祛中心”“反宰制”中启动理论自新》，《文艺报》2017 年 7 月 12 日第二版。

“抵抗所谓‘中国中心主义’和更大范围的‘帝国间性的语言文化连锁建构’为试验场，以推行反离散、反宰制的价值观和认识论为目标，以内外并举、全面开花、多边对抗的历史批判和理论挑战为手段”[1]。台湾文学、香港文学、东南亚华文文学以及“中华大流散”（Chinese Diaspora，后殖民理论的关键词之一，在中国大陆语境里称之为“海外华侨”）等等，跟美国人文学术界的后殖民批评思潮正在合流。我二十年前就提出，后殖民批评方法对中国现当代的革命话语、中国马克思主义理论的否定和遮蔽，可能越来越成为美国汉学小圈子里的话语霸权。现在看来，显然如此。虽然汉学这个小圈子在美国很小很小，但放大到中国，就会很大很大。中国越来越受到世界瞩目之际，种种关于中国的论述。包括“华语语系文学”，也就更值得关注。

吴娱玉的这部著作是对西方理论与中国关系的认真反思，主要关注的是西方理论自身的问题及其在中国的文艺学领域的影响。我在这里提到的后殖民理论在美国形成汉学的小气候，并影响到中国的现当代文学研究这个动向，

[1] 李林荣:《透视“华语语系文学”——在被“祛中心”“反宰制”中启动理论自新》,《文艺报》2017年7月12日第二版。

在本书中并未涉及。我借写序的机会，把这些问题提出来，希望受到中国学界同仁的关注，尤其希望文艺学和现当代文学两个圈子的同仁能够合作，共同关注这一系列的问题。文艺学注重理论思辨，现当代文学强调文本批评，两者本来相辅相成，不可或缺。没有任何理由将他们划分两个圈子，理论与批评的相互映照和借鉴，本是文学研究的基础。相信本书会给读者很好的启发。

刘康

2018 年 8 月 22 日于美国杜克大学

FORWORD

序　二

大约在2015年年初的某一天，远在美国的刘康老师给我打了一个电话，说他在上海交通大学指导的博士生吴娱玉非常优秀，希望能够有机会到上海大学来继续学习或工作。从提交的简历成果来看，吴娱玉对张爱玲、贾樟柯等具有鲜明风格的作家和导演有着极为敏锐而细腻的艺术感受，常常能够在极平常、不经意之处发现解剖文本内在意蕴的张力。所以，吴娱玉给我的第一印象是一个非常有才华的文学批评者。后来我又参加了她的博士论文答辩，看到的却是直面毛泽东时代英雄形象的分析。不同于现当代文学研究中已经形成的更加侧重思想史和文化政治的分析路径，吴娱玉对毛泽东文艺中的英雄形象塑造的分析始终立足于文艺作品本身，始终试图通过文本细读和艺术分析来穿越思想和历史的迷雾。她还借鉴马克思“人体解剖对于猴体解剖是一把钥匙”的思路，“发明”了一种“从后思考”的倒序研究方法，形成了有异于一般现当代文学史研究的路径，给人以耳目一新之感。也正是在这一过程中，我看到了吴娱玉作为敢于直面重大理论命题的学术思想者的一面。

在顺利申请进站，获得博士后身份之后，我们开始一起讨论未来的研究方向。正好当年，我的国家社科基金重点项目“欧美左翼文论中的中国问题”成功获批。我觉得其中的后殖民主义文论的中国问题，既能够接续她对当代中国电影文化的关注（后来我才知道，吴娱玉最早其实是准备包括电影学方向的博士的），又能延续她对以毛泽东文艺为代表的左翼文化理论思潮的研究。因为在后殖民主义理论引进中国的过程中，中国学者曾围绕张艺谋现象产生了非常激烈的后殖民主义之争。而美国后殖民主义的代表人物之一的德里克，又是研究中国现当代历史文化的专家，更是对中国左翼思想产生了较大的影响。因此，在众多西方左翼思潮中，后殖民主义应该是一个最贴近她的知识积累、思想背景以及艺术趣味的切入点了。经过数次讨论，吴娱玉也觉得自己的研究思路偏批评，贸然直接面对西方文论还不足以切入其思想肌理；而一旦与中国问题结合起来，立足作为一个中国学者的理论立场来回应西方后殖民主义理论家们的中国研究，便很容易找到进入问题的切入口。

研究领域一旦确立，后面的进展就相当顺利了。她选择的第一个研究对象就是詹姆逊。选择詹姆逊的理由也是很充分：作为一位在中国学术界耳熟能详的西方马克思主义的著名学者，詹姆逊的“第三世界民族寓言”理论以及对鲁迅的《阿Q正传》的精彩分析是被划归后殖民主义理论的重要原因。作为杜克大学的教授，詹姆逊也是刘康老师的同事，这是“杜克学人”的特有亲近感。更何况，他有许多中国学生，如唐小兵、张旭东；许多去杜克大学访学的中国学者都会找他聊聊天，做个访谈（我也是其中之一）；他的《后现代主义与文化理论》成为中国学者了解西方后现代主义文化理论的必读书目；新世纪之初，中国学者对他的“单一的现代性”的激烈批判等等，都是非常好的展开话题。但是选择詹姆逊作为第一站，又是充满陷阱，随时可能迷途的。他与其他“正宗”后殖民主义理论家很不一样：他不是出生在亚非拉成长在第一世界的少数族裔学者，因此他就不太可能具有其他后殖民主义学者在文化认同、文化批判以及政治立场等各方面的“独异性”。正是在这一点上，他的“第三世界民族寓言”有可能正好是后殖民主义要批判的“对东方的想象”。吴娱玉在开展对詹姆逊的研究时，也是部分意识到了这一理论难题的。她没有简单地在后殖民主义框架下展开对詹姆逊的研究，而是非常智慧地选择了一系列理论的参照系来从不同维度观察詹姆逊，如她选择竹内好的“超克”理论与之对照，将汪晖、刘康等的“中国视角”引入与詹姆逊的对话；她还聚焦詹姆逊对毛泽东的理论借鉴与误读，展开詹姆逊对台湾新电影的“异国情调式”的分析，等等。通过詹姆逊这一个案的研究，我们会发现，吴娱玉可谓使出了全身的解数，调动起了所能够调动的各方面的资源和视角，以一种既有开放宏阔的理论视角，又有着文本细读的批评眼光的方法来展开她的研究，初步表现出吴娱玉不拘于常见、发前人所未发的学术勇气。

因为博士后期间主攻方向是后殖民主义中的中国问题研究，所以本书中呈现的诸多理论家有许多都是具有后殖民主义理论倾向，或者被指认为后殖民主义者的。如对萨义德的讨论、对德里克的分析、对霍米·巴巴的研究等。但是如果本书仅仅局限在“后殖民主义”范围，其学术的视野还是不够的。经过两年多的研究，她的学术能力获得了极大的提升，逐步形成了属于自己的研究思路。那就是始终带着“中国问题”的意识来展开对西方理论的研究。尤其是在她顺利出站，入职华东师范大学之后，获得了更多与国内学术前辈和同行交流切磋的机会，娱玉的思考也更加自觉。

将本书的题目锁定为“西方文论中的中国”便是她再一次学术升华之后的理论自觉。这里的“理论”既可泛指一般意义的各种被称之为“理论”的东西，也可以特指20世纪60年代之后以“结构主义”为代表的各种文化理论所具有的寻求“包罗万象、放之四海”的“理论雄心”。尤其是后一种“理论”正是吴娱玉本书要研究的重要对象。因此，如果要严格限定这一“理论”，那就最好不用小写的复数的“theories”，而是大写的单数的“Theory”。由此也可以进一步提出一系列问题：在西方“理论”视域中，中国居于何种位置，它又是如何被阐释的；在这一过程中，中国的理论家是如何回应的，中国的文艺实践又是如何自我呈现的；进而，中国在理论和文艺中的自我表达又对西方的“理论”提出了哪些挑战？也正是基于这一思路，吴娱玉将全书分为四个不同的理论“声部”：（1）“西方‘理论’对中国的阐释和征用”，通过对“中国古典美学之于朱利安的启示”、“詹姆逊‘民族寓言’说之再检讨”、“詹姆逊对台北地图的重绘”来展开；（2）“围绕中国左翼问题的中西对话和交锋”，如在德里克、汪晖和刘康之间展开对“反现代的现代性”的讨论；通过分析德里克对毛泽东《矛盾论》的解读，来思考“西方左翼话语怎样阐释中国马克思主义？”这一问题；她还以詹姆逊对毛泽东的思想的美学挪用为例，分析毛泽东的思想是如何从政治实践话语到文化阐释策略转化的；（3）“中国问题对西方‘理论’提出的挑战”，分析了后殖民主义视域中作为注脚、参照和理论的“中国”，探讨了中国问题对“东方主义”的挑战及其理论潜能，分析了“后殖民理论的能量从何而来？”“后殖民理论中的‘中国’如何被表达？”这些关键性问题。而在（4）“西方理论影响下的对中国文学的解读和艺术建构”这一部分中，她选取了贾樟柯、张爱玲这几位在中国电影史和文学史上具有重要影响的导演和作家的作品进行分析，从文学文本和电影影像中发掘西方理论在其中的投射。

从吴娱玉的著作中，我们初步看到了一位有着细腻的艺术感觉和敏锐的理论眼光的青年学者的成长。“中国”立场，成为吴娱玉非常重要的学术态度；“对话”意识，成为她展开研究过程中的理论自觉；“现实”关怀，成为她勤奋研究的学术动力。

曾军

目　录

绪论

绪 论

注脚·参照·理论
——西方理论视域中的“中国”

20世纪80年代以来，西方理论的大规模涌入给当代中国文论带来了新思想、新理论、新方法和新话语。与此同时也对中国学者提出了巨大挑战：如何阐释西方文论和中国文化的影响关系，进而如何获得当代中国文论的主体性？其中有两个层次：一是西方文论影响中国；二是中国文化进入西方。第一个层面研究者甚多，成果斐然，而第二个层面尚有许多可待发掘之处，原因是中国文化对西方的影响并非像西方文论对中国的影响那么明显而直接，且这种影响呈现碎片、零散、非系统的特征，所以一直以来未被学界重视。然而中国文化对西方文论的影响源远流长，它们有的成为西方文论的结构性要素，有的成为其问题意识，有的成为其思想资源，有的成为异质的参照物，且西方理论家在运用材料时，因资料来源的局限、对中国问题的隔膜，使得他们对中国理论的借鉴、对中国问题的发言存在诸多误读，亟待中国学者对之进行清理和辨析。本书聚焦于“西方理论视域下的‘中国’”：在20世纪西方文论的诸多流派中，后殖民主义、马克思主义、后现代理论等与中国的关系紧密。中国，是后殖民理论家萨义德“东方主义”涉及的远东，是斯皮瓦克“属下”理论所关注的底层，是左派理论家詹姆逊、德里克“第三世界”涵盖下的亚非拉，也是朱利安所谓的欧洲文化之外的“他者”，正因为如此，詹姆逊、朱利安、萨义德、霍米·巴巴、斯皮瓦克、德里克等众多西方理论家都对中国格外关注，直接或间接地讨论过中国文学艺术和思想文化问题。所以，中国学界在接受西方理论时，最容易产生共鸣，亲近感也最为强烈。那么，中国作为对象和方法究竟在西方理论中扮演了何种角色、发挥了何种作用？中国文化又是如何在西方理论中存活、变异、生长、运作的，它经历了怎样的理论旅行和接受过程？

一、西方理论中的“中国”如何成像

中国古典思想是与西方文化完全不同且自成一统的“他者”；中国左翼革命是西方马克思主义的一个延伸、支流；作为东方，中国处于与西方截然相对的文化位置；可以说，中国的古典文化、中国的革命实践、中国的文化位置都具有独异性、特殊性和对照性，所以，西方理论家热衷于探讨中国问题，有的点到为止，有的长篇大论，有的是即兴发言，有的是深思熟虑，他们的观点、立场、侧重、结论各不相同，以至于中国在西方理论中的成像也全然不同。这就需要我们还原西方理论家的问题意识和言说语境，思考他们的理论架构和言说方法，需要指出的是，西方理论内部并非整齐划一，而是千差万别、各不相同，所以中国在西方理论中的成像表现出零散、破碎、非系统的特点，需要将它们一一找出，归纳分类，这里试图将其分为三种模式：注脚、参照、理论。

（一）作为注脚的“中国”

1978 年，随着萨义德《东方主义》的出炉，西方学术界兴起了后殖民主义思潮，它着眼于宗主国和前殖民地之间的权力关系，是一种带有强烈的政治性色彩的文化批评。在后殖民理论中，中国大部分是作为注脚出现的，所谓中国作为注脚是指在后殖民理论家的论述体系已完备之后，中国不进入后殖民理论的论述部分，只一笔带过，为的是在特殊场合显示后殖民理论的普遍性，如萨义德括号中的中国，霍米·巴巴采访中的中国，斯皮瓦克演讲中的中国，虽然篇幅甚微，但往往蕴藏着巨大的理论潜能。本书试图运用阿尔都塞的“症候式阅读”法在空白处读出它潜藏的意义，反思这一理论是否真的适用于中国，后殖民理论进入中国语境时发生了哪些调适，这一理论对中国的解释中获得了怎样的启示。

1. 萨义德：括弧里的中国

后殖民理论的开山之作《东方主义》借助葛兰西的霸权理论和福柯的话语理论重新阐释和反思了东方学。萨义德提出了一个重要的观点：18 世纪以来的东方是西方为了殖民所需而构建出来的东方[1]——当东方被描述成野蛮、原始、神秘的东方时，与之相对的理性与文明的西方才浮出水面——这其中掩藏着一种不对等权力关系，即文化霸

[1] Edward W. Said, *Orientalism*（New York: Vintage, 1979）, p.3.

权。正是在他的凝视中，一直被压抑、无法自我言说的东方才引起全世界学者的注意。萨义德的“东方”是包括远东在内的整个东方，但中国只出现在了括弧里，为了显示东方主义也适用于中国。中国成为《东方主义》的一个注脚。

2. 霍米·巴巴：访谈里的中国

后殖民理论三剑客之一霍米·巴巴在接受中国学者访问时谈到了中国知识分子，他认为中国知识分子“传达他们所经历的历史教训，传达他们不断地努力吸取儒家传统、毛主义传统和马克思主义传统以创造出一种生活于世界上的方式和途径，这种生活方式既是中国特有的，但也关系到更广的人文理想，这是全世界所共有的”。[1]巴巴强调的是中国从本民族传统出发所作出的文化融合的努力，也就是“本土世界主义”，巴巴所谓的“世界主义”是将他性存在纳入自己的日常生活和语言实践中，从而建立一种能够应对多种多样的、具有包容性的世界主义文化，巴巴对中国问题并不熟识，他将中国纳入“世界主义”理论模式只是作为一个注脚，用以说明“世界主义”理论也适

---

[1] 生安锋:《后殖民主义、身份认同和少数人化——霍米·巴巴访谈录》，载《外国文学》2002 年第 6 期，第 58 页。

用于中国。

3. 斯皮瓦克：讲座中的中国

2006 年，斯皮瓦克应邀访问中国，在清华大学她再度发表了她的重要演讲《属下可以说话吗》[1]。在中国演讲时，斯皮瓦克将印度底层妇女置换成了中国底层妇女，她想要表达的是，第三世界发出的声音真是被遮蔽、被压抑的底层声音吗？真正的“属下”，那些中国边缘农村的妇女，她们的言说如何可能？如此说来，第三世界发出的声音也许是西方现代性熏染过的知识精英的声音，这种声音也是西方话语的一种变相表达，难道这不是对于第三世界的更深层的文化霸权？斯皮瓦克的论断给了我们极大的启示：不仅第一世界对第三世界存有一种压抑，就连第三世界的

[1] 早在 1983 年夏，斯皮瓦克作为德里达著作的英译者，应邀在伊利诺伊大学举行的“马克思主义的文化解释：局限，前沿和疆界”（Marxist Interpretations of Culture：Limits，Frontiers，Boundaries）研讨会上作了一个著名演讲，原名《权力与欲望》，后来改名为《底层人能说话吗？》发表于 1985 年（英文版见 *Gayatri* Chakravorty *Spivak*. “*Can the* Subaltern *Speak*? *Speculations on Widow Sacrifice*.” *Wedge* 7/8（Winter/Spring 1985）. pp.120—130，中文版见《从解构到全球化批判：斯皮瓦克读本》，陈永国、赖立里、郭英剑主编，北大出版社，2007 年版，第 90—136 页。），2006 年斯皮瓦克应邀来清华演讲，讲解了她这篇文章发表的来龙去脉以及大致内容，该演讲被翻译并收录于《底层人能说话吗？——2006 清华大学演讲》（Can the Subaltern Speak?——A Speech at Tsinghua University），参见《从解构到全球化批判：斯皮瓦克读本》，陈永国、赖立里、郭英剑主编，北京大学出版社，2007 年版，第 411—420 页。

内部依然存在着层层叠叠的遮蔽。斯皮瓦克的论断无疑让中国学者眼前一亮，但也可以看出，她的理论并非起于中国问题，也不是终于中国问题，而是在特定的语境和场域中的理论演绎，以显示这一理论也适合阐释中国。

尽管地处远东的中国可以被纳入“东方主义”的逻辑框架中，但在后殖民理论产生之初，后殖民理论家所讨论的是以中东、印度为主的东方，对中国问题并不熟悉也不切己，论及中国时只是只言片语，且放在微不足道的位置，用以服从整个普遍性的叙事逻辑，所以说中国只是作为注脚存在。

（二）中国作为参照

在“中国作为注脚”的模式中，尽管中国只是作为微弱的元素浮光掠影地出现在西方理论中，这并非没有意义，而是潜藏着无限的理论生产性，起到了抛砖引玉的作用。当东方问题被抛出继而进入西方理论的平台，中国的特殊性就渐渐被发现和重视。中国是欧美文化之外的中华文化，是资本主义意识形态之外的马克思主义，于是，这种异质性被发现、放大、强化，塑造成了西方世界的一面镜子。具体来说，中国被西方理论家构建为“他者”，是西方理论家反观自身的一个参照，在“中国作为参照”的模式中，中国的分量大大提升，拥有了自己独立的形象，成为了西方的对照物。但中国是被建构成映衬西方的一个理想模式，以便嵌入东西方对弈的理论构架中，他们的出发点和归宿是西方世界，中国问题并非他们关注的重点。从詹姆逊对鲁迅作品和台湾电影的解读以及德里克对“反现代的现代性”的演绎中便知分晓。

1. 詹姆逊的“民族寓言”

詹姆逊在《处于跨国资本主义时代中的第三世界文学》《为台北重绘地图》中，通过对鲁迅作品和台湾“新浪潮”电影的阐释生发出“民族寓言”理论，即在第三世界文本中体现出一种特有的民族国家的焦虑，无论是个人欲望的抒发，还是私人生活的书写，都无一例外地烙上了民族国家的烙印。比如鲁迅，如果不在“民族寓言”的框架下去考察“吃人”，我们只能看到一些个人创伤的疯魔书写，一旦放置在“民族寓言”的框架中，看到的则是整个社会和历史的巨大梦魇。这两篇文章中，詹姆逊花了很大篇幅论述了鲁迅和台湾电影，第三世界文化被塑造成第一世界之外的一片飞地，当第三世界文化被定性为“民族寓言”式的第三世界文化时，第一世界文化的面貌和问题才能浮出水面。

2. 德里克的“反现代的现代性”[1]

德里克吸收了伯曼“反现代的现代性”理论，并同时进行了修改。他将“反现代的现代性”与毛泽东的思想嫁接，认为马克思主义和毛泽东的思想有异曲同工之处，两者嫁接的联结点是《矛盾论》。具体表现在两个方面：一、马克思对现代性的“矛盾”的揭示与毛泽东的“矛盾论”若合符契；二、毛泽东既运用马克思主义来改造中国，又根据中国特定历史的需求来改造马克思主义，形成一种中国化的马克思主义，即“反现代的现代主义”，一种不同与西方现代性的更好的现代性。毛泽东的思想被生发出抵抗全球化、民族独立、反霸权的理论意义，中国也因为与西方不同的现代模式而具有了优越性，成为了批判西方现代性霸权逻辑的理论武器。然而，毛泽东的思想是否真如他所说的那样？并不尽然，这只是在西方理论框架和视域中的一次创造性误读。

“中国作为参照”说明在全球化和跨文化交往过程中，

[1] 这一观点出自德里克（Arif Dirlik）的“Modernism and Antimodernism in Mao Zedong’s Marxism”，后在1993年被翻译成中文，以《现代主义和反现代主义：毛泽东的马克思主义》为题发表在《中国社会科学季刊》，本篇参照的是［美］德里克主编：《毛泽东思想的批判性透视》，中国人民大学出版社，2015年版，第50—73页。

中国经验的特殊性在西方理论界渐渐获得关注和重视，中国文化的异质性发挥的作用也越来越大，但理论家是以为我所用、六经注我的思考方式完成的。首先，“中国”是被剪切过的材料。例如，詹姆逊谈及鲁迅，只选用了“呐喊鲁迅”，而对“彷徨鲁迅”、“野草鲁迅”视而不见；谈及台湾电影，选用西方文学和西方电影来充当考察台北电影的参照框架，而对台湾电影一笔带过，只分析了杨德昌的一部影片《恐怖分子》。其次，“中国”作为西方的“镜像”，是用以映衬西方而存在的，理论家的潜在指向和言说动机是西方，意在矫正资本主义文化中的种种误区，中国被描述为资本主义之外的具有批判意义和参照价值的对照物。

（三）中国作为理论

“中国作为理论”是指中国文化为西方理论提供了重要的思想资源，它被吸收、化用到西方理论中，从而成为西方理论的结构性要素。它和“中国作为参照”不同，前者是中国元素进入了西方理论，并与之发生了化学反应，生成了新的理论模型；后者是把中国作为理论借镜，是物理上的比较。一方面体现在毛泽东的“矛盾论”通过阿尔都塞的“症候式阅读”对詹姆逊产生了重要的影响，促成了詹姆逊两个重要理论的生成：一是“文化的革命”理论，二是“认知测绘”。另一方面则体现在中国古典美学思想对朱利安的重要影响。

1.“矛盾的复杂性”—“多元决定论”—“认知测绘”

在《保卫马克思》中，阿尔都塞引用了毛泽东的《矛盾论》：“毛泽东说：‘单纯的过程只有一对矛盾，复杂的过程中则有一对以上的矛盾’，因为‘一个大的事物，在其发展过程中，包含着许多的矛盾’”[1]，阿尔都塞由此得出“矛盾多元决定”。所谓“多元决定”，是指“这些‘不同矛盾’之所以汇合成为一个促使革命爆发的统一体，其根据在于它们特有的本质和效能，以及它们的现状和特殊的活动方式”[2]，是一种“有结构的复杂整体”[3]。詹姆逊受此影响，并融入凯文·林奇《城市的意象》的部分理论，提出了他文化阐释的方法——“认知测绘”（Cognitive

---

[1] Louis Althusser, *For Marx*, Trans. Ben Brewster (London: The Penguin Press, 1969), p.194.

[2] Louis, Althusser, *For Marx*, Trans. Ben Brewster (London: The Penguin Press, 1969), pp.100-101.

[3] “阿尔都塞多元决定的另一个术语是‘复合的多元决定结构性总体’，这个概念力求把整个社会作为一个总体来考察。”参见［美］弗雷德里克·詹姆逊：《后现代主义和文化理论》（唐小兵译），北京大学出版社，1997年版，第87页。

Mapping)。他认为“认知测绘”是对后现代超空间认知的“精神地图”，它注重“总体性”：由于后现代社会是由不同起源、不同层次的多种元素组建的统一体，呈现出碎片化、零散化的特点，那么“总体性”的视域和研究方法在后现代语境中就显得至关重要；它注重“差异性”：对“总体性”的强调必须建立在对个体差异尊重的基础上，[1]“认知测绘”就是基于个体经验对宏观情景的捕捉和掌控，同时又超越了个体经验的局限，达到对整体世界的全面认识。

2．“矛盾不平衡性”—“共时性结构”—“文化的革命”

《矛盾论》的“矛盾不平衡”法则被阿尔都塞解读成革命爆发的原因：各个矛盾具有不平衡性，彼此相互转移和挤压，如此一来，矛盾常常处于非对抗阶段、对抗阶段或爆炸阶段等时刻变换的不稳定状态。这一理论经过詹姆逊再度阐释，生发出了“文化的革命”：他吸收了阿尔都塞关于“生产方式”的理论潜能，又在其“因果性学说”——文化可以独立于经济并直接对生产方式结构发挥作用，突出文化的半自律性——中获得灵感。詹姆逊将

[1] “认知测绘使个人主体能在特定的境况中掌握再现，在特定的境况中表达那外在的、广大的、严格来说是无可呈现（无法表达）的都市结构组合的整体性”。参见 Fredric Jameson, *Postmodernism, or The Cultural Logic of late capitalism*（Duke University Press, 1991）, p.51。

两者结合，将文化纳入生产方式之中，并强化文化的重要性，将阐释重点从物质层面转向文化层面。当“共存的不同生产方式已经明显敌对的时刻，它们的矛盾已经成为政治、社会和历史生活的核心时刻”到来，就是詹姆逊所谓的“文化革命”[1]。他将“文化革命”视为一种破旧立新、去伪存真的理论变革，甚至说“文化革命作为新的历史研究的统一范畴，似乎是唯一能使所谓人文科学以物质主义的方式重新组织起来的框架”[2]。可以看到，詹姆逊已然将阿尔都塞的社会革命理论转化为“文化革命”理论，这成为西方马克思主义意识形态分析、历史阐释的理论基础。

3. “间”——“间距”/“之间”

朱利安“间距”/“之间”是亦此亦彼又非此非彼、不拘泥于任何本质实存、游走在两者之间的一个通道，它植根于法国解构思潮，“之间”与当时的哲学家共享了相同的问题域，“间距”如何在精彩纷呈的法国理论中脱颖而出？欧洲哲学无法抵达之处，中国文化却在发端处就已拥有，并显示在方方面面。在汉字中，“间”是门中一月

[1] Fredric Jameson, *The Political Unconscious: Narative as a Socially Symbolic Act* (New York: Cornell University Press, 1981), p.81.

[2] Fredric Jameson, “Marxism and Historicism,” *New Literary History* XI, 1 (Autumn, 1979), p.69.

（后变为“日”），意味着门闩紧闭，可月光偏偏从缝隙中穿越，朱利安认为正是“内部的疏空令光明得以通行，它也在组织着万事万物的连接内部起作用”。[1]“间”维持着一个贯通的内部，它不被封锁挤压，可以自由自在地任意穿行。在中国文化中，人们将风景称为“山水”，将世界称为“天地”，将事物称为“东西”，将宇宙称为“乾坤”，这其中都有一种“之间”思维，它并没有使某一方孤立存在进而本质化、神圣化，而是非此非彼，若即若离，形成配比关系，开辟出一条通道，这也就是庖丁解牛为何能游刃有余，畅通无阻，正是在找到了骨肉之间的通道。在医药中，养生通筋、运气活血取自“之间”，在美学中，“俊发之气”，亦出自“鞭策、皮毛之间耳”[2]，可以看出，中国文化之端就孕育着“之间”思维，它不否认差别，也不故意区分、依附或凝化，而是在差别之内溯源而上，使差别得以相通、彼此转化，获得活力。由此朱利安提出“间距”理论，它意味着拉开一段距离，去寻找外在于“我”的、未曾到达的领域，在“未思之处”发现“他者”，反观自身；它可以破：破二元对立、本质主义、形而上学等一

[1] ［法］弗朗索瓦·朱利安：《大象无形：或论绘画之非客体》（张颖译），河南大学出版社，2017年版，第200页。

[2] 方薰：《山静居画论》，中华书局，1985年版，第3页。

切僵化固定的思维模式；它更可以立：可以“游刃有余”（通畅）、“迂回进入”（自由）、“气韵生动”（生成）。

可以看出，在左派理论中，毛泽东的《矛盾论》通过阿尔都塞的“共时性结构”和“多元决定论”，影响了詹姆逊“文化革命”和“认知测绘”两个重要的理论概念。毛泽东的思想和实践经验远渡重洋，在西方语境中生长变化，成为詹姆逊文化阐释理论的结构性要素，产生了方法论上的变革。在后现代理论中，中国古典“之间”思维、生成转化思想经过朱利安的理论创新变成后现代思潮中一个新奇独异的理论模型，这都是“中国作为理论”的最好例证，这意味着中国元素不再是注脚和参照模式，而与西方理论发生了化学反应，作为西方理论生成的养分，促成了新思想的诞生，它是一种理论再生产过程。

二、多元成像的理论坐标

从注脚到参照再到理论生产，中国问题在西方理论中的成像多种多样，为什么会有如此大的差异？这需要我们设置理论坐标，来还原各位理论家的言说语境和问题意识，不仅要看他们说了什么，还要看他们怎么说、为什么如此说。正如萨义德所言，理论的旅行必然会经历时间和空间，并使原本空洞而抽象的理论形态物质化、具象化、语境化，从而产生一系列变形、让步、协商和延伸，也就是说，一种理论的旅行必然是不同语境、不同时空下与本土文化相结合的产物，那么，西方理论中中国问题的背后一定与理论家本人具体的文化位置、理论背景紧密相关。

（一）文化位置不同：西方与东方

理论家所处的文化位置直接关系到言说者的问题意识和理论背景。詹姆逊作为一个土生土长的西方学者，与生俱来地持有西方立场，他的问题意识也始终是如何帮助西方挣脱晚期资本主义的困境。一方面他经由阿尔都塞化用毛泽东的思想来生成文化阐释理论，来弥补现代主义和后现代主义的政治缺失：历史感消失的缺憾；另一方面他借助中国文学这一“镜像”来反观第一世界，以“第三世界民族寓言”来反思第一世界寓言消失的现状。说白了第一世界是他的旨归，第三世界是他的手段。

德里克是土耳其裔美国汉学家，就职于美国高校。土耳其从自然文化地理的角度来看属于亚洲，但在现代国际政治中，更多的被看作西方国家。这样的文化位置决定了德里克虽关注西方问题，但又与西方保持距离。所以，相较于詹姆逊，他对西方现代性、全球化、文化霸权的批判力度更为强烈，在他看来，某些后殖民主义理论以文本代替历史，并将某些文本特权化，然而，从后殖民主义文本中消失的往往是有关政治、经济和革命的，许多理论甚至不把革命看作有意义的历史事件。他批判某些理论不仅不研究革命，反而消解革命的意义，不仅无助于解放，反而会造成新的霸权与压迫。所以，德里克主张以“后革命”取代“后殖民”，在这样的理论视野下他看重中国的民族主义的革命力量，尤其是毛泽东的思想的“反现代的现代性”的先锋性。

以古希腊哲学为底色的法国哲学家朱利安显然处在西方的位置，尽管他对中国古典哲学痴迷已久，对中国古典美学如数家珍，甚至很多学者将他当做汉学家，但他始终认为自己首先是西方哲学家，然后才是汉学家，这是因为中国并不是他的研究对象，而是研究方法，他同詹姆逊一样想要借助中国文化治愈西方症结，只不过詹姆逊是对中国革命和左翼思潮充满兴趣，而朱利安更倾心于中国古典哲学和美学，虽然他们所关注中国的内容不尽相同，可方法和意图却殊途同归。

与之相较，萨义德、巴巴、斯皮瓦克来自东方，就读于西方大学并在美国高校有体面的教职，他们认同西方文化，但在西方世界或多或少受到区别对待，无法彻底融入其中；但也因为他们的“异身份”，本民族特有的文化背景就成为他们的独到之处、生存之本，令他们在西方大学中占有一席之地。对西方文化的矛盾心态使他们不反对第三世界民族意识，也并不拥护批判性极强的马克思主义。当后现代思潮的风行与他们的文化位置相契合，使得他们获得了新的视野，沿袭解构主义的思潮，在福柯、德里达等人的影响之下，根据本民族经验完成了自己的理论建构。例如萨义德的“东方主义”抵抗西方又拒绝革命，认同西方文化又有强烈的民族责任，他批判无处不在的文化霸权，但也拒绝用毁灭式的革命暴力来完成，而是采用温和的文化抵抗策略。

巴巴根据自己文化融合的经验，张扬一种少数族的、流散的和移民的视角：“最真的眼睛现在也许属于移民的双重视界”[1]；他认同一种“之外”的微妙的干预性空间，质疑西方传统的宏大叙事。所以，巴巴的“文化定位”理

[1] 转引自生安锋：《后殖民主义的“流亡诗学”》，《外语教学》2004年第25卷第5期，第62页。

论反对宗主国所宣扬的文化普遍性，也反对完全抹平差异的“多元”话语，而是聚焦于“处于中心之外”非主流的文化领域，这意味着后殖民主义将是一个开放的、未完成的、拥有无限可能的文化场域。在崇尚普遍性的潮流中，巴巴标举边缘文化立场，让被遮蔽、非主流的弱势文化自我生长、自我发挥，获取合法性和抵抗力，形成对殖民文化的修改。

斯皮瓦克抵抗文化霸权的方式是打捞第三世界“属下”的独特经验。在她对殖民主体的生产进行批判的过程中，“这个难以言表的、非超验的（‘历史的’）”[1]的“属下”经验被集中再现。在《底层研究——解构历史编撰学》一文中，斯皮瓦克认为：“符号系统中的功能变化是一次暴力事件。甚至在被认为是‘逐渐的’，或‘失败的’，或还没有‘扭转方向’时，变化也只能由危机的力所支配。然而，如果变化的空间（必然还有附加的因素）并没有出现在符号系统以前的功能之中，那么危机就不会促使变化发生。意指功能的变化增补了以前的功能。底层研究集体地

[1] Gayatri C. Spivak, “Can the Subaltern Speak? ” *Marxism and the Interpretation of Culture* (Eds. Cary Nelson and Larry Grossberg, Urbana: University of Illinois Press, 1988), p.293.

认真解释了这场双重运动。”[1] 这意味着对“属下”意识的呈现和添补是对于过去的连续的符号链的打断，符号链碎裂的地方，“属下”的经验和形象得到“模糊”的呈现，她试图在断裂处、破碎处重拾被文化霸权遮蔽、改写的“属下”。

（二）理论背景不同：马克思主义与后现代主义

马克思主义更倾向于从社会历史维度，强调阶级对抗，而后现代主义偏向于在书写维度中获得抵抗的可能。詹姆逊和德里克都受马克思主义影响深远，具体来说，詹姆逊挣脱第一世界晚期资本主义困境的路径是经由马克思抵达“政治无意识”。詹姆逊对马克思在《政治经济学批判》序言中提到的“有法律的和政治的上层建筑竖立其上并有一定的社会意识形式与之相适应的现实基础”[2] 这一判断甚为推崇，并把它当作自己整个阐释理论的基础。在詹姆逊看来，有效挣脱这一境遇的前提是意识到“一切事物都是社

[1] ［美］斯皮瓦克：《底层研究——解构历史编撰学》，《从解构到全球化批判：斯皮瓦克读本》（陈永国、赖立里、郭英剑主编），北京大学出版社，2007 年版，第 137 页。

[2] 《马克思恩格斯全集》第十三卷，人民出版社，2006 年版，第 8 页。

会的和历史的，事实上，一切事物说到底都是政治的”[1]。他认为一切文本都具有政治无意识，政治无意识是阐释一切文本的最终视域，它提供“一种最终的分析（final analysis），并为作为社会象征性行为的文化制品的祛伪过程探索着诸多途径”。[2]正是因为把一切文本最终都归结到政治无意识，詹姆逊才会呼唤一种新型的政治知识分子，并试图通过他们建构出第三世界文化来对抗和拯救没落的第一世界文化。

德里克也是持马克思主义的立场，但更加激进。后殖民主义理论的命脉即文化主义的分析方法，将文化看作社会发展的决定性变量，以文化手段消解和颠覆西方霸权，以一种文化来反对另一种文化，以一种理论来抵制另一种理论，甚至以弱小的、零散的思想对抗有着严密结构和体系的整个西方文化霸权，他对此充满质疑：文化有那么大的威力吗？后殖民主义理论最终落到马克思在《德意志意识形态》中所批判的那种“仅仅反对这个世界的词句”[3]的境地，马克思认为“批判的武器不能代替武器的批判，物

---

[1] Fredric Jameson, *The Political Unconscious: Narative as a Socially Symbolic Act*（New York: Cornell University Press, 1981）, p.20.

[2] *Ibid.*

[3] 《马克思恩格斯选集》第一卷，人民出版社，1995年版，第66页。

质力量最终需要物质力量来摧毁”[1]，德里克强化了马克思的批判精神和革命精神，更倾向于从批判走向革命。

而后现代理论更注重从文本维度进行解构。萨义德受福柯的影响，他强调的是前缀“re-”的重新、再度改写的意义，通过被殖民者“逆写”帝国的能力建构起一种文化抵抗的可能。“逆写”帝国这一过程重构了自我与他者之间的关系。他们的过去“作为屈辱留下的伤疤，作为不同实践的刺激，作为对趋向于一种后殖民未来的过去的种种修正的看法”[2]，而更有力量的是作为“急需重新解释和重新利用的经验，在这些经验中，曾经沉默的土著作为总的抵抗运动的一部分，在从殖民者手中重新夺回的领土上发言和行动了”[3]。这样的改写或重写是面对帝国主义话语霸权时有效的干预形式和重要的文化抵抗策略，它随时随地、无时无刻不以潜移默化的形式进行，它可以细致入微地渗入每一次接受和书写，它不被压制，无法禁止，它“不仅是政治运动的必不可少的一部分，而且在许多方面来说，是这个运动成功引导的想象”，因为它存在一种“智性的

[1] 《马克思恩格斯选集》第一卷，人民出版社，1995 年版，第 9 页。

[2] Edward W. Said, *Culture and Imperialism* (London: Vintage Books, 1994), p.212.

[3] *Ibid*.

和比喻的能量”。[1]

而霍米·巴巴、斯皮瓦克受到德里达解构理论的影响，强调异质经验的重要性。解构思维的特殊之处在于，它所“设定”的一切前提都只具有临时的、“踪迹”性的意义，采用一种“策略”性思维，它不同于“再现”逻辑：其目的不是为了同一，而是尽可能地释放差异。在“再现”逻辑框架中，作品构成一个明确的、连贯的有机整体，是对于历史的完美诠释，而“策略”性思维却认为，作品中那些不能表达的东西，那些无法刻意避免的非连贯性，那些突兀的断裂所露出的白生生的断茬，所有这些“沉默”和“不在场”诉说着作品所不能诉说的东西，这才是需要被打捞、需要被发现之处。

而朱利安也是沿袭着后现代解构思潮的逻辑理路，他的“间距”讨论的问题与德里达“延异”、德勒兹“差异”等思想交相辉映，只不过他深受中国老庄哲学中有无之间、虚实相生的转化生成的思维方式影响，提出“之间”的功效：即非本质化、非确定性，不居一端、不具属性，在非此非彼之中各自转化、彼此沟通、有无限生成的可能。

---

[1] Edward W. Said, *Culture and Imperialism* (London: Vintage Books, 1994), p.214.

三、中国视角之于双向旅行的意义

“中国元素在西方理论中的呈现”在西方视域里是一个西方问题，而本书提出“西方理论中的中国问题”，本身就体现了一种中国视角，也就意味着，中国元素到西方理论又折回中国语境的一种双向旅行过程。一种文化元素从此到彼绝不可能安然无恙地返回原处，中间已经经历了百转千回。在中西文化的双向互动中，通过考察西方学者对于中国文化的研究，我们可以重新获得一种考察中国资源、中国经验的视野——将西方理论作为一种方法，使中国学者能够获得一个经由西方理论而反观中国的全新视角。

（一）从“西方理论”到“中国问题”

以往中国学界对西方理论的研究多集中在“西方文论对中国的影响或中国对西方文论的接受”和“西方理论的中国化、本土化”路径，其中影响较深的是詹姆逊的“第三世界”文学理论。经詹姆逊改造之后的“民族寓言”的理论对中国学界影响最大，他强调的民族主义和反霸权意识与当时中国尚未完全消退的冷战思维无缝对接，于是“民族寓言”理论轻易就在中国的文化土壤中落地生根，开花结果，随后，中国学者提出了“中国文学发展新图式”——“中华性”，使中国的后殖民研究批评一开始就与民族主义相伴而生，并顺势把中国文论失语的病因一股脑推给西方理论的入侵，于是，左翼理论家借用反霸权、反西方的理论武器，主张以中国话语对抗西方殖民话语，其以“对抗”为核心的社会批判精神被误读为东西文化的对抗，以人道主义为根基的多元文化共生的理想则被解读成排外主义和民族情绪，在这样的理论批评模式中，张艺谋等描写中国乡土风情的电影被选中，成了后殖民理论最好的试验田。批评家认为“在这种寓言性文本中，‘中国’被呈现为无时间的、高度浓缩的、零散的、朦胧的或奇异的异国情调。这种异国情调由于从中国历史连续体抽离出来，就能在中西绝对差异中体现某种普遍而相对的同一性，从而能为西方观众理解和欣赏”。[1] 从“西方理论”到“中国问题”，的确让我们在阐释中国经验时获得了一种新的理论视角，但也延续了一种二元对立、矛盾偏执的思维模式，一方面因西方理论对中国的征用而沾沾自喜，一方

[1] 王一川：《张艺谋神话的终结》，河南人民出版社，1998年版，第166页。

面又排斥西方、敝帚自珍，但如果以“中国问题”为视角来看“西方理论”的话，或许会获得新的视野。

（二）从“中国问题”到“西方理论”

1. 理论自信来自自我生产，而非与人对抗

在后殖民理论当中，总是隐藏着帝国的身影，因为帝国曾是一个实体存在的历史，但是在后殖民当中，帝国其实已经演变为一种观念，通过军事经济以外的文化策略，重新占据霸权位置，当霸权从现实转向文化，对抗西方、回到民族或许已经不是最佳方案，中国需要从一种特殊的角度来对帝国的观念进行反向论证：具体来说，在文化帝国阶段，中国刚开始仅仅是一个注脚、一个参照，但通过不断的发展，必然成为一个论述的主体，也就是说，存在一种文化演变的轨迹：中国会慢慢渗透进西方理论中，从注脚到参照，继而进行理论生产，从资料层转向理论层，从理论的接受者转向理论生产者，逐渐替换了后殖民理论的力量配比，在帝国这一文化观念中，达到了主奴辩证法的逆转。这样的逆转，既有着观念上的转变，也有现实政治经济的支持，只有双方合力，才可能真正是一种文化观念上的后殖民，变成一种新型理论观念，我们不仅仅谈论

后殖民，更是在谈论一种后殖民的瓦解，它的瓦解将带给我们一种新的观念——平等的全球化，将后殖民彻底地夷平为一种全球化的公共区域性理念。

2. 反思双向旅行中的结构变化

理论的双向旅行最集中地体现在左翼理论中，中国左翼理论影响了西方，经过变形之后又返回中国本土影响了中国。在双向旅行中，我们更关心如何以我为主体，在反思中国文化在西方的同时，折返自身，进而思考自身问题的解决之道。具体来看，西方理论家借用作为“他者”的中国的经验进行理论生产，此时中国是欧美左翼思想资源之外的一种抽象元素，当这一理论经过旅行被重新引回到中国语境时，中国又被还原成一种显性、具体的元素。就在这样的双向旅行过程中，整个结构发生了微妙的翻转，其中被置换的概念、被抽离的语境、被修改的问题意识以及新附加的观点都必须得到重视和清理。如此，我们的问题意识也呼之欲出了：还原不同理论家的问题意识和言说语境极为重要。例如，毛泽东的政治实践话语转变为一种文化策略，在詹姆逊后现代文本阐释中获得新的生命。如果顺势看去，中国的文化资源和实践经验远渡重洋在不同的时空中发酵、转化，被肯定、被吸收，进而对当代西方马克思主义文化阐释有诸多启示和影响，这无疑是一种难得的理论再生产过程。但如果逆向来看，以西方左翼理论家重新酿制的、理想化了的中国经验去理解或反证当代中国的文化和实践时，一定要多加警惕，因为它已不再是原来那个真实的中国经验。又如中国学者奉为经典的“民族寓言”，是詹姆逊以第三世界反思西方世界的理论武器，当它进入中国语境时，原有的问题意识被更改，中国学者不加反思就拿来作为增强民族自信的灵丹妙药，就会变成民族主义和文化保守主义的理论武器，殊不知詹姆逊的理论洞见竟然可能变成中国学者的理论盲点。

3. 不偏执一方，处于“居间”状态

朱利安的“间距”和巴巴的“之外”和“居间”理论可以给我们以启发，在理论双向旅行中应不偏执或拘泥于一方，因为偏居一方必然造成理论盲区；而处于一个非此非彼的“之间”状态，既能深入西方文论之肌理，又能跳出西方文论之藩篱，既对中国文化有所把握，又能反思其中的问题，采用双向提问、双重反思的策略。“之间”状态具有临时性、流动性、不确定的特征，它拥有摧毁“原初的”、固定的前见和传统——如阶级、种族、性别等——重新寻找新的落脚点的潜能。只有多重诉求交织、充满差异的“间隙”里，通过不同的立场身份、理论背景和文化价值彼此交叠、相互试探的协商，临时的主体才有可能浮出水面，那些被主流话语所压抑的“他者”才拥有发声的条件，和“非决定论”的时空和语境，如此一来，那些原本被遮蔽的部分才能释放出无限的可能和能量。

论述至此可以看出，从“中国问题”看“西方理论”让我们获得了新的理论视域。就中国形象而言：我们看到了“中国”西方文论中的多棱成像，尽管是破碎、凌乱的，却饱含着无限的理论潜能，宛如散落在海滩上的珍珠，需要被一一打捞、串联起来，合并成一个相对完整的西方理论中的中国形象。就西方理论来讲，这为原先的西方理论提供了视力矫正和理论补充的可能，将“文化对抗”模式转变为“语境还原”“文化对话”模式；就中西文化的研究方法而言，把单向的理论影响转变为双向的理论旅行。在中西文化研究中，动态视角、双向审视，多重视域可以打开更多的理论维度，进而对中西方知识生产方式进行探幽和反思，缩短文化间的贸易逆差。

第一部分

西方理论对中国文化的阐释和征用

第一章

詹姆逊“民族寓言”说之再检讨——以“近代的超克”为参照兼及“政治知识分子”

詹姆逊在《处于跨国资本主义时代中的第三世界文学》一文中指出，第三世界文学的一个重要特点就是它以“民族寓言”的形式调和了个人和政治的疏离，而他立论的重要支点就是他所崇敬的中国作家鲁迅，他甚至认定，“西方文化研究忽视了鲁迅的作品实为一种耻辱，任何无知的借口都无法弥补这个疏忽”。[1]不过，这一试图摆脱西方中心主义、向第三世界示好的言论，在西方评论界看来却是远远不够的，甚至就是对

[1] Fredric Jameson, “Third World Literature in the Era of Multinational Capitalism,” *Social Text*, No.15 (Autumn 1986), pp.69-70.

于第三世界文学的另一种降格[1]——他们认为，“民族寓言”说只不过是把第三世界文学“他者”化，以便为西方文化突破困境寻找到一种新的可能性，而这一可能性本身又是太过理想化而且矛盾重重的。与此相反，国内理论界倒是如获至宝、好评不断，许多人认为“民族寓言”说似乎为解读中国文化现象提供了一剂灵丹妙药，也使得中国的思想资源在西方世界中找到了平等对话的可能，从而有效地缓解了他们的文化自卑感。[2]

[1] 最具代表性的是艾贾兹·阿赫默德（Aijaz Ahmad）的“Jameson's Rhetoric of Otherness and the 'National Allegory'”（*Social Text*, No.17［Autumn, 1987］, pp.3-25），批评詹姆逊的理论之偏颇，强调在第三世界的文学中，先于观念的是一个语言接受的问题，其次才是文本的、文化观念的接受。他认为“第三世界的文学”不可能被认识，詹姆逊极力想证明的作为历史的文本投射的第三世界民族寓言本身就是一个悖论。另一位学者 Imre Szeman 在“Who's Afraid of National Allegory? Jameson, Literary Criticism, Globalization”（*South Atlantic Quarterly* C, 3［Summer, 2001］, pp.803-827）中指出詹姆逊“民族寓言”的理论过于理想化，认为詹姆逊在“政治无意识”中将意识形态分为自相矛盾的两种形式，即“意识形态”和“乌托邦”，他的乌托邦并非乌托邦主义，而是一种理性的结构，也是其第三世界民族寓言的理论基点。此外，加拿大华裔学者谢少波在 1999 年出版的专著《抵抗的文化政治学》中将詹姆逊对第三世界民族寓言文本的解读实践，视作“詹姆逊自己的臣属性（subalternity）和政治焦虑感的一个讽喻”，用以证明詹姆逊对第三世界文学文本的总体化源自为西方文化提供抵制的飞地，他还针对阿赫默德对詹姆逊的批判提出了质疑。

[2] 1989 年，詹姆逊的《处于跨国资本主义时代中的第三世界文学》中文版刊载于《当代电影》第 6 期，首先在电影批评中引起反响，如戴锦华的《新中国电影：第三世界批评的笔记》（1991）和张颐武的《后寓言艺术：中国的选择》（1996）两篇文章，都指出这种寓言理论“为我们在第三世界与第一世界间建立一种平等对话提供了可能”，使第三世界的知识分子有了一个内视的机会和在再批判中自新的突破口。魏宁《论弗雷德里克·詹姆逊的文学寓言观》、包立峰《意识形态幻象与晚期资本主义现实》、王逢振《全球化语境下的“民族的寓言”》、刘进在《弗雷德里克·詹姆逊的寓言理论评析》和《弗雷德里克·詹姆逊文化诗学概论》等文章从不同角度对詹姆逊的“民族寓言”理论进行了阐释、解读和评析。

中西方理论界对于“民族寓言”说的迥异解读，充分说明这一理论本身的多义、歧义，而这样的多义、歧义又会促使我们进一步思考和辨识这一理论照见与照不见的地方。为了更立体和丰富地观照“民族寓言”说，本篇引入一个既非西方也非中国的话语参照——日本学者竹内好的鲁迅研究。之所以把这两位看似相去甚远的学者放在一起进行讨论，是因为他们在论述鲁迅时有太多不谋而合之处，比如，他们一样地看重鲁迅文学的政治指向——“非政治的政治性”，一样地运用“自我—他者”模式，将鲁迅的政治性作为他们反思自身文化的思想资源。本篇想要追问的是，鲁迅当然是极繁复、缠绕、混沌的，而詹姆逊和竹内好为何不约而同地只看重他的“个体—政治”这一面相，这样的巧合说明了什么？更有趣的问题在于，詹姆逊是西方思想的维护者，意在寻找到弥合西方思想裂缝的良药，而竹内好却是要超越、克服西方思想的笼罩，以图建立日本文化的主体性，两位立场迥异的思想家在鲁迅身上看到了什么样的新的可能性？这样的可能性之于我们当下又有何种启示？

一、“民族寓言”说的源起和旨归

什么是“民族寓言”？詹姆逊说：“第三世界的文本，

甚至那些看起来好像是关于个人和力比多趋力的文本，总是以民族寓言的形式来投射一种政治：关于个人命运的故事包含着第三世界的大众文化和社会受到冲击的寓言。”[1]也就是说，第三世界文本就算是在描摹个人的情感、经历和生存状态，最终也一定会指向整个民族的历史、政治和文化，就像茅盾《春蚕》中那只被小火轮冲击得东摇西摆的小舢板并不只是它自身，而是在欧风美雨的凭陵之下日渐凋敝、破败的中国农村的隐喻。往深处说，“民族寓言”说脱胎于本雅明的“寓言”理论。本雅明在分析德国古典悲剧时认为，在衰微与破碎的时代，“思想王国的寓言，就是在事物（物质）王国里的废墟”[2]，“寓言”中蕴藏着对于世俗、残破、堕落社会的救赎之路和乌托邦理想，所以，“寓言”不只是一种文体，更是展现政治、文化和历史的巨大载体。詹姆逊对此理论激赞不已，并有了进一步的引申，他认为，“寓言性是文学的特性”[3]，“所谓寓言性就是说表面的故事总是含有另外一个隐秘的意义，希腊

---

[1] Fredric Jameson, “Third World Literature in the Era of Multinational Capitalism,” *Social Text*, No.15 (Autumn, 1986), p.69.

[2] 朱立元主编：《法兰克福学派美学思想论稿》，复旦大学出版社，1997 年版，第 112 页。

[3] Fredric Jameson, “Third World Literature in the Era of Multinational Capitalism,” *Social Text* No.15 (Autumn, 1986), p.69.

文的 allos（allegory）就意味着‘另外’。因此故事并不是它表面所呈现的那样，其真正的意义是需要解释的。寓言的意思就是从思想观念的角度重新讲或再写一个故事。”[1]可以看出，“寓言”是言在此而意在彼的文学样式，它在碎片式、差异化的个体生命经验的书写中展现整个社会的意识形态、生产方式，是缀联“个体”和“社会”的纽带。需要指出的是，“寓言”和象征不同，“寓言模式是向异体性或差异性的一种开放；象征模式是让一切事物回到同一事物统一性的一种折叠，毫无疑问，寓言自身渴望象征的终极统一”。[2]也就是说，“寓言”向着多样性、差异性开放却最终指向总体性，故它更适用于一个流动的、不稳定的时代，可以有效地展现固有价值被瓦解后呈现出的断片式特征，同时又有总体性的指向，而不只是只停留于断片本身。在一切坚固的东西早已烟消云散的时代，“寓言”文本提供了一条透过艺术的碎片直抵历史的巨大真实的有效路径。“民族寓言”是一种特殊的“寓言”形式，它比“寓言”又多了两层意味：一、“民族寓言”是指在

---

[1] ［美］弗雷德里克·詹姆逊：《后现代主义与文化理论》（唐小兵译），北京大学出版社，2005 年版，第 117 页。

[2] Fredric Jameson, *Marxism and Form: 20th Century Dialectical Theories of Literature* (Princeton: Princeton University Press, 1974), p.124.

第三世界文本中体现出一种特有的民族国家的焦虑，无论是个人欲望的抒发，还是私人生活的书写，都无一例外地烙上了民族国家的烙印。比如鲁迅，如果不在“民族寓言”的框架下去考察“吃人”，我们看到的只是一些个人执迷、个人创伤的疯魔书写，一放置进“民族寓言”的框架，我们看到的则是一个大雾弥天一般的社会和历史的梦魇——“从无业游民和农民直到最有特权的中国官僚贵族阶级”[1]，无处不在、无人能够幸免的“吃人”现象。二、“民族寓言”是一种追求独立的文本形式。詹姆逊说：“这些文化在许多显著的地方处于同第一世界文化帝国主义进行生死搏斗之中——这种文化搏斗的本身反映了这些地区的经济受到资本的不同阶段或有时委婉地称为现代化的渗透。”[2] 由此可见，“民族寓言”是在与文化帝国主义生死搏斗中产生的一种既似此似彼又非此非彼的文化现象，是带有帝国主义疤痕的自主的文学样态。

论述至此，我们可以提炼出詹姆逊“民族寓言”的核心观点，一个是文学（文化）与政治密不可分，一个是重建

---

[1] Fredric Jameson, “Third World Literature in the Era of Multinational Capitalism,” *Social Text*, No.15 (Autumn, 1986), p.71.

[2] Fredric Jameson, “Third World Literature in the Era of Multinational Capitalism,” *Social Text*, No.15 (Autumn, 1986), p.68.

主体性。先看文学（文化）与政治的关系。詹姆逊认为一切文学（文化）都负荷着自己的意识形态，这是“民族寓言”的理论基础。他说：“一切文学，不管多虚弱，都必定渗透着我们称之为的政治无意识，一切文学都可以解作对群体命运的象征性沉思。”[1] 这里的“政治无意识”（詹姆逊文化阐释的基本视域）是指文本或叙事作为一种社会象征行为所潜隐的社会集团或阶级的意识形态愿望或政治幻想，在“政治无意识”理论的指引下，我们发现所有的文本都是一个潜藏着政治欲望、阶级话语、文化革命的多元空间，在这个多元空间中，意识形态和文本叙事交织、缠绕，不分你我，批评家的任务就是在突然中断的叙事裂缝、或被压抑被埋没的历史现实表象之中搜寻意识形态的蛛丝马迹。如此说来，在詹姆逊的理论视域里，文学与政治密不可分，这种亲密关系有两个维度：一、政治是文学（文化）的终极视域，是文化阐释的出发点和归宿，是“不在场”的“在场”，他曾直言不讳地说：“一切事物都是社会的和历史的，事实上，一切事物‘说到底’都是政治的。”[2] 二、文学

[1] Fredric Jameson, *The Political Unconscious* (Ithaca: Cornell University Press, 1981), p.70.

[2] Fredric Jameson, *The Political Unconscious* (Ithaca: Cornell University Press, 1981), p.20.

是政治的载体，政治因素必须以文本形式才能得以呈现，只有在文本中，集体的内容才会转化为个体的样态从而被我们接近、接受。指出这两个维度，意在说明文学与政治本是一对连体婴儿的事实：一切文化阐释只有置于特有政治环境和历史语境中才是有效的，挖掘这些叙事背后潜藏的政治历史因素，阐释个体生存背后的社会主体无意识渗透才更有价值，换句话说，阐释文学的“寓言性”就是对“政治无意识”的叙事进行解码。

再看“重建主体性”，这是詹姆逊提出“民族寓言”的旨归。实际上，“民族寓言”拥有潜在指向，意在矫正西方资本主义文本呈现的两种误区：一、现代主义文学更倾向个人的意识流表达，是一种脱离政治的私人话语，如此一来，集体意识在艺术建构过程中被强制性地剥离出来，艺术被神圣化为个人意识形态的符码组合。这样的趋势看起来是让文学回归到个人、赋予“我”之为“我”的意义，但是，詹姆逊一针见血地指出，现代主义文学“一直被封锁在个别主题范畴中，其中个体所采取的形式已不再是自我或我，而是个体的肉体”[1]。也就是说，脱离集体

[1] Fredric Jameson, *The Political Unconscious* (Ithaca: Cornell University Press, 1981), p.68.

意识形态的自我不可能具备健全的主体性，主体性诞生于自我与集体意识形态不断“争执”的过程中。二、后现代主义文化以决绝的姿态告别传统、孤立自我、消解自我甚至宣判主体已死，意在“去中心化”、“非主体化”，主体性的特殊价值也随之烟消云散。在这样的语境下，詹姆逊提出“民族寓言”就显得格外意味深长了，因为这是对于西方文化主体性的重唤和再建。詹姆逊的努力，可以从如下两个层面来进行分析：一是詹姆逊看到了第三世界文学特别是鲁迅作品中呈现得格外分明的为了建立主体性而与帝国主义文化、本国传统文化殊死搏斗到痛苦、绝望却又绝不妥协的精神，看到了这种厮杀搏斗之后的斑驳血迹和现场残骸，他为之惊叹，为之沉迷，认为这是解决西方思想困顿的一剂良药——既可以弥合现代主义文学/文化中个人和社会、欲望和政治的断裂，又可以给一地碎片、一切皆游戏、一切都扁平的后现代文学/文化以整合的可能。二是詹姆逊意在通过第三世界“民族寓言”这个“他者”来确立西方文化的主体性。借用拉康的“镜像”理论——人不能看到自己，要通过镜子才能看到自己——可知，“自我”需要在“他者”的映衬和比对下才能确立，当“第三世界文学”被描述成与“第一世界文学”不同、甚至对立的“第三世界文学”时，“第一世界文学”的主体性才真正地浮出水面。正如谢少波所说：“从这个卢卡奇—拉康式视角，詹姆逊断言，晚期资本主义作为一个总体制度创造了它自己的一个既是内在的又是外在的他者。”[1]然而，这又陷入一个悖论：晚期资本主义造成了西方世界“寓言”的消失，于是不得不制造出作为“他者”的第三世界予以补充，而第三世界的“民族寓言”看起来是争取独立性和主体性的产物，却又不得不作为第一世界的“他者”存在。

二、从“民族寓言”说到“近代的超克”论再到“政治知识分子”

奇妙的是，与詹姆逊所处的文化语境以及所置身其中的学术传统迥然不同[2]的日本学者竹内好，在探讨鲁迅的

[1] ［加］谢少波：《抵抗的文化政治学》（陈永国、汪民安译），中国社会科学出版社，1999 年版，第 142—143 页。

[2] 需要指明的是，竹内好关于鲁迅的文章在 20 世纪四五十年代已经成稿，没有记录显示詹姆逊读过竹内好的文字，不过，詹姆逊将柄谷行人《日本现代文学的起源》介绍到英语世界，并为此书写过序言，而柄谷行人对竹内好非常熟悉，詹姆逊可能通过柄谷行人间接知道竹内好的一些情况。

文化意义时所抱持的思想出发点以及关注的问题域，与詹姆逊竟有极大的相通之处，尤其是在“民族寓言”的源起（“文学与政治的关系”）和旨归（“重建主体性”）这两个核心问题上的讨论有太多契合。不过，他们二人的思想背景、论证思路以及所要解决的问题不尽相同，那么，他们的讨论有哪些似又有哪些不似？在“近代的超克”的参照之下，“民族寓言”又会呈现出怎样的新貌？在“竹内鲁迅”这个“他者”的陪衬下，“民族寓言”又将表现出怎样的特质？

先看文学与政治的关系问题。竹内好在《鲁迅：政治和文学》一文中对此问题有过专门讨论，大致可以归纳为如下三个方面。一是“政治产生文学”[1]。在鲁迅的启发下，竹内好意识到“文学诞生的本源之场，总要被政治所包围”[2]，政治无时不在、无处不在，这也就是詹姆逊所说的是“不在场”的“在场”。二是“文学在政治中选择出了自己”[3]，“所谓真正的文学，是把自己的影子破却在政

[1] ［日］竹内好：《近代的超克》（李冬木等译），生活·读书·新知三联书店，2005年版，第134页。

[2] ［日］竹内好：《近代的超克》（李冬木等译），生活·读书·新知三联书店，2005年版，第135页。

[3] ［日］竹内好：《近代的超克》（李冬木等译），生活·读书·新知三联书店，2005年版，第134页。

治里的”。[1] 他的意思是，文学能否成立，需要政治的试金石来给它验明正身。值得注意的是，竹内好“文学的影子破却于政治”这一说法深得詹姆逊“政治无意识”的精髓。三是文学与政治的同一性。文学与政治“不会是从属关系，不是相尅关系。迎合政治或白眼看政治的，都不是文学。可以说，政治与文学的关系，是矛盾的自我同一关系”。[2] 也就是说，文学与政治不是谁服务谁、谁压制谁的关系，而是一种你中有我、我中有你，这又与詹姆逊所说的“一些事物说到底都是‘政治’的”的论断异曲同工。这般巧合好似神来之笔，其实有迹可循，线索之一就是鲁迅，因为文学与政治的无缝对接在鲁迅身上表现得异常突出，两位学者都惊讶于斯，惊叹于此。如此说来，是鲁迅启发了竹内好的文学政治观，是鲁迅印证了詹姆逊的“政治无意识”，他们才会如此相像。线索之二是马克思，虽然竹内好与日本左翼的文学观点存在龃龉，但他一般被认为是左翼知识人，詹姆逊亦是马克思主义的后继者，那么，两者在看待文学与政治的关系上如此相像便不难理解了。

---

[1] ［日］竹内好:《近代的超克》(李冬木等译)，生活·读书·新知三联书店，2005 年版，第 134 页。

[2] 同上。

然而，在论证过程中，迥异的知识背景和思维方式让他们的观点出现了不同的走向。竹内好看到鲁迅痛苦到疯癫、撕裂至怨毒的呐喊，看到鲁迅绝望于文学对政治的无力。鲁迅说，“一炮吓不走孙传芳”，文学代替不了“一炮”，不过，“一炮”不也代替不了文学？所以，不能说文学与政治无关，而要说“文学对政治的无力”。正是在此基础之上，竹内好给文学作出定位：“政治是行动。因此与之交锋的也应该是行动。文学是行动，不是观念。但这种行动，是通过对行动的异化才能成立的行动。文学不在行动之外，而在行动中，就像一个旋转的球的轴心，是集动于一身的极致的静。没有行动，便没有文学的产生，但行动本身却并非文学。”[1] 文学无用，却是“无用之用”，文学非政治，却拥有一种“非政治的政治性”，换句话说，文学是一种沉默的行动，沉默是一种批判的态度，造就了“永远的革命者”，而“永远的革命者”就是一种不间断的行动。

詹姆逊看到的则是鲁迅小说中狂人呓语的疯魔化、阿Q形象的寓言化，他仿佛找到了“政治无意识”最恰如其

[1] ［日］竹内好：《近代的超克》（李冬木等译），生活·读书·新知三联书店，2005年版，第134页。

分的对应物，并由此展开文学政治关系论。延续着一切社会生活方式都由物质生产方式最终决定这一马克思的经典论述，詹姆逊认为“政治无意识”是“不在场”的“在场”，以潜移默化的方式渗透审美意识，并掌控全局，由此他才会发现鲁迅小说中无时无刻都在显示政治指向。但是，政治以文本的形式接近我们时，要么处于隐蔽状态，要么通过乔装变形来显露，内在于文本的空白、裂隙、断裂、沉默之中，是被压制的无意识的存在。这又可以解释鲁迅小说的寓言性、象征性和不断变形的特点，于是，“政治无意识”就成了“结构和解开文本的象征意义的潜在机制，因而也是阐释的主要目标”[1]，只有借助阐释，剥去文本表层的遮蔽物，进一步“祛神秘化”才能揭示历史真相，填补个人欲望和社会集体的鸿沟。

可以看出，尽管两个人都从鲁迅身上看到了“文学与政治密不可分”，但竹内好认为文学是变了形的另一种政治，强调的是文学之于政治的补充功能，詹姆逊则是要揭示被叙事遮蔽着的政治，剥离出遁形于文学背后的政治，还原政治本身——对鲁迅小说的解读就是要透过寓言化的

[1] 吴琼：《走向一种辩证批判：詹姆逊文化政治诗学研究》，上海三联书店，2007 年版，第 99 页。

迷雾看到他的政治历史内涵，说到底，詹姆逊讨论的是一种批评家的阐释方法。

再看重构主体性问题，这是缠绕竹内好一生的问题——“近代的超克”即对于明治维新以来以西洋为文明开化标准的近代日本的超越和克服，包含有对现代性反思和对日本民族主义的追求，也就是说，在西洋文化携带着霸权汹涌而来时，东洋如何在巨大的冲击中建立属于自己的真正的主体。竹内好和鲁迅一样具有深刻的民族焦虑和知识分子担当，他把个体的脉搏与国家的心脏紧紧相连，他这样说：“执著于自我者很难改变方向。我只能走我自己的路。不过，走路本身也即是自我改变，是以坚持自己的方式进行的自我改变（不发生变化的就不是自我）。”[1]这里的“我”即“日本”，日本若要建立主体性，就须执着于自我而不轻易改变，在无数个历史瞬间“为了确立自我进行殊死搏斗”[2]。然而，日本在近代的起点上就“抛弃了抵抗”，毫无心理障碍地全盘西化，以一种“优等生”的姿态沾沾自喜地进入西方所设定的现代模式。竹内好为日

[1] ［日］竹内好：《近代的超克》（李冬木等译），生活·读书·新知三联书店，2005年版，第212页。

[2] ［日］竹内好：《近代的超克》（李冬木等译），生活·读书·新知三联书店，2005年版，第183页。

本这一种现代化模式命名为“转向”，“转向”有两个关键点，一是发生于没有抵抗的地方，二是产生于自我欲求的缺失——也就是说，“转向”内含着一种“优越感与劣等感并存的缺乏主体性的奴隶的感情”[1]。这样的“转向”当然是一种堕落的进步、奴隶的进步、以放弃主体性为代价的进步，是社会达尔文主义的一个变体。在此，我们可以体会到竹内好对于日本文化的反思之深刻、严厉。

就在这样的焦虑时刻，竹内好与鲁迅相遇，他深感“鲁迅那样的人是无法产生于日本社会的。即使得以产生也不会成长，不会成为值得继承的传统”。[2] 他在鲁迅身上发现了一种有别于“转向”的新异的思想特质：“他拒绝成为自己，同时也拒绝成为自己以外的任何东西。这就是鲁迅所具有的、而且使鲁迅得以成立的、‘绝望’的意味。绝望，在行进于无路之路的抵抗中显现，抵抗，作为绝望的行动化而显现。把它作为状态来看就是绝望，作为运动来看就是抵抗。”[3] 主体意识产生于抵抗，抵抗旧日

[1] ［日］竹内好：《近代的超克》（李冬木等译），生活·读书·新知三联书店，2005 年版，第 194 页。

[2] ［日］竹内好：《近代的超克》（李冬木等译），生活·读书·新知三联书店，2005 年版，第 210 页。

[3] ［日］竹内好：《近代的超克》（李冬木等译），生活·读书·新知三联书店，2005 年版，第 206 页。

之“我”，抵抗新的“他者”，这种在不断的抵抗过程中形成的自我才是竹内好所认同的鲁迅/中国现代化模式，他称之为“回心”，也即“转向”的反面：“转向是向外运动，回心则是向内运动。回心以保持自我而反映出来，转向则发生于自我放弃。回心以抵抗为媒介，转向则没有媒介。”[1]“回心”也有两个关键点：一、它是一种朝向文化内部的否定力量，“是对于自身的一种否定性的固守与重造”；二、它“是主体在他者中的自我选择”[2]，在挣扎中保存自我，以执著于自我的方式进行改变。如此说来，只有来自内部的否定才是真正的否定，只有他者中的自主选择才是真正的进步。换句话说，任何来自外部的否定，如果不能转化为自我否定，任何他者提供的契机，如果不能转化为自主选择，都无法形成真正的主体。

竹内好与詹姆逊的“重建主体性”理论具有如下的相似性。一、主体性是在抵抗与搏斗中产生的。他们都看重由鲁迅身上生发出来的，为建立本民族主体性而不遗余力地与西洋文化（第一世界文化）和中国传统文化进行生死搏斗的努力——一种困兽犹斗的绝望和不息。竹内好说：

[1] ［日］竹内好：《近代的超克》（李冬木等译），生活·读书·新知三联书店，2005年版，第213页。

[2] 孙歌：《竹内好的悖论》，北京大学出版社，2005年版，第58页。

“我所关心的不是鲁迅怎样变，而是怎样地不变。他变了，然而他没变，可以说，我是在不动中来看鲁迅的。”[1]他的意思是，在接踵而至的新思潮中，鲁迅始终是独立的、反思的，“不退让，也不追从。首先让自己和新时代对阵，以‘挣扎’来涤荡自己，涤荡之后，再把自己从里面拉将出来”。[2]二、“他者”的视野。他们都是为解决本民族文化中的困顿，以“他者”的视野在异于自己的文化之外寻得的一种思想资源，这就意味着鲁迅不是目的，而是手段，那么鲁迅本身以及鲁迅的全貌并不重要，只要他在他们关注的点上提供有效的、适用的思想粒子即可，这一点在詹姆逊身上体现得尤为突出。三、片面的鲁迅和想象的中国。正因为对鲁迅的研究只是各取所需，那么鲁迅思想的驳杂繁复和前后变化就不会被纳入他们考量的范围。而且，鲁迅是中国文化的异数，以鲁迅为线索所想象出来的中国文化断然不是中国文化本身，而只是他们反观自身文化的一面镜子。

尽管他们在“主体性”问题上不谋而合，但也会有如

[1] ［日］竹内好：《近代的超克》（李冬木等译），生活·读书·新知三联书店，2005年版，第39—40页。

[2] ［日］竹内好：《近代的超克》（李冬木等译），生活·读书·新知三联书店，2005年版，第11页。

下三点差异：（一）侧重点不同。竹内好的“主体性”是在日本文化需要保持自我、抵抗他者的状态下所进行的自我否定和自我更新，侧重点一是自觉的意识、自主的选择，二是日本民族主体。詹姆逊则强调重构一个私人和公共兼而有之的，被现代、后现代思潮所解构的文学/文化主体，侧重点一是强调历史、政治因素在主体性中的重要性，二是文学/文化主体。（二）研究方法不同。竹内好是资深的鲁迅研究专家，他精研鲁迅的思想资源，以为日本民族主体重构的借镜。詹姆逊则是在自身的理论视野中看到了鲁迅复杂面相的一鳞半爪，鲁迅不是作为鲁迅自身而是作为詹姆逊的注脚而存在。（三）立场不同。竹内好担忧东洋文化是否能够抵抗西方现代模式、是否能够在历史中确定自身文化位置，他是西方文化的逆子（说他是逆子，是因为他是西方文化的产儿，话语范式都是西方的，但他拒绝父亲的给予，反思父亲天然的正确性）。詹姆逊的文化焦虑则在于反省西方文化自身的缺陷，他是西方文明的孝子。

那么，不同地域、背景、立场、时代的两位学者为什么先后看到了一个相似的鲁迅形象？“第三世界文化”、“落后文化”所孕育出来的作家如何能让第一世界的批评家、"先进文化"[1]的研究者拍案叫绝？究其缘由，大概还是因为鲁迅身上散发着浓郁的"政治知识分子"气息。"政治知识分子"是詹姆逊在阐释"民族寓言"说的时候提出的概念："在第三世界的情况下，知识分子永远是政治知识分子"[2]，一种既是"文化知识分子的同时也是政治斗士，是既写诗歌又参加实践的知识分子"[3]。竹内好也有类似于"政治知识分子"的命名，"永远的革命者"，或者"现役文学家"，按照孙歌的说法，竹内好本人也始终保持着"现役"的状态："他的社会关怀与战斗精神表现为彻底颠覆知识领域内部的权利和政治结构，并通过这种颠覆解释现实社会权利关系的所在，促成精神层面的反思。"[4]这样的知识分子从来不是不及物的，他必须时时刻刻保持他的介入性，只有深深扎入现实的肌体，他才能获得自身的灵感，而他的灵感也永远只是针对现实的肌体本身。在

[1] 竹内好说，以日本章化（优等生）的眼光来看，"中国文学是落后的"。参见［日］竹内好：《何为近代——以日本和中国为例》，载《近代的超克》（李冬木等译），生活·读书·新知三联书店，2005年版，第208页。

[2] Fredric Jameson, "Third World Literature in the Era of Multinational Capitalism," *Social Text*, No.15（Autumn, 1986）, p.74.

[3] Fredric Jameson, "Third World Literature in the Era of Multinational Capitalism," *Social Text*, No.15（Autumn, 1986）, p.75.

[4] 孙歌：《竹内好的悖论》，北京大学出版社，2005年版，第3页。

他们看来，鲁迅正是最典范的具有介入性的“政治知识分子”，鲁迅手里拿着的既是笔，也是匕首与投枪。鲁迅犀利无比的介入性让詹姆逊一下子痛苦到了他的痛苦：“我们应该考虑到，作为知识分子，我们可能正酣睡在鲁迅所说的那件不可摧毁的铁屋里，快要窒息了。”[1] 接下来的问题是：如何介入？他们共同的答案是秉持批判的姿态，批判是“政治知识分子”介入现实的基本方式，“政治知识分子”“绝不把团结置于批评之上”[2]。詹姆逊读懂了鲁迅的批判，他认为《狂人日记》“重建了处于我们自己的世界之下的一个恐怖黑暗的客观现实世界：揭开或揭露了梦魇般的现实，戳穿了我们对日常生活和生存的一般幻想或理想化”[3]，《阿Q正传》更是对中国“自我开解的精神技巧”[4] 的批判。竹内好对于鲁迅的批判精神同样心有戚戚焉，他更把“永远革命”定位为永远的批判——绝不姑息、从不停顿的批判，纠缠如蛇执着如鬼、至死都不宽恕的批判。

[1] Fredric Jameson, "Third World Literature in the Era of Multinational Capitalism," *Social Text*, No.15 (Autumn, 1986), p.77.

[2] Edward W. Said, *Representations of the Intellectual* (New York: Vintage Books, 1996), p.32.

[3] Fredric Jameson, "Third World Literature in the Era of Multinational Capitalism," *Social Text*, No.15 (Autumn, 1986), p.70.

[4] Fredric Jameson, "Third World Literature in the Era of Multinational Capitalism," *Social Text*, No.15 (Autumn, 1986), p.74.

三、第三世界文艺家只能是“政治知识分子”?

从鲁迅以及其他一些个案出发，詹姆逊建构了“民族寓言”说，竹内好则提出“近代的超克”论，他们又在自身理论的基础之上共同呼唤一种介入的、批判的“政治知识分子”(或者叫“永远的革命者”、“现役文学家”)。不过，只要我们进一步审视他们的论述，就会发现他们非常诡异地把自己的论述主要锚定于《呐喊》——詹姆逊所论述的文本是《呐喊·自序》《狂人日记》《阿Q正传》和《药》，均出自《呐喊》，而作为闻名遐迩的鲁迅研究专家，竹内好当然会论及《彷徨》《野草》诸集里面流泻出来的绝望和虚无，但他真正的兴奋点还是《呐喊》的介入性、批判性，就算是在论述绝望和虚无的时候，也还是着眼于绝望和虚无背后的政治性。不过，我们应该认识到，从来就不存在一个一成不变的、具有高度同一性的鲁迅，鲁迅的生命被他一直与之战斗的对象所凝定甚至命名(就像过客拥有过无数个名字，每个名字都只被叫过一次一样)，把他的任一阶段、任一面相当作他的全貌的做法都可能犯了刻舟求剑的错误。我们更应该警惕，《呐喊》完成后，鲁迅的小说创作迎来长达两年之久的空白期，经过太久的沉默之后，他才集束性地写出《彷徨》中的篇章，而这一漫长的、令人不安的沉默正是鲁迅对于自身的深刻的怀疑和致命性的摧毁，再一次发声的他已经不再是从前的那个他。如果说从前的那个他确实是一个詹姆逊意义上的“政治知识分子”，这一“政治知识分子”写出来的小说确实可以当作“民族寓言”来解读的话，再次发声的他的身份已经非常的模糊、暧昧，暧昧、模糊的他写出来的小说不会是“民族寓言”，而只能当作他在身份认同瓦解以后重新确认自身的仪式来解读——一个“荷戟独彷徨”的（前）战士怎么可能写出“民族寓言”，他亟待做的是弄清楚“我是谁”这一根本性问题。当鲁迅从文化、政治批判转向自我认同重建的时候，一些他从前不会措意的往事一定会涌上心头，因为过去是现在的根源，过去之海奔腾向海岸线才绽放现在之浪花，于是，他开始写作《朝花夕拾》；一些他从前一直压抑着、回避着的情绪，比如孤独、惶惑、疼痛、恐惧、绝望、虚无，一定会深深地攫住他，他无论如何挣扎都不可能逃出这一张纠缠的巨网，于是，他开始写作《野草》，借此捋一捋太过纷杂、晦暗的心绪。《朝花夕拾》与《野草》在“彷徨”时期联袂出现，意味鲁迅对于“政治知识分子”角色的疏离（直至上海时期，鲁迅重回这一身份），意味着他对于自身身份多重可能性的建构的努力。

值得注意的是，“政治知识分子”的身份出现深刻的裂痕以后，鲁迅的话语形式也出现了巨变——“呐喊”时期鲁迅的话语形式是慷慨激昂的、诙谐的、幽默的，他要将他的启蒙理念晓畅、明晰地传递给他的读者，“彷徨”时期鲁迅的话语形式则是纠缠的、自反的、欲说还休的，他不再有一种确信的理念需要传递，他每说出一句话都会被后一句话所覆盖甚至否定，于是，这些弥散的、缠绕的话语蔓生出一座幽暗的、人迹罕至的灌木丛林，只有这个丛林，才是他可以暂时栖身的所在。如此一来，不是话语内容而是话语形态本身获得了独立自主性，也就是说，“彷徨”时期鲁迅最重要的问题不再是介入性、批判性，而是审美性，一种因为自身的幽暗、沉重而获得的类似于物质存在的美学特性。更重要的是，审美性与政治性并非绝对二元，它们更多时候是相互影响，甚至就是二而一的，于是，一种幽暗的、缠绕的审美特征只能与一种断裂的、自我否定的政治态度相伴相生——也就是说，“彷徨”时期的鲁迅依然是“政治的”知识分子，只是这种政治不再是介入的政治、批判的政治，而是后撤的政治、内省的政治。

不过，这样的审美性和政治性注定不会为执着于介入性、批判性，呼唤“政治知识分子”的詹姆逊和竹内好所发现，因为人类只能看到自己所能或者所想看到的东西，用詹姆逊引述过的奥拉夫·史德普顿的话说就是，“对我们而言，要想进入一个世界，在我们自己和我们的宿主之间，就必须存在着一种深层的相似性或同一性”[1]。所以，在第一世界的学者看来，第三世界文艺家只能是“政治知识分子”，这样的“政治知识分子”或者可以为他们缝合自身文明的裂隙，或者能够帮助他们“超克”西方文化的笼罩，重新确立自身民族的主体性，至于第三世界文艺家究竟是什么样子的，跟他们又有多少干系？

这样一种对于中国文艺家及其文艺的窄化和征用，我们从西方世界把诺贝尔文学奖授予高行健、莫言这两位话语作家也可以看出一点端倪。高行健的《灵山》和《一个人的圣经》看起来进行着颇为新奇的叙事实验，呓语狂言式的风格也较为分明，不过，它们都是地地道道的政治

[1] ［美］弗雷德里克·詹姆逊：《未来考古学：乌托邦欲望和其他科幻小说》（吴静译），译林出版社，2014年版，第5页。

化写作，它们作为它们自身并没有多少意义，它们只有在直面它们所要否定和鞭打的对象——“文革”及其始作俑者——的时候才能获得意义和生命。过度的政治化使得高行健的小说读来并没有多少余韵和回味，但这样的创作在西方世界看来却是不可多得的宝贝。对莫言的接受亦是如此。诺贝尔授奖词中除了“无与伦比的想象力”、“很好地描绘了自然”、“滑稽”、“犀利”等不多几处指向审美性的用语外，大抵是在肯定莫言的政治性，比如“中国历史上重复出现的同类相残的行为证明了这些苦难。对莫言来说，这代表着消费、无节制、废物、肉体上的享受以及无法描述的欲望，只有他才能超越禁忌试图描述”[1]，再如“绣花针般刺痛人的细节”，不一而足。可是，综观莫言的创作，他并未提供出别的作家提供不了的对于20世纪中国历史的独特认知，他对于中国社会的介入和批判也并未超越许多介入、批判的作家——他甚至因为对于社会心理的某种迎合，比如色情，比如抄写《讲话》，而受到一些所谓“政治知识分子”的猛烈攻击。（也许只有《蛙》是一个特例，《蛙》用姑姑一生从事计划生育事业隐喻出了一个既光明又黑暗、既正义又邪恶，但不管你如何评价你

[1] 2012年诺贝尔文学奖，瑞典学院对莫言的颁奖词。

都不得不被裹挟而去的强有力的共和国发展史，这样一副全景图的呈现，是别的作家力有不逮的。）莫言真正动人的所在，还是他的狂欢化的文体，以及狂欢化文体之下潜隐着的力比多狂潮。狂欢化文体指向的是审美性，我们可以为他寻找到一系列美学标签，比如汪洋恣肆、泥沙俱下、汁液横流、言不及义，力比多狂潮说的是政治性，不过，这一政治性既可以指介入的、批判的政治性，因为力比多狂潮会推翻一切压抑着它们的桎梏，更指向对于一种幽暗的、未经意义整饬的原生的世界的开拓和发现，就像《檀香刑》与介入、批判有何干系？但它不也试图在启蒙理性之外建立一种万物有灵、有理的新的秩序？不过，如此丰富、混沌的莫言被西方世界窄化成了一个反抗的莫言——反抗的莫言当然会让那些更激烈的反抗者感到不满——获得诺贝尔文学奖竟是对于莫言意义的捡择和删减。

综上所述，我们可以认定，以詹姆逊、竹内好为代表的第一世界理论家在把以鲁迅小说为代表的第三世界文本当作“民族寓言”，或者是拿来当作“超克”的武器的时候，他们可能是选择性地征用第三世界文本，在他们那里，第三世界文本还不可能具备第一世界文本的丰富性，它们只能是匕首与投枪，它们的作者只能是掷出匕首与投枪的不屈的战士。但是，只要我们真切地站在自身的文化地基上，就会发现我们的文艺实在是万花缭乱、异彩纷呈的，因为我们的文艺家把20、21世纪的中国经验制作成一出出精妙绝伦的好戏，于一块既辉煌、壮丽又诡谲、恐怖的“氍毹”上一一上演——这样一种既有政治性也有审美性，更有从灵魂深处颤动出来的本能性的演戏/看戏体验，哪是介入和批判可以一言以蔽之的？若以第一世界的宰制性眼光来观察自身，只能把玫瑰看成枪炮，把霹雳舞解读成抵抗的政治。我想，只有当第三世界文本在第一世界思想家那里不再成为一个“特例”、一种样板，当我们的思想家不再只是热衷于“转向”而有了“回心”的觉悟和努力的时候，真正的对话和理解才有可能。

第二章

为詹姆逊重绘台北地图？——再探台北本土性、全球化与后现代

台北，如此特别。时间上，它是一座沉重的现代都市，刚刚过去的创伤记忆还来不及凭吊，在全球化浪潮裹挟中，它又宛若摩登女郎粉墨登场。在空间上它位于中国边陲，这使它与中华文化血脉相承，又保有与中国其他城市全然不同的历史印记。它集孤独与喧嚣、悲情与华丽、斑驳与纯粹于一身。这样一个有故事、有张力的城市一定有太多情绪要表达，以至于在台湾的文学、影视作品中，“台北”始终是人们说之不尽、哀之不尽的意义场，于是，人们正说反说、明说暗说、短话长说，营造出一个丰盈、斑斓的台北印象。

早在 90 年代初，詹姆逊就已经敏锐地察觉到台湾电

影中的台北书写正发生着惊人的变化。在他耗费四万字精心结撰的《为台北重新绘图》一文中，他孤明先发，指出对于不期然焕然一新的台北而言，传统的都市理论已经不再是切中肯綮的叙事单位了，它的种种或隐或显的变革驱使我们去寻找解读它的新的理论图式。当台北本土性被反复书写的时候，也就是当这个城市悲情得到一再发酵的时候，在太平洋彼岸的詹姆逊却敏感地嗅到了随风潜入夜的全球化浪潮。在这里，最为本土的、偏居远东海隅的东西突然被点铁成金地获得了后现代的理论意义。詹姆逊的观察视角的转换显示了这位一流理论家的无与伦比的洞察力。然而，作为西方人，他并不熟悉台湾历史与文化，从他采用的材料来看，就难免显得捉襟见肘：第一，他提到了被称为第五代导演作品的寥寥数部内地电影；第二，他利用纪德《伪币制造者》和几部西方电影来充当考察台北电影的参照框架；第三，他对台湾本土电影，基本上只是一笔带过，得到较好待遇的只是说了三四句的《恋恋风尘》，其实只着重分析了一部杨德昌的影片《恐怖分子》（1986）。值得讨论的是：詹姆逊依据的尺度是外在于台北的大陆电影和西方文学，且单凭孤证就完成了台北绘图，如此得出结论是否过于草率？循着这一疑问，本章试图从三个部分进行探究和论述：一、逻辑梳理：试图理解詹姆逊“为台北重新绘图”的内在理路，尤其是将他为台北绘图的标尺进行客观化。二、还原现场：力图将台北放置在全球化时代的后现代条件与台湾自身历史经验的双重语境中去重新绘制台北坐标。三、切问近思：反思詹姆逊绘制台北地图的独到处和偏颇处，并进一步认识台北的本土性在全球化的浪潮中的可能性，例如台北的本土性是否已然消失？或仅仅是改变了形式？它的内在质素如果依然存在，又会以何种方式得到保留？

一、詹姆逊“重新绘图”的逻辑

詹姆逊在《为台北重绘地图》中把台北分为前世和今生，前世到今生一定有一次脱胎换骨的蜕变，“重绘”说才得以成立。[1]詹姆逊选择了电影来进入台湾叙事。他一方面进入“新浪潮”的论域内部，另一方面，又入室操戈，寻找到了“新浪潮”内部的巨大罅隙。具体说来，众

[1] Fredric Jameson, “Remapping Taipei,” *The Geopolitical Aesthetic: Cinema and Space in the World System* (Bloomington: Indiana University Press, 1995), p.114.

所周知，台湾“新浪潮”是一批生于二战以后、成长在60年代的台湾导演于80年代自觉创作的一系列电影的统称。他们经历了台湾50—60年代急剧的社会变化，对传统电影僵化保守的创作范式进行反思，通过电影语言、视觉表意、叙事探索等方面革新陈腐的电影观念，在80年代，他们逐步摆脱原先的历史文化束缚，力图建构起一种新的本土文化经验——即立足于台湾自身重新书写台湾历史。这场经由新生代电影工作者激发起的电影改革运动在短短几年间经历了兴衰成败，却成为台湾电影至今难以企及的高峰，甚至在世界电影史上都占得一席之地。构建起“新浪潮”风格同一性的东西可以称为台湾本土性，但是，詹姆逊通过阿尔都塞的“症候式阅读”[1]方法，借助于全球化

---

[1] 症候式阅读是在20世纪60年代巴黎高师的《资本论》研讨班上正式提出。该研讨班的重要理论成果之一就是1965年出版的《读〈资本论〉》。阿尔都塞在《读〈资本论〉》的序言中，他指出马克思有两种阅读方式，其中一种便是症候式阅读，症候式阅读旨在把握由文本中的空缺、误解和疏忽所反映的深层含义。同时，他对症候式阅读有如下定义：所谓症候读法就是在同一运动中，把所读的文章本身中被掩盖的东西揭示出来并且使之与另一篇文章发生联系，而这另一篇文章作为必然的不出现存在于前一篇文章中。正如马克思的第一种阅读方法一样，他的第二种阅读方法也是以两篇文章存在为前提，而且以第二篇文章作为第一篇文章的尺度。但是在新的阅读方法和旧的阅读方法之间存在着区别，也就是说，在新的阅读方法中，第二篇文章从第一篇文章的“失误”中表现出来。此外，至少在理论文章（我在这里只是涉及理论文章阅读方法的分析）的场合，存在着两种意义上的同时阅读的必然性和可能性。参见［法］路易·阿尔都塞：《读〈资本论〉》（李其庆、冯文光译），中央编译出版社，2001年版，第21页。

这一全新光谱仪，来重新测绘杨德昌的《恐怖分子》，并将原本归类为“新浪潮”类型的这部电影，视为某种挣脱了现代性牢笼的后现代性文化发出的新声，视为从本土性扶摇而上升为全球性文化的症候。

（一）从本土性到全球化：中国视角。在詹姆逊看来，侯孝贤的《悲情城市》（1989）、杨德昌的《牯岭街少年的杀人事件》（1991）等都试图诠释出一个特定时空中的、有着自己历史烙印和现实焦虑的、独一无二的台北。那么，他是如何论述这些电影的本土性特质的呢？颇为可怪的是，在具体论证中，詹姆逊并没有立足于台北自身的文化书写脉络加以把握，而是选取了对西方人来说距离较近但实际上仍十分遥远的中国大陆两种不同类型的电影作为参照物：一个以农村为表征，即第五代导演的电影；一个以城市为对象，即被西化的中国电影。詹姆逊的意图是，借助于说这两类电影缺乏本土性美学品质，来强化他对新浪潮的本土性特质的指认。

先看农村叙事。詹姆逊认为第五代导演的电影大多采用的是一种宏阔的史诗叙事（如《黄土地》《红高粱》），这一史诗叙事的雄心使得摄影机具有一定的特权，镜头回避了日常生活中的风景，更加钟情于偏远山区的独特景致，远镜头如风卷残云般地扫过广阔无垠的山脉，静止在那些散落着的渺小到模糊不清、又缓缓移动的人群和马匹，活似一幅中国水墨画。这种全景式的镜头已然成为第五代导演的一个标志性风格，这宛如《清明上河图》的呈现方式，确立了一种史诗的讲述方式。于是，风景、人物等不能作为一种独立的意象被呈现出来，只能在宏大叙事或某种关系网中才能被捕捉、被呈现。说到底，这种史诗式镜头实际上是一种象征性表演，是新式的乌托邦想象。从这个意义上来说，第五代导演的电影并不是本土性的再现，而是一种想象化、极致化了的史诗叙事。

再看城市书写。詹姆逊以周晓文导演的电影《最后的疯狂》(1987)为比照物，认为这部影片模仿西方电影几乎达到了以假乱真的地步。为呈现一个总体意义上的抽象城市，影片中所有可以识别城市的符号以及区分意识形态的记号都被删除殆尽。例如，影片中的高科技的咖啡馆和奔驰的火车丝毫没有显示出不同意识形态下的差异，俨然是一个普遍、抽象、毫无特征的现代都市和消费社会。不仅如此，无论是政治、现实或是区域的矛盾都被淡化或抹掉，观众很难辨认出这是中国的哪座城市，仿佛置身于没有现实冲突的自由世界，如此说来，中国的本土性已被完全清除和抽空。

詹姆逊认为，反映农村题材的这些电影似乎本有表现本土性天然的特权地位，但遗憾的是，导演们更愿意展现对乡村之外的人具有好奇心的宏大场面和奇风异俗，其迎合他者窥视欲望的表演性错失了真实的生活细节和偶然性，它不再是农村生活场景的活生生再现。另一方面，城市电影丧失了本土立场，在对西方电影无节制的模仿中，在对现代性不加掩饰的追求中，这些电影抑制了中国独特经验的表达激情，割断了自己与中国传统的联系，忘记了中国的城市生活拥有自己的呼吸和歌哭。实际上，詹姆逊认为这两种叙事的共同特点都不是在具体的语境和时空中生成，也不是对本土日常生活的真实再现，而是将不符合艺术逻辑的意象剔除，因而是抽象、孤立的。

而“新浪潮”则不然。它再现了当时台湾的社会条件和经济体制，是时间性的、语境化、历史化的叙事。在这个意义上，詹姆逊认定“新浪潮”是对台湾本土性的完美诠释，尤其将台北这座城市绘制得精致而特别：它“与内地诸多城市的规模结构、存在模式、历史记忆不同，与香港——这样一个城市社会——既包罗万象又自足封闭的都市空间不同”。[1]具体来说，台北以现代都市为主导，向四周弥散，形成一个城郊杂糅的混合空间，通过错综复杂的铁道、公路等交通网络将中心与边缘勾连起来。于是，台湾特有的小型火车在城郊之间呼啸往来的影像成为“新浪潮”最具代表性的标识，比如在《恋恋风尘》(1986)中，镜头停留在空荡荡的火车站，远方传来一阵汽笛声，上下班往返的火车承载着风景又向着风景开放，社会的网状结构以一种可触、可感、可观、可现、相互交织的意象系统展示出来，极具台湾地方性特色（而这在晚期资本主义世界的符号系统中已烟消云散）。随着政治自由化，侯孝贤的《悲情城市》和杨德昌的《牯岭街少年杀人事件》以一种历史编年史的叙述方式演进，而这段历史是其他城市无法复制、无法取代的。这一切使得“新浪潮”成为环环相扣、彼此照应的一个系列组合。于是，詹姆逊认定“新浪潮”是比他“了解的任何民族电影（或许除了法国20世纪20年代和30年代的影片）都更让人满意”[2]。詹姆逊对“新浪潮”大加赞赏，也是因为“新浪潮”与他的“民

[1] Fredric Jameson, “Remapping Taipei,” *The Geopolitical Aesthetic: Cinema and Space in the World System* (Bloomington: Indiana University Press, 1995), p.120.

[2] *Ibid.*

族寓言”理论不谋而合。所谓“民族寓言”是指“第三世界的文本，甚至那些看起来好像是关于个人和力比多趋力的文本，总是以民族寓言的形式来投射一种政治：关于个人命运的故事包含着第三世界的大众文化和社会受到冲击的寓言。”[1]也就是说，第三世界文本就算是在描摹个人的情感、经历和生存状态，最终也一定会指向整个民族的历史、政治和文化，是本土性、民族性的一个缩影。尽管台湾不能算严格意义上的第三世界，詹姆逊并不拘泥于此，至少台湾是第一世界之外的场域，仍然可以称得上是“后第三世界”，在这个意义上，“新浪潮”被认定为类似于“民族寓言”式的系列文本，我们这里可以看到，詹姆逊在其批评实践中运用了他一直提出的口号“永远历史化”：把文化文本阐释范畴重新放置到其产生时的特定历史及社会关联中去，恢复其在特定历史语境中的原初意义。实际上，我们也可大胆判断，詹姆逊的这一阐释方法以移花接木的手法重述了卢卡契对现实主义和现代主义的论断，只不过是他用卢卡契对现实主义的评论来赞美“新浪潮”，

[1] Fredric Jameson, “Remapping Taipei,” *The Geopolitical Aesthetic: Cinema and Space in the World System* (Bloomington: Indiana University Press, 1995), p.120.

而用卢卡契对自然主义或者现代主义的批评来责难内地电影。[1]

然而，杨德昌被认为是“新浪潮”的灵魂人物，他的电影理应归为“新浪潮”一类，偏偏詹姆逊发现他所导演的《恐怖分子》跟“新浪潮”的整体风格迥然有别。也就是说，詹姆逊借助“症候式阅读”发现了“新浪潮”内部的差异性。具体来说，《恐怖分子》没有台湾历史中特有的感伤主义，也不呈现本土优美的地理风景，更缺少对台湾身份的忧虑，而呈现出一种阴冷、客观、不动声色的格调。正是它的出现，詹姆逊断言在这部影片中台北的本土性正在被全球化浪潮吞噬，影片呈现的也不再是某个具有地方色彩的症候，而是一种全球性的共鸣。《恐

[1] 詹姆逊的这一阐释方法复制了卢卡契对现实主义和现代主义的论断，卢卡契认为现实主义小说中的典型人物是对具体社会现实、特殊人物个性进行总体性观照的产物。典型不是单纯统计学上的平均数，它是历史的总体运动中一系列特征汇集而成的、语境化的性格或情节，是整个社会关系的反映，而现代主义艺术则把历史感抽空、省去具体语境，凸显个人经验，只是某种现象的描写。卢卡契认为：“如果文艺确实是反映客观现实的一种特殊形式，那么它就特别需要按照现实的本来面貌来把握现实，而不局限于反映直接经历的现象。假若一个作家致力于如实地把握和描写真实的现实，就是说，假若他确实是一个现实主义作家，那么现实的客观整体性问题就起决定性的作用。”参见中国社会科学院外国文学研究所等编：《卢卡契文学论文集》第二卷，中国社会科学出版社，1985 年版，第 6 页。

怖分子》中，男主人公李立中是一名刻板、庸碌、有升迁愿望的小职员，像现代社会所有普通人一样日复一日地生活着，随后他的晋升努力功亏一篑，妻子与前男友重修旧好后离他而去，他依然执拗、笨拙、用力地试图挽回败局，更让人们觉得他是典型的失败者。这样的人物“根本不可能含有‘个人化’的色彩，而适用于所有现代都市中人物”[1]。他的命运唤醒的不是一个人的悲哀，是整个现代都市中技术专家或体制内人员的一个缩影，是后现代社会中产阶级的一个面向，在全球化影响的任何一个都市可以找到对等物，展现了一种新的贫穷和“无家可归”。如果说李立中是一个“民族寓言”的话，他已经不再是本土性的集中体现（因为本土风景和气质已被省略），而是被因地制宜设计成为不可能真正融入第一世界的后第三世界的一类人[2]，原先绝对个人化的、区域性的属性已渐渐变成了晚期资本主义新的世界系统内的集体无意识。

（二）从现代主义到后现代风格：西方视角。詹姆逊

---

[1] Fredric Jameson, “Remapping Taipei,” *The Geopolitical Aesthetic: Cinema and Space in the World System* (Bloomington: Indiana University Press, 1995), p.145.

[2] *Ibid.*

认为《恐怖分子》展现出从现代主义滑向后现代风格[1]的趋势，为了夯实这一观点，他用以比照《恐怖分子》的作品竟然是纪德的小说《伪币制造者》，这乍一看有些费解，因为纪德并不像乔伊斯、庞德、里尔克那样是西方学者用来阐释现代主义的典型作家，但实际上詹姆逊认为这些作家是现代主义的特殊形式[2]，纪德才具有充分的典型性。詹姆逊认为，尽管两者的主题都是现代主义的：艺术对生活的模仿、小说对现实的反讽，但呈现方式却截然不同，《恐怖分子》已然是后现代风格，具体表现在三个方面。

第一，就小说寓意而言，从道德的焦虑到意义的消失。在《伪币制造者》中道德始终是整个小说潜在的叙述目的和底色，不自觉地就流露出作者的价值判断和寓教于文的企图。道德始终是不在场的在场，这不仅仅源于全知全能

[1] 詹姆逊把构成垄断资本主义时代风格特征的文学艺术作品称为现代主义文学/艺术；而后现代风格是指在晚期资本主义/跨国资本主义/全球化时代文学艺术所呈现的美学特征。参见［美］詹明信：《晚期资本主义的文化逻辑：詹明信批评理论文选》(张旭东编，陈清侨等译)，生活·读书·新知三联书店，1997年版，第232页。

[2] 需要指出的是：詹姆逊认为文学史上时代和运动的概念已经变得不可信，人们只将乔伊斯、庞德、里尔克等特殊的作家认为是现代主义，其实不然，现代主义应该和现实主义相互关联。参见［美］詹明信：《现实主义、现代主义、后现代主义》,《晚期资本主义的文化逻辑：詹明信批评理论文选》(张旭东编，陈清侨等译)，生活·读书·新知三联书店，1997年版，第225页。

的叙事方式，而且反映了作者试图赋予小说以意义的这一现代主义表意冲动。纪德在书中最著名的第二部分第三章仿照了18世纪小说的风格，对虚构的人物的行为、观念一一做了点评和判断，他不动声色地让读者信服其言说，并形成某种判断习惯。实际上，道德判断使得小说获得了可理解性，也使它具有了催人反思的伦理深度。而《恐怖分子》所描绘的后现代都市中，镜头以一种稀松平常、冷静淡漠的方式来表现欧亚混血女孩及为她拉皮条的男子的一系列施暴和抢劫，在这个观察视角里，观众无法进行深度的感情投入，因为施暴和抢劫如果以麻木不仁的方式得到呈现的时候，也就是当它显示为一系列有连续性的无意义动作的时候，其道德意义无法恰当地获得关注，换言之，它指向的是一个虚无的意义空间。在詹姆逊看来，如果说现代主义仍有一种内在指向的话，到后现代，在所谓的"主体的死亡"或者至少是在"主体的意识形态"终结之后，我们就很难讨论严格意义上的邪恶，因为我们谈到邪恶，必然预设存在着为邪恶负责的主体。假如不存在独立的、具有自主性的主体，那么，暴力只是一种叙事，无关道德，现代主义的"深度模式"随之消解，取而代之的是后现代"新的平淡感"。

第二，就叙事结构而言，从社会的诊断书变成拼贴图。《伪币制造者》以纪德本人的生活变故为依据，深刻地反映了复杂的人性和社会的样态，对法国新教的社会背景进行了多角度、多声部的描摹，个人命运只是叙事的表面，其真实目的是展示社会全景，展现一种批判的力量，所以小说的字里行间总是透露出一种“启示录”式的全局判断，宛如一部社会诊断书。相较于《伪币制造者》的个人风格和深度模式，后现代呈现出一种拼图杂烩的特征，过去和未来被悬置，事件的连续性、叙事的逻辑连贯性被打断，例如，《恐怖分子》是由摄影机将几个互不相关的事件拼贴而成：清晨发生一起暴力事件（案件本身不是叙述重点），一个年轻的摄影师抢拍到了这个过程，又在不经意间得以瞥见欧亚混血女爬出阳台摔伤腿的过程，摄影机跟踪着她的逃脱行为，她晕倒在马路上时，大夫李立中在驱车上班的途中与欧亚混血女所乘救护车相遇，由此，几个互不相干的人发生了联系。在影片中，一系列文本、图片、历史叙事各自断裂为一堆符号，重新拼凑成一个杂乱无章却意味深长的文本。我们仿佛知道这个电影故事有点寓意，但是其寓意通向各个方向，我们无法将它组织成一个统一的意象画面。

第三，就叙事形式而言，从时间叙事到空间叙事。詹姆逊认为《伪币制造者》是时间性的叙事，小说采用的日记形式就再明白不过地显示出叙事的时间性。而《恐怖分子》则是对空间的叙事，影片有一个重要的主题——囚禁，首先，台北的狗关在笼子里。这在视觉上凸显了囚禁，由此而引申出女性也是被囚禁在空间之中，例如，欧亚混血女被锁闭在母亲的公寓中，而她母亲被囚禁在20世纪50年代那段昔日的时光中，摄影师的女友仿佛也封闭在堆满照片的房间，女作家在自己的书房中日渐萎缩。这一后现代文本把人物在现代城市中的处境用空间的形式表述出来。“空间从来不是一个与社会现实无关的自然存在，相反它是社会和实践以及历史的产物”[1]，就这样，台北被绘制成图，被塑造成了一套装在盒子里的住宅空间：所有的人物在这里都是以这种或那种方式被囚禁起来。后现代主义仿佛把一切都彻底空间化了，不仅是传统物质性的空间存在形式，而且“把思维、存在的经验和文化产品都空间化了”[2]。詹姆逊认为现代主义中，时间具有绝对的

[1] 汪民安：《身体、空间与后现代性》，江苏人民出版社，2005年版，第111页。

[2] ［美］詹明信：《现实主义、现代主义、后现代主义》，载《晚期资本主义的文化逻辑——詹明信批评理论文选》（张旭东编著，陈清侨等译），生活·读书·新知三联书店，1997年版，第293页。

优先权，空间成为附属的存在。如福柯所说，时间是先锋、进步和变化的代表，空间却是僵化、停滞和保守的指称。现代主义对时间性的强调源于对发展、变化和进步的追求，而后现代主义中，时间割裂为一连串破碎的当下，当代社会像是得了历史健忘症，逐渐丧失了它保留过去及其传统的能力，过去不可追，未来难预料，似乎当代社会丧失了一切“历史性”，时间成为停滞的、无意义的存在物，空间已经成为人们对世界进行概念化的主要范畴。我们越来越为空间的概念和范畴所主导。现在我们已经开始以新的、更为空间化的方式来思考时间。[1]

二、重设尺度：中华性—本土性—全球性

詹姆逊根据很少的台湾本土材料，就做出了如此令人耳目一新的判断，其不凡的洞察力值得我们尊重。但如上所述，囿于诸多主客观因素，他对台北书写材料的占有显然不足，他只能退而求其次，分别采用若干中国大陆电影和一本现代主义小说作为参照框架，来评估《恐怖分子》

[1] 何卫华、朱国华：《图绘世界：弗雷德里克·詹姆逊教授访谈录》，载《文艺理论研究》2009 年第 6 期，第 6 页。

的后现代意义。然而，一个顺理成章的问题是：不在强大的经验基础制定的标尺是否存在误差？这种阐释方式，是否存在理论先行、主观论断的嫌疑？本章试着另起炉灶，重设框架，力图遵照“客体优先性”[1]的原则将台北放置在自身的历史脉络中重新考量。需要说明的是，笔者在讨论台湾书写的时候，将文学与电影等量齐观。这并不是因为不承认这两种文类具有各自不同的艺术法则，而是因为首先，电影作为现代化的产物，二战之后才日渐在台湾繁盛起来，关于台北最早的书写保留在文学中，其次，在詹姆逊的文本中，他就将文学与电影进行了无缝对接，这是因为，这两种文类毕竟遵守着同样的文化逻辑，而文学人与电影人表征着相类似的历史经验。基于此，本篇在众多关于台北书写作品中，选取关键时期的重要作品：《亚细亚

[1] 阿多诺认为客体相对于主体具有优先性，在认识过程中要保证客观对象的独立性，以客体变化为基准，在尊重客体差异的基础上总结概括。“客体的优先性，说到底，对同一性的批判是对客体的优先性的探索。不管怎样否认，同一性思维都是主观主义的。对这种思维的修正——把同一性看作不真实的——并没有使主体和客体达到一种平衡，也没有把功能概念提高为认识中的唯一统治角色：甚至在我们仅仅是限制主体时，我们也剥夺了主体的权力。主体自身的绝对性是一种尺度，根据这种尺度，非同一性的最微不足道的残余在主体看来也像是一种绝对的威胁。最低限度也会把主体全盘弄糟，因为主体自称是整体。”参见［德］阿多尔诺：《否定的辩证法》（张峰译），重庆出版社，1993年版，第216—219页。

的孤儿》—《台北人》—《悲情城市》《牯岭街少年的杀人事件》—《恐怖分子》—《古都》等。

说来有些吊诡的是，具有强烈政治关怀的詹姆逊在为台北重新绘图的时候竟然忽略了台北的政治背景，而对台北书写的观察者而言，政治视野构成了理解台北本土性不言而喻的前提条件。显然，台北历史上重要的时间节点，如果不与某种政治事件密切相关，就必然具有某些强烈的政治内涵。1945 年，日本战败投降，台湾光复，国民党政权将台湾省行政长官公署设立于台北。此后，国民党败退台北，被迫开始将台北作为一个重要的政治文化桥头堡加以经营。可以说，从这个时候开始，台北作为一个城市的独立性和特殊性才开始形成。这并不是说二战以前台北没有历史记忆和乡土情怀，而是说它没有作为一个独立的客体被凝视、被发掘，只是台湾北部的一个区域，其自身历史没有明显的区隔于台湾其他城市的个性，完全可以被台湾岛的历史所涵盖。战前将台湾 / 台北的特征、情绪和记忆捕捉的最精准透彻的当属《亚细亚的孤儿》，概括为两点：一是中华性。文中所体现的台湾的风俗人情与中华文明一脉相承，例如春节要蒸年糕，祭祖先，拜玉皇大帝、观音菩萨、关帝爷、妈祖，烧金钱，放火炮，迎花灯，“男人兴高采烈地去拜年、赌博，女人则回娘家或到庙宇去烧香，大家在新春欢乐的气氛中，一直要继续到正月十五”[1]，字里行间渗透着浓浓的乡愁。二是孤独感。全书以胡太明的个人体验折射出那个时代台湾人的普遍心态，他不甘作亡国奴逃亡大陆，却得不到同胞的信任，陈映真认为：“殖民地台湾的部分知识分子，一方面受到日本警宪当局虎视眈眈的监视，一方面又得不到台湾被压迫同胞的充分信赖。另一方面，当他们和充满抗日敌忾心的中国大陆同胞接触时，常常饱受侮蔑和不信任的眼光，深恐他们是日本帝国主义派来大陆的鹰犬。在这种情况下，一个只单纯地怀抱小知识分子爱国热情的台湾知识分子，是不能不感到寂寞和悲愤的。”[2] 这一时期的台湾人在政治和心灵上都无家可归，陷入矛盾、分裂的状态。

1949年以后，国民党退居台湾，台北开始书写一段特殊的历史，尤其是“二二八”事件之后，国民党对意识形态的控制森严，文学、电影很难发出本土的情绪和批判的声音。能被呈现出的关于台北的书写最具代表性的是1971年出版的《台北人》，它是由白先勇于20世纪60年

[1] 吴浊流：《亚细亚的孤儿》，人民文学出版社，1986年版，第11页。

[2] 陈映真：《试评〈亚细亚的孤儿〉》，载吴浊流：《亚细亚的孤儿》“附录”，人民文学出版社，1986年版，第242页。

代在《现代文学》发表的14篇短篇小说结集而成。看似讲述的是台北人，实际是那些身在台北，心在大陆的南京人、上海人、四川人、湖南人、广西人等等，不一而足，他们几乎是整个中国的缩影，在历史变动与人生际遇中展现了“台北人”的客居之感、思乡之情。《台北人》承接了《亚细亚的孤儿》的文化寻根的主题，是中华性的接力、弥漫和回流，由于时间和距离被拉开，历史变革的冲击力开始淡化，命运的感叹不那么沉重，那种“玉户帘中卷不去，捣衣砧上拂还来”的大陆情结成为一种遥远的寄托。

到了20世纪80年代，台北的本土性日渐明晰。随着局势缓和，言论自由，被压抑了太久的台北发出撕心裂肺的呐喊，一出声就是一腔悲情、满腹血泪。这最先在电影中得到了全景式的展现，被誉为“台湾史诗”的《悲情城市》中所描绘的台北历经战火、无序、失语、抗争和戒严，代表自由、平等和博爱的三色旗掩盖不了台湾的动荡、冲突与骚乱。影片通过混杂的语言展现了台湾社会的族群问题：闽南话、粤语、日语、普通话、上海话、客家话，南腔北调杂糅着、冲突着，真切地展现了本土人、外省人，国民党、共产党，日本、美国之间的矛盾，勾勒出那个年代台北特有的人文风貌。正是如此，台北的独特性被完整地呈现出来，台北不再是背景，而是主角。侯孝贤睿智地选择了两个角度“悲情”、“城市”：“悲情”是一种历史情绪的准确把捉；而“城市”即台北，台北作为一个不能被台湾历史涵盖的独立存在被呈现出来。影片中台北作主本，基隆为副本（与台北相近又不同），犹如“晴有林风，袭乃钗副”，一主一副尽显风采。侯孝贤的长镜头客观冷静，以林家四兄弟的悲惨命运折射出台湾一代人的命运，影片最具匠心的是老四林文清，他是聋哑人，他的悲痛无可逃避又无法言说，象征着悲情的台北、失语的台北。

当全球化时代到来，台北悄然改变，这种变化记录在杨德昌的电影里，他几乎所有的影片都设定在不同历史时期的台北，他甚至说：“我的目标很明确，就是用电影来替台北市画像。我要探寻台北这些年来发生变化的方式，以及这些变化是如何影响台北市民的。”[1] 如《牯岭街少年杀人事件》《光阴的故事之指望》是戒严时期的台北，《独立时代》《一一》《恐怖分子》是现代化的台北，这些影像记录了台北20世纪60年代末到90年代中经历的戒严时代、

[1] 悉达：《轻与重，现世与永恒》，中国民航出版社，2004年版，第193页。

经济繁荣时期、国际都市时期。杨德昌影片中，台北被作为人格化的主题空间，各个空间的隐喻透露着不同社会阶层的生活状态、价值取向和交往边界。“杨德昌作品中的台北和现实中的台北城市空间几乎不存在假定的置换关系，杨德昌很少通过借位去处理城市空间，而是通过还原背景空间在现实空间中的属性来唤起观众的认同感。”[1]

20世纪90年代后，全球化驱散本土性的风浪更加嚣张，虽然没有像詹姆逊说的那样本土性被蚕食一空，但也出现了一种本土性对抗全球化的趋势，台湾知识分子开始在现代都市中缅怀旧日风貌，本土性以一种怀旧的方式被展现，在文学领域，写成于1996年的《古都》以“都市人类考古学”[2]的方式挖掘台北城层层叠叠的记忆，试图对抗全球化背景下清除历史与记忆的城市化热潮。对于全球化中拔地而起的摩天楼与高架桥，朱天心以“丑”、“怪”等形容词冷眼观之。她曾说：“站在特洛伊遗址畔，俯身探看那因战火因频频毁灭性的地震而层层累累建了又建的毛层遗迹，每一化石层皆充满一代人的记忆，我决定用这

[1] 杨宁：《城市、空间与人——杨德昌电影中的台北城市形象》，载《当代电影》2007年第6期，第107页。

[2] 黄锦树：《谎言或真理的技艺：当代中文小说论集》，台湾麦田出版社，2003年版，第117页。

个方式来写《古都》。”[1] 王德威认为这个“老灵魂”如本雅明笔下的废墟天使，背向未来，脸朝过去，被“进步”的风暴吹得一步步“退向”未来。[2] 所以，朱天心会乐此不疲地描写“南国印象的冶艳小花”[3]，年岁久远的老树，她以奇花异草，名木古树来对抗后现代城市中整齐划一的、因频繁移植而奄奄一息的绿化景观，黄锦树认为“古”字深富意味，“它象征了确定性；对叙事者而言，它的存在，物质的具体性保障了不同代的人之间存在感受和思想意识之间的可共量，也让享有共同价值和信仰的文化共同体不会因时间的推移而溃散”[4]，朱天心仿佛是一个后现代的堂·吉诃德，要在碎片化、同质化的时代中留住曾经的本土印记。

不止是文学，流行歌曲中也弥漫着全球化的焦虑。例如，传唱一时的经典歌曲《冬季到台北来看雨》（1992）的唱词：“天还是天，雨还是雨，这城市我不再熟悉”，张雨生

---

[1] 转引自王晓初、朱文斌主编：《世界华文文学研究 第5辑》，第111页。原载朱天心、舞鹤：《朱天心对谈舞鹤》，载《印刻文学生活志》2004年第3期。

[2] 王德威：《老灵魂的前世今生——朱天心论》，载《当代小说二十家》，三联书店，2006年版，第97页。

[3] 如各种颜色的马齿苋、马缨丹、有毒的射干、长春花、芍药、牡丹、南洋杉、罗汉松。

[4] 黄锦树：《谎言或真理的技艺：当代中文小说论集》，台湾麦田出版社，2003年版，第118页。

《魔幻台北》(1992)的唱词:"你说台北真看不见无际的绿野,我说我能明白文明工斧之苦",都透露出人们对城市的陌生感,《台北的天空》(2002)也是如此,现代化鬼斧神工般的改造,使台北变得冷漠而生疏,乡村也就成为都市人的怀旧之地。在电影中也体现了对全球化的质疑和回归乡土的诉求:例如,《海角七号》(2009)开头发出一句宣泄式的怒吼:"我操你妈的台北",主人公把吉他摔得粉碎,踏上了一条逃离都市去乡村寻找本真的旅程;《艋舺》(2010)(台北西部)是台北市发展的起点。这里角头林立,既有传统寺庙,又有日治遗风,20世纪80年代后全球化入侵,原先的伦理与规范也开始土崩瓦解,它和《古都》一样是对台北的城市记忆的一次回溯;《台北飘雪》(2012)传递出了这样一种思维模式:只有在全球化还未侵蚀的乡土古镇中才能找回都市中迷失的本我。可以看出,当全球化浪潮席卷而来,本土文化也以抵抗的形式拥抱着全球化,台北本土性并没有因全球化的入侵消失,反而在对抗的焦虑中被凸显出来。[1]

---

[1] 或许在詹姆逊看来,这未必是对历史的追忆和挽留,更可能是一种后现代语境中的"怀旧",詹姆逊认为"怀旧"无法捕捉到真正的文化经验中的历史感,也不是对古老传统、历史内涵的重现,而是在将历史转变成一种色泽鲜明的时尚之风,也就是说,怀旧并不是重现历史,而是赋予过去新的内涵、新的虚构的深度,在崭新的美感之下,美感风格包装下的历史也就轻易地取代了真正历史的地位。参见 Fredric Jameson, *Postmodernism, or, the Cultural Logic of Late Capitalism* (London: Verso, 1984), p.146。

台北本土性最初呈现中华性的特征，随着台北自身历史伤痕和政治经验，逐渐杂糅了其他的文化因子，随后在全球化中呈现出自己的独特面向，说到底，台北的本土性是一个不断演化、不断扩容的过程。由此可以反观詹姆逊的讨论，存在以下几个问题：一、詹姆逊把台北分成了前世（本土性）和今生（全球化）是一种线性历史的思维模式，台湾本土性固然可以分得清历史阶段，但不是非黑即白的状态，而是多重语境的叠合与杂糅；二、20世纪90年代后现代理论在全球日益兴盛，詹姆逊有着强烈的理论过剩的焦虑，这种焦虑促使他寻找某个文本对象去印证其理论的合理性和阐释力，于是，第三世界的《恐怖分子》被选中，这种理论图解式的论述方式使得他没有从台北自身的文本书写出发，更忽视了台北本土性的历史变化。三、詹姆逊认为本土性、全球化此消彼长，最终本土性特征将会被全球化浪潮吞噬一空，只有未被蚕食完全的第三世界的“民族寓言”是抵抗晚期资本主义的一片飞地。值得深思的是：这种不加反思、不加批判地就将民族主义美化成抵抗后现代主义的一块飞地的思维模式是否孕育了一种排斥现代进步性的民族主义意识形态？是否会使得现代性和民族主义变得水火不容？阿赫默德认为詹姆逊“文化民族主义的意识形态以民族和文明的独特性为基础，很容易自行陷入地方狭隘主义、反向的种族主义和本地的蒙昧主义”[1]，“以本土为指向颠倒了现代化理论家们的传统/现代性的二元划分，这样，对第三世界来说，‘传统’据说始终优于‘现代性’，于是就以文化民族主义为名的最蒙昧的立场开辟辩护的空间”[2]。

那么，事实上真如詹姆逊所说后现代的文本中本土性与全球性、现代主义与后现代主义互不相容、彼此对立吗？本土性真的被全球化驱逐殆尽了吗？在全球化浪潮中，本土性又如何自处、怎样呈现呢？

三、语境的杂糅和重叠

笔者以为非此即彼的视角未必是为台北重新绘图的最佳途径，从台北书写的历史来看，从中华性到本土性再到全球性的过程中，台北本土性看似是一种对抗姿态，实际是不断地接受和汲取新的文化思潮，在不断地角逐

---

[1] Aijaz Ahmad, *In Theory*: *Nations*, *Classes*, *Literatures* (London: Verso, 2008), p.8.

[2] Aijaz Ahmad, *In Theory*: *Nations*, *Classes*, *Literatures* (London: Verso, 2008), p.9.

和对立中进行融合。中华性、本土性、全球性随着时间的推移先后叠加，在多重语境中交叉共生。正如格罗斯伯格所认为的：任何一种文化都存在于交互、混合、矛盾、复杂的关系网中，没有哪一种社会结构不是由多元决定的。尊重语境的复杂性，反对任何形式的简化，正如历史不能被割裂成"从前和以后"（过去很简单，现在很复杂；过去整合为一，现在支离破碎；过去是理性的，现在是非理性的），否则落入新旧二分的窠臼，在这个意义上，语境仅只能经由其复杂性而被把握——就是所谓的"集合"（conjuncture）。如果简单地把文化叠进资本主义，进而把文化简化为资本主义，文化就成为了一种抽象价值的存在形式，隐藏在背后的问题就被遮蔽了。[1]

如此看来，台北是一个前现代、现代、后现代彼此交错的混杂语境，是各种文化相互叠合的交叉地带，从这个意义上来说，后现代并没有驱散本土性，而是叠合在前现代性、现代性之上扩充了本土性原有的内涵和外延。本土性是一个不断生成、始终变化的动态形式。以这一思路来反思詹姆逊的论断会有不同的结论。詹姆逊认定《恐怖

[1] 参见格罗斯伯格2015年在上海交通大学人文学院的演讲。

分子》具有空间特性，这是后现代文本的标志性特征（后现代文本是空间性的，而现代主义文本是时间性的），但这部影片并不像詹姆逊说的那样空间、时间相互排斥，而是一种具有时间性的空间，是时间、记忆、情感的多重维度的叠合。例如，影片中的洗手间——反复特写的空间符码——作为医生的李立中洗手成癖，镜头一次又一次地进入洗手间，在他的公寓、别人的公寓、旅馆房间、工作场所等不一而足，然而，这些洗手间却各不相同。重复却差异的空间正是由于时间、历史而造就的。首先出现的是李立中家里的洗手间——是他回家后第一个要去的地方，尽管是现代公寓，但房间的装饰传统、凝重，红色的灯光昏暗而沉重，这是一个中规中矩的、思想保守的中产阶级的象征，这个空间是现代和传统的双重叠合；另一个镜头停留在酒店洗手间：整齐、同质、没有特征的标准式设计是后现代社会的隐喻，在这里，亚欧混血女孩杀死了陌生的嫖客后悄悄溜走，意味着后现代社会人与人之间是一种无主体、无深度的互动；最后李立中自杀在一个青苔斑驳的旧式洗手间里，昏暗的房间里有一个大的石砌泡澡池——典型的1949年前台湾的老式浴室——是前现代生活方式的具象表征，在这里依然葆有旧日的真实感（他和儿时的挚友曾在此处一起泡澡）和归属感（选择在此处自杀）。可以看出影片呈现的是时间中的空间，空间中的时间，每一个空间都是带有时间烙印、历史印记的特殊存在，实际上这就是台湾本土性体现，只不过这种本土性是前现代、现代、后现代的叠合和杂糅。如此说来，台北的本土性无时无处不体现在后现代文本之中。实际上，在关于书写台北的文本中，中华性、现代性、后现代性先后入驻，它们相生相克，交相辉映，共同构成一个时空交织、语境叠合的台北印象。如果不以对立的、单一视角阐释文本，就会发现台北的本土性从未消失，它犹如一个不断吸取、不断变化、不断膨胀的动态雪球，接纳新的元素，也随之调整自己。

然而，在动态的演化中，本土性还有另一个面向，即一种稳定不变、一以贯之的心理模式。借沙朗·佐京“谁的文化？谁的城市”[1]的追问可以发现，城市本土性和归属感来自更深层的城市文化心理，它是由台北几代人的历史记忆叠加之后的重合部分、是在历史洪流中被淘洗、沉淀后的共同情感结构。台北的文化心理最具有代表性的是

[1] ［美］沙朗·佐京：《城市文化》（张廷佺、杨东霞、谈瀛洲译），上海教育出版社，2006年版，第1页。

孤独感，以这一视角反观詹姆逊对《恐怖分子》的解读会有不同判断。从战前到戒严到解严再到全球化，台北的孤独感始终如一，李立中虽然是现代都市中的中产阶级，但他和《亚细亚孤儿》《悲情城市》《牯岭街少年杀人事件》呈现出的情感模式几乎一致，甚至后现代文本《恐怖分子》中的人物都是飘零而孤独的。孤独感在影像中表达为两个方面：一、空间始终是封闭、逼仄的，近乎囚禁，例如，欧亚混血女孩被母亲囚禁在卧室，这个空间散发着冷漠陌生、百无聊赖的气息，因为孤独，她开始展开一系列不可理喻的恐怖行为；而她的母亲何尝不是孤独的，她把自己的身体囚禁在卧室，把记忆囚禁在与美国大兵缠绵的往事中；李立中的爱人周郁芬是孤独的，她局限在书房之中，急躁焦虑得几乎要崩溃；最深刻的孤独感恐怕还是体现在李立中身上，他与妻子分别占据书房和洗手间，互不侵入，正如他们的内心互不交流一样，虽然同处一室，却彼此陌生。影片开头是台北街头的枪击案，让我们误以为这就是影片所要指涉的“恐怖分子”，直到李立中在幻想中杀人、在现实中自杀之后才明白，真正的恐怖分子是看似体面正常、循规蹈矩，实则充满积郁、没有归属感的普通人，在逼仄的环境和孤独的状态中，每个人都可能是恐怖的（牯岭街少年也是如此）。而詹姆逊只是注意到了影片中“囚禁”的空间感，却没有发现背后隐藏着的孤独、悲情的历史印记。二、空间是私密的。反复出现的洗手间是一个隐喻，这个场所是单独、私密、排他的。李立中几乎病态的洗手行为，预示着他孤独、自卑、焦虑、不稳定却追求完美的心理状态，他的工作、婚姻，以及和同事、朋友的关系都处在一种左右失衡、孤立无援的窘态之中。最后在他浴室自杀时，影片中响起了蔡琴的歌声《请假装你会舍不得我》：“请假装你会舍不得我，请暂时收起你的冷漠，和往常一样替我斟杯酒，让我享受片刻温柔……明知道我的梦到了尽头，你不再属于我所有，在今夜里请你让一切如旧，明天我将独自寂寞”，通过背景音乐说出了李立中期待的最后一丝温柔，这是沉默而木讷的他无法开口的：在这个真假难辨的世界里他孤独行走，哪怕片刻虚假柔情也好啊。他是多么孤独！这种孤独感在詹姆逊看来是个体在现代都市原子化的后果，是世界上每一个掉入现代化漩涡的上班族的普遍缩影，殊不知这也是台湾记忆和历史的一次延伸，更是一种经久不退的伤痕。可以说，台北书写呈现出的孤独感不全是全球化所致，而是历史印记和当下现实的延续和重叠。詹姆逊误以为台北的情感结构只是后现代的碎片化、浅薄化的后果，却忽略台北历史记忆中的始终存在的文化心理，后现代引发的情感体验已经融合在台湾已有文化心理结构之中，如此说来，台北本土性以文化心理的方式在全球化浪潮被保留。

詹姆逊以一种晚期资本主义的视角“凝视”台北，一方面，他独具慧眼，察觉到台北无法自视的某些“症候”，另一方面，他的目光有强烈的主观性和选择性，意在通过台北（第三世界“民族寓言”）反思西方，台北本土性被阐释成质疑晚期资本主义的一片飞地，如此一来，台北被当做一种变形的、为我所用的“镜像”。（其实，这也无可厚非，否则会变成一种无法摆脱的原罪，因为所有的观察或思考都出自某一特定视角，一切对“他者”的解读是部分自身欲望和期待的投射，或多或少有主体的介入和不同程度的征用。）关键是作为被“凝视”的我们，不能在灼热的目光下手足无措，甚至依据“他者”的眼光认定自我，而是在“回眸”中建构自己的主体性，呈现自我的“情动”与“姿势”、回应和质疑，形成一种“合作式对话”（collaborative dialogue），即“让更多人参与进来，看到不同思想传统中的不同文本的特征，一定程度上扭转不同传统之间的对立局面”这种合作式对话将比单一的“凝视”走得更深、更远。[1]

[1] ［美］桑德尔：《从“比较式对话”到“合作式对话”——对陈来等教授的回应与评论》，载《华东师范大学学报（哲学社会科学版）》2016年第3期，第173页。

第三章

“间距”/“之间”的能量
——兼论中国古典美学之于朱利安的启示

自20世纪70年代以来，一直浸润在古希腊哲学思想滋养下的弗朗索瓦·朱利安开始了他别样的文化旅行，他“背井离乡”，告别欧洲“绕道中国”，触碰一个并非印欧语系也无文化交错的“他者”，并透过一种“外在”思想再度遣返自身，在“未思”（l’impensé）之处重新思考，这种“在遥远国度进行的意义微妙性的旅行”[1]是朱利安一贯采用且不断阐发的“哲学策略”。他如此折返往复，意欲何为？

[1] ［法］弗朗索瓦·朱利安：《迂回与进入》（杜小真译），商务印书馆，2017年版，第4页。

实际上，他寻求的是“外在解构”（une déconstruction du dehors），所谓“外在”，是通过中国文化的异质性来观照欧洲思想的未显之处，所谓“解构”是延续欧陆哲学思想的风潮，对本质主义和二元对立思维模式进行反思、打碎、拆解和消弭。关于解构思潮，福柯、德里达、德勒兹等一批哲学家早已声名鹊起，拔新领异，同是法国思想家的朱利安如何能摆脱“影响的焦虑”，独辟蹊径，自创一派？

“绕道中国”便是朱利安突出重围的绝佳选择，这不仅缓解了欧洲思想之困顿，也是他创新求变的源头活水。这一思想集中体现于他的关键概念“间距”（l’écart）之中。如此认定的理由有二：一是他在2011年出任法国人文科学之家世界研究学院教席的重要时刻，发表长篇演讲着力论述了“间距”/“之间”的理论，可见，“间距”/“之间”几乎是他思想的浓缩；二是有关“间距”/“之间”的论述散落在他多本著作中，如《间距与之间：论中国与欧洲思想之间的哲学策略》《淡之颂：论中国思想与美学》《势：中国的效力观》《山水之间》《大象无形：或论绘画之非客体》《迂回与进入》《美，这奇特的理念》《论普世》《进入思想之门》等等，关于“间距”/“之间”的思考，他已经持续了 30 年之久。

具体来说，“间距”植根于法国解构思潮，与当时的哲学家共享了相同的问题域，故“间距”与福柯的“外界思想”、德里达的“延异”、德勒兹的“差异”等有异曲同工之妙，不同之处在于“间距”受惠于中国文化，异质思想的催化使得这一概念点石成金般的获得了全新的理论意义，那么中国思想如何进入西方理论，经历了怎样的发酵、变异，又获得了何种的理论潜能？这是本章主要讨论的问题。

现有的研究大部分以中国视角出发，批评朱利安对中国文化的选择性征用及主观化误读，殊不知他念兹在兹地始终是西方哲学，中国思想并非他的研究对象，只是作为返回欧洲的研究方法，可见，如此苛求原本就是一场缘木求鱼的错位。事实上，恪守本土恰恰无法真正逼近本土，只有文化上的离家出走，通过无限靠近对方的方式，才能彻底地返回自身，正如朱利安所说：“我们越深入，就越会导致回归”[1]，那么，我们为什么不舍弃偏于一隅的立场，以彼之道、还施彼身，通过无限接近“他者”来反观自

[1] ［法］弗朗索瓦·朱利安：《迂回与进入》（杜小真译），商务印书馆，2017 年版，第 4 页。

身，进而获得解读中国文化的另一种答案呢？

故本书采用双重视角，将朱利安放回法国哲学思潮脉络中历史化地还原其问题意识和言说语境，与其他理论家形成对话，从而无限地接近“他者”；再拉回中国视域中去思索中国美学思想如何让他的理论在解构思潮中焕然一新，通过不断地“迂回和进入”，彼此照应，获得新见。

基于此，本章分三个部分进行论述：一、何为“间距”/“之间”：还原朱利安的论述逻辑；二、确立“间距”的理论坐标：将其置于欧洲特别是法国思想的整体布景中，与相关理论进行辨析、形成对话，以便更准确、更丰富地勾勒出它的普遍性与特殊性；三、“间距”的解构“功效”潜能：中国哲学和美学思想如何激发了“间距”的理论潜能，成就了它的独异性。

一、“间距”/“之间”的逻辑理路

朱利安的“间距”/“之间”理论实际延续了早在1968年就名声大噪的“差异”概念。1968年，已经被拉康、阿尔都塞等理论家讨论过的“差异”（la différence）理论经过德里达的《延异》、德勒兹的《差异与重复》的再度阐释提炼、生发拓展之后，成为反形而上学、反逻各斯中心以及反同一性哲学的一面旗帜浮出水面，随后理论界的持续关注和再度发酵使其日渐成为法国思想史上一个重要的问题域。可朱利安却偏偏放弃“差异”，固执地选用“间距”，“间距”的法语词是 l'écart，有间距、差距、差异之意，在朱利安的论述中“间距”和“差异”争锋相对，相反相成。他如此操作，有何深意？下面分三个方面进行论述：

首先是反同一性。

尽管解构思潮致力于反思同一性的暴力，试图释放那些被遮蔽的差异，然而，朱利安认为差异依然遵循着认同的逻辑，甚至暗含着一种更普遍更深层的认同。具体来说，认同至少有三种方式围绕着差异：“一、认同在差异的上游，并且暗示差异；二、在差异制造期间，认同与差异构成对峙的一组；三、最后，在差异的下游，认同是差异要达到的目的。”[1]认同与差异出双入对、紧密相依，它们遵循着相同的逻辑，甚至可以说，差异就是为了认同，但事实上，差异常常伪装成认同的反题充当解构的有力武

[1] ［法］弗朗索瓦·朱利安：《间距与之间：论中国于欧洲思想之间的哲学策略》（卓立、林志明译），台湾五南图书出版股份有限公司，2013年版，第25页。

器，并一直潜伏在同一性逻辑下隐隐作祟。当遭遇外来思想时，固有的逻辑便自动启动同化原则，真正的差别被吸收消化，而呈现出的差异恰恰是同化的结果，或者说唯有经过同化的加工锻造，差异才得以呈现，不得不说在思想萌芽时期，“他者”以及“他者”的潜能就已被生生泯灭了。

而“间距”恰恰相反，“差异建立分辨，间距则来自距离，差异让人假设在差异的上游有一个共同类型，构成基础，两个被分辨的词语就属于该基础并且从其中衍生出来；间距则专注在使人上溯到一个分叉之处，使人注意到这个分道扬镳及分离的地方。”[1] 也就是说，差异预设了同一的模型，随之衍生出的差别也不过是同一的装置中分化而出的不同显现，原来，差异寻找的只是自己眼中的倒影；而间距却拉开了一段距离，促使人们去寻找外在于“我”的、未曾到达的领域，在“未思之处”发现“他者”，反观自身。“间距”就是背离自身，在“我”之外拉开一段距离，打开一个相互“照映”，彼此“端视”的“面对面”空间，进而形成一个具有张力的反向思考通道，也就是

[1] ［法］弗朗索瓦·朱利安：《间距与之间：论中国于欧洲思想之间的哲学策略》（卓立、林志明译），台湾五南图书出版股份有限公司，2013年版，第33页。

“之间”。“间距”产生“之间”，“之间”是朱利安衍生出的另一个重要理论，“之间”（l’entre）的介词地位注定了它无焦点、不固定、非实存的特征。

朱利安认为在本体论思想笼罩之下的欧洲思想无法捕捉到“之间”：因为本体论关注事物之“存有”，并赋予它们属性，而“之间”不具本性，不能被赋予实质，“之间”是本体论的光芒无法照彻之地，是未思之处，如果说，本体论也探究“存有”之外的认知的话，那么这个“之外”也只是“之上”：一种对高度的向往，即“形而上”。朱利安绕道中国，在本体论语境之外，看到了“之间”的潜能。

那么什么是“之间”呢？“之间”是亦此亦彼又非此非彼、不拘泥于任何本质实存、游走在两者之间的一个通道，“是一切经由此而展开之处”[1]，朱利安的“之间”理论受惠于中国古代哲学和美学，欧洲哲学无法抵达之处，中国文化却在发端处就已拥有，并显示在方方面面。在日常中，人们将风景称为“山水”，将世界称为“天地”，将事物称为“东西”，将宇宙称为“乾坤”，这其中都有一种

[1] ［法］弗朗索瓦·朱利安：《间距与之间：论中国于欧洲思想之间的哲学策略》（卓立、林志明译），台湾五南图书出版股份有限公司，2013年版，第69页。

“之间”思维，它并没有使某一方孤立存在进而本质化、神圣化，而是非此非彼，若即若离，形成配比关系，开辟出一条通道，这也就是庖丁解牛为何能游刃有余，畅通无阻，正是在找到了骨肉之间的通道。在医药中，养生通筋、运气活血取自“之间”，在美学中，“俊发之气”，亦出自“鞭策、皮毛之间耳”[1]，可以看出，中国文化之端就孕育着“之间”思维，它不否认差别，也不故意区分、依附或凝化，而是在差别之内溯源而上，使差别得以相通、彼此转化，获得活力。

其次是反本质化。

朱利安认为“差异”是为了抵达本质，正如柏拉图在《诡辩家》提出本体论的步骤：“每一次将一种类型分为二，然后再把其中的一半分为二；如此继续下去，一直到无法再分的时候，就到达了所寻求的定义。亚里士多德也推荐这个同样的步骤：从差异再到差异，一直到‘终的差异’，此刻，事物的‘本质’便显露出来。”[2]可见不断区分差异是为了探寻事物的本质，那么差异背后的逻辑就预先

[1] 方薰：《山静居画论》，中华书局，1985年新1版，第3页。

[2] ［法］弗朗索瓦·朱利安：《间距与之间：论中国于欧洲思想之间的哲学策略》（卓立、林志明译），台湾五南图书出版股份有限公司，2013年版，第27页。

设定了一成不变且具有权威意义的本质存在，而“之间”没有本质、拒绝定义、微不足道。“之间”没有“己身”，不是“存有”(être)，在本体论管辖之外，而是“为了自我开展而‘通过’、‘发生’之处”[1]。

正是因为“之间”没有定义，而定义制造“存有”，所以，建立在存有基础上的古希腊乃至现代哲学并没有将“之间”纳入视域，于是，“之间”避免了本性与属性问题，逃离了“存有论说”的本体论的笼罩 。朱利安认为中国没有存有/非存有意义上的空无的空白，这与佛教里的“空”不同，佛教的“空”仍然是本体论 。而“之间”是王弼注疏中谈到的有运作力的“无”，并且“有”乃从无取得“功效”，“此在”意味着“这个或那个”，而“有无之间”可以消解本体论，用“隐”凸“显”，这次“思想冒险”源于中国画论，王维有言：“塔顶参天，不须见殿，似有似无，忽上忽下。茅堆土埠，半露檐廒，草舍庐亭，略呈樯杆。”[2] 这背后隐藏了一种思维模式：可见和不

[1] ［法］弗朗索瓦·朱利安：《间距与之间：论中国于欧洲思想之间的哲学策略》(卓立、林志明译)，台湾五南图书出版股份有限公司，2013年版，第63页。

[2] 王维：《山水论》(俞华编)，香港中华书局，1973年版，第596页。转引自［法］朱利安：《山水之间：生活与理性的未思》(卓立译)，华东师范大学出版社，2016年版，第124页。

可见不是彼此割裂，而是烘云托月，相互映衬，两者的对比烘托使可见挣脱被物化、被束缚、被孤立的桎梏，让被压制到单调乏味、奄奄一息的事物从存有的躯壳中抽身而出，从固定且凝滞的本质的重压下跳脱开来，重新释放灵气，这种突出重围的灵气穿越可见与不可见之障而交融贯通，从而达到形神相融、物我两忘、澄怀观道、明心见性之境。

中国非本质化的特点恰恰是西方思维无法触及之处，朱利安用“美”——这个奇特的理念来说明中西方的差别：美是形容词，形容一种自由丰富、相对普遍、不设边界的快乐和满足感，可是一旦被加以冠词从形容词变为名词时（le beau），美就在不停地追问中开始了从丰富的现象向单一的本质的转变之路，这是一个“从品质到本质，从具体到抽象，从个别到普遍：不再指认，而是定义”的过程，[1] 从柏拉图、毕达哥拉斯、亚里士多德、康德、黑格尔等等一路走来，美成了与概念相一致的现象表征，通过美的事物的特殊性达到普世性，复数之美被删减成单数的美，而中国文化中，不需追问美的本质，不必将其纳入“存有”

---

[1] ［法］弗朗索瓦·朱利安：《美，这奇特的理念》（高枫枫译），北京大学出版社，2016 年版，第 3 页。

之中，甚至没有固定的模式和概念，比如《世说新语·品藻第九》中，美是“骨气”、“简秀”、“韶润”、“思致”，在《二十四诗品》中美是“元气”、“冲淡”、“纤浓”、“沉着”、“高古”等等，不一而足，美多种多样，透过细微的差别，从一个内在逻辑引向另一个，相互补充，环环相扣，却从没有赋予某一个视点权威性和永久性，从而独占优势。[1]这透露出中国思维非本体论的特点：不居一端、不具属性、各自转化、彼此沟通。

最后是生成性。

朱利安认为“差异，除了下定义之外，什么也不生产”[2]，而“间距”则突破陈规，开拓探险，间距所造成的张力以不合时宜、不合常规的方式对人们既定的观念和规范进行挑战，使固有的理念松动、游移，处于虚空状态，思维可以在其中随意跨越，甚至“遣回到不是自己的他者”[3]。使事物从概念和本质中挣脱出来，回到未区分的有

---

[1] ［法］弗朗索瓦·朱利安：《美，这奇特的理念》(高枫枫译)，北京大学出版社，2016年版，第98页。

[2] ［法］弗朗索瓦·朱利安：《间距与之间：论中国于欧洲思想之间的哲学策略》(卓立、林志明译)，台湾五南图书出版股份有限公司，2013年版，第41页。

[3] ［法］弗朗索瓦·朱利安：《间距与之间：论中国于欧洲思想之间的哲学策略》(卓立、林志明译)，台湾五南图书出版股份有限公司，2013年版，第61页。

无之间，重新获得发现、孕育、生成的能力，产生无限的可能。

不得不说朱利安的灵感来自中国文化。汉字中，“间”是门中一月（后变为“日”），意味着门闩紧闭，可月光偏偏从缝隙中穿越，朱利安认为正是“内部的疏空令光明得以通行，它也在组织着万事万物的连接内部起作用”[1]“间”维持着一个贯通的内部，它不被封锁挤压，可以自由自在地任意穿行，它将事物从“本身”剥离，吸纳到自身缺席中去，让事物发生膨胀，冲破藩篱，“事物因此而呼吸、释放、浇灌、并被贯透”[2]。正如老子所言：“天地之间，其犹橐龠乎？虚而不屈，动而愈出”[3]，这恰如其分的诠释了“之间”的生成性，世界不是固态存有，而是在有无之间、虚实相生，犹如风箱一样，正是有了空虚的场域，才能气韵生动，变化更新，永不枯竭，又如庄子所言：“注焉而不满，酌焉而不竭，而不知其所由来，此之谓葆光。”[4]同

[1] ［法］弗朗索瓦·朱利安：《大象无形：或论绘画之非客体》（张颖译），河南大学出版社，2017年版，第200页。

[2] ［法］弗朗索瓦·朱利安：《大象无形：或论绘画之非客体》（张颖译），河南大学出版社，2017年版，第202页。

[3] 老子：《道德经》（张丽丽主编），北京教育出版社，2015年版，第15页。

[4] 庄子：《齐物论》，载《庄子》（曹础基注说），河南大学出版社，2008年版，第105页。

样是说空虚之地，气量非凡，可以吐纳万物，不断生成。

“间距”/“之间”的生成性更突出表现在中国画论中，谢赫认为画艺之首是“气韵生动”，后来方熏也再度强调：“气盛则纵横挥洒，机无滞碍，其间韵自生动矣”[1]，可见，中国绘画最推崇“气韵”：“气”有“笔气”“墨气”“色气”，激发出了“气势”“气度”“气机”，“气”逍遥游走，流转不息；“韵”正是通过这千变万化而生成、散发出来的灵性余音；“气韵自在”，则意味着不依附、不隶属、不被浸染、飘忽不定；亦不脱离、不放弃，永不枯竭，生生不息。“气韵”只有在“间”中才能产生，才能获得生动。

表现在中国绘画实践中有两个方面，一是“虚实留白”，这正是气韵生动之处，与庄子所说的“无谓有谓，有谓无谓”[2]有异曲同工之妙，中国山水画从高低之间、动静之间、明暗之间、固体液体之间，视觉听觉之间，敞开一个虚空容纳世界万象，在画面上呈现出云雾缥缈、若隐若现、虚虚实实、处处留白的风格，而山水之间，这阴阳乾坤的张力可以生成万物。二是“迹”，宗炳所言：“神本

[1] 方薰：《山静居画论》，中华书局，1985年版，第1页。

[2] 庄子：《齐物论》，载《庄子》（曹础基注说），河南大学出版社，2008年版，第108页。

亡端，栖形感类，理入影迹，诚能妙写，亦诚尽焉”[1]，方熏又言：“古人不作，手迹犹存”，中国古人发现了“迹”，并将笔触称为“真迹”，这在我们看来司空见惯的说法，可朱利安偏偏发现了他的深意，他认为“‘迹’恰恰在‘有无’‘之间’，其身份属于既现实化又不黏滞，或被贯透却又不胶着，既被放‘松’（舒展）却又立即被‘取’回，抑或醒目、可见、甚至烘托可见，却又转瞬即逝、从不强制的东西。它是在场的，但又栖居着缺席，如果说它是什么的（de）符号，那么应该是即将起航（partance）的符号：既虚又实，既具形体又含糊恍惚，既可触知又在逃逸”。[2] 正是在若即若离之间，“迹”是生机勃勃，无拘无束的，石涛云“山川与予神遇而迹化也”，这意味着在我与山川相逢交汇中间，“迹”便从僵化的事物中跳跃而出成为生机换发的“逃逸线”，可见，“之间”具有跳脱桎梏，曲径而走的能量，在框架之外寻找新的生长点，正如朱熹《近思录》提到“通曰智”，“通”即是祛除晦暗，渗透到、抵达至更远的地方，才有更新知识的可能。

---

[1] 宗炳：《画山水序》，载《画山水序　叙画》（宗炳、王微原著，陈传席译解，吴焯校订），人民美术出版社，1985年版，第7—8页。

[2] ［法］弗朗索瓦·朱利安：《大象无形：或论绘画之非客体》（张颖译），河南大学出版社，2017年版，第218页。

二、与“延异”、“差异”之比较

朱利安看似着力于中国诗画中的美学观，但实际上他的思维框架、言说语境和论述议题都暗合了西方后现代思潮，他更直言不讳地说绕道中国也是为了曲径通幽，寻找西方哲学的症结。这就不难理解对“差异”的新变早在德里达和德勒兹那里就已经有过精彩的演绎，他们给“差异”注入新的元素，改头换面成了更具理论潜能的“延异”和“生成”理论。朱利安借着这股东风提出了“间距”/“之间”，试图在概念迭出、意义增值的后现代理论中突出重围。如果只着眼于“间距”/“之间”理论，就事论事反而无法扩展视野、深入肌理，所以我们有必要把朱利安的问题意识放回到他自己的哲学脉络和理论生产模式中，与共享同一问题域的其他理论家进行比较、对话，如此才能更加直观地展现出朱利安“间距”/“之间”的独特性和层次感。需要说明的是本篇选取了德里达和德勒兹，不是因为他们二人享有“差异”理论的首创权，也并非只有他们对“差异”深入研究，而是因为：一、“差异”理论在1968年被两人明确提出，且详尽论述，独有新意，产生了无人能敌的理论穿透力和影响力；二、正因为他们的“差异”声名远扬，同是法国理论家又身为后辈的朱利安一定深受影响，他们的言说理路和思考方式有相关之处。三、巧合的是，他们都受惠于中国古典哲学美学思想，中国文化对他们的哲学思考和理论生产或多或少都产生过影响，这使他们浸染了相似的思考路径，具有一定的可比性。

先看德里达。他取“差异”之意，又发生了新变，自创了一个新词，即延异（différance），在差异之外增加“延迟”的意项，这恢复了拉丁语 differre 原初具有、却在法语中遗失的那层意思，“所谓‘延’，即在语言活动的时间链条中无限期地起到延缓或推迟词语的含义在时间流逝中自我实现的效果；所谓‘异’就是说，随着语义不能在时间的流逝中被逐一实现，便在效果上在无数的瞬间不间断地制造出对事物的区分效果”，[1] 这意味着语言包含了在时间维度进行意义的延展，也通过词语位置关系的变幻在空间维度中进行着意义的变更和“区分”。

德里达使用了一个“拓路”隐喻或许更容易理解，他

[1] 尚杰:《语言的“延异”与解构的价值》，载《哲学研究》2008 年第 9 期，第 85 页。

认为书写是一次心灵丛林中的“拓路”实验：一次一次地进入其中留下印迹，又一次次地涂抹改写，在重复中不断地差异。之所以如此认定的原因有二，一是遗忘（它在抹去）和记忆（它在转化）的双重力量把我们与哪怕是几秒钟之前的过去生生地分开，每一次书写都是与记忆搏斗的结果，书写永远无法逼近现实。二是现实、心灵和语言符号之间不是等量代换、全然透明的对应关系，而是曲线式的折射，隐喻式的翻译。可以说书写都是运用各种符号、意象、文学形式让记忆的复活和重塑，德里达说“没有差异的纯粹拓路并不存在”[1]正是“这些拓路间的差异是记忆的真正源头”[2]，而在一次次的重复中，必然出现“间隙”，德里达说“所有重复都是离散的，这些重复只有借助将它们分开的那种间隙才如此发生作用”[3]，正是这种不断地反复、增补、间隔、涂抹于差异的书写中，使得任何一种原初意义都变得含混不清，具有权威意义的那种固定的本质性的意义也就随之烟消云散。

---

[1] ［法］雅克·德里达：《书写与差异》（张宁译），生活·读书·新知三联书店，2001年，第365页。

[2] ［法］雅克·德里达：《书写与差异》（张宁译），生活·读书·新知三联书店，2001年，第405—406页。

[3] ［法］雅克·德里达：《书写与差异》（张宁译），生活·读书·新知三联书店，2001年，第406页。

德里达沿着结构主义语言学的视域进行，这意味着他用书写取代世界，也就是所谓的“文本之外无物”[1]而朱利安却是假借中国，不得不说两者在逻辑起点上就已分道扬镳了。有趣的是，尽管他们讨论维度和进入问题的方式不同，但在进行理论分析和逻辑推演时，却殊途同归。和朱利安一样，德里达的“延异”也有“间隔”之意——在重复的拓路中总会产生缝隙，德里达命名为“间隔”（espacement）也即“间隙”（diastème）和时间的空间化（devenir-espace du temps），在这里，德里达的“间隔”不仅指空间中的裂缝，也指时间的空间化，“间隔”要颠覆的是西方表音文字掩藏的单向度线性的时间秩序，即同一性，“间隔”把空间维度引入时间运动中，也就是说“间隔”从非时间的层面对时间内在的“空白”进行“替补”。可以看出，他深受胡塞尔、海德格尔等人的时间哲学的影响，而朱利安的“间距”取自中国文化的“间”，中国文化的“之间”并没有特别区分时空之别，尽管如此，“间距”和“间隔”的相通之处依然不可否认。

首先表现在两者都具有反同一、反本质的能量。具体

[1] Derrida, *Of Grammatology* (Baltimore: The Johns Hopkins University Press, 1977), p.158.

来看，德里达解除了索绪尔符号稳定性的魔咒，让意义扩展到在符号之外，“延异既不属于通常意义上的声音，也不属于通常意义上的文字，它犹如使我们在此一起待一个小时的奇特空间一样，位于声音和文字之间；它超越了使我们和他人联为一体的安闲亲密，并不时使充满幻觉的我们相信它们互不投机”。[1] 也就是说，在脱离语言规范的语境中，延异不断拆解“能指/所指”这一组二元对立的指向功能，进而破坏原先稳固的话语体系，更将解释的权威性、独断性、压倒性一一打碎，恢复词语多重的意义，解放被遮蔽的部分，让这些零散的碎片重新进行编排和勾连，当能指和所指脱节后，能指的意向活动才能导向一个无向度、无束缚、无边界、真正“零度”的无时空解构。德里达进一步指出：“在对延异的描写中，一切都是策略性的、冒险性的。策略性的是因为呈现于文字领域之外的超越性真理都无法神学式地控制整个领域。冒险性的是因为这个策略不单单是这个意义上的策略……”[2] 可见，这是一个没有目的性，没有指向的策略，自由飘荡，无限可

[1] ［法］雅克·德里达：《延异》（汪民安译），载《外国文学》2000年第1期，第71页。

[2] ［法］雅克·德里达：《延异》（汪民安译），载《外国文学》2000年第1期，第72页。

能，去往未曾去过的领域，因而是冒险的。“延异”的痕迹自由飘荡、任意游戏时，不遵循哲学逻辑话语的指示，也不遵循经验逻辑话语的坐标。于是，在场的形而上学到这里被覆灭。

其次，德里达的“间隔”的“生成性”又一次与朱利安不谋而合，德里达认为“延异”意味着言语和文字的“间隔”，而“间隔”是一种“生成空间”，具体来说，一、由于文字语言之间的延宕而有了生成的可能，德里达认为“在差异游戏中指涉生成运动”[1]产生了“间隔”，也就是言语与文字之间产生“拖延”“迂回”“推迟”效果，德里达认为“惟有生成空间使得文字和所有言语与文字之间的对应成为可能，让它们相互过渡”。[2]二、“延异”是一种动态的活动，“间隔”蕴含着一种“空白”“踪迹”“播撒”的可能，时刻在“活动”和“置换”中，而这种“置换表示一个不可简约的相异性”[3]，而相异性意味着“生成空间”始终处于变化流动的状态，具有无穷的创造性和生成性。三、德里达进一步说，在“延异”之前，主体不在

[1][2] ［法］雅克·德里达:《多重立场》(佘碧平译)，生活·读书·新知三联书店，2006年版，第32页。

[3] ［法］雅克·德里达:《多重立场》(佘碧平译)，生活·读书·新知三联书店，2006年版，第90页。

场，“没有先于延异和间隔的东西（在场的和非差异的存在物）。……主体性（像客体性一样）是延异的一个结果，一个处在延异系统之中的结果。”[1]“主体惟有在与自身分离中、在生成空间中、在拖延中及在推迟中才被构成。”[2]在这里，德里达将延异推向极端，认为“延异”先于任何存在，延异生成主体。

不难看出德里达通过能指和所指错位，将原先固定的本质化的在场击碎，让它在“间隔”中衍生出新的可能，“延异”所拥有的游移变化、描写不可描写之处，建构了不是概念的概念等特点恰恰和朱利安的无焦点、无本质、无定义、有无之间、虚实之间的“间距”理论颇为相似；德里达“间隔”生成性表现在变化莫测，是万物产生之地，“间距”的生成性也是流动不息，永不枯竭的能量之源。这种相似绝非偶然，因为德里达对中国文化也同样青睐有加，《书写与差异》（1967）、《论文字学》（1967）、《撒播》（1972）和《哲学的边缘》（1972）都在不同程度上涉及了汉字和中国文化，他谈到：“我以为无需逻各斯中心主义的语音中心主义是可能存在的。……在

[1][2] ［法］雅克·德里达：《多重立场》（佘碧平译），生活·读书·新知三联书店，2006 年版，第 33 页。

中国文化或其他文化中，赋予并非就是逻各斯中心主义的声音某种特殊地位也是完全可能的。”[1]只不过德里达更侧重在胡塞尔、海德格尔到索绪尔的西方传统之路上一路吸收、一路拆解，而朱利安却绕道中国，在老庄之路上亦步亦趋。

如果说比较德里达的“延异”和朱利安“间距”可以发现其中精神相通之处，那么对比德勒兹“差异”和朱利安“间距”更可以使两者相得益彰。

首先，德勒兹的“差异”也是反同一性的一把利器，那么两者有何异同呢？西方哲学总是把“差异”附庸于“同一”，“同一”为本，“差异”是“同一”的结果和变形。德勒兹同朱利安、德里达一样，力图将“差异”从“同一”逻辑藩篱中解放出来，以“生成”挑战“存有”的权威和“再现”模式，矛头直指柏拉图以来的西方哲学传统。他另辟蹊径，认为重复是差异的结果，重复拥有潜在的无限性，可以建构新的开端，但重复不是单一的线性过程，而是“永恒回归”。德勒兹吸收了尼采的“永恒轮回”说和伯格森的“绵延”论，把尼采的永恒轮回理解为

[1] ［法］德里达：《书写与差异》“访谈代序”（张宁译），生活·读书·新知三联书店，2001年版，第11页。

“不断开始的力量”[1]，意味着不断回归一个流动、嬗变和生成的世界。他认为“永恒回归是一种内在性的过程，它将差异性与同一性带到了一块儿。在永恒回归中，差异性回归而改变了同一性。这就是为什么德勒兹总是强调仅仅是差异性的回归而不是同一性的回归的原因”。[2]“永恒回归”摆脱了主客体的单一指向，并对此进行拆解和重组，如此说来，重复并非延续固有的逻辑，而是无客体、无目标、无障碍的回归，而差异则在挣脱范畴和本质的束缚后，不断自我更新、生成叠起，正如德勒兹所言：“永恒回归不是‘同一性’或‘一’的回归，而是属于多样性和差异的回归。”[3]

其次，德勒兹的“逃逸线”和德里达的“踪迹”、朱利安的“迹”之对比，彼此经脉相通，交相辉映。“重复”与“差异”蕴含着不断变化的创造性能量，这不是一个封闭的结构，而更像一条动态的逃逸线，主客体的稳定结构被打破，差异被激活，逃逸出固有的逻辑轨道，一

[1] Gills Deleuze, *Difference and Repetition* (Trans. Paul Patton, New York: Columbia University Press, 1994), p.136.

[2] Adrian Parr, *Deleuze Dicitionary* (Edinburgh: Edinburgh University Press, 2005), p.126.

[3] ［法］吉尔·德勒兹：《尼采与哲学》（周颖、刘玉宇译），社会科学文献出版社，2001 年 10 月第 1 版，第 69 页。

切都变得跳跃、无常、自由。“它揭示的是体系的不稳定的、不清晰的、无法最终划定的边界，是体系内部的‘同一性’不再有效的界阈。”[1] 在“逃逸”过程中，“粒子”流动着、散播着、延伸着，在这种不确定和差异性的情形下内外融合，这是生机勃勃、富有创新的生成活动。主客体的身份被打碎，被隐匿，化为一群流动“粒子”中的一员，在运动中，粒子的差异并无减少，反而在粒子共振中，差异被差异化了。逃逸线强调的并非起点和终点：这意味已完成，如“存有”本身，已是僵硬的概念，逃逸线强调的是之间：永远不息、没有终点的运动，蕴藏无限可能，也即“生成”，“生成”是比“存有”更根本的时间性运动。

德勒兹的“逃逸线”与德里达的“踪迹”可以形成对话关系，德里达提到：“踪迹的嬉戏不再属于存在的视域，但却传达和包含了存在的意义：踪迹的嬉戏，或延异，它没有意义，它不是。它不属于。没有支撑，没有深度，在这个无底的棋盘上，存在置于嬉戏中。”[2] 他又谈到“因为

[1] G. Deleuze, *Logique du sens* (Paris: LES EDITIONS DE MINUIT, 1969), p.298.

[2] ［法］雅克·德里达：《延异》(汪民安译)，载《外国文学》2000 年第 1 期，第 81 页。

踪迹不是某种在场，而是一个改变自身、移动自身、指涉自身的在场的假象，它就没有合适的场所——抹擦则从属于踪迹的解构。……它变成一个普遍化的指涉结构中的功能，它是一个踪迹，是抹擦踪迹的踪迹”[1]可以看出，德里达的“踪迹”是取消在场却又包含着在场的意义，意味着在有无之间，不被框定，自由嬉戏。

论述至此我们隐隐发现，“逃逸线”、“踪迹”、“迹”几乎不约而同地表达着相似的意义，前文已论述过朱利安所谓的“迹”一样处于有无之间，不黏滞，不胶着，既虚又实，既在场又缺席，既具形体又含糊恍惚，既可触知又在逃逸，在不断地运动变化中，逃离本质化的辖制，不断地进行自我生成。

再次，关于“生成”的比较。

“生成”是德勒兹最重要的理论，他在诸多著作中都有详尽论述。所谓的“生成”，“是特殊事件之间产生变化的一种纯粹运动，这不是说‘生成’是两种状态之间那个变化过程的呈现，相比于生产、最终和之间，‘生成’更多地意味着一种动态的变化过程，处于成分混杂的术语之

---

[1] ［法］雅克·德里达:《延异》(汪民安译)，载《外国文学》2000年第1期，第82页。

间，它不朝向特别的目标或者最终状态，‘生成’始终进行着”。[1]在《差异与重复》中，生成是一种力，差异自身的差异化即是生成的实质，差异化即是生成。《千高原》也有对“生成”的专门论述：“生成是一个根茎，它不是一棵分类树或谱系树。生成断然不是模仿，也不是同一化；它不再是退化—发展；它不再是对应，不再建立起对应的关系；它不再是繁衍，不再繁衍出一个家系，不再通过血缘关系而进行繁衍。生成是一个动词，具有其自身的容贯性；它不再导向、不再将我们导向‘出现’，‘存在’，‘相等’，或‘繁衍’”[2]。德勒兹的“生成”意味着差异、创造，它处于一种无限的动态过程中。

这与朱利安生成理论暗暗相契，朱利安的“生成”论取法中国，前文已经论述过生成是阴阳之间、有无之间的生生不息、变化更迭。巧合的是，德勒兹也用了中国的阴阳说来论述“生成”，中国文化作为纽带打通了彼此，无怪乎两者的“生成”论有着千丝万缕的关联。德勒兹认为在欲望的生成中，不存在主体侵蚀客体——主体增殖

---

[1] Adrian Parr, *Deleuze Dicitionary*（Edinburgh: Edinburgh University Press, 2005）, p.21.

[2] ［法］吉尔·德勒兹、［法］加塔利：《资本主义与精神分裂（卷二）：千高原》（姜宇辉译），上海书店出版社，2010年版，第336页。

而客体消减的情况，反之也不存在，而是双方都进行生产和增殖。德勒兹以太极图模拟了欲望的生成形态，“一种女性能量和男性能量的强度（intensity）电路，女性力量代表着先天和本能的力量（阴），被转化为男性力量（阳），从而使阴阳都变得更加符合自然本性，阴阳的力量都得到增强”。阴阳转化是朝向对方又面向自身的过程，其中能量生产均匀协调、相辅相成。可以看出，在德勒兹看来，欲望满足不是填补缺失，恰恰是新的能量的增值。

经过三者的对话与比较，可以看到他们的针对面和问题域都极为相似，彼此交织、相互补充，所以，只有将朱利安的“间距”理论遣返到它生长的土壤中，我们才可以清楚地剖析他的理论预设和问题意识，总结有二：

一是回到本源，反思西方的知识生产模式。

对“差异”的追问和更新都是为了“回到本源”探讨西方知识生产的最初时刻就已显现出的症候。这是后现代法国理论朝斯夕斯、念兹在兹的关注点，福柯在《知识考古学》里提到：“考古学不是什么别的东西，仅仅只是一种再创作：就是说在外在性的固有形式中，一种对已写出的东西调节转换。这不是向起源的秘密本身的回归；这是对某一话语——对象的系统描述。”[1]朱利安谈及他“绕道中国，就是走出去聆听有关‘源头’的其他说法”[2]，德里达探讨文字声音的主次关系就是从“原初书写”开始追问西方哲学本源，正是相同的问题域使得他们反思自柏拉图以来的西方哲学所建构出的二元世界，故要返回源头重新探求一种新的认知世界和知识生产的模式。

二是远离自身，拉开距离，不断生成。

无论是“间距”、“延异”还是“差异”，都有一种背离自身、突破封闭、向外延伸、曲线逃逸、不断生成的特点。“外界思想”亦是法国理论家非常钟爱的思维模式，比如列维纳斯的“他者”，布朗肖的“他人之死”，福柯的“外界思想”，德勒兹的“逃逸线”、“解域化”、“游牧”等等。福柯的《外界思想》中谈到“外在思想”是“漂浮于、异质于、外在于我们的内在性”[3]的，它“远离自我，自我的外部框架中，揭开了他自身存在的面纱，重新延伸

---

[1] ［法］福柯：《知识考古学》（谢强、马月译），生活·读书·新知三联书店，2007年，第154页。

[2] ［法］弗朗索瓦·朱利安：《间距与之间：论中国于欧洲思想之间的哲学策略》（卓立、林志明译），台湾五南图书出版股份有限公司，2013年版，第21页。

[3] ［法］福柯：《声名狼藉者的生活》（汪民安编），北京大学出版社，2015年，第153页。

空间，可以构成间隔”。在这个空间中，“没有真理和戏剧，没有证据，没有面具，没有确定，摆脱了中心，没有任何本土的束缚”。[1]德勒兹也深谙此道，他认为“外界”粉碎既成体系，打破秩序规范，将封闭的体系之外的因素引入，改变原有的场域，形成无限张力，不断生成，就像“逃逸线”从压制和“分层”的管制中逃离，像块茎的根须一样恣意生长，没有中心，“去辖域化”，如此，它可以无限延长，穿越边界，抵达外界。不仅如此，德里达、朱利安也一样着眼于“外界思想”，从封闭的结构中开拓出去，在非此非彼中寻找无限的可能性。

三、中国古典美学之于“间距”/“之间”的意义

把朱利安的“间距”/“之间”理论放回法国思想史中就会发现他延续着那个时代法国思想家共同关注的话题，尽管问题域相同，但是不同的理论家切入的角度大相径庭，他若要在人才济济的法国思想界崭露头角，绕道中国无疑让他如虎添翼、事半功倍，因为中国古人的思维方式

[1] ［法］福柯：《声名狼藉者的生活》（汪民安编），北京大学出版社，2015年，第157页。

与西方全然不同，西方缺失的“之间”，中国美学中却处处可见，那么，那么朱利安的“间距”/“之间”从中国美学中吸取到了哪些元素？这些元素又为他的理论增添了哪些新奇、新意和新变？

（一）有无之间，显露隐含

有/无、在场/缺席的区隔是西方形而上学的基础，沿着这个思路西方文化“将本质的规定为在场，将实体理解为发生，将存在作为本质，以此而呼唤一种本体论的必然建构来指出这样一种自洽性（[auto-] consistance）的合法来源”[1]。中国思维却反其道而行之，古典画论谈道：“惟晴欲雨，雨雨霁，宿雾晚烟，既泮复合，景物昧昧，一出没于有无间难状也。”[2] 中国古代山水画不重描摹清晰分明的图景，却看重欲晴又雨、晦暗朦胧、变幻莫测的风景，为何有这样的审美冲动？因为要画出阴晴转变时的不甚分明、阴阳交替就得抛弃符号的指称和秩序的羁绊，展现一个欲显又藏，欲出又没的原初的世界，如此一来，世界就不会被固定为存

[1] [法] 弗朗索瓦·朱利安：《大象无形：或论绘画之非客体》(张颖译)，河南大学出版社，2017 年，第 22 页。

[2] 俞剑华编：《中国古代画论类编》上册，人民美术出版社，2004 年版，第 84 页。

在，或确定为客体，也就是说画出“有无之间”。特别是董源之画将“有无之间”画到极致，被赞道：“雾景横披全幅，山骨隐现，林梢出没，意趣高古。”[1] 朱利安认为“董源让云雾浸没林梢山骨，把捉正从其原初的未分化状态里浮现出来或重新投入其中的事物，从而邀人观看一种有空隙、从而被澄清的在场，因为这种在场摆脱了诸物的不透明及其种种客观规定，他画‘有’‘无’之间，他不引人进入‘事物’本身，诸如‘自身’（ensio）、本质之类，而是引人进入那乍现还隐的、处在持续转变中的过程”。[2]

“有无之间”的追求衍生出“显露隐含”[3]，中国画不让风景一览无余，甚至为了凸显其美，反而需要隐藏之，回避之，如此形成两重效果：一是显与隐，可见不可见相互映衬，此消彼长，更加引诱人去探究不可见之处，形成一种变幻不断、无穷无尽之效果——“一层至上更有一层，层层之中复藏一层”[4]。美人一定是犹抱琵琶半遮面，若隐

[1] 潘运告主编：《宋人画论》，湖南美术出版社，2000 年版，第 140 页。

[2] ［法］弗朗索瓦·朱利安：《大象无形：或论绘画之非客体》（张颖译），河南大学出版社，2017 年，第 17 页。

[3] 石涛：《石涛画语录》（窦亚杰编注），西泠印社出版社，2006 年版，第 28 页。

[4] 俞剑华编：《中国古代画论精读》，人民美术出版社，2011 年版，第 322 页。转引自［法］弗朗索瓦·朱利安：《大象无形：或论绘画之非客体》（张颖译），河南大学出版社，2017 年，第 35 页。

若现，才显芳姿，园林亦是如此，景不外显，曲径通幽，一步一景。二是在场/缺席相互映衬，形而上学的分离便销声匿迹，有无对立互补，阴阳相生相克，阳推动显，向外铺成，阴蕴含阴，内蓄力量，正如蛟龙“藏于孕”“垂半尾”，隐显叵测，生气彰显。可以看出，对形而上学、二元对立的解构，德里达、德勒兹是通过不断地“拓路”、“回归”、不断发现差异的方式涂抹那些正襟危坐的本质或存有，使得在场/缺席和主体/客体的界限变得模糊，可是朱利安却逆向思考，从没有无的决然对立，两者相反相成，相伴相生，而最让人痴迷的却是有无之间。

（二）虚实之间，生机层出

山水画所画之景凸显“有无之间”，而画法、着色、用笔呈现“虚实相间”的特点，如果说“有无之间”是对西方本质主义二元对立的摧毁，那么虚实之间则如“一片灵气，浮动于上”[1]，透露出气韵生动。

朱利安在《道德经》的思想发现了虚实之间的能量，老子有言：“三十辐共以毂：当其无，有车之用，埏埴以

[1] 俞剑华编：《中国古代画论精读》，人民美术出版社，2011年版，第422页。

为器，当其无，有器之用。凿户牖以为室，当其无，有室之用。”[1] 车毂空虚之处，车轮得以转动，器皿空虚之处，才正是器皿有用之处，“故有之以为利，无之以为用”，深受老庄影响的中国山水画也讲究空虚之间：“上下空洞，四旁疏通，庶几潇洒”[2]，画中留有通道，寻求通行、疏通的能力，否则会陷入拘泥，退回自身，进而自我孤立，自我贫瘠，在中国画论中，处处可见对空虚的论述：“必插枯枝以疏通之”，“意为林木塞实”，“不疏通不易布景”[3]，落实到实践上讲究的是：满幅皆笔痕，却处处不见笔痕的虚实境界，所以中国画多“留白”、“干笔”、“秃笔”，字里行间留有空白，“虚中求实，实里用虚”[4] 意味着不拘泥于在场的逻辑，不落入存有的圈套，从而使事物背离自身而朝向未知打开，释放灵性，生生不息。正如朱利安所说：“由疏空—扩大（éxidement-évasement）产生的灵性并不从属于一种预设景别断裂的存在（Être）身份（本质的或灵魂的）而是完整地包括这效果，它起作用的方式是

[1] 老子：《道德经》（张丽丽主编），北京教育出版社，2015 年版，第 31 页。

[2] 俞剑华编：《中国古代画论类编》上册，人民美术出版社，2004 年版，第 695 页。

[3] 方薰：《山静居画论》，中华书局，1985 年版，第 8 页。

[4] 俞剑华编：《中国古代画论精读》，人民美术出版社，2011 年版，第 269 页。

进行稀释和促成沟通，居于其中的吸气（aspiration）向未分化者（l’Indifférencie）开放，不脱离诸事物过程的功能逻辑：虚空令充实摆脱其密实性，形式和诸事物得以展开并发散——充实因虚空而呼吸；虚空使得它们摆脱场域以便运转，它们不再被贫乏地禁锢于自身之中，而是因模棱两可而变膨胀，散布开来，引向无限。”[1]

紧接着，我们要追问中国美学的诸多元素经过朱利安的移植嫁接、乔装打扮是否抵达德勒兹、德里达等欧洲思想家没有抵达过的地方？如果有的话，那么，让“之间”焕发的新意之地又在哪里？

首先体现在我与世界的关系性思维。

“之间”透露了一种关系性哲学，它不是只见树木不见森林地、单向度地思考，而是放置在一个关系网中进行配比和交汇。关系性哲学在中国哲学中随处可见，例如前文提到的“东西”、“阴阳”、“有无”、“虚实”、“乾坤”、“天地”，以“山水”为例，“山水”包含了高低、直平、动静、明暗、浓淡等诸多二元关系，它们把世界展开，又进行无尽融合交换，相互呼应，道出关系：山展开水面，水

[1] ［法］弗朗索瓦·朱利安：《大象无形：或论绘画之非客体》（张颖译），河南大学出版社，2017年，第191页。

使山生动，正如郭熙所说："山以水为脉，山得水而活，水以山为面，水得山而媚"[1]，可见，"之间"的潜能和张力表现在它不是偏执一隅，而是我与世界、我与天地的全面部署，这正是朱利安异于德里达和德勒兹之处。

其次是"孕含"与"气韵"所抵达的逍遥之境。

朱利安认为"之间"的一种形态是"孕含"，另一种是"气韵"，孕含的意思是以点见面、无所不包、无所不在，不断地散播、游离、渗透（transpire）、传递（transmet），例如沈周画作"风雨归舟图"，"笔法荒率，作迎风堤柳数条，远沙一抹，孤舟蓑笠，宛在中流。或指曰雨在何处？仆曰：雨在画处，又在无画处"，[2]雨不是封闭孤立的，而是弥漫开来，在有无之间，提供了"隐约"、"遐思"。"孕含"独异之处是，它提供了一种流连忘返的遐想，一种感性的生活憧憬，这让"生活不仅仅如新陈代谢作用只是交迭—交流，生活也不断地过渡到他者，离开自己而脱离'自我'，伸向之外"[3]，与存在指向形而上学不同，生活则有一种悠然自得的境界在。

[1] ［法］弗朗索瓦·朱利安：《山水之间：生活与理性的未思》（卓立译），华东师范大学出版社，2016年版，第42页。

[2] 方熏：《山静居画论》，北京美术出版社，1962年，第121页。

[3] ［法］朱利安：《山水之间：生活与理性的未思》（卓立译），华东师范大学出版社，2016年版，第119页。

“气韵”是不凝滞于物本身而散发出来的韵味和灵气，可以穿越单一事物维持自由、饱满、舒展状态。例如“真山水之岩石，远望之以取其势，近看之以取其质”[1]形太似、太重质则匠气太重，绘画一定要脱离物质性而得其“气韵”，多了一分飘逸、逍遥之感。用一句话来表达即“余复何为哉，畅神而已”[2]可以看出，“之间”所体现的孕含、气韵相较于德里达和德勒兹多了御风而行的自得与闲适，超拔于生活之外，又融入生活之内的境界，似乎是中国艺术精神之特有。

接着是“转化”呈现出气象万千之势。

德里达与德勒兹在生成性上着墨很多，但朱利安在生成之外，更着力于转化，这来源于中国思维的一大特色，表现美学上则是画论中提到的：“天能授人以画，不能授人以变，人或弃法以伐功，人或离画以务变。”[3]在绘画中，山虽静止，却变化无穷：“欲耸拔，欲偃蹇，欲轩豁，欲箕踞，欲盘礴”，水流不息，更是变化无穷，“其行欲深

[1] 俞剑华编：《中国古代画论类编》上册，人民美术出版社，2004年版，第86页。

[2] 俞剑华编：《中国古代画论类编》上册，人民美术出版社，2004年版，第584页。

[3] 石涛：《石涛画语录》（窦亚杰编注），西泠印社出版社，2006年版，第84页。

静，欲柔滑，欲回环，欲肥腻，欲喷薄”，[1]交替地重构了一个多样形态，山不局限于任何形式，千姿百态，绵延不绝，所以处处都展现出神韵和生机，在作画用笔上，不止要工于笔墨，更要化其笔墨，“渲染烘托，妙夺化工”。[2]朱利安认为：“回到这个‘创造’（la Création）的西方再现，我们再次假设，在制造事物的被限定的形式，并且其多样性作为结果产生世界之美的同时，我们从非存有过渡到存有：而我们在这里所描述的，那些作为世界运行或者画笔轨迹的中国人的持续不断的孕育过程，却通过交互更迭，使得所有开端的充分条件产生变化。”[3]从一极转变到另一极，转化能够打破诸物在其中的相互孤立和静止，源源不断地生成。正如中国的园林是一个化腐朽为神奇的景观，他向自身敞开，又勾连其他景观，它们之间没有高下轻重之分，可以相互借景，相互生成，在每一峰回路转之处，景观都被更新，都在变化。可以说“化”意味着不停留于事物本身，而总伸向外界，获得无限能量和活力。

---

[1] 郭熙：《林泉高致》，中州古籍出版社，2013 年版，第 102 页。

[2] 俞剑华编：《中国古代画论类编》上册，人民美术出版社，2004 年版，第 241 页。

[3] ［法］弗朗索瓦·朱利安：《美，这奇特的理念》（高枫枫译），北京大学出版社，2016 年版，第 49 页。

最后“解构”之后的“共有”。

解构思想总是通过不断差异将固若金汤的、概念化的东西击碎、拆解，尽管他们也有生成、重组的维度，但更偏向于追求扁平化、碎片化，去中心的解构的力量，然而这也是解构思想常被诟病之处，朱利安试图恢复个体和总体的辩证关系，在破碎之后重新赋予一个“共同体”的维度，而中国文化恰通此道，它不存在本质/现象，在场/缺席的对立，并没有一定要颠覆二元对立的执念，也没有一定追求本质高于现象、在场大于缺席的等级之分和深度模式，反而更注重有无转化、互利共生的层面，因而更强调“他者”的“功效”。具体来说，将“他者”纳入“自我”之中，“自我”就有可能展开背离自己的一段旅行，如此，自我内部蕴藏的多重力量会相互角逐、对峙，“自我”不再是铁板一块，凝滞僵硬的本质化的“自我”，正是“他者”让“自我”重新敞开、呼吸、生成，不拘泥于任何定义；“就如黑格尔不是在问辩法发展史的开端而是在其末端所提出的，一项/一方的本性不只是要跟另一项/另一方沟通而‘交缠’(s’entremeler)，还要不停地进入对方(passer écarter lui)，不停地把自己抽离己身，或者可以说‘远离自己’，黑格尔说的以便‘成为自己’(pour devenir soi)；

此刻，‘他者’产生‘成为’(générer le devenir)”[1]，可以看出，“他者让双方总是‘畅通’，不停地在此之间里交流，永远都在开展的过程之中”[2]。于是，朱利安得出他的结论：“必须有他者；也就是同时要有间距和之间，才能提升共同/共有。”[3]以纳入“他者”的共同不是相似，不是重复，不是同一，与其说“共同”是以超越差异而取得的，不如说，“共同”是来自“间距”并且透过“间距”被提升，“共同”在“之间”里才是实际而有效的。

行文至此，我们看到“间距”的能量。它可以破：破二元对立、本质主义、形而上学等一切僵化固定的思维模式；它更可以立：可以“游刃有余”(通畅)、“迂回进入”(自由)、“气韵生动”(生成)。无疑，中国古典文化经过朱利安的提炼发酵、调剂加工成为欧洲思想的一枚清心丸，这不仅是对欧洲一直以来的哲学思想的再度审视和编码，也是对中国古典

[1] [法]弗朗索瓦·朱利安：《间距与之间：论中国于欧洲思想之间的哲学策略》(卓立、林志明译)，台湾五南图书出版股份有限公司，2013年版，第101页。

[2] [法]弗朗索瓦·朱利安：《间距与之间：论中国于欧洲思想之间的哲学策略》，(卓立、林志明译)，台湾五南图书出版股份有限公司，2013年版，第103页。

[3] [法]弗朗索瓦·朱利安：《间距与之间：论中国于欧洲思想之间的哲学策略》，(卓立、林志明译)，台湾五南图书出版股份有限公司，2013年版，第91页。

文化的重新建构和照亮，这是一个相互照应、彼此透视、抵达他者、反观自我的双向互动关系，拉开了中西之间的一段“间距”，不以西方逻辑消减东方传统，不以东方模式排斥西方思维，而是通行其中，相生互化，不断生成。如此，中西文化在“之间”中生生不息、达到双赢，让“间距”的功效发挥到极致。“间距”的理论如此巧妙，不由得让我们去反思和引出朱利安的方法论，一言以蔽之即“迂回与进入”：正因为拉开了距离，就有了迂回的可能，不断拉开距离，又不断地接近主题，无数次触及主题，又无数次背离它，就这样不断迂回曲折，含而不露，欲擒故纵，[1] 正如金圣叹所言：“文章最妙，是目注此处，却不便写，却去远远处发来，迤逦写到将至处，便且住。却重去远远处，更断再发来，在迤逦有谢傲将至时，便又且住”，“如是更端数番，皆去远远处发来，迤逦写道将至时，即便住，更不复写出目所注处，使人自于文外瞥然亲见”。[2] 于是，“间距”的能量就呼之欲出了：不以偏概全，不画地为牢，让重要的东西保持其重要性，无数次不停歇地探究各种不同道路并向最重要的东西不断聚会。

---

[1] 参见［法］弗朗索瓦·于连：《迂回与进入》（杜小真译），生活·读书·新知三联书店，1998 年版，第 330—331 页。

[2] 金圣叹：《贯华堂第六才子书西厢记》（周锡山编校），万卷出版公司，2009 年版，第 13 页。

第二部分

围绕中国左翼问题的中西对话和交锋

第四章

从政治实践话语到文化阐释策略——以詹姆逊对毛泽东的思想的美学挪用为例

对于西方左翼思想家来说，1968年的“五月风暴”是一个令人绝望而吊诡的时刻：运动的失败既斫伤他们的行动能力又刺激着他们在理论上井喷式的发展。这一现象在1966年出版的《否定的辩证法》中已被预言，阿多诺说道：“一度似乎过时的哲学由于那种借以实现它的要素未被人们所把握而生存下来。”[1]他所要表达的意思是，若指向政治实践的哲学得以实现，它就变得不再需要，若骤然

[1] Theodor W. Adorno，*Negative Dialectics*，Trans. E.B.Ashton（London：Routledge，1973），p.3.

中断，未释放的能量反而会使它保存下来。阿多诺的这番言论现已成为西方马克思主义的共识，佩里·安德森、伊格尔顿等[1]都认为，左翼的政治实践在现实中挫败后，改头换面成为一种思想资源在话语实践中获得新生。但似乎甚少有研究这样追问：政治实践的失败，如何在话语实践重新获得新生？其中经历了怎样的改写、变形和挪用？本篇以詹姆逊对毛泽东的思想的美学挪用为例，考察其中的变化轨迹。

在詹姆逊的著作中，论述毛泽东的思想及其政治实践的文字随处可见，以至于谢少波称他有根深蒂固的“毛情节”[2]。在《历史的句法》中，詹姆逊的“毛情节”表现得最为明显，他说：“六十年代中，第一世界在诸多方面都受到第三世界的启发，如政治文化术语、如象征性的毛主义”[3]，其中，毛泽东的文化政治体制“提供了一种新型政

---

[1] 佩里·安德森认为“马克思主义理论同群众实践之间政治统一的破裂，造成了两者之间应有的联系纽带不可抗拒地转向另一个轴心。由于一个革命的阶级运动的磁极，整个西方马克思主义传统的指针就不断摆向当代的资产阶级文化”；伊格尔顿也认识到“政治上的失败，导致了文化上的成功”。

[2] ［加］谢少波：《抵抗的文化政治学》，中国社会科学出版社，1999 年版，第 104 页。

[3] Fredric Jameson, *The Ideologies of Theory: Essays 1971-1986, vol. 2: The Syntax of History* (Minneapolis: University of Minnesota Press, 1988), p.180.

治蓝图……它从传统的阶级范畴中解脱出来”[1]；詹姆逊将毛泽东与六十年代其他反霸权人物看成是“打破受剥削的劳动阶级俯首帖耳、唯命是从的陈规旧习”[2]的领军人物，毛泽东无疑是其中最为出色的代表，因为毛泽东最具理论气质，“特别是在毛泽东的文章《矛盾论》中，不同类型的对抗性和非对抗性矛盾的复杂性、由此而生的‘多元决定论’被清晰地绘制出来”[3]，詹姆逊将其奉为一种主义，认为“毛主义”是“在六十年代中最丰富、最具革命性的伟大思想体系”[4]。他在《拉康的想象界与符号界》中将阿尔都塞的革命理论看作索绪尔语言学、毛泽东辩证法及拉康精神分析学的嫁接。[5]除此之外，詹姆逊在访谈录中对毛泽东的关注也随处可见，与王逢振的访谈中，他

---

[1] Fredric Jameson, “Periodizing the 60s,” *The 60s Without Apology* (eds. Sohnya and Sayres, Minneapolis: University of Minneasota Press, 1984), p.182.

[2] Fredric Jameson, *The Ideologies of Theory*: *Essays 1971-1986*, *vol. 2*: *The Syntax of History* (Minneapolis: University of Minnesota Press, 1988), p.191.

[3] Fredric Jameson, *The Ideologies of Theory*: *Essays 1971-1986*, *vol. 2*: *The Syntax of History* (Minneapolis: University of Minnesota Press, 1988), p.188.

[4] *Ibid.*

[5] ［加］谢少波：《抵抗的文化政治学》(陈永国、汪民安译)，中国社会科学出版社，1999 年版，第 105 页。

认为毛泽东时代是一次中国历史上不太寻常的突破[1]；与李泽厚、刘康的访谈中，他认为“毛为整个社会集体构造了一个十分具有号召力的关于未来社会的远景”[2]。不止如此，毛泽东的影响力在詹姆逊的《政治无意识》中始终是不在场的在场，谢少波认为这简直是“毛和弗洛伊德的结合”[3]。詹姆逊受毛泽东的影响之大可见一斑。我们似乎可以做这样的解释，“五月风暴”将左翼思想家的革命激情戛然中断，那些已被时代埋葬无法实现的革命实践成为他们的一种缺憾，那些尚未释放出的激情转化为一种挥之不去的革命情节，这种缺憾和情节促成了他们的反思。在这样的语境之下，与西方左翼思潮异质的毛泽东的理论和实践，日渐引人注目，一方面成为理论家反思的着力点，一方面又被当做一个理想化了的参照物，这便不难理解毛泽东对詹姆逊的理论的影响。这种影响以三种方式表现出来：一是理论的影响——通过文本的旅

[1] ［美］弗雷德里克·詹姆逊：《文化研究访谈录》，载《詹姆逊文集》第3卷（王逢振编），中国人民大学出版社，2004年版，第420页。

[2] ［美］弗雷德里克·詹姆逊：《访谈录：詹姆逊—李泽厚—刘康》，载《詹姆逊文集》第1卷（王逢振编），中国人民大学出版社，2004年版，第354页。

[3] ［加］谢少波：《抵抗的文化政治学》（陈永国、汪民安译），中国社会科学出版社，1999年版，第105页。

行而发生变异，二是实践的影响——通过语境的抽空而发生变形，三是对毛泽东的思想的化用——保留能指、转变所指。

一、理论的旅行:《矛盾论》—“多元决定论”—“认知测绘”

萨义德认为“相似的人和批评流派、观念和理论”是“从这个人向那个人、从一种情境向另一种情境、从此时向彼时旅行”。[1] 毛泽东的思想就是经过这样一次漫长的旅行，漂洋过海进入詹姆逊的理论体系中的，这次旅行的痕迹以文本的形式记录在案：从毛泽东《矛盾论》到阿尔都塞的“多元决定论”再到詹姆逊的“认知绘测”。阿尔都塞是毛泽东的思想和詹姆逊理论的中介，早在20世纪60年代,《矛盾论》就对法国左翼知识分子尤其是对阿尔都塞产生巨大影响，其影响如何？本章试图从以下两个方面来论述。

（一）精神相契。佩里·安德森曾说：“阿尔都塞对中

[1] ［美］爱德华·W.赛义德:《理论旅行》，载《赛义德自选集》(谢少波、韩刚等译)，中国社会科学出版社，1999年版，第138页。

国的同情是难以掩饰的”[1]，阿尔都塞认为自己所处的语境与毛泽东当时的革命有某种相似性，60年代，他感到马克思主义面临危机，于是试图突破斯大林主义的教条主义和理论贫困的窘况，为马克思理论提供更多的存在理由和理论根据。他认为《矛盾论》是毛泽东反对斯大林教条主义的产物，而“多元决定论”也是批判斯大林的“经济决定论”的理论武器，因此两者在精神上、情感上具有一致性。

（二）理论启发。《保卫马克思》中的《矛盾与多元决定（研究笔记）》和《关于唯物辩证法（论起源的不平衡）》专门论述《矛盾论》，可以看出，毛泽东关于矛盾普遍性和不平衡性理论直接影响了阿尔都塞“矛盾多元决定”思想的形成。文中提道：“毛泽东把‘只有一对矛盾的简单过程’撇开不谈，他这样做似乎是为了一些实际的理由，因为简单过程不涉及他所研究的对象，他研究的对象是社会，而社会却包括许许多多的矛盾。”[2]。阿尔都塞通过“症候式阅读”，将毛泽东回避“简单矛盾”的现

---

[1] ［英］佩里·安德森：《西方马克思主义探讨》（高括、魏章玲译），人民出版社，1981年版，第53页。

[2] Louis Althusser, *For Marx*, Trans. Ben Brewster, (London: The Penguin Press, 1969), p.195.

象解释为他认为矛盾具有“复杂性”，阿尔都塞这样解释道：“毛泽东说：‘单纯的过程只有一对矛盾，复杂的过程中则有一对以上的矛盾’，因为‘一个大的事物，在其发展过程中，包含着许多的矛盾’”[1]，由此得出“矛盾多元决定”：“这些‘不同矛盾’之所以汇合成为一个促使革命爆发的统一体，其根据在于它们特有的本质和效能，以及它们的现状和特殊的活动方式。它们在构成统一体的同时，重新组成和实现自身的根本统一性，并表现出它们的性质：‘矛盾’是同整个社会机体的结构不可分割的，是同该结构的存在条件和制约领域不可分割的；‘矛盾’在其内部受到不同矛盾的影响，它在同一项运动中既规定着社会形态的各方面和各领域，同时又被他们所规定。我们可以说，这个‘矛盾’本质上是多元决定的”[2]。

可以看出阿尔都塞受到毛泽东的思想启发重新阐发了马克思的理论，他认为马克思的社会是“有结构的复杂整体”，它具有三个重要的特征，这三个重要特征都与《矛盾论》中的观点一一对应。一、整体性的结构。任何矛盾都不能单一

---

[1] Louis Pierre Althusser，*For Marx*，Trans. Ben Brewster，（London: The Penguin Press，1969），p.194.

[2] Louis Pierre Althusser，*For Marx*，Trans. Ben Brewster，（London: The Penguin Press，1969），pp.100-101.

独立而存在，只有在整体中才能被定义，各个矛盾间的相互依存关系构成了“有结构的复杂整体”。这一理论对应《矛盾论》中矛盾的整体性：“原来矛盾着的各方面，不能孤立地存在”[1]，“一切矛盾着的东西，互相联系着，不但在一定条件之下共处于一个统一体中，而且在一定条件之下互相转化，这就是矛盾的同一性的全部意义”[2]。二、结构性因果性，各个矛盾互为联系的状态即是一种结构，这个结构不再追求同一，而注重差异或相互关系。矛盾彼此差异、互不排斥才是整体统一的表现。这对应《矛盾论》提出的矛盾具有不平衡性：“无论什么矛盾，矛盾的诸方面，其发展是不平衡的。”[3]三、这一“有结构的复杂整体”始终保持一种稳定性，但其中的主导结构具有可变性[4]。这对应着主要矛盾次

[1] 毛泽东：《矛盾论》，载《毛泽东选集》第一卷，人民出版社，1991年版，第328页。

[2] 毛泽东：《矛盾论》，载《毛泽东选集》第一卷，人民出版社，1991年版，第330页。

[3] 毛泽东：《矛盾论》，载《毛泽东选集》第一卷，人民出版社，1991年版，第322页。

[4] “多元决定在矛盾上具有如下基本特质：它是矛盾在自身中对自身存在条件的反映，也就是矛盾在复杂整体的主导结构中所处位置在矛盾自身中的反映。这不是单一意义上的‘位置’。它既不只是‘原则’上的位置（即矛盾在等级性因素和决定性因素，如社会、经济等关系中所占有的位置），也不是它在‘事实’中所处的位置（即矛盾在特定阶段是否占主导地位或服从地位），而是事实中的位置与原则中的位置的关系，也就是说，正是这种关系使得事实中的位置在主导结构中具有‘可变性’，而总体则保持‘不变’。”见 Louis Althusser，*For Marx*，Trans. Ben Brewster，（London：The Penguin Press，1969），p.209。

要矛盾，矛盾的主要方面和次要方面，《矛盾论》提道："在复杂的事物的发展过程中，有许多的矛盾存在，其中必有一种是主要的矛盾，由于它的存在和发展规定或影响着其他矛盾的存在和发展。"[1]"在矛盾特殊性的问题中，还有两种情形必须特别地提出来加以分析，这就是主要的矛盾和主要的矛盾方面。"[2]毋庸多言就可以发现"多元决定论"中有诸多《矛盾论》的影子，阿尔都塞认为："《矛盾论》中的基本概念如主要矛盾与次要矛盾、矛盾的主要方面与次要方面、对抗性矛盾与非对抗性矛盾、矛盾发展的不平衡规律等，在黑格尔那里都是找不到的"[3]，这意味着《矛盾论》提供了一种前所未有的思维模式，在黑格尔那里，一切事物存在和发展受某个单一的矛盾决定，而马克思创建了一种非黑格尔的辩证法[4]，即"多元决定"的理论模式，进而在传统政治经济学变革的基础上发现了结构性的因果规律。

---

[1][2] 毛泽东：《矛盾论》，载《毛泽东选集》第一卷，人民出版社，1991年版，第320页。

[3] Louis Althusser, *Politics and History* (London: New Left Books, 1972), p.94.

[4] "黑格尔辩证法的一些基本结构，如否定、否定之否定、对立面的同一、'扬弃'、质转化为量、矛盾等等，到了马克思那里（假定马克思接受了这些结构，事实上他并没有全部接受）就具有一种不同于原来在黑格尔那里的结构"。见 Louis Althusser, *For Marx*, Trans. Ben Brewster (London: The Penguin Press, 1969), p.93。

詹姆逊认为《矛盾论》是“结构马克思主义的经典著作之一”[1]，这种赞同是在他受阿尔都塞的“多元决定”影响之后的追认。詹姆逊受阿尔都塞“有结构的复杂整体”影响[2]，提出了他文化阐释的方法论——“认知测绘”（Cognitive Mapping）——连詹姆逊自己都承认这几乎是凯文·林奇（美国城市设计师）和阿尔都塞的混合体。[3]“认知测绘”源于凯文·林奇《城市的意象》，他认为城市是由彼此独立又相关的多种元素混合而成，若这些元素可被识别，人们对实体环境的记忆、识别、展现、说明、评价和预测就会准确且完整，反之就容易失去方向，难以形成对城市的完整想象。詹姆逊将这一理论引申，认为“林希（即林奇）探讨的城市空间的精神地图可以外推到以各种歪曲形式存留于我们头脑中的关于社会和全球总体性的精神地图”[4]。这一看法实际上是保留了林奇理论的原貌并将它提升为

---

[1]［美］弗雷德里克·詹姆逊:《后现代主义与文化理论》(唐小兵译)，北京大学出版社，1997年版，第70页。

[2]“阿尔都塞多元决定的另一个术语是‘复合的多元决定结构性总体’，这个概念力求把整个社会作为一个总体来考察。”见［美］弗雷德里克·詹姆逊:《后现代主义和文化理论》(唐小兵译)，北京大学出版社，1997年版，第87页。

[3]［美］弗雷德里克·詹姆逊:《认知的测绘》，载《詹姆逊文集》第1卷（王逢振编），中国人民大学出版社，2004年版，第301页。

[4]［美］弗雷德里克·詹姆逊:《认知的测绘》，载《詹姆逊文集》第1卷（王逢振编），中国人民大学出版社，2004年版，第302页。

后现代主体对超空间的整体认知。尽管这一理论凭借“多元决定论”的基因和《矛盾论》有某种一致性，但两者相似性已经非常微弱。[1]本章继续沿着《矛盾论》对“多元决定”影响的两个方面来探讨“多元决定”对“认知测绘”的影响。

（一）精神契合。前文论述过阿尔都塞的“多元决定”以及他所认为的《矛盾论》都有强烈的政治企图，具有文化政治使命，同样地，认知测绘也是一种抵抗的“政治艺术”，詹姆逊认为“倘使我们真要解除这种对空间的混淆感，假使我们确能发展一种具真正政治效用的后现代主义，我们必须合时地在社会和空间的层面发现及投射一种全球性的‘认知绘图’，并以此作为我们的文化政治使命”。[2]认知测绘是后现代政治实践的形式，抵抗晚期资本主义意识形态对人认知能力的侵蚀，使人重新定位个体和集体，重获行动和斗争能力。[3]

---

[1] 阿尔都塞关于“意识形态”真实和想象的辩证关系理论也对“认知测绘”有很大影响，因与毛泽东思想关系不大，故本书不专门讨论。

[2] ［美］詹明信：《后现代主义，或晚期资本主义的文化逻辑》，载《晚期资本主义文化逻辑：詹明信批评理论文选》（张旭东编，陈清侨等译），读书·生活·新知三联书店，1997年版，第515页。

[3] “认知测绘美学必须要发明一种新的政治艺术，这种政治艺术试图在获得一种再现这个空间的至今尚不能现象的新的模式方面取得突破……我们或许可以重新把握我们作为个体和集体定位，重新获得行动和斗争的能力。”见［美］弗雷德里克·詹姆逊：《快感：文化与政治》（王逢振译），漓江出版社，1997年版，第212页。

（二）理论接受。林奇的“认知测绘”是对城市想象的心理经验的描述，探讨的是制图法的技术问题，詹姆逊接受了“多元决定”理论，认为“认知测绘”是对后现代超空间认知的“精神地图”，其中有两个层面，一是“总体性”。后现代社会是由不同起源、不同意义、不同层次元素汇合成的统一体，那么“总体性”的视域和研究方法，尤其在多元化、碎片化的后现代就至关重要，用詹姆逊的话说就是以扭曲或象征的方法达到任何个别主体接触或意识不到的那个“缺场”的终极。[1] 二是“差异性”。对“总体性”的强调并不妨碍对差异和个体的重视，认知测绘就是基于个体经验对整体现实的把握和建构[2]，同时又超越了个体经验的“真实”，达到对世界整体的完整认识。在“认知测绘”中，“总体性”、“差异性”并行不悖，詹姆逊如是说：“总体性或总体化概念中蕴含着对方法的需要，以及对显然统一的文化文本内部的断裂、缝隙、远距离行

[1] ［美］弗雷德里克·詹姆逊：《认知的测绘》，载《詹姆逊文集》第 1 卷（王逢振主编），中国人民大学出版社，2004 年版，第 297 页。

[2] “认知测绘使个人主体能在特定的境况中掌握再现，在特定的境况中表达那外在的、广大的、严格来说是无可呈现（无法表达）的都市结构组合的整体性”。见［美］弗雷德里克·詹姆逊：《后现代主义，或晚期资本主义的文化逻辑》，载《晚期资本主义文化逻辑》（张旭东编，陈清侨等译），读书·生活·新知三联书店，1997 年版，第 515 页。

动进行‘症候分析’的相当不同的关注，对二者予以重视而又不出现重大分歧是完全可能的”[1]，从中可以明显看到阿尔都塞的影子。

从《矛盾论》到“多元决定”再到“认知测绘”，“一个观念或是一种理论在此时此地向彼时彼地的运动是加强了还是削弱了自身的力量，一定历史时期和民族文化的理论放在另一时期或环境里是否会变得面目全非？”[2]《矛盾论》中矛盾复杂多元、不平衡性、主要矛盾次要矛盾的观点，在“多元决定论”中变成了社会结构的“整体性”、“差异性”、“主导性”，在“认知测绘”中强调的是保留差异性的“整体性”，着力点在于“整体性”。需要指出的是，《矛盾论》不是单纯的理论分析，而是指导中国社会革命、具有强烈实践性的文本，显然从指导实践的理论资源到马克思主义社会结构理论再到一种后现代语境中的文化策略，原先的观念和理论已不是物理位移而是化学反应，变得面目全非，却也因改变而获得了新的生命力。

---

[1] Fredric Jameson, *The Political Unconscious* (New York: Cornell University Press, 1981), p.41.

[2] ［美］爱德华·W. 赛义德：《理论旅行》，载《赛义德自选集》（谢少波、韩刚等译），中国社会科学出版社，1999 年版，第 138 页。

二、历史语境的抽空：詹姆逊“文化革命”

经过一次理论旅行，詹姆逊吸收和挪用了毛泽东的思想，然而，更让詹姆逊着迷的是毛泽东发动“文化大革命”这一政治实践（这不只是詹姆逊的个人情结，许多西方左翼理论家都葆有对“文化大革命”的向往）。当詹姆逊“看”“文化大革命”时，并非只是一个客观的“看”的过程，而是“看”他想“看”的东西，对他理论构架之外的部分，则几乎视而不见。所以，他抽离了“文化大革命”历史语境，选取某些理念重新调和转化为文化阐释思想资源，将一种政治实践转变为话语实践。

可以从理论推演的路径来探讨一下。需要指出理论推演和理论旅行不同，理论的旅行是一种顺势而行，由此及彼的影响过程，而理论推演是逆向证明的过程，先认可了某种观念，然后在理论上进行推导、找寻其合理性。“文化革命”的理论就属于后者，要厘清理论推演的过程，又需从《矛盾论》谈起，在《矛盾论》中毛泽东提出矛盾不平衡法则：“无论什么矛盾，矛盾的诸方面，其发展是不平衡的。有时候似乎势均力敌，然而这只是暂时的和相对的情形，基本的形态则是不平衡。”[1] 这一理论被阿尔都塞解读成革命爆发的原因：各个矛盾具有不平衡性，彼此相互转移和压缩，这使矛盾处于非对抗阶段、对抗阶段或爆炸阶段等时刻变换的不稳定状态。“根据马克思主义理论，如果说矛盾是动力，那也就是说：矛盾在复杂整体结构中的某些确定的地点引起了真实的斗争和冲突；冲突的地点可能根据当时各矛盾在主导结构中的关系而有所变化；斗争在某个战略地点的凝聚同主导因素在矛盾中的转移具有不可分割的联系；转移和压缩这些有机现象就是‘对立面同一’的存在，直到这些现象产生出突变或质的飞跃的可见形式为止，那时就正式到了改组整体的革命阶段了。”[2] 由此看来，阿尔都塞式的社会革命在《矛盾论》中找到了理论依据。

这一革命理论被詹姆逊进一步作了阐释，他认为阿尔都塞恢复了“生产方式”在马克思主义理论中的核心地位。在詹姆逊看来，这是马克思主义传统中最生机勃勃的概念，它不是指单一的生产方式，而是各种不同生产

---

[1] 毛泽东：《矛盾论》，载《毛泽东选集》第 1 卷，人民出版社，1991 年版，第 322 页。

[2] Louis Althusser, *For Marx*, Trans. Ben Brewster (London: The Penguin Press, 1969), pp.215-216.

方式所形成的共时性结构；[1]同时，詹姆逊又从阿尔都塞的因果性学说中得到启发，认为文化可以独立于经济并直接对整个生产方式结构发挥作用，更强调文化的半自律性。詹姆逊将两者结合，巧妙地进行了置换，将文化纳入生产方式之中，并一再强调文化的重要性，于是阐释的重点从物质意义上的生产方式转移为文化意义上的生产方式。当“共存的不同生产方式已经明显敌对的时刻，它们的矛盾已经成为政治、社会和历史生活的核心时刻”到来，就是詹姆逊所谓的“文化革命”[2]。他将“文化革命”视为一种破旧立新、极具生命力的理论，甚至说“文化革命作为新的历史研究的统一范畴，似乎是唯一能使所谓人文科学以物质主义的方式重新组织起来的框架”[3]。如此说来，“文化革命”在实现生产方式的嬗变的同时，构建了一种新的意识形态、社会制度、价值观念，而后者是詹姆逊极力推崇、重点关注的部分。可以

---

[1] “共时的东西是生产方式的‘概念’：几种生产方式共存的历史时刻在这个意义上不是共时的，但却以辩证的方式向历史敞开着。”见 Fredric Jameson, *The Political Unconscious* (New York: Cornell University Press, 1981), p.81。

[2] Fredric Jameson, *The Political Unconscious* (New York: Cornell University Press, 1981), p.81.

[3] Fredric Jameson, “Marxism and Historicism,” *New Literary History* XI.1, p.69.

看出，詹姆逊已然将阿尔都塞的社会革命理论转化为“文化革命”理论（这成为后现代马克思主义意识形态分析，历史阐释的理论基础），并认为“文化革命”更具活力和价值。

詹姆逊抽空了“文化大革命”的历史语境，将其理想化为一次抵抗和解放，与其说詹姆逊是受到阿尔都塞的影响，不如说这是西方马克思主义者的共同特点。事实上，詹姆逊只看到“文革”初期解放群众、实现民主的口号，而对“文革”中口号和实践之间的罅隙忽略不计，对“文化大革命”中权力集中和暴力运动避而不谈，选取了符合他“文化革命”阐释理论的那一部分进行讨论。

詹姆逊认为60年代革命风暴的动力不在西方，而是第三世界。他认为：“文化革命是对被压迫民族或缺乏革命意识的各劳动阶级的集体再教育；作为一种战略，文化革命旨在打破已成为人类历史上所有受剥削的劳动阶级早已内化于心的俯首帖耳、唯命是从的陈规旧习。”[1]

用“文化革命”取代传统的历史革命说，规避了历史“线性”发展的理论，使之成为一种相互关联、彼此作

[1] Fredric Jameson, *The Ideologies of Theory: Essays 1971-1986, vol. 2: The Syntax of History* (Minneapolis: University of Minnesota Press, 1988), p.178.

用、“共时的”阐释方式；同时，他以“文化革命”取代物质生产方式革命，试图以文化阐释理论取代传统的马克思主义理论，将生产方式延伸到意识形态和文化领域，并将其作为文化阐释理论的主符码。“文化革命”被视作一个文化再生产的过程，在这个过程中，文化生产者的活动不完全依赖于物质基础，而是相对独立具有自主性并担负着重写文化、历史、社会的政治使命的一种再创作。他在《政治无意识》中将“文化革命”的价值再度抬升，认为文化研究必须“政治领先”，意在阐释和挖掘错综复杂社会现象背后的“文化革命”，将文本中被遮蔽却无时不在的政治无意识重新打捞上来，这种阐释方法具有一种“崭新的、终极的视野”。在这样的视野中，“文化革命”中的阶级斗争被理解为文本叙事策略与主流意识形态的对抗，也就是说统治阶级意识形态在文化上采用种种策略将自己的意识形态合法化，而与之对立的文化或意识形态通常会以隐蔽的方式或者伪装的策略游离于主导价值体系之外，每一个文本都似乎暗藏着阶级之间的意识形态对立，于是，文本不再止步于表面内容的展现，而是对于意识形态潜文本的重新发现和阐释，进而得到一种全新的书写和革新。

三、对毛泽东的思想的化用：乌托邦和政治无意识

经过理论旅行、语境抽空之后的毛思想虽然已面目全非，但这着实是基于理论和事实的、有迹可循、有案可查的一种务实挪用，相对而言，第三种方式是一种想象的务虚的化用。从两个无论是对毛泽东还是詹姆逊都极为重要的关键词——“乌托邦”、“政治无意识”来看，可以起到窥一斑而见全豹的效果。

先看乌托邦。毛泽东的乌托邦想象是全世界无产阶级紧密团结在一起，在资本主义霸权之外建立一片飞地，詹姆逊的乌托邦想象是用文化斗争来取代阶级斗争，在文化阐释的视域内将乌托邦解读为在资本主义之外寻找一片飞地的反霸权的一种文化政治策略。两者在精神上似乎若合一契，谢少波说正是“‘乌托邦焦虑’使得毛和詹姆逊结合起来”[1]，但实际上两者截然不同。

毛泽东的乌托邦强调同一性，并把这种同一性付于实践。在“文化大革命”时期，军队整齐划一，一切行动听

[1] ［加］谢少波：《抵抗的文化政治学》(陈永国、汪民安译)，中国社会科学出版社，1999 年版，第 116 页。

指挥；经济建设上大炼钢铁、实行合作化道路，在工业农业上实现同一性；日常生活中实行人民公社，建立集体食堂，定时定量吃大锅饭，人们服装、生活物资统一发放，完全同一；文化上要打造“文化的军队”[1]，“样板”的出炉，写作组的出现，以集体写作的方式代替个人写作等等，都是为了用一个符合标准的模板来防止文学上的旁逸斜出。说到底，这样的乌托邦是抹杀个人、差异的集体主义。

而詹姆逊乌托邦思想则强调的是差异性，并始终在文化阐释的领域内完成。他以阿多诺的非同一性为原则建构了乌托邦理论：阿多诺非同一性理论是对黑格尔辩证法的反思，以否定辩证法反对肯定辩证法，他认为黑格尔的辩证法以绝对同一性原则，为社会历史发展预设了虚假的目的，是一种主观主义的产物。詹姆逊受到阿多诺的影响，认为真正的总体性是以非同一性形式表现出来的，以非同一性思维来思考的总体才更接近那个辩证的、充满无限可能的真实总体，而不要服膺于对未来美好蓝图空乏的臆想和虚假的预设，所以说，只有在非同一思维中，乌托

[1] 毛泽东：《在延安文艺座谈会上的讲话》，人民出版社，1975年版，第28页。

邦冲动才能产生。在后现代主义碎片化、零散化破坏了人们总体社会记忆和历史意识的语境中，乌托邦表达了一种总体性的渴望，因此，在后现代语境中，召唤着乌托邦的出现。说到底，这是一种肯定个体、差异的基础上的一种“总体性”召唤。

毛泽东的乌托邦是对意识形态的肯定。毛泽东作为新中国的缔造者，也是意识形态的创造者和绝对捍卫者，他的意识形态乌托邦是“春风杨柳万千条，六亿神州尽舜尧”，“天连五岭银锄落，地动三河铁臂摇”，[1] 号召全国人民“鼓足干劲，力争上游，多快好省地建设社会主义”，赶英超美实现共产主义，与之配套的文化政策是：“文艺为工农兵服务、为社会主义服务的方针而斗争”[2]，“文艺服从于政治”[3]。官方提供的蓝图与文化宣传的效果相叠加，营造出一个激情澎湃、无限美好的新中国的图景。

而詹姆逊的乌托邦思想强调的是对现实的否定，站在官方意识形态的反面，他认为在当代资本主义社会，只有

[1] 毛泽东:《七律·送瘟神（二首）》，载《人民日报》1958年10月3日。

[2] 林彪:《林彪同志委托江青同志召开的部队文艺工作座谈会纪要》，载《红旗》1967年第9期，第15页。

[3] 毛泽东:《在延安文艺座谈会上的讲话》，人民出版社，1975年版，第1页。

恢复乌托邦欲望和冲动才能保持对资本主义社会现实的否定和超越，乌托邦的目的不在于设置一个让人向往的美好未来，也不一定具有实际的社会功效，然而，作为未存在之物，乌托邦“也许能够为那些在概念上无法与现实相区分而其存在却与现实相吻合的那些为数不多的现象提供一种景观”[1]。所以，乌托邦精神的价值在于它为超越资本主义的社会现实提供了一种具有活力的可能性和一种别样的风景。此外，与毛泽东的乌托邦不同的是，在詹姆逊的乌托邦中，文艺具有独立性、自律性和反抗性，詹姆逊借鉴了阿多诺艺术审美拯救乌托邦的理论观点，将对抗资本主义异化的希望寄托于艺术审美，正因为艺术独立于现实生活且与现实生活保持距离，艺术审美就有可能被赋予超越现实、批判社会的意义，于是艺术审美也具有了抵抗的、否定的力量。

再看政治无意识。毛泽东认为“文艺服从于政治”[2]，詹姆逊认为“一切事物说到底都是‘政治’的”[3]。毛泽东

---

[1] ［美］弗雷德里克·詹姆逊：《乌托邦与实际存在》，载《詹姆逊文集》第 3 卷（王逢振主编），中国人民大学出版社，2004 年版，第 370 页。

[2] 毛泽东：《在延安文艺座谈会上的讲话》，人民出版社，1975 年版，第 28 页。

[3] Fredric Jameson，*The Political Unconscious*（New York：Cornell University Press，1981），p.5.

所谓的文学是政治实践和詹姆逊的政治无意识表面上看起来极具相似性，“训练有素的读者将在这部丰碑式的著作中捕捉到毛的回音。政治无意识的概念本身同毛对个人和政治关系所做的调停也有几分相似”[1]，而实际上两者相去甚远。

毛泽东的“文艺为政治服务”的论断具有政治权威性。毛泽东在《讲话》中提出过“政治标准放在第一位，艺术标准放在第二位”[2]、“文艺是从属于政治的”[3]等表述，这是他以党内最高权威身份进行的一次宣讲，随着政权获得合法，这一原则日渐成为新中国文艺创作的金科玉律，到“文革”时期文艺只能发出政治认为绝对正确的声音。因为其权威性，也就意味着《讲话》会成为一种政治实践，文艺创作不仅要成为政治的晴雨表，也要成为“团结人民，教育人民，打击敌人，消灭敌人的有力武器”[4]。

詹姆逊所谓的“文学是政治的”指的是一种文本阐释

---

[1] ［加］谢少波：《抵抗的文化政治学》(陈永国、汪民安译)，中国社会科学出版社，1999年版，第105页。

[2] 毛泽东：《在延安文艺座谈会上的讲话》，人民出版社，1975年版，第32页。

[3] 毛泽东：《在延安文艺座谈会上的讲话》，人民出版社，1975年版，第27页。

[4] 毛泽东：《在延安文艺座谈会上的讲话》，人民出版社，1975年版，第2页。

学的视野。他将社会、历史、政治作为一切阅读和阐释的最终视域，文本阐释要摆脱语言的牢笼、超越形式的规范，通过“症候分析”的方法探索在叙事断裂的罅隙中不曾说出的部分，破除文本意识形态的遏制，探寻文本被遮蔽、被忽略的政治无意识。在这个语境中，詹姆逊才说出了他的至理名言：“一切事物都是社会的和历史的，事实上，一切事物说到底都是‘政治’的。”[1] 换句话说，由于叙述并不能直接再现历史，所以，文本阐释才需要向文本之外的各种关系敞开，打破本身的局限性和意识形态的闭锁，使得叙事话语实践与社会、历史、政治之间建立一种联系，从而使后者成为这一文本的潜在文本，这里，詹姆逊通过“政治无意识”的理论完成了对文本强有力的“重构”，文本“已不再被理解成狭义的个别‘文本’或作品，而在形式上被重构成伟大的集体和阶级话语”[2]，“文化文本实际上被作为整个社会的寓言模式”[3]。在这个意义上，詹姆逊强调“文学是政治”是指个人化的书写并不一定是破

[1] Fredric Jameson, *The Political Unconscious* (New York: Cornell University Press, 1981), p.5.

[2] Fredric Jameson, *The Political Unconscious* (New York: Cornell University Press, 1981), p.61.

[3] Fredric Jameson, *The Political Unconscious* (New York: Cornell University Press, 1981), p.18.

碎的、单一的、羸弱的、私人化的，其背后必然有这个社会、历史和政治无意识的烙印。显然，詹姆逊所谓的“文学是政治的”与“文学服务政治”南辕北辙。可以看出，詹姆逊对毛泽东的思想的化用是保留能指，改变所指，即“乌托邦”、“文学为政治”的这一符号的表面意义被保留，而其深层的意义已经被置换成新的内容。

经过理论旅行、语境抽离和意思化用，毛泽东的政治实践话语转变为一种文化策略，在詹姆逊后现代文本阐释中获得新的生命。如果顺势看去，中国的文化资源和实践经验远渡重洋在不同的时空中发酵、转化，被肯定、被吸收，进而对当代西方马克思主义文化阐释有诸多启示和影响，这无疑是一种难得的理论再生产过程。但如果逆向来看，以西方理论家重新酿制的、理想化了的中国经验去理解或反证当代中国的文化和实践时，一定要多加警惕，因为它已不再是原来那个真实的中国经验。

第五章

“反现代的现代性”之考辨——兼论理论在双向旅行中的结构变化

1997年，汪晖的《当代中国的思想状况与现代性问题》[1]犹如一枚重磅炸弹，在学界激起轩然大波[2]。此文对1990年代中国社会的思想状况进行了评述，它的亮点，也是其后聚讼纷纭的焦点在于：汪晖一反“新启蒙”运动对共和国以来思想状况所形成的共识，独辟蹊径地提出“毛

[1] 这篇文章1994年完成初稿，发表于韩国《创作与批评》，已经产生了一定的影响，1997年改定后在《天涯》(1997年第5期）发表，而后被多家刊物转载，文章收入汪晖论文集《死火重温》，人民文学出版社，2000年版，第42—94页。

[2] 这一组文章包括汪晖《我们如何成为“现代”的?》、旷新年《现代文学发生中的现代性问题》、吴晓东《建立多元化的文学史观》，以上文章均刊于《中国现代文学研究丛刊》1996年第1期。

泽东的社会主义思想是一种反资本主义现代性的现代性理论”[1]。这一观点甫一亮相，就让众多学者为之振奋，引为同道，比如李杨、韩毓海、旷新年、贺桂梅等人，一时间，“反现代的现代性”成了“新左派”的理论宣言，进而成了“新左派”现代史观（特别是文学史观）的结构性要素。

鉴于“反现代的现代性”是中国思想界左右之争所瞩目的焦点，具有极其强大的思想含量，我们有充分的理由和必要来重新梳理它发生的来龙去脉，并在此基础上对它作出理论反思。事实上，这一理论并非植根于中国，也不是汪晖的原创，而是由西方左派理论家最先提出，影响了求学西方的中国青年学者，或者经过翻译漂洋过海地影响了本土学界。早在1993年，德里克的《现代主义与反现代主义：毛泽东的马克思主义》被翻译成中文，发表在《中国社会科学季刊》，本篇详细地论述了毛泽东的社会主义理论和实践具有“反现代的现代性”特征，显然，汪晖深受影响。同年，海外学者唐小兵编撰的《再解读——大众文艺与意识形态》一书阐述了一个核心观点：延安文艺所代表的大众文艺是“一场反现代的现代先锋派文化运

[1] 汪晖：《当代中国的思想状况与现代性问题》，载《天涯》1997年第5期，第136页。

动”[1]。几乎同时，李杨的《抗争宿命之路——“社会主义现实主义”（1942—1976）研究》一书问世，论述了“社会主义现实主义”文学的“反现代”的“现代”意义。[2]因为唐、李二人的讨论拘囿于文学，没有在思想史层面上进行充分的展开，所以他们的观点未能得到足够的重视。1996年，刘康的英文文章《现代性不同选择与文化革命——毛泽东与阿尔都塞的理论思考》[3]也从不同的角度论

---

[1] 唐小兵：《我们怎样想象历史（代导言）》，载《再解读——大众文艺与意识形态》，北京大学出版社，2007年版，第6页。

[2] 1994年汪晖发表的《韦伯与中国的现代性问题》提出了“谁的现代性”问题，引起学界的关注，1996年《中国现代文学研究丛刊》发表了汪晖等人的一组文章，“中国现代性”的命题在文学研究范畴推进，这些都为《当代中国的思想状况与现代性问题》在1997年的推出进行了有效的暖场。

[3] Liu Kang, “The Problematics of Mao and Althusser: Alternative Modernity and Cultural Revolution,” *Rethinking Marxism: A Journal of Economics, Culture, and Society*, VIII.3（1995）, pp.1-25. 该篇论文引发多位英美学者的讨论。向刘康本人了解后知，专门讨论他这篇论文的英文论文有14篇，引用上百次。中译文至少有三个版本，关于“现代性的不同选择”（alternative modernity）的翻译问题，一是《现代性不同选择与文化革命——毛泽东与阿尔都塞的理论思考》（史安斌译），翻译为“现代性不同选择”，参见《文化传媒全球化》（南京大学出版社，2006年版）。二是《毛泽东和阿尔都塞的遗产：辩证法的问题式、另类现代性及文化革命》（张放译）中翻译为“另类现代性”，参见［美］阿里夫·德里克、保罗·希利、尼克·奈特主编：《毛泽东思想的批判性透视》（中国人民大学出版社，2015年版）。三是《毛泽东和阿尔都塞的遗产：辩证法的问题式、另类现代性及文化革命》（田立新译），也翻译为“另类现代性”，参见《湖南科技大学学报》（社会科学版）2005年第6期，第24—32页。本篇选择“现代性不同选择”是因为史安斌的译文经刘康教授钦定。

述了“现代性不同选择”，虽不能判定此文对汪晖产生过影响，但仍不失为一种参照。[1] 直至1997年，“反现代的现代性”经汪晖长篇、系统的阐释，成为最炙手可热的理论话语。

本章聚焦于德里克、刘康、汪晖关于“反现代的现代性”的论述，比较中西文论不同语境中对中国问题的理解和阐释，探讨一种理论如何“迂回与进入”[2]、进而如何完成由中向西、由西向中的双向旅行。具体来说，西方理论家借用作为“他者”的中国的经验进行理论生产，此时的中国是欧美思想资源之外的一种抽象元素，当这一理论经过旅行被重新引回到中国语境时，中国又被还原成一种显性、具体的元素，就在这样的双向旅行过程中，整个结构发生了微妙的翻转，其中被置换的概念、被抽离的语境、被修改的问题意识以及新附加的观点都必须得到重视和清理。本章所要做的正是分析和还原这一理论结构转变中隐而不彰的部分。

---

[1] 汪晖显然熟悉刘康的有关论述。他主编的《九十年代的“后学”论争》一书中收录了刘康的几篇著名论战文章。参见汪晖、余国良编：《九十年代的“后学”论争》，香港中文大学出版社，1998年版。

[2] “迂回与进入”来自法国哲学家、汉学家弗朗索瓦·朱利安所著同名书籍《迂回与进入》。

一、德里克“反现代的现代主义”的内涵

法国“五月风暴”使得西方马克思主义的实践活动纷纷受挫，而那些因挫伤而更加激荡的反叛情绪促成左翼知识分子的理论反思，于是，西方马克思主义者将目光投向中国，认为中国是左翼运动硕果仅存的一块宝地，也是马克思主义贯彻得最好的一片试验田，顺理成章，左翼情结浓厚的德里克便以中国为例，尤其以毛泽东的理论实践来对抗资本主义现代性。德里克在《现代主义与反现代主义：毛泽东的马克思主义》一文中详细地论述了“反现代的现代主义”这一理论，认为毛泽东的马克思主义是一种“反现代的现代性”，德里克的这一“反现代的现代性”的提法来自马歇尔·伯曼的《一切坚固的东西都烟消云散了：现代性体验》一书[1]，实际上他是将伯曼关于马克思的论述和毛泽东的理论实践嫁接后的结果，所以，要弄清这一问题，首先要从伯曼“反现代性的现代主义”开始，他的论述是根据如下步骤铺陈开的：

---

[1] Arif Dirlik, “Modernism and antimodernism in Mao Zedong's thought,” *Critical Perspectives on Mao Zedong's Thought* (Eds. Arif Dirlik, Paul Healy, and Nick Knight, New Jersey: Humanities Press, 1997), pp.59-60.

首先，什么是现代性？德里克认同并吸收了伯曼关于现代性的阐释，即是一种在具体空间和时间中感受到的经验，这种经验是充满矛盾、悖论，处于无休止的变化和解体之中。“它向我们许诺了冒险、权力、快乐、成长以及我们自身和世界的变化，与此同时它又威胁着要摧毁我们所拥有的、所知道和所归属的一切……现代性把全人类统一了起来。但是这是一个充满悖论的统一，一个没有统一性的统一；它把我们所有人都注入旋涡中，一个斗争和矛盾的旋涡，一个混乱和焦虑的旋涡。”[1]不止伯曼，大卫·哈维也强调了现代性的悖论：“现代性即使对他自身的过去也不尊重，更遑论对一切眼前的前现代的社会秩序了。事物的易变性使得人们难以保持任何历史连贯性意识。如果历史有什么意义的话，那么它的意义必须在变化的旋涡中去发现和界定。现代性不仅要无情地打破任何或者一切以前的历史状况，而且它的特征就在于，它意味着一个自身内部永无止境地进行着内部分裂和解体的过程。”[2]这样一来，现代化就是制造（和继续制造）现代性状况的历史过

[1] Marshall Berman, *All That is Solid Melts Into Air*: *The Experience of Modernity*（New York: Penguin Books, 1988）, p.15.

[2] David Harvey, *The Condition of Postmodernity*（Oxford: Basil Blackwell, 1989）, pp.11-12.

程："科学的发现、工业的膨胀、人口的变迁、都市的扩张、民族国家、大众运动——所有这一切最终都是由'正在扩张且在急剧动荡着的'资本主义世界市场推动的。"[1]这样的现代性，令人喜忧参半。一方面，现代性的力量源泉是科学和科学思维的巨大创造力，这种创造力植根于批判理性和坚信人类为改善自身状况就必须去理解世界、改造世界的启蒙信念之中，并通过资本主义生产技术和社会技术得到体现。另一方面，我们还应该看到创造力所隐含的毁灭性力量：创造力在征服世界的同时摧毁了人类的生存条件，破坏了那些赋予人类生存以稳定性和可靠性的社会关系；它把人性从大自然中解放出来，又顺手把它关进一个由工厂、贫民窟、混凝土丛林以及理性化国家的官僚主义迷宫所构成的"铁笼"之中。伯曼还区分了现代性经验和现代主义：现代性经验是对于努力克服现代性矛盾的无休止试验的经验，而现代主义则是"现代的男男女女们试图不仅成为现代化的客体而且成为它的主体，试图理解并支配现代世界的一切努力"。[2]对此，德里克认为：现代

[1] Perry Anderson, "Modernity and Revolution," *New Left Review* 144 (March-April 1984), p.97.

[2] Marshall Berman, *All That is Solid Melts Into Air*: *The Experience of Modernity* (New York: Penguin Books, 1988), p.16.

性是一种经验，而现代主义则是一种努力和实践。[1]

其次，什么是“反现代主义”？伯曼认为，反现代主义是针对现代主义提出的，它分享了与现代主义相同的矛盾，如果不参照现代主义，我们就无法理解反现代主义。更重要的是，因为反现代主义本身是由试图实现现代性目标的冲动所驱使的，反现代主义就代表了一种新的现代性追求：只要现代化在实践中没有及时实现（或者背叛了）解放人类的诺言（这一诺言曾在理论和实践中激励了现代化），那么新的现代化就必不可少。[2]

再次，什么是“反现代的现代性”？伯曼认为，社会主义是反现代主义的，但它却不可能反对现代性或现代化，在过去两个世纪里，社会主义革命的目标就是要超越资本主义的现代性，以便创造出一种新的现代性，这样一种崭新的现代性无限接近于启蒙运动关于人类解放的境界的描述。伯曼说，马克思是伟大的现代性分析家，又是

---

[1] Arif Dirlik, “Modernism and antimodernism in Mao Zedong’s thought,” *Critical Perspectives on Mao Zedong’s Thought* (Eds. Arif Dirlik, Paul Healy, and Nick Knight, New Jersey: Humanities Press, 1997), pp.60-61.

[2] Arif Dirlik, “Modernism and antimodernism in Mao Zedong’s thought,” *Critical Perspectives on Mao Zedong’s Thought* (Eds. Arif Dirlik, Paul Healy, and Nick Knight, New Jersey: Humanities Press, 1997), pp.61-62.

一位现代主义者，他对现代性问题的解决方案体现了现代主义的最深刻矛盾[1]。马克思认识到，资产阶级在突破过去、征服自然方面获取了惊人的成就，但也为这些成就付出了惨痛的文化代价——“一切凝固的东西都化为乌有”。所以，他的著作试图描绘出（资产阶级）现代化同作为它的文化表达的现代主义之间充满矛盾的关系，而化解矛盾的可能性，就在于其本身也是现代性产物的阶级——无产阶级。马克思认为，无产阶级将会从现代性中获得丰富的（解放的）可能性，这样的可能性，资产阶级则因为自身的意识形态缘故而注定会擦肩而过：“现代性的创伤”只能通过“更加充分、更加深刻的现代性”来治愈。[2]

德里克深受伯曼“反现代的现代性”理论的启发，同时也质疑伯曼所理解的现代主义存在着严重的局限。他认为在第三世界的历史背景下，不能把第三世界的现代主义认为只是欧美现代主义的简单延伸，如果现代主义有什么

[1] Arif Dirlik, “Modernism and antimodernism in Mao Zedong’s thought,” *Critical Perspectives on Mao Zedong’s Thought* (Eds. Arif Dirlik, Paul Healy, and Nick Knight, New Jersey: Humanities Press, 1997), p.63.

[2] Marshall Berman, *All That is Solid Melts Into Air: The Experience of Modernity* (New York: Penguin Books, 1988), p.98.

意义的话，那么就必须超越[1]。于是，德里克引入了中国的维度，将这一理论与中国嫁接。他认为马克思主义和毛泽东的思想有异曲同工之处，而两者可以有效嫁接的联结点就在于"矛盾论"。德里克认为马克思主义对现代性的矛盾的论述以及对待矛盾的做法可直接同毛泽东的思想形成对照。毛泽东的思想把矛盾的概念指认为把握一个流逝、分裂、冲突的世界的最合适的工具。作为社会和自然的能动原理，矛盾被当作原动力，这样一种作为原动力的矛盾在毛泽东的思想中具有核心的作用——"一切事物都包含着它的对立面"甚至成了认识论。正是在这个意义上，德里克认为马克思主义给毛泽东提供了现代性和现代化的语言，也正是在毛泽东的马克思主义当中，现代性的复杂和矛盾才彰显得格外分明：毛泽东的思想把中国的现代性看作是矛盾的相互作用，而它自身的矛盾性则是解决这些矛盾的根本性策略。在第三世界民族的情形中，前者表现在毛泽东的马克思主义思想结构中，这一思想结构反映了现代化和现代性的矛盾以及两者之间关系的矛盾。后者则体现在毛泽东力图解决那些与其理论的信念相对立的矛盾所

---

[1] Arif Dirlik, "Modernism and antimodernism in Mao Zedong's thought," *Critical Perspectives on Mao Zedong's Thought* (Eds. Arif Dirlik, Paul Healy, and Nick Knight, New Jersey: Humanities Press, 1997), p.63.

具有的矛盾性。德里克认为毛泽东对于现代性的矛盾心理与马克思对于现代性的矛盾心理具有精神上的一致性，所以说，毛泽东的马克思主义也是一种“反现代的现代性”，具体体现在毛泽东力求既运用马克思主义普遍原理来改造中国，又根据中国特定历史环境的需要来改造马克思主义，可以看出中国的马克思主义是一种要从资本主义霸权中解放出来的选择，一种让第三世界社会不是作为客体而是作为主体进入全球历史的选择。[1]中国马克思主义带有的民族特性可成为现代化的推动力，又能抵制和克服现代性消极因素。[2]

通过梳理，我们可以看出，德里克的思路由伯曼始，到毛泽东终。伯曼先是论述了马克思对于现代性之矛盾的揭示，由此引申出马克思主义是一种“反现代的现代主义”的结论。德里克沿袭着伯曼的思路，等量代换成了中国经验：首先是马克思对于现代性的矛盾的揭示与毛泽东关于“矛盾”的方法论若合符契，其次是毛泽东既运用马克思主义的基本原理来改造中国，又根据中国特定历史环

[1] Arif Dirlik, “Modernism and antimodernism in Mao Zedong’s thought,” *Critical Perspectives on Mao Zedong’s Thought* (Eds. Arif Dirlik, Paul Healy, and Nick Knight, New Jersey: Humanities Press), 1997, p.70.

[2] *Ibid.*

境的需求来改造马克思主义，形成一种毛泽东的马克思主义，这样的马克思主义，理所当然是一种“反现代的现代主义”。作为一种“反现代的现代主义”，毛泽东的思想在全球意义、第三世界、民族意义三个维度具体而分层地展现出来，它或许是一种不同于欧美现代性的更好的现代性。作为一位西方的理论家，德里克的问题意识在于反思西方现代性，力图在第三世界的语境中寻找一块冲破资本主义霸权的飞地。

二、刘康“现代性不同选择”的内涵

在《现代性不同选择与文化革命——毛泽东与阿尔都塞的理论思考》一文中，刘康从阿尔都塞对于毛泽东的“症候式阅读”出发，也提出了毛泽东实践实际上是寻求“现代性的不同选择”，和德里克的分析路径不同，刘康主要是从阿尔都塞的“多元决定”作为切入点的。他认为毛泽东的《矛盾论》启发了阿尔都塞的“多元决定”从而催生出一场“理论革命”，使得传统马克思主义中的某些概念发生了结构性转变，毛泽东关于矛盾的“特殊性”和“不平衡性”的论述构成了“现代性不同选择”的意识形态基础，为阿尔都塞批判资本主义现代性提供了灵感源泉。

具体来说，阿尔都塞在《矛盾与多元决定》及《关于唯物辩证法》中“多元决定”的概念来自弗洛伊德，而其中的核心思想来自毛泽东《矛盾论》中关于矛盾“特殊性”和“不平衡性”的论述，为阿尔都塞构建“现代性不同选择”提供了哲学和理论基础。刘康依照詹姆逊的方法论，不再“把马克思主义定位为某种特定的立场（不管是政治的、经济的还是哲学的立场）；相反，应从马克思主义与某一特定问题复合体的密切关联上来认识它”[1]，于是，他将阿尔都塞和毛泽东的理论回归到各自具体语境，还原他们本来的问题意识。阿尔都塞的问题意识是为了批判传统马克思主义和斯大林主义目的论、决定论，在这一语境中，斯大林现代性的不同选择被否定，那么毛泽东的现代性选择便进入了阿尔都塞的视野，同时，其矛盾观为阿尔都塞批判资本主义现代性提供了一个崭新的视点，反过来，阿尔都塞通过症候式阅读发现了一个隐藏于毛泽东的理论和实践中的问题式，即

[1] Fredric Jameson, “Actually Existing Marxism,” *Polygraph* Vol.6-7 (1993), p.175.

对于现代性不同路径的寻求。也就是说，在阿尔都塞的重新解读中，毛泽东的理论和实践成为了一种不同形式的现代性选择。文章从三个方面论证了阿尔都塞的理论努力：[1]

一、矛盾的“特殊性”与“现代性的不同选择”。毛泽东的《矛盾论》从绝对和相对两个方面界定了“普遍性”，这种界定与“特殊性”相关：

> 他们（教条主义）不了解矛盾的普遍性即寓于矛盾的特殊性之中。他们也不了解研究当前具体事物的矛盾的特殊性，对于我们指导革命实践的发展有何等重要的意义。[2]
>
> 由于特殊的事物是和普遍的事物联结的，由于每一个事物内部不但包含了矛盾的特殊性，而且包含了矛盾的普遍性，普遍性即存在于特殊性之中。[3]

---

[1] Liu Kang, “The Problematics of Mao and Althusser: Alternative Modernity and Cultural Revolution,” *Rethinking Marxism: A Journal of Economics, Culture, and Society*, VIII.3 (1995), pp.10-11.

[2] 毛泽东：《矛盾论》，载《毛泽东选集》第一卷，人民出版社，1991年版，第304页。

[3] 毛泽东：《矛盾论》，载《毛泽东选集》第一卷，人民出版社，1991年版，第318页。

刘康认为毛泽东“普遍性”的概念实际上意味着“矛盾的绝对性”在任何时刻与地方都等同于“矛盾的特殊性”。换句话说，毛泽东的“普遍性”就是绝对的“特殊性”。之所以这么认定，是因为毛泽东的文章几乎没有对作为形而上的、本体论概念的“普遍性”进行翔实的论述，“普遍性”往往只是为了说明“特殊性”而不得不出场的。

在批判黑格尔主义时，阿尔都塞抓住了毛泽东“普遍性”概念中所具有的认识论和阐释学本质，他将毛泽东的概念称为“普遍性的预备‘前提’”，并主张：

> ……真正懂得什么是唯物主义的人都知道，这个“前提”不是普遍性的前提，而是对业已存在的普遍性提出的前提，其目的与成果正是要拒绝这种普遍的、对“哲学”（意识形态）欲念所进行的抽象化，并强迫它回到自己的环境中，即回到具有科学特殊性的普遍性环境中。[1]

---

[1] Louis Althusser, *For Marx*, Trans. Ben Brewster (New York: Penguin, 1969), p.183.

阿尔都塞旨在对黑格尔主义中所具有的目的论的、形而上学的“普遍性”概念提出批判，他认为，除了在黑格尔主义那里，作为普遍性基本特征的“根本矛盾”并不存在：“因为将整体分为两部分的这种‘只有一组对立面的简单过程’恰是黑格尔矛盾的母型。”[1]就是在这里，毛泽东的看法被再次援引，以证实阿尔都塞关于“预先给定的、复杂的、结构性整体”的主张：

> 在他（毛泽东）全部的分析中，我们接触到的都是一些复杂过程；这些复杂过程拥有包含了多种不平衡决定因素的结构，该结构以一种原生性（而非次生性）的方式作用于这些结构。……因此，复杂过程始终都是既定的复杂体，无论是在事实上还是在原则上，这些复杂体都无法还原为原始简单的过程。[2]

毛泽东“无论是在事实上还是在原则上”都拒绝了普遍性的简单起源，这种简单起源体现在作为现代性意识形

[1] Louis Althusser, *For Marx*, Trans. Ben Brewster (New York: Penguin, 1969), p.195.
[2] *Ibid.*

态的黑格尔的目的论和决定论中。毛泽东拒绝给予这一概念任何优先性的战略显示出，他致力于提供现代性不同选择，进而以普遍之名将欧美中心的起源论排除在外。就此而论，毛泽东的矛盾论包含了对资本主义现代性含蓄却明白无误的批判，这一点经由阿尔都塞对毛泽东著作的解读而变得更加直白。

二、“多元决定”与现代性批判。阿尔都塞认为马克思主义唯物论对黑格尔唯心主义的“倒置”涉及一个复杂过程，它不仅是关系的倒置，也是“结构的转变”。具体来说，黑格尔的辩证法是建立在现象体现本质的“表达因果性”基础之上，或者说是建立在普遍性的“绝对精神”的目的论和决定论基础之上。与之相反，马克思主义辩证法是一种包含着各个矛盾、各种因素，彼此缠绕又相互决定的结构关系，即“结构因果性”：它包含了“结构要素的决定关系，这些要素之间的结构关系，以及这种结构影响下这些关系的全部效应。”以一种“令人惊讶的表现”“被复杂地——结构地——不平衡地决定”[1]。这种特定结构中各要素之间相互依赖、多元决定、不可化约的观念使得阿

[1] Liu Kang, “The Problematics of Mao and Althusser: Alternative Modernity and Cultural Revolution,” *Rethinking Marxism: A Journal of Economics, Culture, and Society*, VIII.3 (1995), p.11.

尔都塞既强调作为不可化约要素的上层建筑的“相对自主性”，又强调作为结构自身的效应。

阿尔都塞将传统马克思主义诸如“多元决定”、“结构因果性”、“社会形态”和“生产方式”等概念进行充分的理论化，在他的理论体系中，他所制造的这些术语已经与传统马克思主义的内核发生了质的变化，也经历了性质上的“结构转变”。阿尔都塞所要完成的理论任务，是将马克思主义从作为现代性意识形态的目的论、决定论的启蒙理性中解放出来。通过阿尔都塞的“理论革命”，传统马克思主义的一些概念发生了根本性和结构性的“转变”，比如经济决定论的破灭，经济基础与上层建筑的区分，以及最为重要的一个概念——不同生产方式决定了界限明确的、不可逆转的历史发展进程。阿尔都塞对传统马克思主义做出“结构转变”，以使其内化为现代性批判的一部分。在这个意义上讲，阿尔都塞通过对矛盾论症候式阅读，寻找到了现代性的另一种路径，一种不同的现代性选择。[1]

三、“现代性不同选择”的具体展现：与中国实际结合。阿尔都塞对“特殊性”的理论陈述起始于两个独特的、具体

[1] Liu Kang, “The Problematics of Mao and Althusser: Alternative Modernity and Cultural Revolution,” *Rethinking Marxism: A Journal of Economics, Culture, and Society*, VIII.3 (1995), p.11.

的历史事件：俄国革命和中国革命。具体到中国，面对中国紧迫的政治、军事局势，毛泽东开创出“矛盾的特殊性”理论，《矛盾论》特别是其中的“矛盾的特殊性”一节对于中国历史状况、革命战争中战略、战术选择的大量分析，也就是说，矛盾论要解决的是在经济极其落后的农村，一支主要由农民组成的革命武装力量在战斗中不得不面对具有特殊性的具体问题。所以，《矛盾论》首先是一些活生生的战例，其次才被引申、升华成毛泽东的马克思主义中国化的理论基础。毛泽东的“另类”理论努力还在于他对于本土思想资源，特别是兵家以及由兵家演变而来的道家的思想的吸收，这些思想资源对毛泽东在马克思主义的普遍框架中理解辩证法和矛盾的概念起到了重要作用。[1] 至此，可以总结出：毛泽东从一种产生于现代性时刻的普遍理论（马克思主义）所提供的普遍主义角度来思考中国的特殊性，中国历史情境的特殊性和独特的思想资源又激发他开启出一种不同于以欧美

[1] 正如李泽厚敏锐地观察到的，从革命的农民游击战争中发展出来的毛泽东的马克思主义，首先是一种军事的马克思主义。毛泽东文章中充满了俗语、民间传说和古代军事典故，这种语言和修辞特点也反映出军事和战略上的考量。在李泽厚看来，本土化语言的使用也意味着毛泽东文章中处理基本军事战略时所使用的辩证法思想来自道家，这种辩证法可以从诸如《道德经》（老子）和《孙子兵法》（孙子）这样的典籍中找到，而毛泽东也经常在文章中援引这些典籍。中国传统上对辩证法的理解从根本上区别于源自修辞性论辩的苏格拉底——柏拉图的辩证法传统。

为中心的资本主义现代性的“另类现代性”。

可以看出，刘康从阿尔都塞对毛泽东的“症候式阅读”中阐释道，“反现代的现代性”的思想渊源，其实是一种理论溯源，是在理论推演和文化阐释的层面进行的，意在说明毛泽东的思想经过西方左翼的嫁接和转变，为西方左翼理论提供了一种另类的视角，从而对欧洲现代性思潮产生了一定意义上的反思和冲撞。尽管刘康和德里克的论证路径不同，但都是将毛泽东的思想作为反思西方现代性困境的一面镜子，殊途同归。与德里克不同的是，刘康对中国的马克思主义以及文化革命有更深刻的体验，他将对阿尔都塞和毛泽东的理论的解读放在了各自具体的语境中，还原他们不同的问题意识，形成了双重发现和双重批判视角。一方面他站在西方左派的立场上用“矛盾论”思想对西方现代性进行批判，并认为“矛盾论”蕴含了另一种现代性的特质，他认为“中国‘文革’爆发的复杂的、多元的原因，并不能被简化为‘现代性不同选择是不可能的’这种断言。这种断言实质上是以资本主义现代性的决定论意识形态为基础的”。[1] 另一方面也辩证地思考并批判毛泽

[1] Liu Kang, “The Problematics of Mao and Althusser: Alternative Modernity and Cultural Revolution,” *Rethinking Marxism: A Journal of Economics, Culture, and Society*, VIII.3 (1995), p.20.

东以及西方左派的文化革命理论，他认为“西方马克思主义者和毛泽东的初衷都是强调文化和意识形态的作用来批判和修正经典马克思主义的一元决定论，但到后来，他们都从一种决定论滑入了新的一种决定论，从经济决定论陷入了文化决定论的泥淖，历史决定论是现代性的主导思想逻辑，制约着形形色色的思想家，理论家。看来西方马克思主义者和毛泽东都未能超越决定论的思维模式”。[1] 在此，刘康指出了阿尔都塞等西方马克思主义者对中国“文革”的误读，也以此为鉴，反思了毛泽东从反一元（经济）决定论、本质论的思路走向另一种绝对化了的一元（文化）决定论的过程。刘康的症候式阅读发现阿尔都塞思想中蕴含的唯科学或科学主义的另一种一元决定论思维陷阱，进而犀利地批判了西方马克思主义者的基本逻辑。

三、汪晖“反现代性的现代化”

德里克和刘康实际上是在理论维度经由中国抵达西方，

[1] Liu Kang, “The Problematics of Mao and Althusser: Alternative Modernity and Cultural Revolution,” *Rethinking Marxism: A Journal of Economics, Culture, and Society*, VIII.3 (1995), p.3.

经历了第一次理论旅行，目的在于用中国理论反思西方，刘康的特殊性在于双向批判，而汪晖的“反现代性的现代化”是将这一理论再度引回中国，由西方抵达中国，这已经是第二次理论旅行，在这双向旅行中，整个结构发生了微妙的翻转，当左翼理论家借用中国经验进行理论生产时，此时，中国是一种抽象元素，当这一理论被重新引回中国语境时，中国被还原成一种具体元素。这里发生了两层转变：

（一）修改问题意识

汪晖认为自近代以来知识界的历史反思集中于中国为什么未能成功地实现现代化以及中国应该如何实现现代化。到了 1980 年代，问题则集中在对中国社会主义理论和实践的反思，社会主义的理论和实践经常被视为反现代化或者前现代的方式。进入 1990 年代，中国的社会思潮还是拘囿于改革 / 保守、西方 / 中国、资本主义 / 社会主义、市场 / 计划的二元论模式，在这样的对立模式中，当代中国真实的思想问题不可能得到揭示。正是基于此，汪晖发愿重新梳理当代中国的思想状况，并提出“反现代性的现代化”理论。他的论证如下：现代化理论试图从欧美资本主义发展进程中提炼出现代化的基本规范，马克思就说，现代化意味着资本主义的生产方式和生产关系。所以，现代化也就一定程度上被等同为资本主义化，但是，中国的情况不同。当代中国的现代化工程是由中国的马克思主义者提出的，由中国马克思主义者所提出的现代化工程，既是一种以实现现代化为基本目标的社会主义运动，也是一种“另类现代化”的意识形态。汪晖的这一观点在两个维度上契合了德里克和刘康的观点，首先他和德里克的“反现代的现代性”观点一致，认为马克思主义的现代性是一种别样的现代性选择。其次他不同意简单的看待文革，这一点与刘康一致，刘康谈道：“虽然‘文革’留下的极其复杂和多层次的历史遗产尚有待进一步清理，但毛泽东从理论和实践上所指导的中国革命构成了对资本主义现代性批判的一个不容忽视的维度，这一点是不争的事实。我们在重新理性地认识文革的时候，不能把文革与世界历史的进程分裂开来，不能孤立地看中国内部的问题。当然，今天要是仅仅用来自西方资本主义现代性的观点来看文革，将其视为‘封建落后’的东西，‘妨碍’现代化和工业化、‘阻止’（资本主义）现代社会在中国的发展，就站到了两极对立的意识形态立场上去了，这也是无助于深刻地认识文革的复杂性的。”[1]可以看出，三者在中国具有一种“反现代的现代性”这一问题上，具有一致性。

但是在具体论证时，三人的差异便凸显出来，汪晖提道：“当代中国流行的现代化概念主要指政治、经济、军事和科技的从落后状态向先进状态的过渡和发展，但这一概念并不仅仅是技术性的指示，不仅仅是中国民族国家及现代官僚体制的形成，而且还意味着一种目的论的历史观和世界观，一种把自己的社会实践理解为通达这一终极目标的途径的思维方式，一种将自己存在的意义与自己所属的特定时代相关联的态度。”[2]正是在此意义上，汪晖认定，社会主义的现代化概念提供了一整套的价值观，它与资本主义现代化概念之间存在较大差异。在面对中国问题时，汪晖与刘康都认为马克思主义现代性可以提供一套新的思维方式，不同之处显而易见：一是刘康批判一种目的论的历史观和世界观，认为这容易陷入一元决定论而后患无穷，“文革”正是如此发生，而汪晖却肯定目的论的历史观。二是刘康对中国经验进行了理论和实践多层面的反

[1] Liu Kang, “The Problematics of Mao and Althusser: Alternative Modernity and Cultural Revolution,” *Rethinking Marxism: A Journal of Economics, Culture, and Society*, VIII.3 (1995), pp.9-10.

[2] 汪晖：《当代中国的思想状况与现代性问题》，载《天涯》1997年第5期，第136页。

思和批判，但汪晖却缺少批判的维度，多是肯定之词。三是德里克是从伯曼的“反现代的现代性”而来，刘康是从毛泽东矛盾论到阿尔都塞的“多元决定”来论证现代性不同选择的可能性，两者是纯粹的理论推演，而汪晖则是用中国的具体实践进行说明（后文会具体谈到），使得这一论断从抽象的理论探讨滑入为具体实践正名的泥淖，为了避免底气不足，汪晖进一步将“反现代性的现代化”延伸至晚清以降，他认为这一理论并不是毛泽东的独创，而是晚清以来中国思想的主要特征之一：康有为的“大同”世界、章太炎的平等观念、孙中山的“三民主义”，以及中国形形色色的社会主义者对资本主义的批判，都是和他们在政治、经济、军事和文化等各个领域构筑的各种现代性方案（包括现代性的国家政治制度、经济形态和文化价值）相伴随的。对现代性的质疑和批判本身构成了中国现代性思想的最基本的特征。因此，中国现代思想是以悖论式的方式展开寻求中国现代性的思想努力和社会实践的。

可以看出，关于“反现代的现代性”的论述，汪晖、德里克、刘康都显示出很大的相似性，但三人文化位置却全然不同，德里克是以中国经验作为反思西方现代性的有力武器，持批判姿态，刘康是批判西方、反思中国双重维度，而汪晖则是说明中国现代性的优越性和独特性，在这个理论旅行中，问题意识已经被修改。

（二）抽离具体语境

德里克、刘康是在文本阐释的层面进行理论推演，而汪晖则将理论用来对应中国的现实经验和实践活动。具体来说，一是在社会主义意识形态的价值取向上，汪晖认为现代性特征体现在中国的现实经验之中：1. 建立现代国家。汪晖认为毛泽东所实施的社会主义所有制，是要建立一个富强的现代民族国家，正是通过公有化运动，特别是“人民公社”的建立，使一个以农业为主的、日出而作日落而息、皇权从来不下县的一盘散沙的国家，实现了社会总动员，把整个社会都组织到了国家的主要目标之中，解决了中国数千年来都未能解决的国家税收问题，通过尽可能地剥夺农村的方式来为城市工业化积累资源，并按照社会主义原理来组织农村社会。2. 实现公平正义。汪晖认为新中国消灭了工人和农民、城市和乡村、脑力劳动和体力劳动的“三大差别”，在很大程度上实现了公平和正义。3. 完成民族主义任务。毛泽东在具体实践中通过有效的组织，把社会整体性镶嵌进国家目标，从而尽最大力量完成民族主义的任务。汪晖谈道:“毛泽东的社会主义一方面是一种现代化的意识形态，另一方面是对欧洲和美国的资本主义现代化的批判；但是，这个批判不是对现代化本身的批判，恰恰相反，它是基于革命的意识形态和民族主义的立场而产生的对于现代化的资本主义形式或阶段的批判。因此，从价值观和历史观的层面说，毛泽东的社会主义思想是一种反资本主义现代性的现代性理论。”[1]

二是现代性体现在中国的具体实践中。汪晖认为中国试图通过“大跃进”、“大革命”的方式促成中国社会的现代化嬗变，他谈道:“对于毛泽东来说，他一方面以集权的方式建立了现代国家制度，另一方面又对这个制度本身进行‘文革’式的破坏；他一方面用公社制和集体经济的方式推动中国经济的发展，另一方面他在分配制度方面试图避免资本主义现代化所导致的严重的社会不平等；他一方面以公有方式将整个社会组织到国家的现代化目标之中，‘文革’式的体制和运动剥夺了个人的政治自主权，另一方面他对国家机器对人民主权的压抑深恶痛绝。总之，中国社会主义的现代化实践包含着反现代性的历史内

[1] 汪晖:《当代中国的思想状况与现代性问题》，载《天涯》1997年第5期，第136页。

容。这种悖论式的方式有其文化根源，需要在中国现代化运动的双重历史语境（寻求现代化与西方现代化的种种历史后果的反思）中解释。”[1]不难看出，汪晖抽空了德里克理论言说的语境，将西方视域中的理论阐释变成了对中国具体的实践经验的解读。需要指出的是理论和实践并非是二而一的关系，理论是对未来的可能性进行超于现实的探索，所以理论可以毫无挂碍的显示自己的先锋和激进，因而具有批判甚至颠覆的力量，正如阿多诺所说理论是抛向大海的信瓶，意味着理论不指向现在，而寄期望于未来某个时刻被点燃，也就是说理论不需要对现世负责。可实践不同，它要在这个活生生的世界上践行、实施，涉及千千万万的血肉之躯，往往失之毫厘，差之千里，实践必然是按部就班，不容许异想天开，也就是说越是激进，越具有颠覆性的实践反而越让人唯恐不及。然而，当汪晖将一个理论探索调转成为实践自证，以六经注我的方式将“十七年”、“文革”的整体状况拆成碎片，并选取了益于说明自己观点的实践经验作为论据，无疑是对部分真相的回避和掩饰。这也就说明了为什么同样是对中国现代性问

[1] 汪晖:《当代中国的思想状况与现代性问题》，载《天涯》1997年第5期，第136—137页。

题的阐述，汪晖的文章却在中国思想文化界产生了如此严重的波动和不适。

在中国学者的视域中，德里克的现代性理论是被当作一个外部观点看待的，他的理论之于中国学界来说，只具有一种形式化的功能。刘康要借阿尔都塞的眼睛来探讨现代性，他分为两个层面，在理论维度里，他发现了毛泽东的思想的有价值的部分，在具体经验中，批判了实践对理论的背叛和理论实践化过程中的一元决定论，而当汪晖运用相关理论来对中国现实进行解读的时候，将对纯粹理论思辨的肯定转化为对具象政治、文化实践的肯定，并对刚刚由“新启蒙”运动所形成的相对统一批判的观点产生掀毁式的效应。可以想象，这一论断必然掀起学界的轩然大波。

汪晖的“反现代性的现代化”理论的提出，不同于德里克从中国到西方的单向度旅行，而是一种中国到西方，西方再到中国的双向对转的关系：作为一个西方学者，德里克试图借用中国实践阐述出一种反思西方的理论模型，这样的模型与中国实践并没有实质的关联，而是西方理论生产机器的一次按章操作而已，目的是为了借用中国经验反思西方现代性。刘康作为一个美籍华人，他的文章是写给西方读者的，依然是对西方现代性的一种反思，与德里克一样，是站在左翼的立场上对西方现代性进行批判，但刘康的特殊性在于他的中国背景使得他对中国问题有更清醒的认识，他在运用中国资源反思西方时，不像德里克那样将中国马克思主义看作一个神圣的革命之所，而是更加客观辩证地反思中国马克思主义实践过程中理论和实践之间存在的龃龉，批判了实践背叛理论后导致行动脱缰的恶果以及实践最终陷入文化决定论后的倒退，可以看出，他解读中国经验时是非常警惕、充满批判意识的。而汪晖毫不批判地用“反现代的现代性”的理论解读中国经验和实践活动时，就取消了德里克的问题意识和言说语境，德里克的理论就被熔铸成中国经验的一部分，形成一种仿佛站在中国立场、从中国语境出发提炼出来的理论的假象，于是，被德里克对象化的理论在汪晖这里像变戏法一样完成了理论内在化，西方左翼理论进入中国语境后不仅丧失了它的批判和反思锋芒，反而披上了自我美化和催眠的外衣，令人惊叹的是，原本西方理论的洞见竟会变成解读中国经验的盲点。

第六章

西方左翼话语怎样阐释中国马克思主义？——以德里克对《矛盾论》的解读为例

1938年，毛泽东提出“马克思主义中国化”，他指出：“离开中国特点来谈马克思主义，只是抽象的空洞的马克思主义。因此，使马克思主义在中国具体化，使之在其每一表现中带着必须有的中国的特性，即是说，按照中国的特点去应用它，成为全党亟待了解并亟须解决的问题。”[1]此后，毛泽东等人就一直致力于中国马克思主义的理论建构。1968年五月风暴前后，西方左翼理论家也将目光投向

[1] 毛泽东：《毛泽东选集》第二卷，人民出版社，1991年版，第534页。毛泽东在1938年六届六中全会上所提的就是“马克思主义中国化”，形成文件时改为“具体化”。

中国，开始阐释“马克思主义中国化”问题，从阿尔都塞到詹姆逊、德里克，再到朗西埃、巴迪欧等，不一而足。同样是“马克思主义中国化”，中西方语境中所指涉的内涵却大相径庭。这里存在双重转变，一是中国语境对马克思主义的转化，一是西方左翼对这一转化的再阐释、再转化。马克思主义在这些转化中势必呈现出阐释的差异，而这些差异恰恰潜藏着中西方对中国化的马克思主义解读过程中的重要问题。其中，德里克对《矛盾论》的阐释为探究这些问题提供了一把钥匙。选择德里克，是因为他作为左派理论家和汉学家，自1960年代开始即对中国革命进行了系统研究，著有《后革命时代的中国》《历史与革命》《中国革命中的无政府主义》等，毛泽东的思想则是他进入中国现代思想的一个主要入口；选择《矛盾论》，是因为无论哲学思维还是国际影响力，《矛盾论》都首屈一指。本章重心在西方左翼对马克思主义中国化的理解上，依照德里克对《矛盾论》的阐释，讨论被西方左翼阐释的中国马克思主义呈现了怎样不同的面向。

一、指向实践的《矛盾论》

在介绍西方左翼话语对中国马克思主义的阐释之前，

势必先要将《矛盾论》放在中国语境中还原它的逻辑起点和问题意识。具体来说,《矛盾论》是毛泽东建设中国马克思主义理论过程中最重要的文献。1936 年长征胜利结束，中国共产党转移到了陕北，作为党的领导人毛泽东从红军五次反围剿和长征初期的失利的教训反思苏联马克思主义作用于中国实践时的诸多不适之处，开始探索中国化的马克思主义理论。紧接着在 1937 年，毛泽东井喷式地写出了极具分量的文章:《实践论》和《矛盾论》(原作标题有更改，后文会详细论述)。经过一年的理论准备，在 1938 年的六届六中全会上，毛泽东第一次明确地提出了“马克思主义中国化”的命题。可以看出,《矛盾论》是建构中国马克思主义蓝图中最浓墨重彩的一笔。那么,《矛盾论》的内在指向和外在语境究竟如何？下面从三个方面论述。

(一)问题意识

《矛盾论》看起来是一篇哲学论文，但实际关注的对象始终是中国革命实践，文章分五个部分层层递进，以理论辨析始，以指导实践终：一是“矛盾的普遍性”，即“矛盾存在于一切事物的发展过程中，每一事物的发展过程中存在着自始至终的矛盾运动”[1]。毛泽东将矛盾作为事物存在之根本，意欲何为？他否定了原先一成不变的世界观，以矛盾代之，矛盾是两种或多种力量彼此交融、相互角逐的状态，是一个变化、交替的运动过程。然而，毛泽东不只为了提供一种对世界的解释，而是聚焦于中国实际——以矛盾的观点来看，中国历史并非不可变革，而是一个新旧更替、择善而从的动态过程：封建社会结束了，资产阶级失败了，这便为共产党领导中国进入一个崭新阶段提供了可能。所以，毛泽东在理论辨析之后，开明宗义地提出：“中国共产党必须学会这个方法，才能正确地分析中国革命的历史和现状，并推断革命的将来。”[2]

二是“矛盾的特殊性”，即“各种物质运动形式中的矛盾，都带特殊性”[3]，这意味着“不同质的矛盾，只有用不同质的方法才能解决”[4]。毛泽东在理论层面稍作论述，便马上长篇大论地对中国革命进行了分析。如果说，“矛盾的普遍性”为中共建立新中国提供了可能，那么“矛盾的特殊性”则为中共解决实际问题提供了策略：首先，毛泽

---

[1] 毛泽东:《毛泽东选集》第一卷，人民出版社，1991年版，第305页。

[2][3] 毛泽东:《毛泽东选集》第一卷，人民出版社，1991年版，第308页。

[4] 毛泽东:《毛泽东选集》第一卷，人民出版社，1991年版，第311页。

东宏观地提出了中国社会各阶级的矛盾：“无产阶级和资产阶级的矛盾，用社会主义革命的方法去解决；人民大众和封建制度的矛盾，用民主革命的方法去解决；殖民地和帝国主义的矛盾，用民族革命战争的方法去解决……”[1]其次，毛泽东回到了他最关心的问题——中共历史。他反思了1924—1927年大革命的失败以及1927年后土地革命战争中的冒险主义，提出1935年以后新的抗日统一战线的伟大斗争正在发展。[2]可以看出，毛泽东用矛盾特殊性的原则来解释中国革命的过程，特别强调“离开具体的分析，就不能认识任何矛盾的特性”[3]。

三是“主要的矛盾和主要的矛盾方面”：一方面，在复杂事物发展过程中，有多种矛盾，其中必有一种是主要矛盾，它的存在和发展规定或影响其他矛盾的存在和发展；另一方面，矛盾的主要和非主要的方面互相转化，事物的性质也就随着变化。矛盾的转化观点进一步为中共领导中国进入新的历史阶段进行了理论铺垫，具体到中国实际：“帝国主义处在形成半殖民地这种矛盾的主要地位，压迫中国人民，中国则由独立国变为半殖民地。然而事情

[1]　毛泽东：《毛泽东选集》第一卷，人民出版社，1991年版，第311页。
[2]　毛泽东：《毛泽东选集》第一卷，人民出版社，1991年版，第316页。
[3]　毛泽东：《毛泽东选集》第一卷，人民出版社，1991年版，第317页。

必然会变化，在双方斗争的局势中，中国人民在无产阶级领导之下所生长起来的力量必然会把中国由半殖民地变为独立国，而帝国主义则将被打倒，旧中国必然要变为新中国。”[1]

四是“矛盾诸方面的同一性和斗争性”：矛盾的同一性是指矛盾双方在一定条件下有同一性，能够共居于一个统一体中，又能够互相转化到相反的方面去。同一性是有条件的、相对的。而矛盾的斗争贯串于过程的始终，是无条件的、绝对的。[2]可见矛盾的斗争性更加重要，所以在第五部分着重强调“对抗在矛盾中的地位”。透过理论的层面，毛泽东的着力点在于为共产党带领中国进入历史新阶段进行理论准备，矛盾论斗争性的提出旨在说明，对外中共要不断革命、不断反思、不断运动，对内要改造思想，避免由非对抗性矛盾转为对抗性矛盾。可以看出，毛泽东的问题意识和理论关照始终是现实维度。

（二）版本对照

《矛盾论》原是1937年8月7日在延安抗日军政大学

[1] 毛泽东：《毛泽东选集》第一卷，人民出版社，1991年版，第324页。
[2] 毛泽东：《毛泽东选集》第一卷，人民出版社，1991年版，第333页。

所讲的《辩证法唯物论》的第三章第一节，原名为《矛盾同一法则》，新中国成立后，经大幅修改，1952年4月1日在《人民日报》发表，1952年收入《毛泽东选集》第二卷，再版时移入第一卷。因此，《矛盾论》有前后两种形态。《矛盾同一法则》的讲稿虽没有发表，但内容已大体成形——回到历史现场：1937年中国正值内忧外患之际，作为党的领导人，毛泽东的当务之急是解释中国现实，指明未来方向，确立中共党的地位，为指导中国革命实践提供理论支持。不止如此，毛泽东在同一时期还写过其他文章，它们相互交叉，彼此照应，例如他1937年5月2日至14日在延安召开的中国共产党全国代表会议上的报告《中国共产党在抗日时期的任务》，其中“矛盾”的使用频率达28次之多，“矛盾”显然已成为他分析国内和国际形势的主要范畴。可以推定，两篇文章的思路交叉，相互补充，可以彼此印证，这样，《矛盾论》在很大程度也是为了明确“抗日时期的任务”而作。毛泽东曾回忆道：“我们在第二次国内革命战争末期和抗战初期写了《实践论》和《矛盾论》，这些都是适合当时需要不能不写的。”[1] 可以

[1] 龚育之等：《毛泽东的读书生活》，生活·读书·新知三联书店，1986年版，第36页。

说现实的课题迫使毛泽东不得不去构建一种哲学方法论。

修改后的《矛盾论》重新出版也是针对中国实际的，1951年3月27日和1954年12月28日，毛泽东在写给李达的信中就曾提到，“关于辩证唯物论的通俗宣传，过去做得太少，而这是广大工作干部和青年学生的迫切需要”[1]，要利用各种机会，“使成百万的不懂哲学的党内外干部懂得一点马克思主义的哲学”。[2]可以看出，新中国成立后，马克思主义、毛泽东的思想要在全国范围进行普及，本来发表原先的讲稿即可，但是，中国实际情况发生了新的变化，毛泽东要对当时党内存在的教条主义进行批判，所以增加了新的内容，对照前后版本，新增内容一目了然：

	章 节	新 增
1	引言	苏联哲学界在最近数年中批判了德波林学派的唯心论，这件事引起了我们的极大的兴趣。德波林的唯心论在中国共产党内发生了极坏的影响，我们党内的教条主义思想不能说和这个学派的作风没有关系。因此，我们现在的哲学研究工作，应当以扫除教条主义思想为主要的目标。

[1] 中共中央文献研究室编:《毛泽东书信选集》，人民出版社，1983年版，第407页。

[2] 中共中央文献研究室编:《毛泽东书信选集》，人民出版社，1983年版，第487页。

续表

	章　节	新　　增
2	矛盾的普遍性	关于矛盾的特殊性的问题，则还有许多同志，特别是教条主义者弄不清楚。他们不了解矛盾的普遍性即寓于矛盾的特殊性之中。他们也不了解研究当前具体事物的矛盾的特殊性，对于我们指导革命实践的发展有何等重要的意义。
3	矛盾的特殊性	我们的教条主义者在这个问题上的错误，就是，一方面，不懂得必须研究矛盾的特殊性，认识个别事物的特殊的本质，才有可能充分地认识矛盾的普遍性，充分地认识诸种事物的共同的本质；另一方面，不懂得在我们认识了事物的共同的本质以后，还必须继续研究那些尚未深入地研究过的或者新冒出来的具体的事物。我们的教条主义者是懒汉，他们拒绝对于具体事物做任何艰苦的研究工作，他们把一般真理看成是凭空出现的东西，把它变成为人们所不能够捉摸的纯粹抽象的公式，完全否认了并且颠倒了这个人类认识真理的正常秩序。他们也不懂得人类认识的两个过程的互相联结——由特殊到一般，又由一般到特殊，他们完全不懂得马克思主义的认识论。
4	矛盾的特殊性	教条主义者不遵守这个原则，他们不了解诸种革命情况的区别，因而也不了解应当用不同的方法去解决不同的矛盾，而只是千篇一律地使用一种自以为不可改变的公式到处硬套，这就只能使革命遭受挫折，或者将本来做得好的事情弄得很坏。
5	矛盾的特殊性	我们的教条主义者违背列宁的指示，从来不用脑筋具体地分析任何事物，做起文章或演说来，总是空洞无物的八股调，在我们党内造成了一种极坏的作风。
6	矛盾的特殊性	中国的教条主义和经验主义的同志们所以犯错误，就是因为他们看事物的方法是主观的、片面的和表面的。

续表

	章 节	新 增
7	矛盾的特殊性	我们的教条主义者因为没有这种研究态度，所以弄得一无是处。我们必须以教条主义的失败为鉴戒，学会这种研究态度，舍此没有第二种研究法。
8	结语	如果我们经过研究真正懂得了上述这些要点，我们就能够击破违反马克思列宁主义基本原则的不利于我们的革命事业的那些教条主义的思想；也能够使有经验的同志们整理自己的经验，使之带上原则性，而避免重复经验主义的错误。

如果说原版《矛盾论》是毛泽东为特定历史时期而作，那么修订版同样具有明确的现实指向。

（三）互文阐释

说到《矛盾论》，就不得不提它的姊妹篇《实践论》。《实践论》是毛泽东1937年7月在延安撰写，1950年12月29日在《人民日报》上正式发表，收入《毛泽东选集》第一卷。该文针对主观主义特别是教条主义理论脱离实践、脱离国情的错误，强调研究哲学、重视理论“不是为着满足好奇心，而是为改造世界”，“为着有效的指导实践”[1]。

在《实践论》中，毛泽东详细地辨析了理论和实践的

[1] 中共中央文献研究室编：《毛泽东哲学批注集》，中央文献出版社，1988年版，第152页。

关系：一、实践重于理论。他认为，“辩证唯物论的认识论把实践提到第一的地位，认为人的认识一点也不能离开实践，排斥一切否认实践重要性、使认识离开实践的错误理论。”“理论的基础是实践，又转过来为实践服务。判定认识或理论之是否真理，不是依主观上觉得如何而定，而是依客观上社会实践的结果如何而定。真理的标准只能是社会的实践。实践的观点是辩证唯物论的认识论之第一的和基本的观点。”[1] 二、实践循环往复。认识从实践始，经过实践得到了理论的认识，还须再回到实践去。认识的能动作用，不但表现于从感性的认识到理性的认识之能动的飞跃，更重要的还须表现于从理性的认识到革命的实践这一个飞跃。抓着了世界的规律性的认识，必须把它再回到改造世界的实践中去，再用到生产的实践、革命的阶级斗争和民族斗争的实践以及科学实验的实践中去。三、《实践论》的现实维度。《实践论》就是为了说明实践高于理论，同时《实践论》也是为了指导实践的，即“反对革命队伍中的顽固派，他们的思想不能随变化了的客观情况而前进，在历史上表现为右倾机会主义。也反对‘左’翼空谈主义。他们的思想超过客观过程的一定发

---

[1] 毛泽东：《毛泽东选集》第一卷，人民出版社，1991 年版，第 284 页。

展阶段，有些把幻想看作真理，有些则把仅在将来有现实可能性的理想，勉强地放在现时来做，离开了当前大多数人的实践，离开了当前的现实性，在行动上表现为冒险主义”[1]。

因此，毛泽东《矛盾论》和《实践论》的现实指向是不言而喻的，在此之后的“马克思主义中国化”理论建构也遵循着毛泽东的现实指向而前行，日渐成为国家的意识形态。毛泽东始终坚持不断革命、不断运动，彼此斗争、周而往复的“矛盾”观点，也不断地将理论作用于中国实践。当他在1960年代掀起红色革命时，与处于大洋彼岸的左派阵营的五月风暴交相辉映，借这股东风，《矛盾论》也在西方理论界登场亮相。

二、指向理论的《矛盾论》

尽管《矛盾论》是指向实践的，但它浓厚的思辨因子被左翼理论家激活，继而在西方理论中大放异彩。那么西方理论家是如何接受和化用《矛盾论》的？《矛盾论》在理论旅行中发生了怎样的变化，呈现出哪些新的面向，生

[1] 毛泽东：《毛泽东选集》第一卷，人民出版社，1991年版，第295页。

成了哪些新的理论？以德里克为例进行论述可以起到窥一斑而见全豹的功效。

（一）“矛盾的普遍性”与“反现代的现代性”

德里克将“矛盾的普遍性”与现代性嫁接，认为毛泽东开辟了批判现代性的另一种现代性形式，进而将《矛盾论》生发成一种“反现代的现代性”。德里克是如何勾连现代性和矛盾论的呢？首先，德里克参考了伯曼关于现代性的阐释，前文已经有过详细的讨论，此处只做粗线条梳理，伯曼认为现代性是一种在具体空间和时间中感受到的经验，这种经验是充满矛盾、悖论，处于无休止的变化和解体之中。可以说现代性是一个充满矛盾、悖论和斗争的漩涡，接着，他推导出了“反现代主义”，依然是从伯曼那里获得灵感。伯曼认为反现代主义是针对现代主义提出的，它分享了与现代主义相同的矛盾，如果不参照现代主义，我们就无法理解反现代主义。更重要的是，因为反现代主义本身是由试图实现现代性目标的冲动所驱使的，反现代主义就代表了一种新的现代性追求：只要现代化在实践中没有及时实现（或者背叛了）解放人类的诺言（这一诺言曾在理论和实践中激励了现代化），那么新的现代化就必不可少。[1]再次，提出了“反现代的现代性”。伯曼认为，社会主义是反现代主义的，但它却不可能反对现代性，在过去两个世纪里，社会主义革命的目标就是要超越资本主义的现代性，以便创造出一种新的现代性，这样一种崭新的现代性无限接近于启蒙运动关于人类解放的境界的描述。伯曼说，马克思是伟大的现代性分析家，又是一位现代主义者，他对现代性问题的解决方案体现了现代主义的最深刻的矛盾[2]。马克思认识到，资产阶级在突破过去、征服自然方面获取了惊人的成就，但也为此付出了惨痛的文化代价——“一切凝固的东西都化为乌有”。所以，他的著作试图描绘出资产阶级现代化同作为它的文化表达的现代主义之间充满矛盾的关系，而化解矛盾的可能性，就在于其本身也是现代性产物的阶级——无产阶级。马克思认为，无产阶级将会从现代性中获得丰富的解放的可能性，这样的可能性，资产阶级则因为自身的意识形态缘故

---

[1] Arif Dirlik, “Modernism and antimodernism in Mao Zedong's thought,” *Critical Perspectives on Mao Zedong's Thought* (Eds. Arif Dirlik, Paul Healy, and Nick Knight, New Jersey: Humanities Press, 1997), pp.61-62.

[2] Arif Dirlik, “Modernism and antimodernism in Mao Zedong's thought,” *Critical Perspectives on Mao Zedong's Thought* (Eds. Arif Dirlik, Paul Healy, and Nick Knight, New Jersey: Humanities Press, 1997), p.63.

而注定会擦肩而过："现代性的创伤"只能通过"更加充分、更加深刻的现代性"来治愈。[1]

在伯曼的理论容器中，德里克注入了毛泽东的思想和中国革命实践，他认为毛泽东对现代性矛盾的心态和马克思有异曲同工之处，两者有效嫁接的联结点就在于"矛盾论"。德里克认为马克思主义对现代性矛盾的论述同毛泽东的思想相映成趣，形成对照。一方面，毛泽东的思想中最核心的部分是矛盾（"一切事物都包含着它的对立面"）：矛盾被当作社会和自然的能动原理，是世界运动的原动力；矛盾被当作把握这个流逝、分裂、冲突的世界的最合适的工具，甚至上升到了认识论的高度；毛泽东把中国的现代性看作是矛盾的相互作用的产物，而现代性自身的矛盾性是解决矛盾的根本性策略。从以上三个层面，德里克推断出马克思和毛泽东对现代性的态度如出一辙，在这个意义上，毛泽东延续了马克思的"反现代的现代性"。另一方面，毛泽东将马克思主义中国化，将民族特点与马克思主义剪裁嫁接，在保留本土历史遗产的情况下汲取欧洲理论的积极因子，并以"矛盾"的策略有选择地批判和接

[1] Marshall Berman, *All That is Solid Melts Into Air: The Experience of Modernity* (New York: Penguin Books, 1988), p.98.

受现代性，生成了一种“反现代的现代性”。正因为如此，德里克认为马克思主义给毛泽东提供了一种现代性的语言，也正是在中国的马克思主义当中，现代性的复杂和矛盾才彰显得格外分明。

（二）“矛盾的不平衡性”与反历史目的论

“矛盾的不平衡性”隐含了历史的稳定结构和决定论线索，但是西方左翼在接受《矛盾论》时，经阿尔都塞的创造性误读，走向了历史决定论的反面。阿尔都塞选择性地阐释了《矛盾论》，他认为：“毛泽东把‘只有一对矛盾的简单过程’撇开不谈，他这样做似乎是为了一些实际的理由，因为简单过程不涉及他所研究的对象，他研究的对象是社会，而社会却包括许许多多的矛盾。”[1] 可以看出，阿尔都塞强化了毛泽东关于多重矛盾的论断，并在此基础上提出了他的著名理论模型“多元决定论”，德里克深受影响，沿着反历史决定论的激进之维，从“矛盾的不平衡性”中生发了反历史目的论的意义，经历了一次由毛泽东的“矛盾论”到阿尔都塞的“多元决定”，再到“反历史

[1] Louis Althusser, *For Marx*, Trans. Ben Brewster (London: The Penguin Press, 1969), p.195.

目的论”的理论迁徙。

具体来看，阿尔都塞的《保卫马克思》中的《矛盾与多元决定（研究笔记）》和《关于唯物辩证法（论起源的不平衡）》专门论述了《矛盾论》，阿尔都塞强调了“矛盾的不平衡性”在理论上的伟大创见：“《矛盾论》中的基本概念如主要矛盾与次要矛盾、矛盾的主要方面与次要方面、对抗性矛盾与非对抗性矛盾、矛盾发展的不平衡规律等，在黑格尔那里都是找不到的。”[1] 这意味着《矛盾论》提供了一种前所未有的思维模式，甚至是对黑格尔矛盾论的超越，在黑格尔看来，一切事物的存在和发展受某个单一的矛盾决定，而马克思创建了一种非黑格尔的辩证法[2]，从而在政治经济变革的基础上发现了结构性的因果规律。为了反对黑格尔的单一矛盾决定论，毛泽东的“矛盾不平衡性”的观点被阿尔都塞重新阐发：“这些复杂过程拥有包含了多种不平衡决定因素的结构，该结构以一种原生性

---

[1] Louis Althusser, *For Marx*, Trans. Ben Brewster (London: The Penguin Press, 1969), p.94.

[2] “黑格尔辩证法的一些基本结构，如否定、否定之否定、对立面的同一、‘扬弃’、质转化为量、矛盾等等，到了马克思那里（假定马克思接受了这些结构，事实上他并没有全部接受）就具有一种不同于原来在黑格尔那里的结构。”Louis Althusser, *For Marx*, Trans. Ben Brewster (London: The Penguin Press, 1969), p.93.

（而非次生性）的方式作用于这些结构。”[1] 阿尔都塞受到矛盾多重性的启发，并以此对黑格尔所谓的“普遍性”简单起源进行了批判，可以看出，“矛盾的不平衡性”经阿尔都塞“症候式阅读”获得了新的理论意义，进而成为反对黑格尔式历史决定论的理论武器。

阿尔都塞进一步解读了矛盾的多元性：“毛泽东说：‘单纯的过程只有一对矛盾，复杂的过程中则有一对以上的矛盾’，因为‘一个大的事物，在其发展过程中，包含着许多的矛盾’”[2]，这些矛盾都可能成为历史发展的支配性线索，由此得出“矛盾多元决定”：

> 这些“不同矛盾”之所以汇合成为一个促使革命爆发的统一体，其根据在于它们特有的本质和效能，以及它们的现状和特殊的活动方式。它们在构成统一体的同时，重新组成和实现自身的根本统一性，并表现出它们的性质：“矛盾”是同整个社会机体的结构不可分割的，是同该结构的存在条件和制约领域不可

---

[1] Louis Althusser, *For Marx*, Trans. Ben Brewster (London: The Penguin Press, 1969), p.195.

[2] Louis Althusser, *For Marx*, Trans. Ben Brewster (London: The Penguin Press, 1969), p.194.

> 分割的;“矛盾”在其内部受到不同矛盾的影响,它在同一项运动中既规定着社会形态的各方面和各领域,同时又被它们所规定。我们可以说,这个“矛盾”本质上是多元决定的。[1]

阿尔都塞强化了原本在《矛盾论》中作为偶然状况的“不平衡性”,并把它上升为结构性要素,从而提出了“多元决定”论,并以此来完成对黑格尔式单一矛盾的批判,德里克接受了阿尔都塞的观点并进一步阐发了反历史目的论的意义,认为马克思主义辩证法是一种包含着各个矛盾的结构关系,即“结构因果性”。这种特定结构中各要素之间彼此观照、相互关联、多元决定的观念使得阿尔都塞既强调作为不可化约要素的上层建筑的“相对自主性”,又强调作为结构自身的作用,从单一的、二元对立的矛盾转变为一系列相互决定的多元矛盾,这就将马克思主义从作为现代性意识形态的目的论、决定论中解放出来,通过阿尔都塞的“理论革命”,传统马克思主义的一些概念发生了釜底抽薪式的改变,比如经济决定论、经济基础与上

[1] Louis Althusser, *For Marx*, Trans. Ben Brewster (London: The Penguin Press, 1969), pp.100-101. 参见路易·阿尔都塞:《保卫马克思》(顾良译),商务印书馆,1984年版,第78页。

层建筑的区分，等等，在这个意义上“矛盾的不平衡性”经由阿尔都塞的“多元决定”的阐释完成了对黑格尔的历史目的论的批判。不得不说，“多元决定”对西方左翼有着举足轻重的位置，无论是詹姆逊、刘康还是德里克，都深受影响，他们的文章中都涉及或讨论过“多元决定”，前文已经有所论述。由此可知，毛泽东的“矛盾论”经由阿尔都塞的“多元决定”对西方左翼理论产生了深远而持久的作用。

（三）“矛盾的特殊性”与“马克思主义中国化”

德里克从“矛盾的特殊性”生发出了毛泽东构建“马克思主义中国化”的理论意义，进而将之放置在现代性、全球化和后现代的语境中来论述，经过德里克的重新阐释，《矛盾论》被赋予新的理论意义，并在西方理论界大放异彩。具体来说，德里克从两个方面对“矛盾特殊性”进行了阐发：

1. 给现代性一种新的可能。德里克指出现代性是一种强大的暴力模式，它强迫其他社会纳入其轨道，如果抵抗或拒绝就会导致民族衰败、社会倒退。现代性是西方资本主义现代化力量缔造的，不是中国本土的产物，遵循的是西方的逻辑和思维模式。这样，现代性之外的中国就理所当然地被认定为“落后”。现代性的吊诡之处就在于，它毁掉了原有的文化框架又许诺一个美好的未来，让人们在既恐惧又充满希望中被现代性吞噬。德里克认为，毛泽东所谓的“矛盾特殊性”提供了一种新的可能，“中国人也许能创造出更好的现代性，它不仅吸取欧洲现代性的积极因素而且也吸收本土的资源。”[1]

2.“矛盾的特殊性”理论保留了民族特点。德里克认为民族主义展示了既可以成为现代化的推动力，又是抵制和克服现代性的希望，民族意识既是现代主义的，又是反现代主义的。它试图通过创造一种新的政治来改造中国——然而，只有源于前现代的历史遗产而将民族的特性铸就出来，才能做到这一点，而这些历史遗产又似乎和现代性及现代化的要求相冲突。这样做的目的并不是逃避到前现代的过去，而是创造一种新的未来。“矛盾的特殊性”就在于把民族特殊性作为考量现代性的终极视域。现代性的经验作为一种外来的入侵因素而造成对本土价值观的否定，民族意识必然要呼唤本土的历史文化价值，批判地对

[1] Arif Dirlik, “Modernism and antimodernism in Mao Zedong's thought,” *Critical Perspectives on Mao Zedong's Thought* (Eds. Arif Dirlik, Paul Healy, and Nick Knight, New Jersey: Humanities Press, 1997), p.71.

现代性进行修改和接受。这样，毛泽东的社会主义本土化的工作并不仅是为了满足富强先进的务实性标准，更是社会主义的真正民族化，不只在政治和经济层面，更在文化层面通过带有中国独特历史经验的表述来使社会主义理论通俗化、本土化。[1]

在德里克的论述中，马克思主义中国化不仅是将马克思主义运用于中国的社会实践，同时，中国的特殊性对马克思主义也有进一步的反思和深化。毛泽东在现代性的语境下以马克思主义所提供的普遍主义角度来思考中国的特殊性，同时，中国的特殊性又激发他开启出一种不同于以欧美为中心的资本主义现代性的另一种批判式的现代性。

三、双重视角下的“马克思主义中国化”

前文通过还原《矛盾论》的语境，分析德里克对《矛盾论》的改装，可以看出中西不同语境中对马克思主义中国化的不同阐释。在中国语境中，毛泽东最关注的始终是

[1] Arif Dirlik, "Modernism and antimodernism in Mao Zedong's thought," *Critical Perspectives on Mao Zedong's Thought* (Eds. Arif Dirlik, Paul Healy, and Nick Knight, New Jersey: Humanities Press, 1997), p.72.

现实维度——理论指导实践；在西方语境中，更侧重知识学的探索——不同理论家结合自己的问题域对《矛盾论》进行多重阐释和理论生产。毛泽东致力于构建马克思主义中国化的理论体系是基于以下两点：

一是自证合法性。1930年代正值中国内忧外患之际，中共在漫长的中国历史和复杂的政治环境中，如何自证合法性，作为政治家的毛泽东采用了一套全新的解释体系，将人们固有的那种形而上学的思维模式击碎，以矛盾代之。矛盾双方的斗争模式形成了一种不断运动、相互交替、始终变化的动态史观。当原有的僵化的统治变得松动，新的力量才可能取而代之，旧中国才可能向新中国迈进。

二是获得话语权。马克思主义中国化是毛泽东用自己的语言系统创造的一种意识形态产品。从中国的角度看，社会主义是一种外来模式。因此用中国本土语言来重新表述它，把它吸收到中国意识或心态结构中来就变得极为迫切。也就是说，具体的中国实际与抽象的马克思主义结合起来，成为一种中国受众感同身受的话语模式，才能更有效地为中国共产党争得话语权。这也意味着毛泽东必须成功地协调马克思主义普遍主义和国族特殊主义之间矛盾，必须兼顾全球理想和地方现实的对立统一。

而德里克所阐释的马克思主义中国化的理论模式则是基于他自己的理论框架和问题意识。

首先，现代性视野：具有抵御全球化的意义。德里克在现代性的视野下看待马克思主义中国化的意义，他认为现代性是西方的产物，中国的现代性尽管也是资本主义现代化力量的产物，但是毛泽东将中国的实际情况与马克思主义相结合，形成了中国式的马克思主义，如此一来，现代性被深深打上了中国的烙印，从而诞生了中国的现代性。中国现代性为抵御资本主义现代性提供了一种全新的模式——中国原本是作为客体而非主体被迫进入现代性框架之中。而作为中国的马克思主义者，毛泽东力求既运用马克思主义普遍原理来改造中国，又根据中国历史环境的需要来改造马克思主义。中国从 19 世纪就被卷入全球历史之中，资本主义是其中最主要的动力，而中国绝大多数社会主义者的基本目标都是抵御这一过程。[1] 在这个意义上来说，马克思主义中国化提供了一种反现代性的现代性的理论模式，可以很好地抵御全球化的吞噬。

其次，马克思主义立场：赋予反霸权意义。德里克认

[1] Arif Dirlik, "Modernism and antimodernism in Mao Zedong's thought," *Critical Perspectives on Mao Zedong's Thought* (Eds. Arif Dirlik, Paul Healy, and Nick Knight, New Jersey: Humanities Press, 1997), p.69.

为中国同绝大多数亚非拉国家一道经历资本主义的全球化过程，如果你进入全球化的逻辑，就处于一种权力结构中，必然处于征服与被征服，霸权与反霸权的关系中。当中国历史和全球历史结合为一体时，“中国作为一个第三世界社会也经历了一个被征服的过程。在这一环境下，社会主义不仅是对资本主义的取代，也是一种要从资本主义霸权中解放出来的选择，一种让第三世界社会不是作为客体而是作为主体进入全球历史的选择”。[1] 德里克引入了马克思主义的立场，赋予毛泽东的思想以反霸权的理论意义。

再次，后殖民语境：第三世界主体性。在德里克的理论构架中，不止资本主义全球化是一种霸权模式，马克思主义也是一种“霸权”，他认为：“马克思主义本身也带有资本主义现代性的目的论色彩和欧美中心主义思想。”[2] 于是，保留民族特色便显得尤为重要：中国的民族主义肩负着对全球秩序的抵抗：“中国的民族主义也是这一过程的产物。这种自然发生的民族主义对新的全球秩序及其依照欧美经验所理解的普遍的现代性设想发起了最初的革命抵

[1] Arif Dirlik, “Modernism and antimodernism in Mao Zedong’s thought,” *Critical Perspectives on Mao Zedong’s Thought* (Eds. Arif Dirlik, Paul Healy, and Nick Knight, New Jersey: Humanities Press, 1997), p.70.

[2] *Ibid.*

抗。”同时，它还肩负着对马克思主义霸权的抵抗，“中国社会作为资本主义世界中的第三世界保存着它自身的历史特征。中国和全球历史的结合并不意味中国社会在全球的汪洋大海中消融了，正如作为一个第三世界社会，它的特征不能被归结为某种同质化的第三世界型构一样”。[1]德里克站在西方马克思主义的文化位置上，反对一切文化霸权以保护弱小民族的主体性和特殊性。

可以看出，毛泽东的《矛盾论》是在特定时空背景下生成的指导中国实践的理论文本。其中，矛盾的运动式和斗争性是毛泽东的思想的核心部分，它试图在现实实践中寻找和建立一种对立关系从而维持不断的斗争、转化和批判的能量。德里克正是萃取了矛盾的斗争性，并把它放置在全球化背景、现代性视野中重新阐发，他对《矛盾论》的阐释是知识学的挪用，取消了《矛盾论》的政治实践诉求，而变成一种文化领域中的抵抗策略。德里克对资本主义全球化、现代性和文化霸权的斗争不遗余力，试图在第三世界文化中发现抵御第一世界文化霸权的理论因子，由此形成了他极具批判性的后革命理论模型。

---

[1] Arif Dirlik, “Modernism and antimodernism in Mao Zedong’s thought,” *Critical Perspectives on Mao Zedong’s Thought* (Eds. Arif Dirlik, Paul Healy, and Nick Knight, New Jersey: Humanities Press, 1997), p.70.

第三部分

中国问题对后殖民理论提出的挑战

第七章

中国问题对“东方主义”的挑战及其理论潜能

1978 年，由萨义德的《东方主义》始，后殖民理论异军突起并迅速风靡于 20 世纪 90 年代，成为炙手可热的理论思潮。故《东方主义》被诸多之后重要的理论家推认为后殖民理论的开山之作。例如，威廉斯和克里斯曼认为：“《东方主义》一书单枪匹马地开创了一个学术探讨的时代：探讨殖民话语，也探讨殖民话语理论或殖民话语分析。”[1] 在《东方主义》中，萨义德借助福柯的权力 / 话

[1] Patrick Williams and Laura Chrisman, eds., *Colonial Discourse and Post-Colonial Theory: A Reader* (New York and London: Harvester Wheatsheaf, 1993), p.5.

语与葛兰西的文化霸权理论别开生面地重新阐释和反思了东方学，他提出一个重要的观点即自18世纪以来的东方是西方构建的东方，当东方被认定为野蛮、粗鄙、神秘的东方时，与之相对的理性、文明的西方才浮出水面，也正是在他的凝视中，一直被遮蔽的、无法言说的东方被重新发现，并引起东西方学者的重视。需要指出的是萨义德的“东方”是包括远东在内的整个东方，但作为一个巴勒斯坦人，他对远东并不了解也不切己，故采用的材料和论述的重点皆是伊斯兰文化笼罩下的中东（中国只是作为括弧中的注脚而出现的）。然而，以“东方”冠名的区域中有着多种复杂的文化样态，那么，以中东来涵盖整个东方，难道不是对非伊斯兰文化的东方的另一种遮蔽吗？显然，地处远东的中国拥有全然异于伊斯兰文化且自成体系的一套完整的文化系统，那么萨义德“东方主义”理论如何阐释中国？中国问题又对“东方主义”产生怎样的挑战？后殖民理论遭遇中国时发生了怎样的转变和调适？反过来又对后殖民理论产生怎样的理论影响？这是本章想要探讨的问题。

本章试图从三个层面入手，一是对萨义德“东方主义”理论内核的梳理和提炼。二是论述萨义德的“东方主义”来阐释中国时形式发生怎样的变形，内核发生了怎样的游移？具体来看形成了两种理论模式，分别是：以西方视角从外部看中国，生成了詹姆逊等人的“第三世界”理论；以中国视角从内部看中国，形成了顾明栋的“汉学主义”。三是反思这种理论旅行和结构重组的意义：中国问题对“东方主义”形成了何种挑战，其中又隐藏了怎样的理论潜能？

一、“东方主义”：“权力”与“民族”

《东方主义》透露出一种政治性极强的思维模式，其中最引人注目的两个关键词是“权力”和“民族”，这两个核心概念被随后的理论家强调、转变和调适，形成了一种解读中国文化的后殖民理论。

（一）东方是西方霸权话语的产物：文化霸权与话语/权力的糅合

在《绪论》中，萨义德开明宗义地指出一直以来的东方学并不是对东方的研究，而是西方控制、塑造东方的话语武器：“东方学”是“通过作出与东方有关的陈述，对有关东方的观点进行权威裁断，对东方进行描述、教授、殖民、统治等方式处理东方的一种机制：简言之，将东方学视为西方用以控制、重建和君临东方的一种方式”。[1]这种模式正是由于“欧洲文化通过这一学科以政治的、社会学的、军事的、意识形态的、科学的以及想象的方式来处理——甚至创造——东方的”，[2]每当“东方”这一特殊的实体出现时，“与其发生联系的整个关系网络都不可避免地会被激活”。[3]正因为如此，萨义德断言，“正是由于东方主义，东方过去不是（现在也不是）一个思想与行动的自由主体。”[4]

萨义德遵循后现代话语建构理论的思路认为“东方并非一种自然的存在”，[5]“像‘西方’一样，‘东方’这一观念有着自身的历史以及思维、意象和词汇传统”，[6]然而，作为一种地理的、文化的、历史的实体，“东方”和“西方”这样的地理文化区域是被人为建构而成，即在西方的学者、旅行者和东方人的话语锁链中被凸显，被塑造，东

[1] Edward W.Said, *Orientalism*（New York: Vintage, 1978), p.3.
[2] Edward W.Said, *Orientalism*（New York: Vintage, 1978), p.4.
[3] *Ibid.*
[4] *Ibid.*
[5] *Ibid.*
[6] Edward W.Said, *Orientalism*（New York: Vintage, 1978), p.5.

西方只有在相互映衬、相互对照中才能确立自身，借用拉康的“镜像”理论，“自我”要在“他者”的映衬下才能获得自身，当“东方”被描述成与“西方”不同、甚至对立的“东方”时，“西方”的主体性才真正地浮出水面。而在这种建构背后是一种无时不在、无处不在的权力关系。萨义德反复论述的就是隐藏在司空见惯的话语背后的一种支配关系，而且这种话语的支配权力不是孤立的，是与其他权力交织缠绕，宛如毛细血管一样遍布全身。为了说明这一点，萨义德将葛兰西的“文化霸权”和福柯的话语/权力理论进行嫁接，首先通过葛兰西的“霸权理论”将对资产阶级霸权的批判从身体统治和阶级压迫维度转向意识形态领域。具体来说，葛兰西认为资产阶级只靠国家权力机构来维护统治权威显然不够，他们更专注于获得意识形态的领导权，以便将符合自身利益的意识形态经过有效宣传植根于大众的思维观念中，从而在文化上获得认同感。[1]在萨义德看来，“东方主义”就是这样一种“文化霸权”，它的威力并非通过对各个阶级直接的政治压迫来

[1] 葛兰西的“霸权”概念是与他的市民社会/政治社会的区分理论分不开的。葛兰西认为马克思主义的上层建筑包括两层含义，一、“市民社会”，即“民间的”社会组织的集合体；二、“政治社会”或“国家”。政治社会作为专政的工具，代表的是暴力；市民社会是政治社会的基础。

完成，而是通过隐匿在意识形态领域的、彼此交错勾连的政治、文化、道德和知识体系中的权力锁链进行的。也正是如此，西方对东方的霸权才更加持久有效和隐秘，让人们在潜移默化中丧失了独立思考和自由判断的能力却浑然不知。

随着后现代主义的兴起，萨义德受到福柯话语/权力理论的启示将霸权从意识形态这一空乏所指锚定到“话语”这一具体、可操作的领域。70年代，福柯提出了“权力/知识”理论：一、权力如何产生。“权力和知识是直接相互连带的，不相应地建构一种知识领域就不可能有权力关系，不同时预设和建构权力关系也不会有任何知识”。[1]也就是说，权力和话语相互生产，相辅相成。二、权力如何运作。福柯认为“权力无所不在”，任何事物一定会受到其所置身的权力网络的牵制，权力通过话语形成的知识网络以微观模式在整个社会机制中运作。从这个意义上，萨义德认为“东方”是由一整套操作机制完成的：“关于东方的知识，由于是从强力中产生的，在某种意义上创造了东方、东方人和东方人的世界。”[2]

[1] ［法］福柯：《规训与惩罚》（刘北成、杨远婴译），生活·读书·新知三联书店，1999年版，第29页。

[2] Edward W.Said, *Orientalism* (New York: Vintage, 1978), p.40.

当萨义德将“文化霸权”和“权力/话语”进行了巧妙的对接，无疑非常精妙，然而，在两者对接的裂缝处，葛兰西和福柯关于权力理论的差异与矛盾也就涌现出来，在两者之间，萨义德来回游走，暧昧不定。具体来说，葛兰西“文化霸权”理论有明确的现实指向性，而福柯只在文本之中完成批判，对文本阐释转变为实践行动的做法避之千里，萨义德也深知此道：“福柯所说的历史最终是文本的，或者说文本化的，其模式与博尔赫斯的相近，但与葛兰西的大相径庭。葛兰西当然会赏识福柯考古学的精致性，但会发现他的考古学竟然匪夷所思地丝毫没有提到那些纷涌的运动，只字不提革命、反霸权。在人类历史上，即使再严密的统治制度，也总是有无力顾及的地方；正是这些地方使变革成为可能，限制了福柯所说的权力，使那种权力理论举步维艰。”[1] 可以看出，尽管萨义德将批判殖民主义的理论根基落在福柯的文化阐释上，却并不满足于此，心心念念想着葛兰西文化的现实指向，所以，当萨义德批判文化领域的西方霸权时，采用的是福柯的文本阐释策略，指向含糊，而涉及巴以、中东等现实问题时，他将

[1] ［美］爱德华·W. 赛义德：《理论旅行》，载《赛义德自选集》（谢少波、韩刚译），中国社会科学出版社，1999 年版，第 158 页。

批判的矛头指向现实存在即欧美为代表的西方世界。那么，是什么样的羁绊使他从福柯的文本阐释框架中出走，进入义愤填膺式的现实指向，实际源于他心中挥之不去的民族情结。

（二）西方文化霸权下的民族正名

萨义德在话语分析与现实指向间的暧昧游移，是因为与生俱来的民族身份让他无法回避本民族处境和文化，也正因为此，不少后学者对他产生诸多误解，尽管他反对民族主义，但依然会被贴上民族主义的标签，并被民族主义者引为同道，《东方主义》也被标举为民族主义的理论大旗。而从萨义德的意图来看，他只是为自己的民族正名，揭示一种隐藏其中而不自知的文化霸权。萨义德以为下面几个因素导致了西方文化霸权的形成：

一是宗教的冲突。西方和中东毗邻，文化同源，正因为两者邻近且相似，又势均力敌，才需要不断地彼此争斗而确认自己的存在，萨义德指出："如果将伊斯兰排除在外，直到19世纪，欧洲在东方的支配地位一直未曾受到挑战，只有阿拉伯和伊斯兰的东方才在政治、学术与（有时）经济的层面上向欧洲提出了无法解决的挑战。伊斯兰在许多方面都向欧洲提出了真正的挑战。无论是在地域上还是文化上，伊斯兰都令人不安地与基督教相毗邻。它从犹太—希腊的传统中汲取了营养，它创造性地借鉴了基督教，它可以夸耀自己在军事和政治上所取得的无与伦比的成果。”[1]可以看出，在文化、政治、军事和宗教上伊斯兰都是欧洲唯一的对手，尤其在宗教方面，源于基督教却与之相异，为了显示基督教的优越性和权威性，欧洲开始了对伊斯兰教的责难，萨义德分析了诸多文本看到西方话语中对于伊斯兰教的诋毁，甚至认为“就好比有一个叫作‘东方人’的垃圾箱，一方面，西方对东方所有权威的、不知名的、传统的态度都被不假思索地一股脑地倒进这一垃圾箱之中；然而另一方面，人民又可以像讲故事时的插科打诨那样谈论与此公共垃圾箱毫无关系的在东方或东方有关的经验”。[2]可以看出，宗教的差别使得西方对东方的文化霸权愈演愈烈。

二是殖民的需要。萨义德认为，作为一个学科的“东方主义”的成熟期恰好与当时欧洲对外扩张的步调一致，拿破仑之后，东方学发生了巨大的变化，1798 年拿破仑

---

[1] Edward W.Said, *Orientalism*(New York: Vintage, 1978), p.74.

[2] Edward W.Said, *Orientalism*(New York: Vintage, 1978), p.102.

对埃及入侵，“在许多方面体现了一种文化被另一种文化——显然是更强大的文化——以真正的科学的方式所掠夺的实际模式”。[1] 接着，他谈到在苏伊士运河开掘之前，“对西方而言，亚洲一直代表着遥远、静寂、陌生的异域，伊斯兰乃欧洲基督教桀骜难驯的敌手。为了使其驯服，东方首先必须被认识，然后必须被入侵和占领，然后必须被学者、士兵和法官们重新创造”，但是苏伊士大运河的开掘“最终消除了东方的异质性，其与西方之间的隔阂，其持久的异域色彩。正如陆地间的障碍可以被水道所打通，东方也可以从桀骜不驯的敌手转变为温驯的伙伴”，[2] 基于此，萨义德认为“19 世纪，东方学似乎担任了为殖民扩张服务的新的历史使命。”[3] 于是，一种新的东方学应运而生：它开始从基督教对伊斯兰教的诋毁这一狭隘的宗教维度脱离，以人类学和语言学为基础建立了现代东方学，它消除了以前东方叙事含混和神秘的色彩，代之以科学和理性。需要指出的是现代东方学并没有消除西方中心和种族歧视，反而将这种等级制度科学化和系统化了。

三是新的战争与爆发。1967 年的阿以战争对萨义德

[1] Edward W.Said, *Orientalism*（New York: Vintage, 1978）, p.42.

[2] Edward W.Said, *Orientalism*（New York: Vintage, 1978）, pp.91-92.

[3] Edward W.Said, *Orientalism*（New York: Vintage, 1978）, p.205.

影响深远，这使他的学术生命出现了重大转折，这场战争“意味着包括了其他所有损失的断裂，意味着我的青春世界、我的教育的非政治岁月、在哥大的假想自由教学……1967 年我换了一个人”。[1] 美国大学教授的第二身份也无法掩盖萨义德巴勒斯坦裔的第一身份，对于他来说，巴勒斯坦不是一个遥远的问题，而是切身的现实。美国的负面宣传使得巴勒斯坦民族及文化被妖魔化，萨义德在美国的处境自然十分尴尬，在这样的背景下，萨义德为自己的民族和文化进行辩护。

可以看出，萨义德的身份决定了他的言说内容，尽管他并非民族主义的提倡者，更是极端民族主义的反对者。但是他为自己民族正名的举措却是有目共睹，例如，1967 年萨义德撰写的《伊斯兰画像》一文中提到：“如果阿拉伯引起注意的话，一定是负面价值，他被视为以色列和西方存在的一个破坏者”，[2] 到 1978 年《东方主义》认为“种族主义、文化定型、帝国主义、非人道的意识形态之网套住了阿拉伯或伊斯兰，这张网，使每个巴勒斯坦人感到自

[1] Edward W.Said，*Out of Place*：*A Menior*（New York：Knopf，1999），p.126.

[2] Edward W.Said，*Out of Place*：*A Menior*（New York：Knopf，1999），p.293.

己背负着被惩罚的厄运”。[1]从某种意义上来看,《东方主义》可以看作是萨义德站在弱小民族立场上进行的意识形态批判和抗争。

二、“第三世界”：强化权力关系与民族意识

《东方主义》从话语出发，揭露了东西方一直存在的霸权关系，正是因为这一发现切中要害，才迅速风靡，被争相讨论，形成一股庞大的理论思潮。然而,《东方主义》之“东方”实际是以中东为主，远东为辅，中东与西方的同根同源、相近毗邻、相互映衬关系迥异于远东与西方的关系。远东与西方相隔甚远，宗教信仰和文化渊源截然不同，在漫长的一段时间往来甚少，也没有像中东一样被多次、长久地殖民，以中东为主的东方学去涵盖远东，难道不是对远东的一种压抑和遮蔽吗？所以，在《东方主义》之后，不同理论背景、不同文化身份的理论家对此进行了变异以适应于本土文化的阐释，具体到中国，中国的特殊性对“东方主义”产生了挑战，故后殖民理论进入中国时不得不进行多种调适和改变，因而产生了两种新的阐释模

[1] Edward W.Said, *Orientalism*(New York: Vintage, 1978), p.27.

式。一是来自西方（外部）视角——“第三世界”理论，一是来自中国（内部）视角——“汉学主义”。

先看来自西方殖民理论批评对中国的解读。中国为什么会被西方理论家看重？原因在于这些理论家的马克思主义文化背景，在他们的视野中反殖民主义与反资本主义、帝国主义相辅相成，一脉相连，而中国毛泽东时代所坚持的“革命”是他们理想中的乌托邦，尤其是“五月风暴”左翼实践运动失败之后，左翼理论家未被释放的激情和充满遗憾的情怀使得他们从政治实践转向文化阐释，因此他们更加看重中国语境中马克思主义的实践和革命，所以毛泽东提出的“第三世界”的论断，深深地吸引了他们的理论目光。

“三个世界”理论的声望来自中国，它重新定义了世界格局，1974年，毛泽东会见赞比亚总统时说：“我看美国、苏联是第一世界。中间派，日本、欧洲、澳大利亚、加拿大，是第二世界。咱们是第三世界”，“第三世界人口很多。亚洲除了日本都是第三世界。整个非洲都是第三世界，拉丁美洲是第三世界”。[1]也就是说，美苏是第一

[1] 毛泽东：《毛泽东外交文选》，中央文献出版社，1994年版，第600—601页。

世界——竞相争夺世界霸权；亚非拉（除日本外）属于第三世界——反帝反霸权的主力；第一、第三世界之外的发达国家，如英国、法国、德国、日本等是第二世界——具有两面性，是第三世界在反帝、反霸权斗争中可以争取和联合的力量。毛泽东对“三个世界”的划分基于一种政治战略思想。1960 年后，随着西方左翼运动的蓬勃，“三个世界”理论通行于世界，一度成为校园激进运动的理论武器。萨义德也意识到“1955 年万隆会议召开时，整个东方已经从西方帝国中获得了政治独立，并且遭遇一个新的帝国主义权力形态——美国与苏联。由于不承认‘它的’东方处于新的第三世界，东方学因而面临着一个具有挑战性的被政治武装的东方”。[1] 带有强烈政治色彩的“三个世界”理论被西方左翼理论家詹姆逊采用，成为他后殖民批评的基本理论架构，詹姆逊“第三世界”理论特别强化了“东方主义”关于“霸权”和“民族”这两个核心概念。

（一）反霸权

沿着萨义德抵抗西方文化霸权的思路，有左翼理论背景的詹姆逊在这条抵抗之路走得更激进、更坚决。萨义德

[1] Edward W.Said, *Orientalism*（New York: Vintage, 1978）, p.104.

在《文化与帝国主义》中提出通过“逆写帝国”的方式对西方文化霸权进行抵抗，他更加注重“re-”的重新、再度改写意义，“逆写”帝国这一过程重构了自我与他者之间的关系。他们的过去“作为屈辱留下的伤疤，作为不同实践的刺激，作为对趋向于一种后殖民未来的过去的种种修正的看法”，而更有力量的是作为“急需重新解释和重新利用的经验，在这些经验中，曾经沉默的土著作为总的抵抗运动的一部分，在从殖民者手中重新夺回的领土上发言和行动了”。[1] 这样的改写与重写是面对帝国主义话语霸权的有效的干预形式和重要的文化抵抗策略，它可以随时随地以潜移默化的形式进行，细致入微地渗入每一次接受和书写，它不被压制，无法禁止，是一种极具能量的政治运动。尽管萨义德已经提出了文化抵抗策略，但这是一种温和的、相对保守、不动根本的抵抗方式，左翼情节浓厚的詹姆逊显然不满足于此，他将反殖民与反帝相结合，他看到了60年代第三世界反殖民、反霸权的威力，于是在第三世界的文化语境中寻找一剂猛药。

詹姆逊认为60年代最受人瞩目的革命力量是“第三

[1] Edward W.Said, *Culture and Imperialism* (London: Vintage Books, 1994), p.212.

世界”。正是“第三世界”轰轰烈烈的反帝、反殖民运动促使了西方左派知识分子重新思考世界权力的不对等关系，无论在理论还是实践上都开展了无数次别开生面的反霸权、反体制运动，而其中毛泽东的理论和实践随着五月风暴的热浪进入了西方左翼理论家的视野，在西方左翼视野里，毛泽东撰写的《矛盾论》成为了反对斯大林经济决定论的理论武器，他领导的红色实践和革命与“五月风暴”交相辉映，他的文化变革理论，让世界无产阶级获得了在意识形态领域革命的勇气，这一切都为西方左翼知识分子提供了政治文化上有力的思想资源。詹姆逊带着革命的激情认为：“在六十年代，是一个普遍解放的时刻，全球性能量释放的时刻”，[1] 詹姆逊从中国革命中看到一种有效地抵抗西方霸权的能力，同为马克思主义立场的德里克也强烈地推崇第三世界的抵抗力量，他号召“要创造一种新的全球文化，这种文化必须既不是西方的，也不是过去的……只有创造一种即普遍又特殊的新文化，才能克服文化主义霸权。这样一种文化必须从现在的社会的成分中锻冶出来，因为任何其他选择都不可避免把异化重新引入文

[1] Fredric Jameson, *The Ideologies of Theory: Essays 1971-1986, vol. 2: The Syntax of History* (Minneapolis: University of Minnesota Press, 1988), p.207.

化进程当中”。[1]

可以看出，西方马克思主义，尤其是詹姆逊、德里克，将反殖民与反帝国主义结合在一起，把“东方主义”与马克思主义融合，并注入了毛泽东的“第三世界”理论，强化了东西方霸权与反霸权的对立关系，形成了一种强有力的批判立场。

（二）文化抵抗：“民族寓言”

当詹姆逊强调第三世界对第一世界的抵抗时，不得不借助民族意识这一有效的理论武器，于是他把第三世界的文学与民族意识紧紧捆绑在一起作为文化抵抗的最佳配方，他站在西方左翼的立场吸收了萨义德《东方主义》理论中的民族意识并加以强化，在文化阐释的层面形成一种政治色彩浓厚的抵抗策略。

为了反对晚期资本主义总体制度的文化霸权，詹姆逊提出了“民族寓言”的命题。他认为晚期资本主义文化逻辑是一种日渐蔓延、急速扩散的西方文化霸权，为了抵抗这种霸权，他将目光移向“第三世界”。他认为第三世界

[1] ［美］阿里夫·德里克：《后革命氛围》（王宁等译），中国社会科学出版社，1999 年版，第 221 页。

的文本不只是一种个人化的力比多式的写作，其背后隐藏的却是社会、历史，甚至是整个民族的潜文本，而这种文本是在与第一世界帝国主义的殊死搏斗中挣得的，所以说“民族寓言”与生俱来带有对第一世界文化霸权的批判性和斗争性。詹姆逊从“殖民主义和帝国主义体验”角度来界定第三世界，必然形成以民族主义为主导的政治色彩浓厚的理论设定。可以看出，“民族寓言”与“三个世界”理论密不可分。詹姆逊接受了政治性极强的“三个世界”划分模式，又从反帝反殖民角度来界定东西方，形成一种剑拔弩张的紧张关系，那么最有效的抵抗资源就只有民族主义了，于是，詹姆逊顺理成章地得出“所有第三世界文本必然是……民族寓言”这一断言。在他看来，“第三世界”似乎只能在“民族主义”和“抵抗文化霸权”之间做出选择。需要指出的是詹姆逊的论断专注于文化维度，也就是说，詹姆逊强化了民族主义的作用，并将此作为第三世界抵御第一世界文化霸权的强有力的武器。

三、“汉学主义”对“东方主义”的回应与重构

正因为中国问题对“东方主义”提出了挑战，“东方主

义”不完全符合中国情况，于是“第三世界”“汉学主义”便运势而生。“第三世界”和“汉学主义”同是由于中国的特殊性而产生的调适和变异，不同的是，詹姆逊的“第三世界民族寓言”是一种外部视角，而“汉学主义”聚焦于中国内部，原先“东方主义”的两个核心观念“权力”、“民族”在詹姆逊那里得到了强化，在顾明栋这里被削弱殆尽。

顾明栋在“东方主义”的启发下提出“汉学主义”，“汉学主义”也是一种西方认识中国时特有的逻辑理路，它也是隐而不见、尚未被发现的某种认识论和方法论的假设，如果说“东方主义”或隐或显地在信仰、意识形态、观念、学术等方面为西方殖民铺路的话，“那么‘汉学主义’是一种在西方中心主义的意识形态、认识论、方法论和西方视角的指导下所进行的相关中国的知识生产，并因中国人和西方人的参与而异常错综复杂。其中不仅有西方人通过西方视角对中国文明的观察，更有中国人通过西方认识论和方法论对世界、对自己的文化，以及对于自身的观察。”[1]

---

[1] 顾明栋：《汉学主义：东方主义与后殖民主义的替代理论》（张强等译），商务印书馆，2015年版，第20页。

（一）非政治性、非对抗性

和萨义德的“东方主义”相比，汉学主义的政治性和抵抗性要弱得多，在萨义德看来：“东方是欧洲物质文明与文化的一个内在组成部分。东方学作为一种话语方式在文化甚至意识形态的层面对此组成部分进行表述和表达，其在学术机制、词汇、意象、正统信念甚至殖民体制和殖民风格等方面都有着深厚的基础。”[1] 相比之下，“汉学主义”却大相径庭，顾明栋认为“作为母体的汉学起初并非是帝国主义征服与殖民主义扩张的产物。由于中国从来就不是西方的殖民地，因此，汉学作为学术的一个分支、一个知识系统，远没有‘东方主义’那么强的政治性和意识形态。它很少成为服务于殖民主义扩张的工具，因为它并不像东方主义那样服务于明显的政治目标”。[2]

由此可以看出，“东方主义”是对殖民话语的反抗，具有较强的政治和意识形态色彩，萨义德强调“东方主义”批判力和政治性：“由于东方国家弱于西方，‘东方主义’

---

[1] Edward W.Said, *Orientalism*（New York: Vintage, 1978）, p.2.

[2] 顾明栋：《汉学主义：东方主义与后殖民主义的替代理论》（张强等译），商务印书馆，2015年版，第78页。

归根结底是西方将其意志强加于东方国家的政治信条。”[1]霍米·巴巴也认为“殖民话语的目的就是把被殖民者视为一种因其种族根源而落后的人群，其目的是为征服正名，为统治和教导体系的建立铺路”。[2]后殖民理论的政治性已是人所共知，而汉学主义不是一种对殖民话语的抵抗，而是一种相对客观公允的知识系统和学术批评。

基于此，顾明栋提出“汉学主义”可以成为一种新的批评理论，将中国研究回归到一种知识学层面，去意识形态、去政治化，尽可能科学、客观、公正地对待中国问题，从政治批评角度转向学术批评范式。他声称：“学术不应强调政治和意识形态，而是要强调尽可能客观、公正、科学地生产知识和学术，并将此定为终极目标。”[3]

（二）淡化民族意识，强调双边建构

顾明栋认为由于“汉学主义”并没有强烈地抵抗西方文化霸权的意识，所以民族自卫意识并不强烈，反而更倾

---

[1] Edward W.Said, *Orientalism*（New York: Vintage, 1978）, p.204.

[2] Homi K. Bhabha, *The Location of Culture*（London: Routledge, 1994）, p.70.

[3] 顾明栋：《汉学主义：东方主义与后殖民主义的替代理论》（张强等译），商务印书馆，2015年版，第47页。

向于双边建构、彼此交融的文化状态，是中西方共同参与的知识产业。如果说“东方主义”揭示了西方文化霸权对东方进行了一系列清洗和重组，“汉学主义”则是自然而然生成的一种文化交流模式，可以说，“‘汉学主义’是一种中国人和西方人共同参与的双边构建。”[1]

这种双边建构表现在三个方面：

一是西方对中国文化的青睐。与萨义德《东方主义》中西方自古以来妖魔化东方不同，顾明栋认为：“西方中世纪以来，诸多欧洲学者对中国就保有爱慕之情，莱布尼茨对中国哲学与宗教的研究，伏尔泰对中国道德与文化的理想化，费诺罗萨为中国的文字所倾倒，埃兹拉·庞德对中国语言、诗歌和思想的着迷，高尔斯华绥、洛斯、狄更生对中国道德与价值观的捍卫以及波特兰·罗素对中国人与中国文化的理想化。”[2]可以看出，与《东方学》中西方对东方诋毁和污名化的做法不同，西方对中国的态度是好奇、友好、相对善意的，那种相互敌视的心态在中西文化交流中表现的并不明显。

---

[1] 顾明栋：《汉学主义：东方主义与后殖民主义的替代理论》(张强等译)，商务印书馆，2015 年版，第 20 页。

[2] 顾明栋：《汉学主义：东方主义与后殖民主义的替代理论》(张强等译)，商务印书馆，2015 年版，第 83 页。

二是对本土文化的自我反思。在萨义德的东方语境中，如果对伊斯兰文化尤其是宗教信仰有些许质疑或诋毁则必然在穆斯林世界引起轩然大波，他们有强烈捍卫本土文化的民族意识，不仅不允许外来民族对本土文化的玷污，对本民族的自我东方化的行为也嗤之以鼻，但是在中国语境却没有那么强烈的本土自卫心理，尤其在20世纪初中国学者对西方文化的心羡溢于言表、对传统礼教的批判不遗余力，由此可知，中国与西方并非像中东与西方文化那样紧张对立。

三是“自我东方主义化”。这里顾明栋引用了德里克的观点，所谓“自我东方主义化”有两层意思：“一是亚洲人根据欧洲人创立的东方主义而形成对亚洲的看法；二是那些对亚洲文化抱有同情心且已亚洲化的西方人所形成的有关亚洲的西方观点。”[1]对西方文化的羡慕和“自我东方主义化”都藏在中国人的文化无意识中。德里克曾指出：“萨义德只是将‘东方主义’看作欧洲人对亚洲人的构建，却忽视了一个事实，那就是从一开始，亚洲人就参与了东方的构建。”[2]

---

[1] 顾明栋：《汉学主义：东方主义与后殖民主义的替代理论》（张强等译），商务印书馆，2015年版，第97页。

[2] Arif Dirilik, “Chinese History and the Question of Orientailism,” *History and Theory*, XXXV.4 (1996), pp.96-118.

可以看出，与“第三世界”强调对抗性和民族性不同的是“汉学主义”从中国文化的内部出发，更偏向一种非政治性、非对抗性的文化交流与协商，所以民族意识带有的保守性和对抗性在“汉学主义”中被淡化甚至消散了。

四、重组的结构：“挑战”的理论潜能

论述至此，文章通过对“权力”、“民族”这两个关键词的变化过程的梳理，试图呈现后殖民理论经过了怎样的改变和调适才在中国土壤中生根发芽。值得深思的是，在这次从西到东的理论旅行中，中国问题扮演了怎样的角色？中国学者又该以怎样的态度来看待西方理论？

（一）反思“理论的旅行”

在诸多西方理论中，“东方主义”几乎与本土文化无缝对接。“东方主义”揭露了东西方的压迫关系并未停息，转而以一种新的文化殖民的方式隐秘存在，这一论断无疑暗合了尚在延续的冷战思维，中国同属于被侮辱、被损害的东方，理所当然，中国问题也就在“东方主义”的逻辑框架中对号入座，这一时期，中国学者抱着学习和吸取的态

度大量地进行翻译和转述。

“东方主义”虽未直接论述中国，但起到了抛砖引玉的作用，之后，詹姆逊的“第三世界”将文化霸权和中国问题结合起来，经他的阐释，鲁迅作品、台北电影、毛式中国革命这些中国经验点石成金般地获得了理论意义，在第一世界获得了可见性和曝光度。当它被引入中国，中国学者如获至宝，认为“民族寓言”为解读中国文化开启了新的角度，使得中国思想资源在第一世界中找到了平等对话的可能，从而提升了本民族的理论自信，[1]但说到底这是一种基于西方问题的外部视角。

在“东方主义”盛行之初，中国学界抱着欣然接受、学以致用的态度，但到了“汉学主义”，中国学者意识到中国是“东方主义”无法覆盖的一个例外：一、它处于资本主义之外，尤其是毛泽东时代的马克思主义革命与中东的意识形态相去甚远，二、它处于欧洲文化圈之外，是一

---

[1] 1989年，詹姆逊的《处于跨国资本主义时代中的第三世界文学》中文版刊载于《当代电影》第6期，首先在电影批评中引起反响，如戴锦华的《新中国电影：第三世界批评的笔记》(1991)和张颐武的《后寓言艺术：中国的选择》(1996)都指出这种寓言理论“为我们在第三世界与第一世界间建立一种平等对话提供了可能”，使第三世界的知识分子有了一个内视的机会和自我批判中自新的突破口。不止如此，随后的相关论文层出不穷。

种迥异于基督教文化并自成体系的中华文化。可以看出，中国学者从本民族的特殊性入手，反思西方理论与中国文化间的龃龉，以批判反思的态度回应西方理论。

从“学习”到“反思”意味着逻辑起点、论述重点与研究视角的变更，“东方主义”、“第三世界”是以西方理论为中心，中国问题为注脚，而“汉学主义”是以中国问题为主导，对西方理论进行挑战和反思。我们需要改变一种态度，不再将西方理论当作一种高级、深刻、全知全能的理论资源，而是还原其言说语境和理论局限，更清晰地审视它的洞见和盲视；我们需要改变一种方法，我们不再只是复制粘贴、翻译学习，而开始从自身问题出发，经过反思批判之后试着做出主体性选择。

可以看出，“民族”、“权力”这两个关键词所经历的这次理论旅行，已经使得我们从中国问题在西方回归到了中国问题在中国，并将一种异域化的理论资源转变为当代中国文论的理论模式，此时，理论不仅仅是一个旅游观光的态度，而是驻足停留，入乡随俗，成为了中国文论重要的思想资源。这一理论的变形显然经历了中国问题的挑战和操演，释放出了丰富而巨大的理论潜能。也正是在这个意义上，我们反思“理论的旅行”，这一概念本身隐藏的是一种后殖民的观念，旅行显示了一种观光姿态：无需负责、流于浮表，但作为求贤若渴的“土著”，我们更看重的是旅行中的理论如何落地生根、开花结果，如何被重组变异，实现本土化。

（二）重组的理论潜能：“挑战”为中介

“东方主义”“第三世界”以外部视角来看东西方文化，凸显了“文明的冲突”，强化民族主义立场、强调一种政治色彩浓厚的对立关系，在后现代全球化的语境中，詹姆逊的洞见无疑精彩绝伦，但需要指出的是他的写作目的是解决西方问题，当他的理论被用来解释中国文化时，原先的问题意识和言说语境已然发生了更改，若仍延续“民族寓言”思维模式，第三世界文学只能作为政治性文本而存在，那么，第三世界所具备的审美性就被弱化甚至取消了，难道这不是一种对第三世界的重新遮蔽吗？当第三世界文本不只在政治维度也能获得意义，中国文化也不只是通过抵抗第一世界才能被照亮，而是在相对客观自由的语境中呈现自我时，中国文化的多元性、差异性才有可能浮现，中西方的文化交流才有可能更好地实现。而“汉学主义”从内部视角出发，更倾向于将中西文化还原到相对客观中立的语境进行学术研究，削弱其政治性，形成学术对话。

当视角发生位移，学者对中西文化的态度也由“对立”转向“对话”。“汉学主义”对我们研究中西文化有一定的启示意义：首先，尊重文化差异，不以强凌弱，让中西文化自然而然呈现其本来面貌，形成多元共生的文化生态，其次，求同存异、强调合作。正如桑德尔所说，“合作”比“比较”更有效，因为“‘合作诠释学’的路径会让更多人参与进来，并看到不同思想传统中不同文本的特征，它将在一定程度上扭转不同传统之间的对立局面……共同合作研究将比那种整体比较的方法走得更深、更远”。[1]

然而，需要反思的是顾明栋的“汉学主义”通过政治撤退的方法对西方霸权微弱地进行了回应，他强调文化的交融与尊重，殊不知对文化交融的赞美往往会遮蔽现实中文化权力的不对等，反而营造了不同文化相互影响、平等协商的假象，无怪乎西方左翼理论家艾贾兹如此激烈地质疑：“到底要把自己杂交进谁的文化？按谁的条件进

[1] ［美］桑德尔：《从“比较式对话”到“合作式对话”——对陈来等教授的回应与评论》，载《华东师范大学学报（哲学社会科学版）》2016年第48卷第3期，第173页。

行?”[1]“东方主义”的精义原本是揭示东西方根深蒂固的，甚至已见怪不怪的文化霸权，如此看来，消解了抵抗的“汉学主义”难道不是一次舍本逐末的探索吗？基于此，我们不仅要批判过分强调民族主义、政治性极强的“第三世界”理论，也应该反思政治上完全撤退的“汉学主义”，平等不是自然天成的规定，也非守株待兔的侥幸，而是不遗余力地争出来的结果，所以，不经过中国文化的抵抗和挑战无法轻易达到文化平等协商的理想状态，于是，我们试图将“自我东方主义化”变为经过“挑战”而达成的平衡，形成一种新汉学主义模式，它的要义是将“中国”从一个区域性、自我性的理论试验田演化为一个全球性、客观性的理论生产地，如此，平等对话和文化交融才是可能的。

承上所述，中国问题对“东方主义”的挑战使后殖民理论进入中国语境时经历了从以“西方理论”为中心到以“中国问题”为出发点、从外部视域到内部视域的多重转变，但是无论“第三世界”还是“汉学主义”都是走向中国理论的中介，中国问题要始终成为外部理论的挑战，在

[1] ［印度］艾贾兹·阿赫默德：《文学后殖民性的政治》，载《后殖民主义文化理论》（罗钢、刘象愚主编），中国社会科学出版社，1999 年版，第 272—273 页。

肯定其意义的同时，还需不断地批判、否定和反思，把它们当做新理论的垫脚石、将它们永远中介化，如此才能激发新的理论潜能，形成中国独特的理论模式。

第八章

后殖民理论中的“中国”如何被表达？——从“第三世界民族寓言”到“属下可以说话吗”

在后殖民理论中，孜孜矻矻于中国问题、并在中国产生巨大影响的，无疑是詹姆逊1986年提出的“第三世界民族寓言”[1]说。詹姆逊关注的焦点是：晚期资本主义文化逻辑以一种文化霸权的形式在全球蔓延开来，人们有必要建构起一块迥异于第一世界文学飞地来抵抗西方文化霸权，

[1] 《处于跨国资本主义时代中的第三世界文学》一文是詹姆逊在为加州大学圣迭戈分校已故同事和友人罗伯特·艾略特而举行的第二次纪念会上的讲演稿，后发表在《社会文本》1986年秋季号第15期。参见Fredric Jameson, “Third World Literature in the Era of Multinational Capitalism,” *Social Text*, No.15 (Autumn, 1986), pp.65-88。

从而纾解后现代必然导致的碎片化、扁平化后果。詹姆逊寄希望于第三世界文化，认为第三世界的文化在许多显著的地方是在“同第一世界文化帝国主义进行生死搏斗之中产生的”[1]。詹姆逊认为，第三世界文学以一种“民族寓言”的形式抵抗了全球化浪潮，发出了自己的独特声音。他还特别以中国文学为例，认定鲁迅的《呐喊》是在与帝国主义搏斗之后大声喊出的被压抑已久的东方世界的声音。

作为一位第一世界的理论家，詹姆逊对于第三世界文学，尤其是鲁迅“呐喊”之声的发现，对于中国学界来说无疑具有重大的理论意义——西方看中国这一独特视角是中国学界进行自我确认和自我审视的重要理论借镜。一时间，“民族寓言”说被奉为经典、元叙事，成为中国学界重要的理论资源。不过，同样是进行后殖民理论批评的斯皮瓦克对此却有不同意见。2006 年，斯皮瓦克应邀访问中国，她在清华大学再度发表了重要演讲《属下可以说话吗》。斯皮瓦克认为，处于第三世界底层的女性，例如中国边远的农村妇女受到西方、精英、男权的三重压迫，根本不可能具有独立意识、言说平台和平等语境，她们甚至都不是一个能够言说的

[1] Fredric Jameson, “Third World Literature in the Era of Multinational Capitalism,” *Social Text*, No.15 (Autumn, 1986), p.69.

主体。那些从第三世界发出的声音也许是接受了西方世界的启蒙，被现代性熏染过的知识精英的言说，他们的言说难道不是对于第三世界的另一种遮蔽、更深层次的文化霸权？

沿着詹姆逊和斯皮瓦克的逻辑向前推演，必然引出一个重要的理论问题：如果“民族寓言”并非第三世界真正的声音，真正的底层压根无法言说，那么谁来说话？言说还有无可能？更进一步的问题则是：后殖民理论语境中的“中国”该如何被表达？因此，我们不仅要借用斯皮瓦克的理论手术刀剖析甚至解构詹姆逊的“第三世界民族寓言”，同时又须警惕斯皮瓦克的逻辑魔咒，批判地思考她的解构路径可能存在的理论陷阱。

一、“第三世界民族寓言”

詹姆逊言说的语境是：“当代社会系统开始渐渐丧失保留它本身的过去的能力，开始生存在一个永恒的当下和一个永恒的转变之中，而这把从前各种社会构成曾经需要去保存的传统抹掉。”[1] 他认为，后现代主义推翻了前现代、

[1] Fredric Jameson, *The Cultural Turn Selected Writings on the Postmodern 1983-1998* (London: Verso, 1998), p.20.

现代探究“深层意义”的思维模式，取消了历史意识的价值，由此造成了碎片化、零散化、扁平化的文化景观。其实，“现代主义和后现代主义各有自己的病状”：“如果说现代主义时代的病状是彻底的隔离、孤独，是苦恼、疯狂和自我毁灭，这些情绪如此强烈地充满了人们的心胸，以至于会爆发出来的话，那么后现代主义的病状则是‘零散化’，已经没有一个自我的存在了。”[1]不过，孤独、疯狂毕竟能够证明主体的“在”，甚至是极其深刻的“在”，而随着深度模式的拆除、历史意识的消失，主体越来越轻、碎、散，最终被打上了一个重重的斜杠——“在”的只是“在”的一点痕迹而已。正是基于以上的理论诊断，詹姆逊意欲借用第三世界文化反观第一世界文化的矛盾和裂隙，在“属下”身上找到克服晚期资本主义文化危机的可能性。

（一）“民族寓言”

在不可逆转的全球化浪潮中，第三世界受到资本主义的全方位笼罩和压制，作为此一压制的应激反应，第三世界文化表现出迥异于第一世界文化的独特性，即“民族寓

---

[1] ［美］弗雷德里克·詹姆逊：《后现代主义与文化理论——弗·杰姆逊教授讲演录》（唐小兵译），北京大学出版社，1997 年版，第 176 页。

言”。第三世界文本，即使那些看起来极其个人化的作品，都与本民族命运紧密相连，都是具体的历史、政治、社会和文化的整体再现。他还以中国作家鲁迅的《狂人日记》《药》和《阿Q正传》为剖析对象，詹姆逊认为在资本主义世界现代主义、后现代主义的文化表征中，个人与社会、诗与政治之间存在着决然的断裂，个人存在境遇和生命体验与其广阔的社会、经济、政治的宏大主题总是相斥且分裂的，而第三世界文本以民族寓言形式在个人生命经验背后总有社会政治的底色，体现在第三世界文化抵御第一世界现代性渗透的殊死搏斗生死博弈中，这是一种既彼此对抗又相互融合的文化生成模式。詹姆逊还借用黑格尔的“主奴关系”理论来进一步阐述这一文化生成模式：以美国为代表的第一世界文化类似于奴隶主的处境，处于悬空的自我欣赏之中，无法真切捕捉自己的现实。悬空的第一世界文化脱离真实的政治、经济、社会和文化生活，匮乏具体的历史经验，无力对自己和世界的命运作“总体性”把捉，注定成为一个没有深度、历史和整体性的，孤立而破碎的、奄奄一息的存在，“它们在公与私之间、诗与政治之间、性欲和潜意识领域与阶级、经济、世俗政治权力的公共世界之间产生严重的分裂。换句话说：弗洛伊德与马克思对阵。"[1]虽然第一世界的理论家一直使出浑身解数，力图从理论上克服这一巨大的分裂，而其努力却在事实上不断地"重申这种分裂的存在和它对我们个人和集体生活的影响之力量"，就像是一支"在音乐会中打响的手枪"[2]一样不协调。久而久之，第一世界理论家对此分裂也就习以为常、不以为怪了，甚至认为这一分裂是必然的、理所当然的："……个人生存的经验以某种方式同抽象经济科学和政治动态不相关。"[3]正是这一安之若素的态度让詹姆逊愈益担忧，因为这样的态度会让分裂合理化，于是他竭力推崇第三世界的"民族寓言"，将其阐释为融个人与民族、情感与政治、经验与历史于一体的理想状态，并把它视作"全球规模重新启用激进的他性或第三世界主义的政治，从而在总体制度的空隙内建构抵制的飞地"。[4]

（二）"政治知识分子"

既然认定第三世界文学是民族经验在个人书写上的深

[1] Fredric Jameson, "Third World Literature in the Era of Multinational Capitalism," *Social Text*, No.15 (Autumn 1986), p.69.

[2] *Ibid.*

[3] *Ibid.*

[4] ［加］谢少波：《抵抗的文化政治学》（陈永国、汪民安译），中国社会科学出版社，1999年版，第123页。

层投射，詹姆逊便自然“强调民族经验对第三世界知识分子的认识构成的关键性作用”[1]。请注意，此处的民族经验不是静态的、与生俱来的，而是在与第一世界的殊死抵抗中动态地生成的，即这样的民族经验本身一定是政治的。由此，詹姆逊作出一个意义重大的断语：“在第三世界的情况下，知识分子永远是政治知识分子。”[2] 把詹姆逊的断语稍作展开，即第三世界的知识分子既是文化承载者，也是政治斗士；笔是他们抒发心性的工具，更是插向殖民者与统治者心脏的投枪和匕首。与之形成截然反差的是，第一世界知识分子的政治含义基本消失了，詹姆逊颇有些沉重地一再感慨：“作为第一世界的文化知识分子，我们把我们的生活和工作的意识局限在最狭隘的专业或官僚术语之中”[3]；“在我们中间，‘知识分子’一词已经丧失了意义，似乎它只是一个灭绝了的种类名称”[4]，等等，不一而足。

---

[1] ［印度］艾贾兹·阿赫默德：《詹姆逊的他姓修辞和“民族寓言”》，载《后殖民文化理论》（罗钢、刘象愚主编），中国社会科学出版社，1999年版，第349页。

[2] Fredric Jameson, “Third World Literature in the Era of Multinational Capitalism,” *Social Text*, No.15 (Autumn 1986), p.74.

[3] Fredric Jameson, “Third World Literature in the Era of Multinational Capitalism,” *Social Text*, No.15 (Autumn 1986), p.76.

[4] Fredric Jameson, “Third World Literature in the Era of Multinational Capitalism,” *Social Text*, No.15 (Autumn 1986), p.74.

中国的读者听到詹姆逊的喟叹，很容易联想到鲁迅所谓“铁屋子里的呐喊”。可以想见，詹姆逊看到鲁迅的《呐喊・自序》，必然心生知己之感。正是因为共鸣的剧烈，他才会不顾鲁迅“铁屋子”比喻的具体语境，直接拿来就用：“我们应该考虑到，作为知识分子，我们可能正酣睡在鲁迅所说的那间不可摧毁的铁屋里，快要窒息了。”[1]这一点，倒像是在忠实地实践着鲁迅的“拿来主义”。这样的拿来，或者说误读[2]，足以说明詹姆逊对于鲁迅究竟试图解决什么样的中国问题并不关心，而关心的只是鲁迅作为政治知识分子的高度自觉。

在詹姆逊看来，政治知识分子首先必须具备政治批判意识。詹姆逊读懂了鲁迅的政治批判精神，他认为：《狂人日记》“重建了处于我们自己的世界之下的一个恐怖黑暗的客观现实世界：揭开或揭露了梦魇般的现实，戳穿了我们对日常生活和生存的一般幻想或理想化”[3]；《药》则

---

[1] Fredric Jameson, “Third World Literature in the Era of Multinational Capitalism,” *Social Text*, No.15 (Autumn 1986), p.77.

[2] 关于这一误读高远东有详细的论述，此处就不再赘言，参见高远东：《经典的意义——鲁迅及其小说兼及弗・詹姆逊对鲁迅的理解》，载《鲁迅研究》1994 年第 4 期，第 24 页。

[3] Fredric Jameson, “Third World Literature in the Era of Multinational Capitalism,” *Social Text*, No.15 (Autumn 1986), p.70.

“反映了中国传统文化中难以言喻和富有剥削性的虚伪的一面”[1];《阿Q正传》更是对于中国“自我开解的精神技巧”[2]的批判。值得注意的是，詹姆逊对于政治批判意识的强调，又部分地受益于萨特，就像霍默所说，“在把萨特采纳为范型的同时，詹姆逊也表达了自己激进的、不俯首听命的渴望”[3]。詹姆逊对于鲁迅和萨特的兼包并蓄，生动地说明他解读鲁迅时的“去语境化”特征。

同时，政治知识分子应该具有主体性。在詹姆逊看来，现代哲学虽然着意于主体性建构，却已陷入作茧自缚的困境——人们创造了主体，同时把主体囚禁于狭小、封闭的空间里，与社会、集体渐行渐远。而后现代看起来是从现代性的沉沦和颓废中解救了个人，实则宣告了主体之死，正如福柯所说，“人是像海市蜃楼一样可以消失的东西”，“人将被抹去，如同大海边沙地上的一张脸”。[4]就在主体被打上斜杠的剧烈焦灼中，詹姆逊遇见了鲁迅以及他的

[1] Fredric Jameson, “Third World Literature in the Era of Multinational Capitalism,” *Social Text*, No.15 (Autumn 1986), p.72.

[2] Fredric Jameson, “Third World Literature in the Era of Multinational Capitalism,” *Social Text*, No.15 (Autumn 1986), p.74.

[3] Sean Homer and Douglas Kellner, eds., *Fredric Jameson: A Critical Reader* (New York: Palgrave Macmillan, 2004), p.4.

[4] Michel Foucault, *Les Mots et les choses* (Paris: Gallimard, 1966), p.398.

深沉的启蒙情怀和炽热的民族意识。须知，启蒙就要“立人”，让人作为主体站出来，民族意识则是着眼于民族主体的萌发和确立，遇见而且只能遇见这样的鲁迅。当然，出自詹姆逊的文化选择，他的目标是由此来建构第一世界政治知识分子的主体性，从而抵抗后现代的碎片化、扁平化。不过，选择即意味着遮蔽，詹姆逊选择了“呐喊”鲁迅，就一定会遮蔽“彷徨”鲁迅——那个明知道前面是坟，也只能困顿地走下去的鲁迅。

二、“属下可以说话吗”

詹姆逊以“第三世界民族寓言”抵抗第一世界的文化帝国主义，并让第三世界知识分子在殊死搏斗中“呐喊”出被压抑民族的沉忧隐痛，这样的抵抗路径和后现代消毒法，斯皮瓦克并不乐见，她反问：第三世界知识分子“呐喊”出来的真是第三世界被遮蔽的本真声音吗？他们的“呐喊”会不会就是对于第三世界底层的另一种遮蔽？

斯皮瓦克并未直接批驳詹姆逊的中国论述，但通过她对克里斯蒂娃《关于中国妇女》的批评，就可以清晰地看出她的观点。斯皮瓦克说，《关于中国妇女》的开头就提到一群中国妇女坐在太阳下，一动不动，无声地等待着我们，克里斯蒂娃对此评论说，“她们眼神平静，甚至没有好奇，但有些稍微流露的愉快和渴望，极具穿透力，看得我们几近透明。很明显，这种眼神是属于一个我们一无所知的群体。他们不去辨认我们是男是女、金发还是褐发、年轻还是年老、脸或身体的这个或那个特征。他们仿佛只是遇见了一些古怪但是荒诞的动物，这些动物没有侵略性，好像来自另一个时空。”[1]对于克里斯蒂娃的苛评，斯皮瓦克有话要说，克里斯蒂娃根本不可能有能力和积淀走向如此陌生的客体，而硬用一种观摩动物的眼光观摩她们，并把她们理所当然地塑造成了动物，以这样的眼光逼视过去，当然就是优越的西方主体对于东方客体的“属下”化解读。同理，詹姆逊站在第一世界的主体位置和精英立场来解读第三世界文本，“属下”的真实状态就在“民族寓言”的隐喻中被弱化和遮蔽了，它们的意义只在于证明第三世界与第一世界殊死搏斗这一民族解放叙事的真实性。

“属下”（subaltern）一词来自葛兰西。在论述阶级斗

[1] ［法］朱丽娅·克里斯蒂娃：《中国妇女》（赵靓译），同济大学出版社，2010年版，第3—4页。

争时，葛兰西迫于政治压力，用“属下”替代了马克思的“无产阶级”，特指“没有权力的人群和阶级”。斯皮瓦克之所以弃经典的“无产阶级”而取有些陌生的“属下”，有其深刻的理论原因，斯皮瓦克这样说道：“这个词语是葛兰西在审查制度下不得已才使用的：他把马克思主义称作‘一元论’，把无产阶级称作‘属下’。这个词语，因形势所迫而被采用，现在已然被转换为对那些没有被纳入严格阶级分析的事物的一种描述。我喜欢它，因为它没有理论的严格性。”[1] 可以看出，两个概念的不同处在于：“无产阶级”是一个有着鲜明的主体意识、强烈的社会组织性和明确的历史使命感的群体，“属下”则是一个缺乏主体性、没有历史意识的临时麇集在一处的集合，他们处在“沉默”之中，又因缺乏统一纲领和意志而是临时的、变动不居的，这些特性恰恰契合了解构主义精髓。

斯皮瓦克在与以古哈为代表的印度“庶民研究小组”合作研究时，敏感地意识到“属下”问题的重要性。经研究发现，对于印度的表述不是来自本土印度人民的言说，而是长时间被殖民者和本地精英垄断，甚至殖民主义研

---

[1] Sarah Harasym, ed., *The Post-Colonial Critic* (New York: Routledge, 1990), p.141.

究者认为就连印度民族意识的形成也归功于殖民者，即便是本地民族主义者坚称其民族意识源于印度本土的资产阶级，也说明在印度，“属下”毫无言说的权力和能力，几乎是无声的。斯皮瓦克更大的洞见在于对自身的反观和质疑：“庶民研究小组”就能反映“属下”的声音？显然不能，因为“庶民研究小组”虽然希望站在底层的立场表达大众的声音，但他们大都受过西方的高等教育并与西方知识具有暧昧不清的关系，因而只能“表现”而非“再现”“属下”——他们的“表现”是一个与西方话语相互妥协、相互“协商”的过程，期待他们单凭第三世界的出身就能获得一个清白无瑕的论述立场和不证自明的言说身份，如同缘木求鱼。

斯皮瓦克进一步分析，被殖民国家的民族独立斗争一般由接受过现代性洗礼的知识精英领导，知识精英站在民族的立场与文化帝国主义形成对抗，但他们藉以对抗的力量、知识和思想资源却源自西方文化；这样一来，第三世界怎么能摆脱西方政治、经济、文化的控制，也即是说，殖民时期的政治、经济格局依然在全球化时代的世界体系继续存活，甚至愈演愈烈。其实，本土的知识精英不是没有自身的民族文化和愿景，但无奈的是他们尚没有十足的能力把自己的民族国家引向现代化，何况他们早在被殖民过程中就已被冲击得七零八落。更要命的是，本土知识精英认同殖民时代遗留下来的规训模式和等级结构，并且发现他们同样可以利用这一结构来巩固自己的地位并从中获利[1]，如此说来，詹姆逊所谓的“政治知识分子”几乎不出意料地都成为了第一世界在第三世界的传声筒和代言人，他们发出的怎么可能是“属下”的本真声音。

在这个问题上，斯皮瓦克也不可避免地面临着被解构的伦理困境，因为她与自己所批评的西方批评家和本土知识精英一样，不属于这个“沉默的”“无声的”群体，而沉默的“属下”本身并不具有回应批评主体的可能，因此对“属下”声音的探讨就只能是单向度的解读，甚至只能是一厢情愿的猜测，换句话说“属下”的发声只能由“非属下”完成，而“非属下”的发声却是对“属下”的“表现”和征用。那么，斯皮瓦克有什么方式来挣脱这一困境呢？

斯皮瓦克认为，遵从“情境化”原则，即从解构的差异性、断裂性出发，将各种概念的命名和使用限制在特定

---

[1] Sarah Harasym, ed., *The Post-Colonial Critic* (New York: Roudedge, 1990), p.77.

背景中，指出特定概念在其背景中的功能和意义，让那些曾被普遍性、本质化的“概念”所遮蔽的差异重新获得解放，把那些事物尘封着的躯壳打开，向所有可能走向僵化、走向本质、走向固定、走向权威的观念和问题提出质疑，让人们看到隐匿其中的各种差异、冲突和矛盾。正是在这种“情景化”原则中，“属下”的多元性和差异性得以从被压制、被遮蔽的深渊中打捞上来；正是在持续敲碎压制性的符号链条的过程中，那些被消音的“属下”才会重新发声并被我们所听见。基于此，斯皮瓦克在一定程度上赞同“庶民研究小组”对于“属下”的研究方法：无法“再现”就借助于“批判”，我们无法确定“属下”是什么，但至少可以判断他是什么。也就是说，由于不能从书面材料中直接获得“属下”的声音，就只能通过对殖民主义者和民族主义精英的历史写作的批判和否定中寻找和抢救“属下”。

三、“属下不能说话”的悖论和启示

斯皮瓦克的批评所指向的是西方知识分子、第三世界知识精英以及她自己为“属下”发声的诚恳度和可能性，与此相对应的是“属下”作为一个阶层是否存在主体意识则从来不是问题——他们当然“不能表达自己”，“如果属下能够说话，那么，感谢上帝，属下就不再是属下了”。[1]“属下”不具备自我决定的阶级意识，处于被决定、被“表现”的位置，他们不能说话，而为他们说话的精英阶层所说的其实还是精英阶层自己的话，所以“属下不能说话”。“属下不能说话”的论断给那些积极关心边缘群体、但对这些还缺乏明确意识的批评家乃至整个西方仁慈的拯救理想关上了最后一扇窗户，因为人们对此仿佛已不可能有所作为。

针对这一困境，斯皮瓦克提出了解构的策略，强调解决方式的具体地、历史地发现事物的临时性、踪迹性，从而在断裂处、破碎出发现和恢复“属下”的声音，聚焦于“属下”阶层内部的各种差异，更要关注这些差异体内部更加细致入微、不被人发现的差异状况。若主观地赋予或夸大“属下”的主体意识，反而是对于这些细致差异的忽略和遮蔽。重视差异，就只能“为了实践的需求”，跳出把“属下”的主体意识本质化、恒久化以及把他们的知识

---

[1] Sarah Harasym, ed., *The Post-Colonial Critic* (New York: Roudedge, 1990), p.158.

真理化的危险，“策略”性地、部分地“复苏”和“再现”他们的主体意识——“再现”的前提是假设存在一个可以被再现的东西，具体到“属下”问题时，就是“属下”的主体意识。所以，试图“再现”就已经承认“属下”是一个可以自我决定的历史主体。既不能“再现”，又要策略性地“再现”；既否认“属下”的主体意识，又部分地赋予他们主体意识，这就是斯皮瓦克“属下”理论的微妙和悖论之处。

尽管存在着上述悖论，以斯皮瓦克的理论解读“第三世界民族寓言”，我们依然能够获得新的启示。詹姆逊把鲁迅当作第三世界的代言人，把他的声音等同于底层，可是，鲁迅的“呐喊”真的是第三世界被压抑的声音？他怎样以及如何可能为祥林嫂、阿Q、孔乙己之类真正的底层立言？毋宁说，鲁迅是在西方现代思想熏陶下的言说者，在他启蒙眼光的“疾视”之下，底层被建构成了病死多少都不足惜的“群氓”和“庸众”，这样的“疾视”不正是一种遮蔽和压抑？斯皮瓦克之所以能够对詹姆逊构成“理论反打”，是因为他们讨论问题的出发点和落脚点都不尽相同。

其一，立场不同。作为第一世界的学者，詹姆逊的问题意识是如何挣脱第一世界晚期资本主义的文化困境，所以他要借助第三世界文学这一“镜像”来反观第一世界；第一世界才是他的旨归，第三世界只是他的手段而已，那么，第三世界究竟如何，跟他有什么相干？从这个角度说，詹姆逊的后殖民理论看起来是对第三世界特别是中国文化的再发现，实则是一种削足适履、买椟还珠式的误读。因此需要警惕的是，詹姆逊的中国论述反向输入中国的时候，被中国学者当做一种有效理论和权威话语，过于信奉这一理论反而会忽略了本土经验的复杂性。

斯皮瓦克的出发点则是第三世界“属下”的“独特经验”，在她对殖民主体的生产进行批判的过程中，“这个难以言表的、非超验的”[1]的“属下”经验被集中挑明，迥异于对“属下”进行本质“再现”和主体建构，它是一种解构策略，即一种非本质主义的操作。对“属下”进行理论回应的可能性和合理性尽管存在着“属下”的经验和声音遭受毁坏的危险，但描述“属下”经验的走钢丝一般的脆弱过程毕竟使自我中心化的哲学话语得到改革，进而在一定程度上承认“属下”的存在。在《解构历史学》一文中，斯皮瓦克说，“属下”意识的探讨工作不过是对过去

---

[1] Gayatri C. Spivak, “Can the Subaltern Speak? ” *Marxism and the Interpretation of Culture* (Eds. Cary Nelson and Larry Grossberg, Urbana: University of Illinois Press, 1988), p.293.

连续的本质化的符号链的打断，符号链碎裂的地方，“属下”的经验和形象得到“模糊”的呈现，尽管全面地呈现“属下”的经验和形象任重道远，但这毕竟是使“属下”摆脱自身的“属下”境地的最初的步骤。这充分体现了斯皮瓦克重新发现和打捞第三世界的雄心。

其二，理论不同。詹姆逊挣脱第一世界晚期资本主义困境的路径是经由马克思抵达“政治无意识”。詹姆逊对马克思《〈政治经济学批判〉序言》论述时提到的“一切文化现象背后最深层的根源在于与这一文化相联系的生产方式”[1]这一判断甚为推崇，并把它当作自己整个阐释理论的基础，在詹姆逊看来，“一切事物都是社会的和历史的，事实上，一切事物说到底都是政治的”[2]。说到底，一切文本都具有政治无意识，政治无意识是阐释一切文本的最终视域，它提供“一种最终的分析（final analysis），并为作为社会象征性行为的文化制品的祛伪过程探索着诸多途径”。[3]正是因为把一切文本最终都归结到政治无意识，詹姆逊才会呼唤一种新型的政治知识分子，并试图通过他们

[1] 转引自张伟：《反全球化与詹姆逊的左翼美学》，载《学习与探索》2004年第6期，第50页。

[2] Fredric Jameson, *The Political Unconscious: Narative as a Socially Symbolic Act* (New York: Cornell University Press, 1981), p.20.

[3] *Ibid.*

建构出第三世界文化来对抗和拯救没落的第一世界文化。

斯皮瓦克受到德里达解构理论的影响，强调异质经验的重要性。解构思维的特殊之处在于，一切事物都建立在暂时性、踪迹性的前提下，这不同于西方传统中的“表现”逻辑，其目的不是为了“同一”，而是尽可能地在破碎处释放“差异”。在“表现”逻辑中，作品表层构成一个明确的、连贯的有机整体，这一整体正是对于历史的完美“表现”。“策略”性思维却宣布，作品中那些不能表达的东西，那些无法刻意避免的非连贯性，那些突兀的断裂所露出的白生生的断茬，所有这些“沉默”和“不在场”，诉说着作品不能诉说的东西，从这个意义上说，作品就是一面破碎镜子。斯皮瓦克对这种“策略”性思维推崇备至，并一以贯之。可以看出，詹姆逊注重发现政治和历史的“总体性”，而斯皮瓦克却是要发现差异，走向破碎。

同样是后殖民理论的视域，詹姆逊和斯皮瓦克的观点却截然不同，这种不同促使我们思索：在后殖民语境中，“中国”如何被表达？“中国”又该如何自我表达？詹姆逊的“民族寓言”为我们开辟了一种别样的思路，他带着西方后现代的焦虑在中国作家鲁迅身上看到了一种兼具启蒙精神和民族意识的政治知识分子形象——始终在与帝国主义文化霸权、本土文化桎梏进行生死抵抗。这种“民族寓言”中国表达式，恰恰是冲破现代主义的个体囹圄，抵抗后现代碎片化、零散化趋势的最好解药。在这样的语境下，中国就被描述为抵抗晚期资本主义文化逻辑的一个理论乌托邦，这无疑为中国文化进入西方语境助了一臂之力。然而，需要警惕的是，当一个多面的、复杂的鲁迅被詹姆逊强化成单一的政治知识分子时，就可以看出第一世界的理论家在选择性地征用第三世界文本，如果说第三世界文本是在第一世界错位的视域中被塑造出来的话，势必遮蔽其文本的丰富性和多样性。

此时，斯皮瓦克的质疑为我们提供了新的解题思路，詹姆逊把鲁迅当作第三世界的代言人，然而真正第三世界的底层如祥林嫂、阿 Q、孔乙己却无法言说。斯皮瓦克提醒我们，当詹姆逊如此言说第三世界时，往往忽视了意识形态对知识分子的锻造，第三世界政治知识分子恰恰是西方话语的言说者，而不是真正底层的代言人。也就是说，被言说的并非真正的第三世界中国，而真正的第三世界中国是无法自我表达的。在这样的绝境处，斯皮瓦克采取了一个明知不可为而为之的、以退为进的策略，即“策略性”的赋予属下言说的主体，但要时时刻刻提醒人们不要以任何一种声音去压抑或归并来自底层的声音，祛除本质主义和精英霸权，让他们细微的差异自然而然地呈现，让他们临时的“踪迹”慢慢地复苏。

这给予了我们极大的启示：不仅第一世界对第三世界存有一种压抑，就连第三世界内部依然存在着层层叠叠的遮蔽，只有我们不再居高临下地去认定“属下”时，他们的丰富性才有可能向我们打开，真正的第三世界中国才能展现出丰富性和差异性。

第九章

后殖民理论中的民族元素在中国的折射
——兼论从抵抗到生成的能量之变

后殖民理论揭示了一种由来已久，便被视作理所当然的世界格局——处于弱势的东方总是被西方话语霸权塑造或遮蔽，东方成了一个始终失语、任人打扮的，甚至是用来衬托西方世界的“镜像”。此格局历史久远，以至于让人们觉得理应如此，它不是用真刀真枪进行肉体上压制，而是潜移默化地进行思想的殖民。暴力压制必然激起反抗，而文化熏染却让人沉湎其中而不自知，殊不知这才是更可怕的文化霸权。后殖民理论站在边缘的、弱小的立场发声，天然地拥有政治合法性和理论说服力，这种抵抗之力与生俱来，一直是后殖民理论能量之源。当后殖民主义转入中国语境，抵抗能量穿过中国特有的文化历史时折射出千差万别的理论效果，需要追问的是：理论家如何挖掘后殖民理论的抵抗潜能，这些理论进入中国时发生了怎样的变形，又能持续多久？这些问题如此庞大，如何既切中要害又深入肌理？本章选取“民族”这个角度，因为民族是最深入人心，最具影响力，且能最快地聚拢大众的反抗力量。后殖民理论批评家如萨义德、霍米·巴巴、詹姆逊、德里克等谈到抵抗西方霸权的策略时，无一能绕开民族问题。他们所产出的理论资源，无不转化为中国语境中的理论工具，如此一来，“民族”就成了一个问题域，一个角斗场：西方理论经此而关注中国，中国学者由此进入西方理论。所以说，只要牢牢锚定“民族”这个关键点就可以呈现以小见大、窥斑见豹的效果。

一、萨义德：“逆写帝国”

萨义德作为后殖民理论的开山论者，对民族问题有长篇论述，从他揭示东西方不对等的权力关系来看，他倾向于保护本土文化，自然地也赞同民族意识的积极作用，但非常排斥极端民族主义，基于此，提出基于本土之上“逆写帝国”的文化抵抗策略，影响了之后的后殖民理论发展和中国后殖民理论的接受。

（一）警惕“民族主义”

萨义德在《东方主义》中为伊斯兰文化和阿拉伯民族正名的举措，以及他曾提及“一个民族群体在发展过程中都有民族主义需求”的言论，很容易被民族主义者当作志同道合。在萨义德看来，民族意识是对于自身传统的提炼和承袭，也是增强文化认同、厘定地理疆界和汇聚政治凝聚力的有效手段，它有助于现代民族国家的建立，并将民族意识看作对帝国主义霸权进行政治抵抗的阶段性武器。但是，当民族意识变成一种主义，萨义德就变得非常警惕，尤其对种族主义这一极端的民族主义，更是深恶痛绝。所以，当有人称萨义德为“阿拉伯文化的支持者，受蹂躏、受摧残民族的辩护人”[1]时，他严词拒绝：“对他们来说，我的书的价值在于向人们指出了东方学家的险恶用心，并且在某种程度上将伊斯兰从他们的魔爪下解脱了出

[1] ［美］爱德华·W. 萨义德：《东方学》（王宇根译），生活·读书·新知三联书店，2007 年版，第 431 页。

来。这几乎与我自己的想法完全背道而驰。”[1] 萨义德又反复声称：“我一直对自鸣得意、毫无批判意识的民族主义持激烈的批判态度。”[2]

萨义德的观点承袭自法农。法农认为“唯一能给予我们一种国际性视域的，是民族意识，而非民族主义”。尽管20世纪60年代，被殖民国家通过民族意识形成想象的共同体并进而完成对帝国主义的有效抵抗，形成独立的民族国家。可是，进入后殖民时代，如果新的民族国家继续煽动民族情绪，并利用民族主义积聚力量的话，就显得不合时宜了，因为民族主义是一把双刃剑，它既能呼唤出大众的民族意识，鼓动他们投身于民族解放运动，也能煽动民众非理性的狂热激情，一旦被统治者利用，会导致军队独裁、领袖崇拜、极端排外的恶果。亲历过巴以冲突的萨义德当然非常警惕这种极端的民族主义。然而时过境迁，在殖民主义、新殖民主义之后，被殖民国家如何从帝国主义霸权的阴影和残留中确立自身？萨义德在《文化与帝国主义》中开出了药方：用文化抵抗取代实践斗争。这意味

[1] ［美］爱德华·W. 萨义德：《东方学》（王宇根译），生活·读书·新知三联书店，2007年版，第428页。

[2] ［美］爱德华·W. 萨义德：《东方学》（王宇根译），生活·读书·新知三联书店，2007年版，第434页。

着抵抗不再是激进的枪头炮弹，而是温和的文化改写。

（二）文化抵抗：逆写帝国

文化抵抗的策略背后体现了萨义德对文化的态度：首先，他认为文化不是固定所属，也非债务人与债权人的借贷关系，不同文化应该共享共生、彼此依赖。其次，本土文化可以对西方强势文化进行改写和调适，形成一种杂糅交错、为我所用的文化样态。在这样的思路下，萨义德的抵抗注定不是冲突性的、民族主义式的对立和抵制，而是一种文化内部的改写和升级。需要说明的是萨义德所谓的"文化抵抗"的三个特点："第一，整体、连续地看待社会历史权力，给被压抑的民族以自由。第二，抵抗远不只是对帝国主义的反动，它还是形成人类历史的另一种方式，这一方式很大程度建立在打破文化间障碍的基础上。第三，脱离主张分离的民族主义，趋向于整个社会和人类的解放。"[1] 可以看出，萨义德摒弃了民族主义在现实中的激进之力，将其威力关进笼子，但为了保存其抵抗能量，又在文化领域保持了抵抗的姿态。萨义德认为文化抵抗更有

---

[1] Edward W.Said, *Culture and Imperialism* (New York: Vintage Books, 1994), p.216.

价值：一是“抵抗有助于恢复帝国文化已经确立或至少受到帝国文化影响或渗透的多种形式。”[1] 二是抵抗因此成了“重新发现与恢复被帝国主义所压制的土著的过去”[2] 的过程。那么，“一种试图脱离帝国主义而独立的文化如何想象其自身的过去？”[3] 文化抵抗的具体措施又当如何？就此，萨义德提出了“逆写帝国”的主张。

受福柯话语理论的影响，萨义德强调前缀“re-”重新改写的意义。福柯认为，陈述与被陈述的外物不是一一对应，透明等价的关系，陈述具有独立性、自律性，它可以不由外部图景决定而自我建构所指，如果陈述的角度不同，被陈述的对象就千差万别，即便是同一视角的陈述，首次陈述和再次陈述也呈现差异，如此说来，没有一成不变的本质化的概念，也没有确凿无疑的真理存在，那么固定、权威的真理就被悬置了，具体到后殖民理论，被殖民者对于殖民者的文化灌输必然不是全盘接受，一定存在某些篡改与抗拒，萨义德认为，通过被殖民者“逆写”帝国的能力从而建构一种文化抵抗的可能。“逆写”帝国这一

[1] Edward W.Said, *Culture and Imperialism*（New York: Vintage Books, 1994）, p.210.

[2] *Ibid.*

[3] Edward W.Said, *Culture and Imperialism*（New York: Vintage Books, 1994）, p.214.

过程重构了“自我”与“他者”之间的关系。他们的过去“作为屈辱留下的伤疤，作为不同实践的刺激，作为对趋向于一种后殖民未来的过去的种种修正的看法”[1]，而更有力量的是作为“急需重新解释和重新利用的经验，在这些经验中，曾经沉默的土著作为总的抵抗运动的一部分，在从殖民者手中重新夺回的领土上发言并行动了”[2]。这样的改变或重写是对帝国主义话语霸权的有效的干预形式和重要的文化抵抗策略，它随时随地、无时无刻不以潜移默化的形式进行，它可以细致入微地渗入每一次接受和书写，它不被压制，无法禁止，它“不仅是政治运动的必不可少的一部分，而且在许多方面来说，是这个运动成功引导的想象”，因为它存在一种“智性的和比喻的能量”。[3]

二、霍米·巴巴：“文化翻译”

相较于萨义德，后殖民理论三剑客之一的霍米·巴巴

---

[1] Edward W.Said, *Culture and Imperialism* (New York: Vintage Books, 1994), p.212.

[2] *Ibid.*

[3] Edward W.Said, *Culture and Imperialism* (New York: Vintage Books, 1994), p.214.

更加抗拒民族主义，他直言不讳地说："相信民族主义是通向世界主义的一种过渡性阶段。民族主义是一种特殊的意识形态，是在特定时期奋斗的一个特殊平台。我坚决主张文化翻译，目的是理解这个世界，而不是将它还原为一种语言，而是像理解翻译一样去理解这个世界。通过文化翻译，我们给每一种特殊的语言传统或文化文本以自己的空间。但是在这项工作中我们也看到，有一种对更广大的世界发出声音的渴求，满足这种文化或文化目标的渴求，让它对世界发出自己的声音，是后殖民批评家的目的。"[1]这就是巴巴一直强调的"世界主义"。在具体谈及中国时，他认为，中国知识分子"传达他们所经历的历史教训、传达他们不断地努力吸取儒家传统、毛主义传统和马克思主义传统以创造出一种生活于世界上的方式和途径，这种生活方式既是中国特有的，但也关系到更广的人文理想，这是全世界所共有的"。[2]巴巴强调的是中国从本民族（而非民族主义）传统出发所作出的文化融合的努力，也就是"本土世界主义"，这一理论论断给中国学者带来深深的好

[1] 生安锋：《后殖民主义、身份认同和少数人化——霍米·巴巴访谈录》，载《外国文学》2002年第6期，第57页。

[2] 生安锋：《后殖民主义、身份认同和少数人化——霍米·巴巴访谈录》，载《外国文学》2002年第6期，第58页。

感和理论亲近感，当然在具体理论细节上也可能展开有益的对话和批判活动。

（一）从“民族”到“身份”

巴巴在《焦虑的民族·不安的国家》中谈到当两个超级大国占主导地位的世界体系坍塌后，许多国家开始从原有的依附状态转向对自身的观照和建构，并试图通过一种不合语境的民族主义来塑造自己，民族问题又回旋而来，之所以说它不合语境是因为民族主义已经不像20世纪60年代那样具有强化归属感、完成想象共同体，进而形成民族独立、国家建构的历史意义。反而过分偏执的民族主义容易误入以暴制暴、种族清理歧途，这是一种通过排除他者、构造“民族神话”来确立自我的一种狭隘、狂热的民族主义，会将我们带回到19世纪陈旧的社会运动和文化范式中。基于此，巴巴“谴责以一种完全不恰当的方式强加于人民头上的国家地位和民族主义”。[1] 在当今民族融合、多元文化的语境中，“重新思考民族意味着什么。民族是否是一种持续不断地拥有刺激作用”变得至关重要。巴

[1] Homi K.Bhabha, “Art & National Identity: A Critics' Symposium,” (Interviewed by B. Wallis, M. Berger) *Art in America*, 79.9 (Sept. 1991), p.82.

巴“借用法农的理论开拓了别样的思路和愿景：一种不含种民族主义的本土世界主义”。[1] 这是巴巴对民族主义极度警惕的结果，也是巴巴被诸多学者诟病之处——他被认为是消解民族、与西方共谋，甚至倒退成西方文化霸权的臣服者和代言人。但实际上，巴巴反对的是将“民族”作为不可更改的、与生俱来的本质化的概念，他认为“民族”是被叙述而成，具有操演性，每分每秒都发生着位移和裂变，如果机械地附着于帝国主义 / 民族主义二元对立的框架中，反而造成对立、遮蔽和压制。于是，巴巴提出了以“身份”代替“民族”进而获得一种更为开放的认知方式。

受解构主义启示，巴巴提出了“身份”，“身份”是被建构的，并且一定是在与“他者”的对照中建构而成，与“民族”强化本质和强调纯粹的特征不同，“身份”是一个差异、开裂、混杂的存在。这是由于确认“身份”的重要因素是文化认同，而文化认同并非是某个族群始终如一、不可更改的文化特性，而是通过不同文化间协商过程中的不断交融、碰撞而来，这种交融、碰撞使得文化认同并非一成不变，而是游移变化、混杂模糊的。那么，在多

[1] Homi K.Bhabha，“Day by Daywith Frantz Fanon，” *The Fact of Blackness*：*Frantz Fanon and Visual Representation*（Ed. Alan Read，London：Bay Press，1994），p.190.

重杂糅的文化认同基础上建构起来的“身份”也一定不是单一纯粹的，所以，巴巴推崇一种“双重身份”。意味着个体对身份认同、文化归属的选择不是非黑即白、非此即彼，而是一个彼此争抢、相互撕裂又彼此融合、相互协商的过程，“身份”在不平衡的角力中被修订、改写、重构，因而具有非本质、不固化、飘忽不定的特质。正如巴巴所说：“身份具有主体间的、演现性、临时性的特质，它拒绝公众与私人、心理和社会的分界。它并非是强化一种‘自我’意识，而是自我通过象征性他者的领域，例如，语言习惯、社会制度、无意识‘进入意识’。”[1]

（二）抵抗霸权：“文化翻译”

巴巴用“身份”解构了“民族”，“民族”的抵抗殖民主义文化霸权的力量也就随之被消解，那么，该如何探寻一种新的抵抗可能？巴巴正是从符号的差异和不确定中提取了解放的力量和反霸权的功效，而这种力量“能够在后殖民斗争中被用来抵抗主导性权力和知识之间的权力关

---

[1] Homi K.Bhabha, “Unpacking my library again, ” *The Post-colonial Question: Common Skies, Divided Horizons* (Eds. Iain Chambers and Linda Curti, London: Routledge, 1996), p.206.

系”。[1] 在殖民者和被殖民者不稳定的、相互飘移的双重文化空间里，被殖民者对符号进行差异的、颠覆性的阐释和挪用就成为可能，在字里行间形成一种文化抵抗，如此，西方霸权就从文化内部被改写和颠覆。

要厘清巴巴的内部抵抗策略必然需要从解构主义谈起。巴巴的理论是对福柯的话语理论和德里达的“延异”理论的奇思妙用，他将一种形而上的理论落实到对具体问题的解释层面。具体来看，福柯认为，陈述是话语的最基本单位，他否定了传统语言学将陈述与对象看做一一对应、等量代换的关系，陈述无法抵达自然对象，而是一种建构效果，陈述多种多样，并与其他陈述盘根错节地交织成一个知识网络，每一个微弱的调整都可能导致全部的变化，即便是同样的陈述由于语境不同、视角不同、方式不同，意义也会发生翻天覆地的变化，差异就此产生。[2] 德里达的“书写”理论更像一种隐喻，仿佛置身于原始丛林，要在其中“拓路”而行，每一次行走都会留下踪迹，而反复行走的过程中，必然有无数“间隔”存在，差异由此产生。

[1] Homi K.Bhabha, *The Location of Culture* (London: Routledge, 2004), p.33.

[2] ［法］米歇尔·福柯：《知识考古学》（谢强、马月译），生活·读书·新知三联书店，2003 年版，第 84—147 页。

德里达提出“延异”(différance),这在差异之外增加“延迟”的意项,这意味着语言包含了在时间维度进行意义的延展,也通过词语位置关系的变幻在空间维度中进行着意义的变更。这颠覆的是西方表音文字背后掩藏着的线性、连贯的时间秩序,形成一种间断、反复、非连续的书写模式,因为间断而留下的“空白”需要不断地“涂抹”、“替补”,那么就没有固定、唯一的意义存在,也就是说任何“原初意义”都不可能安然存在,所谓的中心、本质、二元对立也被一一解构。[1]巴巴受到福柯、德里达的影响颇深,基于此提出了他的抵抗策略即“文化翻译”。当书写变得不再具有连续性、同一性,而充满了间隙和差异,意义也就不再占据一成不变的位置,那么,就不可能存在两个完全对立的立场,所有的意义都处于模棱两可的间隙之间,用巴巴的话来说就是“居间”和“之外”。于是,原先灌输模式被打乱,殖民与被殖民者的文化接受是游离于驳杂多重边界中的相互“协商”过程。“协商”的方式摧毁了表达主体的言说立场,扰乱了它们固定不变的思维套路和陈述模式,间接地实现了不同立场、不同方式的共

---

[1] [法]雅克·德里达:《书写与差异》(张宁译),生活·读书·新知三联书店,2001年版,第357—416页。

存，而这种“协商”与碰撞每时每刻都在发生，意义正是在“协商”中被建构、被生成，所以说意义总是延异的结果，表达总是瞬间的捕捉。

在这个非此非彼、亦此亦彼“间隙性”中，新的文化样态才有了生成的可能，所以说“文化翻译”开辟出一块多种文化的“协商”空间，这是一个充满矛盾、相互博弈、游离嬉戏的场域，呈现出临时、偶然、策略性的文化生态。这意味着在每个符号的传递和接受中都被无数次改写和变形，原有的意义早已变得千疮百孔、面目全非，这意味着任何意义都不可能一劳永逸地获得某种确定性，文化霸权也随之被冰消瓦解，抵抗正由此而生。正如巴巴所说的“那些重要性以抽象的能指以自由嬉戏的方式，解构了根深蒂固的传统的本质主义和逻各斯中心主义。”[1]

三、左翼视野：革命逻辑

萨义德和巴巴警惕用民族主义来抵抗西方霸权的激进模式，采用“逆写帝国”“文化翻译”话语策略在文化内部

[1] Homi K.Bhabha, “The Commitment to Theory, ” *The Location of Culture*（London: Routledge, 1994）, pp.24-28.

进行抵抗和改写。他们的抵抗如此温和因而遭到不少较为激进的学者的质疑，尤其是那些强调革命、注重底层的左派后殖民理论家，他们认为这是既得利益者对帝国主义文化霸权的变相掩盖，甚至是一次不怀好意的合谋，主要的质疑来自两个方面。

（一）文化杂交成为文化霸权的障眼法

巴巴以文化杂交是抵御文化霸权的有力武器之说一经发表，质疑声便接踵而至，其中艾贾兹·阿赫默德一针见血地指出："到底要把自己杂交进谁的文化？按谁的条件进行？"[1] 他的言论振聋发聩，试图戳破文化杂交的逻辑障眼法。具体来看，文化杂交暗含了一个逻辑预设即东西方处于一个彼此平等、相互对话的语境中，殊不知东西方的权力配比关系严重失衡，而文化杂交避重就轻，对文化权力的等级关系只字不提，无形中营造了一种文化平等共享的幻影，让人们遭受文化霸权的压迫却在文化影响交融的假象自我麻痹，如此一来，文化杂交如精神鸦片一样让人丧失斗志而不自知。殊不知文化杂交背后的深层逻辑是资

[1] ［印度］艾贾兹·阿赫默德：《文学后殖民的政治》，载《后殖民主义文化理论》（罗钢、刘象愚主编），中国社会科学出版社，1999 年版，第 272 页。

本主义全球化市场自由贸易，这种逻辑隐患有两点，一是它以资本主义全球化的逻辑来框定被殖民的国家，讽刺的是制定游戏规则的主人就是主导全球化的殖民国家，被殖民国家服从全球化的游戏规则就注定了不平等的开始。二是全球化的消费逻辑其实是一种商品逻辑，而文化与商品不同，文化有自己的特殊性和历史感，如果按照商品逻辑，就剥离了它不可被归类、不能被量化的特性，进而被化约成扁平、同质的数字化形态，即便如此，营造出的也不是文化平等，而是全球化市场中的文化商品，一种符合资本主义逻辑的同质化的、不能称之为文化的文化。阿赫默德甚至说："漫不经心地津津乐道什么跨民族文化杂交性和偶然性政治实际上等于赞同跨国资本自己的文化声明。"[1] 如此一来，文化杂交不仅没有揭示不平等的权力关系，反而使这种不平等扩大化、永久化。巴特·穆尔-吉尔伯特也认为推崇文化混杂极有可能遮蔽不平等关系。因为混杂性正暗合统治阶层的治理逻辑，看起来予以社会阶层以多元性，实际是维护殖民统治的一种宣传策略，被作为辅证统治权力的一种有效措辞。左翼理论家德里克也

[1] ［印度］艾贾兹·阿赫默德：《文学后殖民的政治》，载《后殖民主义文化理论》（罗钢、刘象愚主编），中国社会科学出版社，1999 年版，第 266 页。

认为“乌托邦化的混杂性以聪明的手法排除了甚至‘混杂着’进行严肃的革命行动的能力”，“后殖民主义的混杂性概念可以与当代的权力构成同谋”[1]。意在指出文化杂交理论回避了意识形态、权力关系、等级制度等要素在文化接受中的压倒性作用，忽视了在不平等的结构和位置所造成的权力的运作。所以，无论后殖民知识分子怎样坚持文化的混杂性和位置的流动性，都无法解决历史遗留的等级差异和权力关系，如果不在消除等级差异的基础上就提倡文化混杂，会让原本的不平等愈演愈烈。

（二）文化策略意味着抵抗的倒退

艾贾兹·阿赫默认为后殖民主义理论是一种抵抗的倒退，它将反西方殖民主义的抵抗运动，转变成一场在安全地带进行文化操演的纸上空谈，被规训为西方文化霸权笼罩下的一次舒缓压抑的自我麻痹策略，它回避了当代全球化中迫在眉睫的诸多问题，却集中在殖民话语进行隔靴搔痒进而不痛不痒的一次语言斗争策略，这不仅是反帝反殖民斗争的撤离，更可悲的是后殖民理论家变成了与殖民者

[1] ［美］阿里夫·德里克：《后殖民还是后革命？后殖民批评中历史的问题》，载《后革命氛围》（王宁等译），中国社会科学出版社，1999年版，第102页，第103页。

同一逻辑，甚至为其言说的传声筒和合作者，起着推波助澜的作用，背叛了被殖民者的抵抗立场，在压迫和被压迫者之间和稀泥，让亲者痛、仇者快。由此来看，后殖民主义理论的斗争性、反抗性的文化阐释策略就变成了西方秩序的配合者和实施者，原本的文化斗争变成了殖民者对被殖民者进行文化规范的一次合谋。德里克认为后殖民理论多“以概念或理论替代真实经验”，消弭了物质层面的殖民压迫，也消解了实践斗争中的抵抗运动。巴特·穆尔-吉尔伯特认为文化杂交理论“采用的是精神游击战和破坏给予殖民者身份及其对海外土地控制的象征秩序的办法”，[1] 以至于巴巴在《后殖民与后现代》一文中也不由得自我反思：“整个事情不就是把任何形式的政治批评降为一场白日梦的理论幻想吗？”[2] 可以看出在实践斗争还是文化阐释，在激烈抵抗还是温和改写的两个维度，巴巴也在游移、困惑，也在寻求更好的解决方法。

基于同样的认识，左派理论家詹姆逊在1989年提出了“第三世界民族寓言”，试图以“第三世界民族寓言”

[1] ［英］巴特·穆尔-吉尔伯特：《后殖民理论——语境　实践　政治》（陈仲丹译），南京大学出版社，2001年版，第169页。

[2] 转引自［英］巴特·穆尔-吉尔伯特：《后殖民理论——语境　实践　政治》（陈仲丹译），南京大学出版社，2001年版，第179页。

来抵抗晚期资本主义文化霸权，在资本主义总体制度的内部建构起抵制第一世界文学的一块区域。相较于萨义德、巴巴，身为左翼知识分子的詹姆逊更加激进，更加重视文化抵抗的重要性。也就是说，站在马克思主义的立场上，詹姆逊不只是需要从被压迫、被殖民的国家汲取抵抗西方文化霸权的资源，还考虑到第三世界对西方资本主义全球化的抵抗本身，这是一种更激进、更政治化的双重抵抗。这样一来，詹姆逊就结合了文化抵抗和第三世界民族意识这两方面的资源，催生出“民族寓言”理论，他以亚非拉的诸多作家作品为有力证据，试图阐明这些来自第三世界的不同文本是如何与本民族的历史发展、政治意识、社会形态以及经济基础紧密相联，个体经验和个人命运无疑不展现了本民族的文化焦虑和历史意识，不同民族的文化都有自己的特殊性和主体性，他们是本土文化的创造者，也是裁判者，文化无法被征服，被垄断，如果有任何形式的文化霸权，一定要以本民族的文化力量进行绝地反击。可以看出，詹姆逊相较于萨义德和巴巴，更倾向于从民族意识获取抵抗的资源，但需要指出的是，詹姆逊从现实斗争中汲取养分，但依然坚持在文化阐释的维度，也就是说他在话语层面是激进的，却并不指向实际斗争。

相较于詹姆逊，德里克则更加激进，他认为后殖民主义理论的弊病在于它始终把自己局限在一种文化阐释分析方法中，将文化看作社会革命，制度变更的最重要的力量，殊不知以文化为武器来颠覆物质基础之上的西方文化霸权，根本就是问道于盲，这有四重难度，一是以一种流散的、边缘的、弱小文化反对整个西方的强势文化，以一种新生理论反对根深蒂固、结构严密的文化习惯和思维模式，本身就是鸡蛋碰石头、知其不可为而为之的努力；其二，文化不只是单一的属性，背后有着盘根错节的原因，诸如政治位置的高下、经济实力的强弱、历史遗留的权力差异等等，要撬动整个世界结构的不对等关系，岂是区区文化阐释就能肩负起的重任？其三，正是因为后殖民理论强调东西方的不平等关系是被话语构建而成，消解了人的主体性、消解了民族、消解了二元对立，那么革命也就随之消解，当固有的价值和革命的意义被消解，那么抵抗的能量从何而来？[1] 其四，在文化阐释中，后殖民主义理论常常以文本代替历史，并将某些文本特权化，对其他文本视而不见，而这些消失的部分往往是政治、经济、革命的

[1] 参见［美］阿里夫·德里克:《后殖民还是后革命？后殖民批评中历史的问题》，载《后革命氛围》（王宁等译），中国社会科学出版社，1999 年版，第 84—102 页。

最重要的记载。最终，后殖民主义理论一方面会成为一次语言的狂欢，或者是语言层面的敌我游戏，也就是马克思在《德意志意识形态》早已批判过的“仅仅反对现存世界的词句”[1]；另一方面，后殖民主义理论消解革命的意义，不仅无助于增强解放的力量，甚至可能变成压迫和霸权的同谋者。基于此，德里克主张以“后革命”取代“后殖民”，正是在此理论视野的观照下，他看重中国民族主义的革命力量，尤其是毛主义的“反现代的现代性”所蕴含的先锋性。

革命的逻辑是一种强力逻辑，一旦从西方理论转运到中国——这一格外注重革命逻辑的语境内，它所获得的理论好感使其不加细辨地成为文化抵抗的旗帜，进而造成文化观念的固化。对于任何一种可能固化的理论工具，必须进行彻底地反思才能使其重新恢复理论潜能。

四、中国多棱镜：“民族抵抗”的折射与变形

后殖民理论家在中国的地位和影响并不是按照后殖民理论产生的时间先后或主次轻重顺序决定的，而是由中国

[1] 《马克思恩格斯全集》第三卷，人民出版社，2006 年版，第 22 页。

学者的文化口味和理论亲近程度左右的，90 年代初也就是后殖民理论进入中国时中国学者采取了大致相近的文化选择策略，这些理论阐述虽然经过他们的自主选择，但隐藏了无意识的文化的内驱力，革命思维尚在延续，那么具有革命色彩的“民族”便是最佳突破口，显然，后殖民主义理论中的民族元素与中国本土的民族意识一拍即合，滋生了一股“民族主义”的文化批判模式。

这其中的理论家首推詹姆逊，正如赵稀方指出：“张京媛编选的《后殖民理论与文化批评》是国内第一本译介后殖民理论的论集，此书的首篇是由张京媛本人翻译的杰姆逊（原文翻译）的《现代主义与帝国主义》一文，其次才是后殖民理论的代表作萨伊德的《东方主义》的部分章节及斯皮娃克的文章，这一编排显示出后殖民理论在中国的出场顺序，也表明了杰姆逊在中国不同凡响的地位。”[1]1989 年他的《处于跨国资本主义时代的第三世界文学》一文在中国发表，成为 20 世纪 90 年代中国后殖民理论之滥觞。赵稀方曾经指认，“民族主义”被中国“后学”奉为至尊并使后殖民批评误入歧途的一个重要原因，就是

[1] 赵稀方：《中国后殖民批评的歧途》，载《中国新文学大系 1976—2000 第二十九集 史料·索引卷一》（杨杨主编），上海文艺出版社，2009 年版，第 682 页。

受到詹姆逊“第三世界”的影响。

中国的后殖民批评理论是作为一种抵抗西方现代性话语、建立中国民族性的工具而出现的，中国学界对后殖民主义的把握首先是从“殖民主义”和“第三世界”这两个概念切入的。第三世界的提出是针对第一世界的话语体系和话语霸权。它从第一世界 / 第三世界的对立着眼，为第三世界文化的独特性辩护。这样一来，后殖民理论旅行到中国，就被很多学者吸收演变为本质主义和二元对立的思维模式，如东方与西方、第三世界与第一世界、“中华性”与“现代性”、“本真性”与“殖民话语”、本土与世界等等，不少学者乐此不疲地投入“逆写”殖民话语、抵抗西方文化霸权的努力中，于是，“第三世界民族寓言”就被奉为理论至宝，不少学者成为民族主义的推崇者，试图建构一种“中华性”。1990 年，张颐武《第三世界文化：新的起点》以第一世界 / 第三世界的对立视野来思考中国文学，意在揭示东西方文化权力失衡的状况，以及处于第三世界的中国文学的抵抗意义，张旭东认为民族主义“是一个已有几百年历史的客观存在”，1992 年，刘禾在《黑色的雅典——最近关于西方文明起源的论争》更加直接的认为“对西方文化霸权的批判，是必要的，甚至是相当迫切的。但这种批判必须超越苦大仇深的境界，才能趋向成熟。”[1]值得一提的是张旭东在《知识分子与民族理想——评理查德·罗蒂所作〈为美国理念的实现——二十世纪左翼思想〉》一文中认为知识分子的责任在于通过对民族历史和英雄人物的叙事来不断为民族认同和立国理念增添活力。

詹姆逊的“民族寓言”成为了后殖民的底色，那么萨义德的《东方主义》也被纳入了东西方二元对立的思维框架中，随后后殖民在中国掀起了几场热烈的讨论，戴锦华、孟繁华、陈晓明、王一川都加入了论战，他们借助“东方”是西方话语塑造的“东方”这一逻辑，特别以张艺谋的红高粱系列电影为例，认为它们通过满足西方对东方野蛮、原始、充满活力的想象，迎合了西方对东方的审美模式而进入了西方视野。可以看出，不少中国学者对后殖民主义理论的接受着眼于中国如何抵抗西方文化的强势地位，并从“第三世界”理论定位中寻找抵御西方文化侵略和文化霸权的能量。从某种意义上来说，在中国“第三世界”话语是“民族主义”在全球后殖民主义语境中新的

[1] 刘禾：《黑色的雅典——最近关于西方文明起源的论争》，载《读书》1992年第10期，第310页。

话语方式，它经詹姆逊、德里克的再度阐释变得比“民族主义”更具有政治性和国际化，甚至将萨义德的《东方主义》也纳入“民族主义”的范畴，以至于丰林说：“第三世界是中国学界的旗帜，民族主义是它的精髓”[1]，“这种后殖民主义更深一层次的内涵被中国学界所忽视和遗忘，或者在意识中被遮蔽和涂抹。……中国学界的后殖民主义批评主题只能停留在民族主义背景下的对现存的西方中心意识的解构”。[2]

后殖民理论在中国掀起民族热的同时，不少中国学者也是冷眼旁观，甚至更加冷静地反思、批评后殖民主义对中国当代思想状况的危害，具有代表性的观点至少有三个层面：首先：还原后殖民理论的初衷。后殖民主义原本以消解本质主义，解构二元对立为目标的，而进入中国语境后却被简化为民族主义，与其初衷相悖。赵稀方指出：“张颐武认为，第一世界话语一直控制着我们的言谈和书写，压抑着我们的生存，我们现在的任务就是要把这二元对立的关系倒转过来”，“这一民族主义和本质主义的

---

[1] 丰林：《后殖民主义及其在中国的反响》，载《外国文学》1998 年第 1 期，第 73 页。

[2] 丰林：《后殖民主义及其在中国的反响》，载《外国文学》1998 年第 1 期，第 76 页。

立场与西方后殖民理论几乎南辕北辙。”[1]其次，限定民族的语境。民族主义是特定语境中具有特定的功效，如果不加限制、不分语境地把民族主义作为手段，不仅无效，且贻害无穷，正如陶东风所说的，民族主义超越了其“效度域限，就不再有效甚至相当危险”。[2]再次，警惕“理论陷阱”。坚持民族主义的立场往往会将自己的不足嫁祸于人，以便强化本土意识，永远占据不败之地，这种思路不仅不能客观认识自己，反而容易陷入一种“理论陷阱”，如徐贲所说：“这些人以民族共同身份来淡化或者掩盖存在于自己国家压迫性制度中的现实政治和社会冲突，以对抗共同的民族文化敌人来化解民族内部矛盾所激发的政治能量。”[3]作为接受者的中国学界总是希望当后殖民理论落入中国界面时，继续保持其理论能量甚至掀起惊涛骇浪，于是民族意识与生俱来的对抗能量就成为最好的力量之源，不少学者顺理成章地将民族意识作为文化阐释的策略，既

[1] 赵稀方：《中国后殖民批评的歧途》，载《中国新文学大系 1976—2000 第二十九集 史料·索引卷一》（杨杨主编），上海文艺出版社，2009年版，第678页。

[2] 陶东风：《社会转型与当代知识分子》，上海三联书店，1999年版，第94页。

[3] 徐贲：《以民族解放的名义：反殖民的法农和暴力的法农》，见http://www.aisixiang.com。

可以是凝聚大众、抵御西方的号召力，又可以是将矛盾外化，缓解自身困境的最佳手段。然而，抵抗之力是否源源不断？正如邵建所说："踏上文化民族主义之途，则喻示着它在这种困境中越陷越深。"[1]民族的理论能量已经不足以支撑中国的后殖民理论继续前行。

到了21世纪，随着大量文献翻译，中国学者看到一个相对完整的后殖民理论，加之民族抵抗之力的削减，巴巴开始受到重视，他的理论涉及文化无根、族群记忆、身份认同和民族叙事等后殖民和全球化的诸多前沿问题，"边缘"、"流散"、"族裔散居"、"离散成为后殖民理论新的问题域"、"文化无根"、"角色困境"、"身份危机"、"杂交文化"成为了新的理论增长点，而中国的后殖民理论的民族抵抗之力日渐被多元、混杂、协商思维代替。但巴巴的理论在中国大陆并没有掀起惊涛骇浪，反而在台湾、香港学界比较流行，原因在于巴巴理论中"少数族群"、"边缘"、"离散"、"文化无根"、"身份危机"等理论与中国学者的境况并不贴切。那么，当抵抗的能量日渐消散，外来理论又无法契合自身，中国后殖民理论的出路又在何方？

---

[1] 邵建：《谈后殖民理论与后殖民批评》，载《文艺研究》1997年第3期，第23页。

五、寻找后殖民理论新能量：从“民族”抵抗到“外界”生成

后殖民理论内部纷争不断，锋芒相对，本身后殖民理论就是一种缠绕驳杂的理论，它的矛盾之处在于：一方面它揭示了东西方固有的等级差异和对立结构，其逻辑起点是二元对立的；另一方面它受到福柯、德里达后现代话语理论影响，这一理论的目的恰恰是为了消解二元对立、破除固定立场，所以，后殖民理论家一边要从殖民与被殖民的对立姿态中获取言说的正当性，另一边又要借助解构的理论解除这种二元对立的抗争性，不由地使这种理论在抵抗西方与消解对立的矛盾中来回游走，以至于萨义德在“民族”问题上暧昧不定，霍米·巴巴的言论又备受争议，詹姆逊、德里克更是反其道而行之。那么，明知道有这样的错位他们依然如此选择，究竟意欲何为？这是因为他们想从中获得理论能量。

（一）抵抗的能量：从文化政治到政治文化

后殖民理论家不约而同地将理论焦点对准“民族”，且

后殖民理论进入中国土壤的着陆点也是“民族”，“民族”的背后究竟蕴含了怎样的力量？其实，“民族”具有双重色彩，它既是政治的，又是文化的。因为是政治的，所以它本身就携带力量角逐的基因，是天然的斗争场所；它同时又是文化的，带有可阐释、可建构、可生发的特质，学者可以借助它文化的管道切入政治的语境，而政治、文化是后殖民理论家和中国学者最关注的话题。具体来看，萨义德、巴巴和詹姆逊将一种政治抵抗转为文化策略，消解了政治的斗争实践，却保存了政治批判的锋芒性和说服力，从而获得了抵抗资本主义文化霸权的力量。在美国这样一个多重观念杂糅、多种民族共存的环境下，一味地强调政治因素只能导向冲突，而文化抵抗确是一个非常安全便捷又锋芒可见的有效策略，它既不妨碍文化融合的政治正确，又能站在边缘群体、弱小民族立场获得道义上的支持，说到底，这是一种文化政治策略。

这种文化政治隐藏在美国这样一个多元文化当中，就显得如此的自然，可它一旦转化语境，传入中国，原先的解释语境和文化背景被更换了。中国曾经处于殖民主义格局中的弱者位置，有着这样的历史渊源，后殖民主义的民族问题自然而然就与中国学者的民族情绪相契合，这里有一种错位，在我们的观念中更常提及“国家”而非“民族”，更强调中国作为统一的政治体的形象，当民族被置换为国家，西方就水到渠成地成了抵抗的对立面，那这样一来，后殖民理论中民族杂糅的观念就转变成中国性和西方性的对峙：为了摆脱西方理论影响的焦虑，以弱者自居，天然地拥有政治正确性；也为了获得本土性的理论自信，仿佛增加了更多中国元素就会让理论入乡随俗，不得不说，这是一个反向锻造的过程，中国学者在对西方文化霸权的声讨和抵抗中，开始反向重塑一个民族团结的统一体，可以看出，后殖民理论进入中国时，将原本的政治文化策略又增加了一重政治色彩，更趋向于政治文化。

不得不说，在概念流变的过程中，概念本身就蕴含了能量，而到中国语境中为了更具有说服力和理论正当性，又多了一重政治力量的推波助澜，但是在民族主义、民粹主义这里获得能量，它始终是一种对抗思维中借力使力的运作，它有的只是顶撞之力，却无生成之机，它的生命力会慢慢枯萎，慢慢变得穷途末路，这就是为什么不少中国学者提出异议的原因，也是顾明栋在《汉学主义》反驳纠正之处。

(二)“外界”的生成性

从对峙中寻求作用力和反作用力往往会两败俱伤，并非长久之计，那么，后殖民如何保持它的理论力量？或者说在中国语境中后殖民理论如何激发它的理论潜能，这必然要赋予其生成性，而生成性来自对边界的僭越。

保持理论的生成性，是当代学者非常关注的问题，福柯的“外界思想”，德勒兹的“生成”，德里达的“延异”，巴巴的“之外”，阿甘本的“潜能”等等，他们都有一种打开的思路：从内部打开，形成空隙，引入外界思想，将僵化且一成不变的东西打碎，僭越疆界，打破限制，让新的可能性由此而生。“外界”的生成性来自福柯的理论，福柯认为“僭越行为把界限一直带到其存在的界限处，它迫使界限直面自己的内在消失，发现自己存在于自己所排斥的东西中（说得更准确一些，或许可以说，这是它第一次认清自己），在自己的堕落中体验自己正面的真实性”。[1]如此，不断地突破边界，将“他者”纳入“自我”就成为最重要的一环，“他者”的进入使“自我”抽身而出、远

[1] ［法］福柯：《声名狼藉者的生活》（汪民安编），北京大学出版社，2015年版，第50页。

离自己，让“自我”重新敞开、呼吸、不拘泥于陈规旧序，让“自我”内部蕴藏的多重力量相互角逐、彼此交流、不断生成。

具体到中国语境中，让后殖民理论重焕生机的方法不是退到自我封闭、自我保护中，套上“中华性”的盔甲沿着到民族主义的老路继续前行，因为凭借陈旧的抵抗之力在新的语境中开疆扩土，只能是困兽犹斗的执念，当时过境迁，对抗的语境已经更换，我们何不换一套思路，或许向外部打开，才能换来活泼的生机。而这种打开一定是双向的、多重的，让复数的、流动的他者蜂拥而至，激荡出理论的火花。具体来看，后殖民理论向“外界”打开，“外界”首先是向中国内部的被遮蔽的部分。以“中华性”为疆界而固化的民族特色一定是以偏概全、顾此失彼的，它遮蔽了中华内部的参差不齐，彼此差异的事实，极有可能用一种精英的语言和视角遮蔽底层、边缘、女性等弱势群体，正如斯皮瓦克所认为的即便被殖民的内部也随时随地存在着主流对于边缘的遮蔽和压抑，向他者打开就是对那些被忽视的、未曾发现的、甚至无法言说的“属下”的一种倾听；其次“外界”更是中国之外，如果抱守本质主义的“民族”立场，选取弱者的位置发出对立的声音，并期待着平等的降临，期初会有正当性，久而久之会变成一尊早已被人遗忘却还依然孤独等待的神女峰。对峙不能生产，只有向西方敞开，汲取能量，让本土性与外在性相互融合才是自我强大的有效途径，也许巴巴所认为的“本土世界主义”是一个相对策略的选择。巴巴指出，在本土记忆和文化认同之上，对帝国主义文化的翻译打开一片“罅隙空间”，这片空间地带既反对回到原初的本质主义，也拒绝任由它无尽分裂，巴巴试图利用混杂空间的理论来倡导一种“翻译式”的世界主义而非“同心圆式”的世界主义。

这就引出了“共同体”的概念，如果强调民族的抵抗性必然自成一派，彼此区隔，当无数他者被引入，自我不断扩展、膨胀、延伸，就会向一个海纳百川、无限差异的“共同体”逼近，这里的“共同”不是整齐划一、步调一致的共同，而是充满差异、容纳他者又超越差异的共同，是非本质、非中心、充满生机的场域，正如朱利安所说的“必须有他者，也就是同时要有间距和之间，才能提升共同/共有”[1]，而这个共同体不会走向终点、不会固化为现

[1] ［法］弗朗索瓦·朱利安：《间距与之间：论中国于欧洲思想之间的哲学策略》（卓立、林志明译），台湾五南图书出版股份有限公司，2013年版，第91页。

实，而是永远处于过程中的流动的共同体。

那么，后殖民理论特有的抵抗力是否因为“共同体”的美好设想就因此而消磨殆尽？显然不是，一方面，它保持了抵抗的能量。正因为“他者”的进入，内部被打开，造成一种虚空之境，虚空之境意味着停止正在做的事情，悬置的效果可以让正在发生作用的权力机制原形毕露，这不仅是对当代社会政治机制的深刻反思，另一方面它有无限生成的可能：而虚空正是无数未知性、可能性的生成地带，是理论潜能的迸发之地，所以维持着打开状态就是保存着一份潜能，这正如阿甘本认为保持潜能就是废除一切规定和边界的束缚，拒绝区隔，保持畅通。借用阿甘本在《无目的手段》提出“生命—形式”，这是一种主权无法干预、无法限制的生命能力，拥有无限的潜能，即一种尚未成型、没有终结、生生不息的能量，它不被预设、没有属性、不设限制、悬置边界、冲破原有的管理机制，摆脱主权对生命治理，因而拥有一种重新构建世界和追求幸福生活的可能性。所以说，后殖民理论的能量不倚重抵抗之力，而更倾向生成之力，也许这才是后殖民理论新的能量之泉。

第四部分

西方理论影响下的对中国文学的解读和艺术建构

第十章

肉身的现代性：张爱玲的身体诗学

随着夏志清的《中国现代小说史》被大陆学者广泛阅读，张爱玲，这个曾在文学史上默默无闻的失踪者重新出土，并日渐风靡，甚至成为与鲁迅并驾齐驱的新文学之外另一个传统。师承夏志清的王德威也发展了这一观点，他认为“自鲁迅、茅盾至杨沫、浩然，现实以及现实写作的意旨及有效性，总浮现于字里行间。相对于此，张爱玲一脉的写作绝少大志。以‘流言’代替‘呐喊’，重复代替创新，回旋代替革命，因而形成一种迥然不同的叙事学。我以‘回旋’诠释involution一辞，意在点出一种反线性的、卷曲内耗的审美观照，与革命或revolution所凸显的大破大立，恰恰相反”[1]。这之后不少学者对此论调颇为认同，如刘再复也将两者作比较：“鲁迅虽然绝望，但他反抗绝望，因此，总的风格表现为感愤；而张爱玲感到绝望却陷入绝望，因此在风格上表现为苍凉。鲁迅看透人生，但又直面人生，努力与人生肉搏，因此形成男性的悲壮；张爱玲看透人生，却没有力量面对人生，结果总是逃避到世俗的细节里。”[2]海外学者张英进在综合大量研究成果后总结说鲁迅和张爱玲已被学界认为是二水分流，一个是“民族寓言”式的大叙事，一个是儿女情长的小叙事。上述判断无疑是中肯的，那么问题是，张爱玲是如何实现这一个与鲁迅分庭抗礼的小叙事的？她真的是与鲁迅及五四精神对立吗？关于这一问题却少有研究者深入机理进行追问和分析。本章便通过具体翔实的文本研究来回应这些问题。

五四所倡导的个性解放、鲁迅宣扬的“立人说”实际上是在精神上立人，正如他小说里的孤独者始终有着布道的激情和启蒙的焦虑，然而启蒙、解放、立人要落到实

[1] 王德威：《落地的麦子不死：张爱玲和“张派”传人》，山东画报出版社，2004年版，第22页。

[2] 刘再复：《张爱玲的小说与夏志清的〈中国现代小说史〉》：载《再读张爱玲》（刘绍铭、梁秉钧、许子东编），山东画报出版社，2004年版，第40页。

处，无论如何不能绕开身体的维度，若不谈身体、不涉日常，解放、立人很可能会凌空蹈虚，甚至回到他们避之唯恐不及的传统中的“圣人”哲学（儒家“人皆可以为尧舜”，佛家“立地成佛”，禅宗“一悟即至佛地”）。而张爱玲从被压抑的肉身出发，颠倒了精神与肉体的等级秩序，把肉身置于精神之前，正如尼采所说：“身体直立，也即生命之力……完全是肉体，不再是别的什么……在你的思想和感觉后面站着一个强有力的统治者……他们住在你的体内，他就是你的肉体”[1]，在某种意义上，肉身比精神更具解放的力量，更能直观地显示颠覆性、对抗性和思想性，如此一来，张爱玲似乎是对立于和鲁迅为代表的大叙事，实际上两者相辅相成，都具有解放的力量。那么，具体到文本中，张爱玲小说中肉身是如何被打捞，如何被呈现，如何体现身体的现代性呢？

一、生命体验中的肉身

为了凸显肉身的重要，张爱玲在书写中采用陌生化的

---

[1] ［德］弗里德里希·尼采：《查拉图斯特拉如是说》（黄明嘉译），漓江出版社，2004年版，第28页。

手法，使那些在习见的指称中一直被忽略、遗忘的身体通过陌生化带来的效果而被重新凝视，重新发现，它们就不再是面目模糊、一笔带过的肢体，而是有温度，有气息，有快感，有痛感，有占有的冲动，有被占有的渴求，有生的欢愆，有死的恐惧。张爱玲的这类用词颇多，此处试举一例——“腔子”[1]。在《倾城之恋》里香港沦陷，成全了流苏、柳原。流苏拥被而坐，听着窗外悲风，觉得“在这动荡的世界里，钱财，地产，天长地久的一切，全不可靠了。靠得住的只有她腔子里的这口气，还有睡在她身边的这个人”。张爱玲不用习见的“胸中”，却特地说成“腔子”。《金锁记》中婆婆过世，姜家请叔公九老太爷主持分家。七巧置身“嫁到姜家来之后一切幻想的集中点”，“脸上烫，身子却冷得打颤”。叫祥云倒杯茶来，“茶给喝了下去，沉重地往腔子里流，一颗心便在热茶里扑通扑通跳”。张爱玲不用“肚子”，也说成“腔子”。《茉莉香片》中：“他用一只手臂紧紧挟住她的双肩，另一只手就将她的头拼命地向下按，似乎要她的头缩回到腔子里去。她根本不

[1]　“腔子”不是张爱玲专属词汇，其他一些作家也会偶或用到，比如，贾平凹《秦腔》中的夏天义说：“我夏天义几十年在任上，我可以拍腔子说……”，再如，刘恒《冬之门》写道：“他把火通条插进他腔子的时候……”《龙戏》写道：“不知腔子里空空的那一块掉到什么地方去了。”不过，张爱玲对这个词汇近乎迷恋。

该生到这世上来，他要她回去。”张爱玲同样不要“肚子”也说成“腔子”，“腔子”以陌生化的形式，指称“肚子”、“胸中”之类的普通词汇，却又因为普通而遗忘的身体生生地打捞上来。肉身不是现成的，而是对于生命的一次淘洗，一次发现，一次化蛹为蝶般的创造。这种肉身就是张爱玲创作的基点。只有把流苏、七巧当作这种肉身，而不是从某一高调俯视，她们才会向我们打开隐秘的生命。

如此留恋肉身，张爱玲自然对肉体的种种感受捕捉得非常到位，尤其是冷热、生死等直接感觉。在小说《年青的时候》中，医科学生潘汝良早晨骑车上学，车尾夹板拴着一根药水炼制过的丁字式枯骨。此处张爱玲写道：“从前的某个时候，这也是一个人的腿，说会骑脚踏车也说不定”，瞬间将生的跃动和死的枯冷推至我们眼前，张爱玲不由一唱三叹：“寒风吹着热身子，活人的太阳照不到死者的身上。”生命已是极度艰难，热身子经不起太多炎凉，却不得不在寒风中吹，大日头下晒。但是，再艰难的生命也是可贪恋的，因为它有自己的阳光，而太阳是不照死人的。所以，张爱玲的创作竟是“有死者”对于短暂、脆弱的生命的不胜低回。生如此热烈，那么死一定冷寂的，张爱玲对死去肉身的描写更加震慑人心，《花调》开头写道川嫦的坟和坟前的白大理石天使："在石头的缝里，翻飞着白石的头发，白石的裙褶子，露出一身健壮的肉，乳白色的肉冻子，冰凉的。"肉虽健壮，却是冰凉的肉冻子。健壮和冰凉的比照，划出了生与死之间遥遥不可逾越的鸿沟。张爱玲把终点提至开头，然后回头缕述川嫦的肉身如何在云藩的手指底下一天天溜走，朝着幽暗的尽头飘坠，就越发传递出"在死"的无力和无望。骷髅般的川嫦看着"胖得曲折紧张"的美增，愈觉自惭形秽。生意才是泼辣的，让人流连和欣羡，而将要死去的肉体是狰狞而滑稽的，这一点在《秧歌》里同样存在：年前，谭老大家杀猪慰问军属。先放血——"坐"进倒满滚水的木桶，"像个洗澡的小孩子"。再挖耳——"这想必是它平生第一次的经验"。后剔指甲——"那雪白的腿腕，红红的攒聚的脚心，很像从前的女人的小脚"。最后剃头——"去了毛的猪脸在人前出现，竟是笑嘻嘻的，两只小眼睛弯弯的，眯成一线，极度愉快似的"。这哪是杀猪，更像是一个顽童或是俏丽的女人理发、沐浴，欢欢喜喜迎新春呐。可这确确实实是一堆让人随意拨弄的死肉，而不是欢跃着的活人。死肉还虚张声势地显现些许生气，这生气就愈加衬出死肉的狰狞和滑稽，令人不觉凛然：死亡真是一件太恐怖的事情。

肉身既如此泼辣、跃动，死亡既如此无望、恐怖，那么，最容易勾起死亡恐惧的疼痛感就是张爱玲描写最为精到的部分。比如《赤地之恋》中二妞揭开缸盖，拿起葫芦瓢，还没舀水，先在水里匆匆照了照。把头上插的浅粉色小花向后面掖了掖，再照了照。总仿佛不放心，就把花摘下，倒插在鬓边，却没插牢，无声息飘落，在暗黄色水面浮动。这是一个情窦初开的女孩子在懵懂的爱的辉耀下第一次发现了自己肉身的美丽，这是一个穷乡僻壤里的女孩子对于自己美丽肉身尽可能有的一点点呵护。刘荃离开小村时，又见到了刚遭变故的二妞。她没有说什么，漠然，却下意识地把手指插在灰扑扑涩成一片的头发里，缓缓、艰难地爬梳。忽然微微点了点头，笑了笑。她那洁白的牙齿打落了两颗，“前面露出黑洞洞的一个缺口”。曾经临水照花的美丽姑娘到哪里去了？缺口是生命的巨大空洞，是肉身彻底崩塌时最深刻的一道伤痕，背后隐隐吹来一股阴冷的死亡的风。

值得我们深思的是，“肉身”的概念早已被柏拉图以来的哲学篡改得面目全非。这里的肉身不是指与灵魂相对，单单沉溺于感官刺激的肉体，而是指栖居于灵肉二分以前、之外，它的些微变化都会使我们整个存在感到疼痛和欢欣的肉身。或者说，灵肉很难二分，灵肉胶着一体，肉身就是存在本身，这样的肉身，颇类似于梅洛-庞蒂的“世界之肉”[1]，比如，《秧歌》中顾冈感到饿，“心头有一种沉闷的空虚，不断地咬啮着他，钝刀钝锯磨着他。那种痛苦是介于牙痛与伤心之间”。牙痛是肉体的痛，伤心是灵魂的痛，介于两者之间的痛就是非灵非肉，亦灵亦肉，远远无法用灵肉涵括的肉身之痛。又如《色·戒》里易先生杀了佳芝。他想，“他们是原始的猎人与猎物的关系，虎与伥的关系，最终极的占有。她这才生是他的人，死是他的鬼。”仅有的两次欢爱不会导向“最终极的占有”，汉奸与刺客的名头更不会泯灭这种占有。这种占有正是原始的、本真的、生生死死的灵与肉的占有。就这样，张爱玲以非哲学、反哲学的方式，刺破种种流俗见解的厚幕，天才地发现了寒风里、日头下温热的肉身，懂得了肉身乍暖还寒的痛楚，载悲载喜的癫狂。

[1] 尼采哲学是身体哲学，是与逻辑、语法、知识、真理相对立，更与基督教精神相对立的哲学。这里所说的肉身无意陷溺进这种对立，而接近于梅洛-庞蒂所说的身与心，物质与精神，可见者与不可见者相交织而成的“世界之肉”。对于“世界之肉”的体认，是对“含混”之境的把捉，是迥异于普通哲学省思的“非知”、“非思”。

二、作为情欲表征的身体

在冷热、疼痛、生死的直观感觉中肉身拥有了存在感，但仅仅存在尚显不足，肉身需要获得意义，而获得意义的通道是情欲。在巴塔耶看来，生命力的典型特征是：一旦存在就要消耗，只有在消耗中，生命才能获得意义，走向极致，显示出真正的本质，而情欲最集中地体现了这一点，情欲这种无规律的洪水，冲破了理性控制，获得解放的意义。由此观之，尽管“腔子”一词精妙地描绘出七巧一副知冷知热的肉身，可这具肉身渴念着另一具同样温热的肉身的拥抱。于是，她试着在季泽身边坐下，将手贴在他的脚上道：“你碰过他的肉没有？是软的、重的，就像人的脚有时发了麻，摸上去那感觉……”软的、重的肉就是死肉。七巧和二爷的婚姻，不就像汝良骑车载着那根枯骨？季泽轻佻一笑，俯下腰，伸手又去捏她的脚道：“倒要瞧瞧你的脚现在麻不麻！”脚成了情欲的触媒，肉身的发言人。七巧的脚怎么会麻呢？她伶俐地接收到了情欲的信号，不由翻肠搅胃地哭道：“天哪，你没挨着他的肉，你不知道没病的身子是多好的……多好的……”，这是多么令人哀戚的悲鸣和哀求啊。张爱玲说："看到我们缩小又缩小的、怯怯的愿望，我总觉得有无限的惨伤。"季泽怎能会意七巧的惨伤？他虽也心动，却抱着"不惹自己家里人"的宗旨，回避了七巧的哀求。居于深宅大院的七巧无由寻觅到另一具温热肉身，从前的事便蓦然闪回：隔着密密层层的一排吊着猪肉的铜钩，她看见肉铺的朝禄。朝禄赶着叫声巧姐儿，她就一巴掌打在钩子背上，无数空钩子荡过去锥他的眼睛。朝禄摘下一片生猪油重重抛来，"腻滞的死去的肉体的气味……她皱紧了眉毛。床上睡着的她的丈夫，那没有生命的肉体……"丈夫就是那片生猪油，朝禄却是宰割着生猪油的温热肉身。蒙太奇再清楚不过地剪切出死亡的恶心。七巧却舍弃温热肉身，选择了生猪油，给自己戴上黄金的枷。追悔也来不及。

可季泽还是来撩拨她，算计她。他说："你信也罢，不信也罢……我只求你原谅我这一片心。我为你吃了这些苦，也就不算冤枉了。"七巧低头，浴于光辉中。"细细的音乐，细细的喜悦"。我一直认为，这是中国文学中最精彩的爱情描写。她明明知道这个男人在骗她，在演戏，难道迟一点发现不也很好吗？可怜的女人只需要这么一点点虚假的温暖便如登圣境。电影的配乐——"细细的音乐"，小说的心理——“细细的喜悦”，诸体杂糅出一幕圣境。圣境无需太多欣喜，只要“细细”的、怯怯的就够了。可怜的女人即便身处圣境也不敢奢望，更不敢纵情，只求个不绝如缕、细水长流。《怨女》对此心理的揭示虽也入微，毕竟啰嗦了许多：“……有一种幽幽的宗教性的光照亮了过去这些年。她的头低了下去，像个不信佛的人在庙里也双手合十，因为烧着檀香，古老的钟在敲着。”但是，季泽对她的田产显然“筹之已熟”，七巧跳起来，将手里的扇子砸向季泽，打翻了酸梅汤。季泽走了。“酸梅汤沿着桌子一滴一滴朝下滴，像迟迟的夜漏——一滴，一滴……一更，二更……一年，一百年。真长，这寂寂的一刹那。”对于明明活着却如同死去的肉身，一刹那的虚情假意也恍如天长地久，天长地久的日月空虚、死寂得只有一刹那。

“七巧的一只脚有点麻”，无法也无从传递、接受情欲了。她便把女儿长安的脚也裹起来。长安的肉身渐渐残损，干瘪如鬼影。“她再年青些也不过是一棵娇嫩的雪里红——盐腌过的。”七巧毕竟还有情欲之火残留，便把脚搁在儿子长白肩膀上，不住地轻轻踢他的脖子。这些年来，她的生命里只有这一个男人，可他是她儿子，只能算半个。现在，“就连这半个人她也保留不住——他娶了亲”。她便死死攥住这半个男人，让儿媳芝寿一个人直挺挺躺在床上。月光中，芝寿搁在肋上的两只手蜷曲如“死去的鸡的脚爪”，脚没有一点血色，“青，绿，紫，冷去的尸身的颜色”。芝寿还有一口气，肉身却渐渐冷却成死灰。

小说结尾，临终前的七巧将翠玉镯子从腕上顺着骨瘦如柴的手臂，徐徐推至腋下。她自己都不能相信她年青时有过滚圆的胳膊，就连出嫁之后几年，镯子里也只塞得进一条洋绉手帕。面对肉身如此匆促的衰朽，谁能不起悲伤和惊惧？如此滚圆的胳膊都骨瘦如柴了，谁能指责这具肉身渴求另一具肉身，殷殷寻觅些“同是天涯沦落人”的慰藉？谁能过分指责这具无望的、怨恨的肉身霸占了一点非分的热气，却令另一些肉身成了牺牲？张爱玲说：“如果原先有憎恶的心，看明白之后，也只有哀矜。”[1]这种对于肉身的生死爱欲充分明白、懂得之后的哀矜就是慈悲，就是爱。爱不是冰心式戏剧化、程式化的呼唤，也不是鲁迅式夹杂着“怒其不争”的高高在上的悲哀。爱源自对存在的疼痛和欢欣的感同身受，爱是对于人性罪孽能够懂得和原宥的神圣光辉。正是这种神圣光辉，使我赞成夏志清的

[1] 张爱玲：《我看苏青》，载《张爱玲典藏全集》（散文卷二），哈尔滨出版社，2003年版，第114页。

断语："《金锁记》……是中国从古以来最伟大的中篇小说"。[1] 迅雨（傅雷）指责七巧是"担当不起情欲的人，情欲在她心中偏偏来得嚣张。"[2] 其实，情欲何曾在七巧心中来得嚣张过？又何曾有汹涌的情欲需要她担当，让她担当不起？她不是一直寻求一点细细的、怯怯的喜悦而不得？难道要把她已经枯死大半的情欲剪除尽净才不算嚣张？七巧只是傅雷本着自己的审美情趣言说的"他者"。傅雷压根无意懂得，所以他可能并不慈悲，并不爱。

张爱玲说的是七巧，挂心的却是肉身：肉身是如何被压抑到绝望，又如何艰难地冲破藩篱显现出一丝情欲。这样的书写"拒绝正心诚意治国平天下的入世关怀，也拒绝栖心玄远的遁世逍遥，也就是拒绝了全部士绅阶层的人生设计，要将自己的目标转移到作为个体的自身，要将过剩的力比多原欲，尤其是不能见容于礼教社会甚至任何社会的另类的男欢女爱升格为诗。对自我肉体的关心，潜在地意味着颠覆官方意识形态的可能性"[3]，具有解放的意义。

---

[1] 夏志清：《论张爱玲》，载《张爱玲评说六十年》（子通、亦清主编），中国华侨出版社，2001 年版，第 267 页。

[2] 迅雨（傅雷）：《论张爱玲的小说》，载《张爱玲评说六十年》（子通、亦清主编），中国华侨出版社，2001 年版，第 57 页。

[3] 朱国华：《文学和权力：文学合法性的批判性考察》，北京大学出版社，2004 年版，第 122 页。

三、世俗的逆袭：身体的“享用”

以肉身为基点看取人生，张爱玲就能一眼看穿种种高调的轻浮和残酷，而坚守人人都明白，却被高调魇住而说不出口、忘了怎么说的常识：肉身需要衣食住行，需要爱，饮食男女就是生命的主旋律。需要指出的是，肉体、性欲、衣食住行相互照应、彼此勾连，属于同一个的意义范畴，福柯《性经验史》中有过论述：“性活动是通过大自然规定的、却又易于放纵的各种力量的相互作用表现出来的，但这一点使得它与饮食及其可能提出的道德为今天有关，性道德和饮食道德之间的这一关系在古代文化中是一个常见的事实。”[1]那么，食物、饮料、女人与性构成了一种相似的伦理内容，紧接着福柯提出：该如何“享用”这种动态的快感、性欲呢？

张爱玲的书写恰如其分地回应了这个问题——即是对世俗的再现，对日常生活的体察，发现其中的乐趣。于是，张爱玲的创作世界对于饮食男女，一枝一叶总关情。

---

[1] ［美］米歇尔·福柯：《性经验史》（佘碧平译），上海人民出版社，2005年版，第271页。

单以衣为例，在《更衣记》里，张爱玲想象着各时代衣裳的款式，为袖口、领子、前襟的一点点改动所体现出的生意而激动，仿佛从厚厚尘埃里拉出一位遥远的知音。她甚至突发奇想：要是把世世代代的衣裳一起放在六月天里晒，该是一件多么辉煌热闹的事。空中飘着樟脑的香，“甜而稳妥，像记得分明的快乐，甜而怅惘，像忘却了的忧愁”。《沉香屑——第一炉香》中，薇龙打开衣橱，看见织锦的、纱的、绸的、软缎的，晚礼服、披风、睡衣、浴衣，色色俱全，一夜不曾合眼，才合眼便恍惚中在试衣服，一件又一件，“毛织品，毛茸茸的像富于挑拨性的爵士乐；厚沉沉的丝绒，像忧郁的古典化的歌剧主题歌；柔滑的软缎，像《蓝色多瑙河》，凉阴阴地匝着人，流遍了全身”。衣裳的魔力是可以侵入人们的梦里，把人融化的。张爱玲更不会放过细细勾画人物衣着的机会，因为衣中有人，呼之欲出。老年七巧穿一件青灰团龙织缎袍，她是阁楼上的疯女人。娇蕊穿曳地长袍，是最鲜辣的潮湿的绿色，隐隐露出里面深粉红的衬裙，她是“热烈的情妇”，一朵红玫瑰。烟鹂穿灰地橙红条的绸衫，她是“圣洁的妻”，一朵白玫瑰。薇龙穿中学生制服，翠蓝竹布衫，长齐膝盖，窄窄裤脚管，却又在竹布衫外加了件绒线背心，显得非驴非马，她是既清纯又大胆，既谨言谨行又蠢蠢欲动，犹犹豫豫即将打开魔瓶的女学生。

推而广之，俗世洪流也成为我们放大了的肉身，张爱玲沉浸其中，兴意盎然，涉笔成趣。《中国的日夜》中，张爱玲买菜回来，看见一个小女孩拈着个锅走过，锅两边的绊子里穿进一根蓝布条，布条有点脏相，可是更让人觉得“这个锅是同她有切身关系的‘心连手，手连心’”。肉铺老板娘坐在八仙桌旁边，头往前伸，瞪着一双麻黄眼睛，宣讲小姑的劣迹。在本埠新闻中，她也可以是个“略具姿色”的少妇。一家店面无线电里娓娓唱着申曲，同样是入情入理有来有去的家常是非。“我真喜欢听，耳朵如鱼得水，在那音乐里栩栩游着。”于是，张爱玲觉得：“快乐的时候，无线电的声音，街上的颜色，仿佛我也有份；即使忧愁沉淀下去也是中国的泥沙。”这不是抽象的爱国主义，而是从中国的肉身的皱褶中感受到温暖之后的体认和皈依。《公寓生活记趣》里，张爱玲说非得听见电车响才睡得着觉。电车“克林，克赖”的铃声，敲打在都市日常生活的肌体上，是都市人的主旋律啊。她甚至觉得，电车晚上一辆衔接一辆进厂，就像排成队快上床的小孩，吵闹中带点由疲乏而生的驯服，等待母亲来刷洗。为了进一步落实俗世的在体性地位，张爱玲甚至坚持自己是个拜金主义者。钱不能太多，多了就不用多考虑，不能太少，少了就没法考虑，不多不少正好能细细抚摸钱的肌理。这种拘拘束束的苦乐是属于小市民的。“每一次看到‘小市民’的字样我就局促地想到自己，仿佛胸前佩着这样的红绸字条”。[1]

于是，张爱玲讨厌诗意。诗意就是反肉身，反俗世，就是对于日常生活的倒错。倒错中，我们找不到实实在在的体温，只能碰见冷冰冰的戏剧化姿态。“生活的戏剧化是不健康的。”[2]她反感母亲对于钱一尘不染的清高，揶揄地回忆母亲和一个胖伯母并坐在钢琴凳上模仿一出电影里的恋爱表演，怨恨母亲让自己在窘境中做“淑女”。倒是父亲房间的鸦片烟雾，雾一样的阳光，乱摊着的小报，散漫的亲戚间的笑话，让她有点喜欢，有点心痛。反诗意更典型地体现在《年青的时候》里。汝良讨厌每晚就着花生米喝酒，把脸喝得红红的，油光贼亮的父亲；讨厌闲来听绍兴戏、叉麻将的母亲。就连沁西亚的头发也黄得没有劲道，“大约要借点太阳光方才是纯正的，圣母像里的金

[1] 张爱玲：《童言无忌》，载《流言》，五洲书报社，1944年版，第3页。
[2] 张爱玲：《童言无忌》，载《流言》，五洲书报社，1944年版，第8页。

黄。”汝良要的是“像里的金黄”，是高蹈的诗意。但是，俗世中何来诗意呢？厌弃俗世幻想诗意不就是要抛弃真切的人生？生活不就像会话教科书一样有板有眼，中规中矩？幻灭后的汝良最终明白：“绍兴戏听众的世界是一个稳妥的世界——不稳的是他自己。”他从此不在书上画小人，“他的书现在总是很干净”，意味着他开始接受了并不完美的现实生活。

反诗意，反戏剧化，张爱玲笔下必定是凡人的世界。在《自己的文章》里，张爱玲理直气壮地说：“所以我的小说里，除了《金锁记》里的曹七巧，全是些不彻底的人物。他们不是英雄，他们可是这时代的广大的负荷者。因为他们虽然不彻底，但究竟是认真的。”其实，七巧又何尝彻底过呢？哪一次试探不曾在她心中如沸油般翻来覆去好几次，一次翻覆就是一次疼痛？张爱玲甚至认为：“这些凡人比英雄更能代表这时代的总量。”傅雷峻切地指责，张爱玲急于辩解，自白也就难免戏剧化。但真意还是大致能够揣摩的：凡人的世界才是真切的人生。凡人微末的希望她总是乐观其成，为了自保的小奸小坏她总是原宥，就是虚荣、自私这些天生的弱点她也体谅。她实在太明白，一个人活着是多么的不容易。于是，她理解薇龙见到一橱衣裳的晕眩，理解薇龙为了些微不确凿的爱把自己卖给梁太太和乔琪，“整天忙着，不是替乔琪弄钱，就是替梁太太弄人”。她懂得一个自私的男子和一个自私的女子为何欲言又止，虚与委蛇。她不惜让一个城陷落，去成全一段传奇，虽则这段传奇中只能有“一刹那的彻底的谅解”。她更感动于霓喜对物质生活的单纯的爱，她知道物质生活需要随时下死劲才能抓住，难如抽刀断水。她从来不会像沈从文般尖锐，要求人们逾越饱食暖衣、保全首领的动物打算，向人生远景凝眸。她会想，没有了饱食暖衣，哪里还有什么远景？

四、自主的身体：启蒙的另一种声音

眷顾肉身，张爱玲懂得了凡人所有的微渺的悲喜。但是，存在论意义上的肉身不是灵肉二分之肉，眷顾肉身并不等于耽溺于感官享乐，不等于本能造反逻各斯，也不等于无条件拥护俗世，认为俗世可以为自身立法。相反，张爱玲认为，过度的、心无旁骛的感官享乐是可鄙的，俗世洪流卷走凡人，已是凡人的无奈，洪流中的微微挣扎，一点点向岸的努力，却是人之为人的光华。从这一点来说，肉体的发现不再是传统小说如《金瓶梅》式的感官享乐——过分沉溺其中，又认为这是不洁的，以至于在享乐之后背负了道德谴责，而显现出主体性、自足性的一种现代性特征。

这种身体的现代性在她的小说中体现得非常明显，在《倾城之恋》散文版《烬余录》中，陷落后的香港重新发现了吃的喜悦，街上每隔五步、十步便蹲着个衣冠楚楚的洋行职员模样的人，在小风炉上炸一种铁硬的小黄饼。人们立在摊头吃滚油煎的萝卜饼，尺来远脚底下就躺着穷人青紫的尸首。吃这件最自然、最基本的功能，“突然得到过分的注意，在情感的光强烈的照射下，竟变成下流的，反常的”。人怎么能不顾廉耻，抛却同情，一味地猪一样地吃呢？外埠学生没事做，就调情，不是温和的、感伤的学生式调情，而是原始的、直接的男欢女爱。但是，“到底相当的束缚是少不得的。原始人天真是天真，究竟不是一个充分的‘人’”。再无聊就结婚，报纸上挨挨挤挤的结婚广告，就是一张张畏缩、怕痒、可怜又可笑的男人和女人的脸。张爱玲不禁慨叹：“去掉了一切的浮文，剩下的仿佛只有饮食男女这两项。人类的文明努力要想跳出单纯的兽性生活的圈子，几千年来的努力竟是枉费精神么？”

饮食男女毕竟是兽性，而非人的。张爱玲似乎走向了肉身的反面。但是，仔细分析会发现，这段话包括一重转折：在兽性生活里兜圈圈让人痛心疾首，但是，凡人们怎么挣得出圈子？挣出圈子又能到什么地方去？不能如此却又不得不如此的无奈，正源自肉身尴尬的存在处境。张爱玲还是肉身苦乐的勘探者。那么，人之为人就不是惬意于饮食男女，也不是超越于动物打算，而是即便无力挣出也葆有挣出意念的努力，是感官享乐和精神向度，肉体和灵魂，庸俗和诗意之间的折中。于是，些微不离俗世，踮脚向上的企望就让人心酸，让人起敬。《更衣记》历数了百年来男女着装的变迁，张爱玲却在结尾处出人意表地写道，秋凉的薄暮，小菜场收摊了，满地鱼腥和芦粟的皮渣，一个小孩骑自行车冲过来，大叫一声，放松扶手，摇摆着，轻倩掠过。“人生最可爱的当儿便在那一撒手吧？”偶尔地撒把冲决了俗世坚固的堤围。《年青的时候》里，沁西亚的婚礼上，只有新娘是美丽的。虽则神甫无精打采，虽则香伙肮脏得出奇，虽则新郎不耐烦，虽则她的礼服是借来或租来的，她都仿佛下定决心制造些“新嫁娘应有的神秘与尊严的空气”，留待老年后去追想。用张爱玲常用的比喻，惫怠的现实就像大夜大风，诗意的制造和呵护则如双手护着一团小小火焰，怕它吹灭。那火舌乱溜乱蹿，灼痛了护火人的掌心，也烫伤了旁观者的眼睛。其实，哪里来的旁观者呢？火舌舔着所有“人”的心。

对饮食男女即与离的几微把捉得最精准的是《桂花蒸阿小悲秋》。这是苏州娘姨阿小的一天。八月节过去了，还这么燠热。阿小一天就这么汗水淋淋地为主人洗衣服、整理房间、做饭。阿小的一天又不同于池莉《烦恼人生》里印家厚的一天。她和丈夫想把儿子交给对门阿妈，在蒸笼般的亭子间过一个晚上的二人世界。就这么点心愿也无法达成，暴雨骤至，把她浇回主人家。脱下湿鞋，光脚踏在砖地上，“她觉得她是把手按在心上，而她的心冰冷的像石板。”就是这点破碎的心愿，使张爱玲无法安于“烦恼人生”，不相信生命就是“一地鸡毛”。她在一堆碎屑中发现了悲怆，发现了辗转难安的企望。要知道“悲秋”那可是古往今来文人墨客的挥之不去的情节，从屈原的“悲哉！秋之为气也。萧瑟兮，草木摇落而变衰”。到杜甫的“万里悲秋常作客，百年多病独登台”，到刘禹锡的“自古逢秋悲寂寥”，再到郑振铎《山中杂记·蝉与纺织娘》，多不胜举，他们悲的是江山易改、怀才不遇、生命颓坯，这种曲高和寡的文人气的情节是很难与一个沉溺在桂花蒸一般的让人气闷潮腻的日常琐碎中的姨娘产生勾连，可张爱玲就是让阿小悲秋了，同文人一样，她也有企及和情怀，这种悲怆和企望使碎屑有了温度，“阿小悲秋”驱散了“桂花蒸”，留下道也道不尽的苍凉。这种对于俗世既沉湎又挣出，若即又若离，亦执亦无执的态度就是苍凉。苍凉就是一夜秋来，阿小在阳台上晾衣服，看看楼下一地菱角花生壳，柿子核与皮，便想：“天下就有这么些人会作脏”，却并不真的扫除净尽，因为“好在不是在她范围内”。苍凉原来就是无法彻底堕落也无法彻底超拔的“不彻底”。而“不彻底”就像一个人坐在硬板凳上瞌睡，“虽然不舒服，而且没结没完地抱怨着，到底还是睡着了”。[1] 说到底，苍凉就是肉身体会到的世俗细碎的日常生活的无奈，却又葆有超越平庸的微微努力。

张爱玲笔下的身体及由身体延伸的衣食住行都展现了其自主性和自足性，身体拥有救赎意义，所谓救赎，即颠倒原先的等级秩序，使被压抑、被忽视的部分重新获得新生，但她并非是通过大声疾呼的方式实现身体的解放，也不是站在道德的高地评头论足，而是自然地仿佛本就应该

[1] 张爱玲：《烬余录》，载《张爱玲典藏全集》（散文卷一），哈尔滨出版社，2003年版，第25页。

如此地娓娓道来，对被迫抛入人世的脆弱无助的人，切己地俯下身去体味他们的哀乐人生。要知道五四高扬的人的发现、个性解放，殊不知人在被发现的同时就塑了金身，摒弃了肉身性，在“掊物质而张灵明，任个性而排众数”的“立人说”里人是众人皆醉我独醒的启蒙者，是带有光环的、被大写的、精神性的人，正如施蒂纳所说“你在我那里看到的并非是我、有形体者，而是看到了一种非现实的东西、幽灵，这就叫做人”[1]，“人”不是作为肉身的人，而是作为“最高本质”的倒影而存在，这样的人一定是居高临下、不食烟火的精神存在物；五四倡导个性解放，呼唤的是精神超人而睥睨于凡人庸众，可是，这种自上而下的外部启蒙终究无法实现现代性的转换，真正的启蒙是内部的、自发的、身体的启蒙。

走出五四、拥有了肉身因而也更世俗、个人、日常书写才真正是人的文学。人被张爱玲塑造得有血有肉，放逐了一部分精神性，落实到了身体和日常。这样的人一定是“不彻底”的、“千疮百孔”的、“小奸小坏”的，一定是在鸡毛蒜皮的日常生活中挣扎或沉溺的，需要作家下身去

[1] ［德］麦克斯·施蒂纳：《唯一者及其所有物》（金海民译），商务印书馆，1989年版，第190页。

走进凡人的世界去体味他们千百年来就如此，却又不得不如此的哀乐人生，这种对肉身肯定基础上的个性解放和个人主义被称之为“日常现代性”[1]——是否定封建主义对于人扼杀、也拒绝精英知识分子对于现代性的高蹈设定的现代性，是承接五四精神却又有别于启蒙现代性的另一种现代性，甚至意味着是鲁迅传统的深化甚至完成。

[1] 刘锋杰：《论张爱玲的现代性及其生成方式》，载《文学评论》2004年第6期。

第十一章

将否定进行到底：1949—1959 年文学中英雄形象建构的方法

观察历史，需要一个长的时段。站在长时段的末端来回视来路，一路走来的脉络、规律就能得到清晰的浮现，而要弄清楚末端的形成物的性质，我们也不妨走回到它的形成史中去看个究竟。基于这一道理，我们若要反思当代文学前 30 年的英雄形象的性质和形成机制，它初级的芜杂英雄形象和成熟期的样板戏所体现的纯粹英雄就是同样重要的，它们可以相互阐释和说明。

我把这 30 年的英雄形象的塑造划分为三个阶段：无名时代、新人时代、英雄时代。所谓无名时代，是指 1949 到 1959 年间，文学界憧憬着、盼望着英雄的降临，但英雄究竟为何物，作家、批评家都不甚了然，奇怪的是，对于英雄一定不是什么，他们却拥有着惊人的一致观点。一个顺理成章的逻辑后果就是，这一时期的英雄形象的想象和建构是通过持续不断、层层递进的否定来完成的。落实到具体行动上，就是三次声势浩大的批判运动——对于路翎《洼地上的战役》(以下简称《洼》)、郭小川《一个和八个》(以下简称《一》)和杨沫《青春之歌》(以下简称《青》)所进行的批判。需要说明的是，因为讨论的是无产阶级英雄，就自然排除了对于非无产阶级题材作品（如《武训传》）以及对于非英雄题材作品（如《我们夫妇之间》）的批判。

在进入正式的论述之前，还要说一下毛泽东那封著名的关于《逼上梁山》的信，这封信对于构建无产阶级英雄来说具有非凡的意义。1950年，也就是第一次文代会召开后的第一年，此信再现文坛，也是第一次在全国范围内公开发表，其中最引人注目的论述如下：

历史是人民创造的，但在旧戏舞台上（在一切离开人民的旧文学旧艺术上）人民却成了渣滓，由老爷太太少爷小姐们统治着舞台，这种历史的颠倒，现在由你们再颠倒过来，恢复了历史的面目，从此旧剧开了新生面，所以值得庆贺。[1]

这一论断的本质就是否定，即否定了老爷、太太、少爷、小姐成为舞台主角的权力，把舞台让给劳动人民。当历史的“渣滓”——才子佳人、帝王将相——被清理出舞台的时候，无产阶级英雄就有了登台亮相的机会，所以，可以毫不夸张地说，这封信的公开发表就是在为无产阶级英雄形象的问世催生，于是，文坛立马涌现一大批准英雄。不过，准英雄毕竟还不是完善的英雄，批评家紧跟着做了大量的甄别工作，来提醒乃至鞭策作家们千万不能那样写。这样的批评，我们不妨看作是一种再否定、持续的否定。批评就是以否定的方式从反方向推进文艺的“进步”，这样的功效，《在延安文艺座谈会上的讲话》已有明确交代：“文艺界的主要斗争方法之一，是文艺批评。”[2]

---

[1] 这原本是1944年毛泽东写给杨绍萱、齐燕铭的信，第一次在《人民戏剧》1950年5月创刊号上公开发表，该信于1967年5月25日再次发表在《人民日报》上。当时这封信被说成是写给延安平剧院的。信中“郭沫若在历史话剧方面做了很好的工作，你们则在旧剧方面做了此种工作”一句被删掉。到1982年5月23日重新发表时，又恢复了原件的内容，并将其收入《毛泽东书信选集》。参见毛泽东：《毛泽东书信选集》，人民出版社，1983年版，第222页。

[2] 毛泽东：《在延安文艺座谈会上的讲话》，人民出版社，1975年版，第30页。

对于这种意义上的批评，毛泽东还有更形象的比喻："浇花"、"锄草"。[1]本章就是一次对三大"锄草"工程的回顾。

一、英雄不能"谈情说爱"

《洼》(《人民文学》1954年3月号）是路翎在朝鲜经受七个月的炮火洗礼之后写成的一篇短篇小说，它描述了抗美援朝战场上一位年仅19岁的战士的英雄事迹。这部崭新的、极具时效性的"当代英雄"题材作品，契合了时代的呼唤，一经发表便引发多方关注。不过，在欢呼声还没有褪去的时候，共和国文学的"锄草"机制就开始启动了，批评者未必想象得出英雄究竟是长什么样子的，但他们确切地知道，路翎所描述的英雄，身上含有太多的暧昧、湿热、伤感的因子，这样的因子显然不是无产阶级英雄所应该具有的。一时间，巴金、杨朔、宋之的、荒草、刘金、侯金镜等人纷纷撰写文章，掀起了第一次"锄草"工程的高潮。处在批判高潮中的路翎呆住了："为什么会

[1] 毛泽东：《关于正确处理人民内部矛盾的问题》，《人民日报》1975年6月19日。

有这样的批评？”他不明白的是，这哪里只是文学批评而已，这是社会主义“锄草”运动的一部分。

《洼》中有两个世界——革命的阳性世界与日常生活的阴性世界。与革命这个词语连缀在一起的往往是雄壮有力的口号、整齐划一的步伐、坚不可摧的律令，它们一起构成了一个条分缕析、透明整饬的阳性世界，在这里，每一个命令都清晰简短，每一个人的脑中只有“革命”二字。日常生活则与革命相反，它与琐碎繁杂、温情脉脉缀联在一起，仿佛只有女人、孩子才有这样的特质，这是一个含混不清、无可名状的阴性世界，在这里，每一个眼神都意味深长、复杂多质，每一人的内心世界都幽深难测。

《洼》中的英雄人物王应洪，是一个被革命豪情充盈着的年轻的战士，他是激昂的、元气充沛的，他仿佛就是革命的阳性世界的骄子。这样的骄子单纯透明、心无旁骛，心里只装着革命事业。当金圣姬问他家里有几口人时，他回答：“四口，父亲、母亲、哥哥、嫂嫂。”她羞涩了，他却什么都没有觉察，唱着歌跑出去了——无产阶级英雄心中充满了祖国、人民、革命、献身之类的阳性词语，怎么可能觉察出姑娘话语中的含义——问他是否单身？如此曲里拐弯、婆婆妈妈的情感与英雄的世界相隔甚远。所以，当他被怀疑与姑娘产生感情的时候，他真的痛心和愤怒了，因为对于一个英雄来说，这是莫大的、无法洗刷的耻辱。于是，他大叫：“班长，你就这样看我么？”

不过，阳性的英雄时时存在被日常生活的阴性世界所软化的危险。他是那么自然地融入姑娘的家庭啊。“他一早一晚都要帮她家挑水，午饭后有一点时间还要去抢着帮老大娘劈柴……参与着这日常的家庭劳动，老大娘有时就递口水，递块毛巾给他，对待他像对儿子一样。”如此温馨的家庭生活场景，当然会有百炼钢化为绕指柔的伟大力量。更严重的是姑娘的凝望和守候，引起一种他从未经历过的“甜蜜的惊慌的感情”，这种感情的出现，标明日常生活的情愫已经在他的心中不可阻挡地萌发了，人之常情在一步步地侵蚀着革命世界，革命与日常生活的伦理剧烈地纠缠着，搏斗着。

这样的纠缠和搏斗剧烈到连他自己都不敢直视的程度，唯独在梦中，他才敢稍稍释放自己的紧张——他梦到他与这位美丽而动人的朝鲜姑娘载歌载舞。“但在清醒的时候他却对这个很冷淡；他觉得他心里很坚强。”他更试图抹去这种“幼稚心情”，姑娘送袜套，他“没有什么犹豫”就向班长汇报了。姑娘送绣花手帕，他又要汇报，可他犹豫了：任务完成以后再说？犹豫正是思想搏斗的外部表征，可惜这只是片刻的犹豫而已。她的“建立一个和平生活的热望”，他根本无法体会，甚至避之如仇敌，阳性的革命伦理很快又压倒了阴性的日常生活伦理，他悔恨自己没有及时向班长汇报手帕的事，他平静地报告了。就这样，他完成了他人生中的第一次有点浮皮潦草实则非常重大的“战役”，他成了一位成功镇压了自己心中不断翻腾着的日常生活冲动的英雄。

值得说明的是，手帕看起来只是一件小事，其实是日常生活伦理招安、腐蚀革命伦理的一桩大事，或者说，在革命事业的忠诚度上，一条手帕就是天大的事，它就是一块试金石，值得作家一说再说。如此一来，当代文学前30年历史中到处充塞着一条手帕、一块麻辣牛肉、一分钱、一根螺丝钉之类大得不得了的小事，就不足奇怪——在革命的逻辑里，小大之辨是可以随时随地翻转的。

所以，路翎所想象的洼地上同时发生了两场“战役”，一场是志愿军和美帝国主义的战役，一场是革命世界和日常生活的战役。我军从来都是战无不胜的，第一场“战役”的结局就毫无悬念，难以引人入胜，而第二场“战役”则是初开的情窦与严明冷峻的纪律的搏斗，而且情窦还被无情镇压了，自然是忧伤的、缭绕的，打动了许多读者。更关键的是，路翎对于这样的忧伤好像很是迷恋。比如，他会写到王应洪匍匐在“春天的金达莱花丛”中，“在这个不知不觉的动作里，他却摘下了一个花枝，把它衔在嘴里”，又“不知不觉地拿下来塞在衣袋里。他没有意识到这个，也不知道这是为什么。也许他的头脑是曾经闪过什么念头”。尽管路翎一再强调这些动作都是“不知不觉”“没有意识”“也许”的，可是，正是这种无意识的沉迷才是最致命的，因为意识的世界可以抵抗、批判、修正，无意识的幽暗、混沌却令人束手无策，我们只能眼看着这样一位原本应该是绝对纯粹、透明的英雄朝向晦暗、毛茸茸的世界不由自主地滑下去。

当然，路翎不能容忍王应洪真被阴性世界俘获，他的英雄还是时时克制着自己的冲动的，可是，谁知道以后呢？于是，路翎几乎一定要把这个挣扎中的矛盾体推向死亡，只有死亡才能够一劳永逸地终止英雄朝向阴性世界滑下去。不过，还是晚了，路翎已经让他的英雄挣扎了太久。要知道，欧阳海临死前四秒钟仍然在向祖国致敬，他只用了 0.01 秒闪过母亲的苦难和死亡的恐怖，就是这 0.01 秒的软弱都是不可原谅的严重错误，它被江青敏锐地发现，并指出这是对“死亡的惧怕”和对“生命的留恋”，需要修改。而王应洪的想入非非前前后后有多少次，内心挣扎了那么久，这样一个“光在家庭骨肉间翻筋斗”的人物，哪有资格被写入无产阶级的英雄谱？

于是，劈头盖脸的批判几乎是注定的。比如，巴金认为《洼》写了一个类似于中古骑士的“不能实现的爱情”的爱情故事，从而“打动一般把‘爱情’看得比什么都重要，或者对爱情充满幻想的小资产阶级知识分子的心”。[1] 那些嗅觉灵敏的职业批评家做出了更精准的批判，据路翎总结，他们批评这篇小说“是‘纪律与爱情的冲突’是‘宣扬个人主义’、‘攻击工人阶级集体主义’的（侯金镜）。这些批评的一个共同的基本观点是：朝鲜姑娘金圣姬对志愿军战士的感情，战士们对这个感情所反映的人民的愿望的同情，以及战士和家乡、亲人的感情联系等等，都是‘个人主义’‘渺小的甚至庸俗的个人幸福的憧憬’‘决不能成为集体主义和爱国主义的出发点’（侯金镜）”。[2] 也就是说，在这些职业批评家看来，只有革命的、公共的、透明的世界才是志愿军战士所应该追求的，对于家乡、亲人乃至爱人的感情则属于朦胧、复杂、说不清道不明的私人领域，眷恋于它们，就

[1] 巴金：《谈〈洼地上的“战役”〉的反动性》，载《巴金全集》第14卷，人民文学出版社，1990年版，第448页。

[2] 路翎：《为什么会有这样的批评？——关于对〈洼地上的“战役”〉等小说的批评》，载《文艺报》1955年第1、2期。

是个人主义的，新的英雄应该把它们剪除干净。从这场批判开始，这样一种英雄想象的趋向愈演愈烈，到了样板戏中，英雄气与儿女情到了水火不容的程度，《红灯记》甚至要用一家三代不同姓的方式彻底驱逐掉骨肉情、儿女情——红灯照彻的堂皇世界其实是没有一点血肉的。

二、英雄不能脱离组织

《一》是在“双百方针”的鼓舞下写成的叙事长诗，相对宽松的政治环境让郭小川的创作更接近他的灵魂，长诗的主人公王金便是诗人忠于自己内心本真的理想英雄形象。王金是一个特立孤行的英雄人物，他以超人式的非组织行为向组织证明自己的忠诚，以极端个人化的英勇善战向组织逼宫，意图证明自己是正当的，组织却错怪了好人。这一特异的英雄人物必然饱受争议，由于此诗之前并未刊发，[1] 所以批判活动只在党内进行。批判的火力集中在

[1] 郭小川在交代材料中说，1957 年 11 月 20 日，他改定长诗并打算发表。他先将《一个和八个》交给《人民文学》，《人民文学》迟迟未登；又寄给《收获》，《收获》来了一封信，提出了尖锐的意见。这时，他也觉得没有把握了，“《诗刊》要过几次，人民文学出版社也来过信要出版，我均未答应”。参见郭小川：《郭小川全集》第 12 卷（外编），广西师范大学出版社，1999 年版，第 30 页。作者去世后，此文首刊于《长江文艺》1979 年第 1 期。

个人主义的问题上。据我的理解，《一》所体现出来的个人有两个层面：一是在叙事层面，在与庸众的比对中所体现的个人；二是在意蕴层面，在与革命组织脱离时所体现的个人。无论是哪一个层面的个人，都是无产阶级英雄形象所要坚决否定的。

（一）个人和庸众

《一》写抗战时期的一座随军监狱，八个作奸犯科的死囚犯正在等待死亡："八张发绿的脸冒出油汗，十六只手被紧紧地倒绑。"此时，共产党员王金也被投入其中，于是，封闭的空间一下子形成激烈的对峙。王金大声说："我偏不进去，我没有犯罪，不要侮辱我的共产党员的称号"，又"对着犯人们厉声叫喊，'滚出去！你们这帮土匪汉奸！你们有什么资格跟我住在一起，跟你们这帮人不共戴天'"。而这八个人则"射进来嫌恶和鄙夷的目光"，"咬牙切齿的诅咒和辱骂，充满了这小小的房间"。

这个场景多么像鲁迅笔下个人与庸众的对峙啊。也是在监狱里，夏瑜说，这大清的天下是我们大家的，红眼睛阿义甩手就是一巴掌，庸众对夏瑜充满了厌恶和仇恨。不过，夏瑜怎么可能因为庸众的仇视而仇视他们呢，同样，王金也“忽然为一个巨大的声音唤醒，他想：是呀，这是最后的机会，我为什么不可以起些作用？”“一个巨大的声音”在此意义非凡，要知道，鲁迅的过客就是在一个声音的召唤之下，才无论多么困顿都要朝前走去的，胡适《上山》中的登山者也始终听从“努力！努力！”声音的召唤，而他们的声音都可以归结为苏格拉底的声音。在柏拉图《申辩篇》中，苏格拉底一再强调：“我听到有某种声音，他总是禁止我去做我本来要去做的事情。”[1]苏格拉底之所以能够拒绝世俗生活的诱惑，献身于神圣事业，就是因为他始终在听从声音的召唤和引领，也正是这个声音把他和庸众们区别开来，他是一个“个人”，一个赋有神力的先知。所以，在一定程度上，听从一个声音召唤的王金就是早期鲁迅所谓“任个人而排众数”[2]“大张个人之人格”[3]的个人。

这样的认定并非牵强附会，而是有充分的事理依据的，因为虽然郭小川是党培养起来的政治抒情诗人，在内心深

---

[1] ［古希腊］柏拉图：《柏拉图全集·申辩篇》第1卷（王晓朝译），人民出版社，2002年版，第20页。

[2] 鲁迅：《文化偏至论》，载《鲁迅全集》第1卷，人民文学出版社，2005年版，第47页。

[3] 鲁迅：《文化偏至论》，载《鲁迅全集》第1卷，人民文学出版社，2005年版，第55页。

处，他却还是认同尼采式的超人的。在“交代材料”中，他这样交了底：“（王金）可以敌我不分，向敌人诉苦，对于党的审查，暴跳如雷，把个人看成‘超人’，强调自己的所谓‘人格力量’和‘主观战斗精神’……由于个人主义的发展，便自动地投到尼采哲学、胡风思想和甘地哲学的门下。”他还主动把自己的创作与五四的个人挂上了钩：五四式地彰显“个人的精神力量（人格力量），把自己想象成为非凡的高大形象。不是教育青年做党阶级的驯服的儿女，在斗争中踏实工作，改造自己。”[1] 诗人的忏悔在一定上验证了洪子诚的论断，这一批政治抒情诗人的思想来源有一脉是“‘立意在反抗，旨归在动作’的‘摩罗诗人’”。[2] 不过，郭小川自己说了，党要的是“驯服的儿女”，哪里容得下个人和“摩罗诗人”？他的个人英雄主义激情与彼时的政治语境格格不入，必然会招致批判和弃绝。

作为个人的王金，身上还有着强烈的启蒙大众的意愿，这也就是鲁迅所谓的“扶弱者而平不平”。[3] 他主动对那八

---

[1] 郭小川：《郭小川全集》第 12 卷（外编），广西师范大学出版社，1999 年版，第 58—59 页。

[2] 洪子诚：《中国当代文学史》，北京大学出版社，1999 年版，第 75 页。

[3] 鲁迅：《摩罗诗力说》，载《鲁迅全集》第 1 卷，人民文学出版社，2005 年版，第 82 页。

个死囚犯说："老乡们，咱们好好谈谈吧，如果能活，你们做些什么？"众人们怀疑："你还想从这里逃出去吗？哼，就是插上翅膀也飞不脱。"王金接着说："我们怎能逃避人民的法律，可是我总觉得人还是活着的好，只要我们活的有用和有意义。"当犯人们不以为然地"轻微的讽讪"时，他开始声色俱厉地教训他们："你们这帮土匪、汉奸、逃兵，这辈子真是枉生为人！""只想让你们结束这一生的时候，真正了解一个人的意义，我记得孔夫子说过一句话'朝闻道，夕死可矣！'"在这启蒙的庄严时刻，"没有人敢把他的话打断，王金现在仿佛有了无上的威严"。就这样，八个庸众的心中被注入了向善、向上的愿景，他们一下子转变成我们的革命事业所依靠的群众，此时，长诗第一次出现"九个精壮的大汉"的身影——"一个"和"八个"终于合为了"九个"。

就是在这里，郭小川显示出他与尼采本质上的不同，他不单单是尼采式的"颂强者"，还有着浓厚的济世、助人的人道主义情怀，他自己也说，"人性论在这首诗中达到了极点"。[1] 郭小川所想象的英雄的人格，原来是个人主

---

[1] 郭小川：《郭小川全集》第12卷（外编），广西师范大学出版社，1999年版，第40页。

义和人道主义的结合。可是，人性论意味着“不管什么人（什么阶级，有什么罪不容诛的罪行），都有‘人’的‘心肝’，能懂得‘人的意义’”，[1]那么，肯定人性论不就是对于阶级论的否定？于是，郭小川又因为宣扬基督、武训、甘地等人的“虚伪”的人道主义而受到猛烈的批判。

（二）革命伦理和个人伦理的纠缠

其实，听从一个声音的询唤而拥有崇高的信仰，热忱地启蒙大众，如此品质未必不能见容于革命事业，革命事业在意的是，这些英雄品质是否处于组织的领导之下，它们是否就是组织的化身，如果答案是否定的，这些品质就成了脱离组织的个人主义的罪状。所以，在批判者看来，《一》的更大的问题在于个人与组织的疏离，本文把它命名为个人伦理和革命伦理的纠缠。之所以称之为伦理，是因为相较于王应洪的个人情感的无意识流露，王金对于个人人格力量的坚守，对于革命和组织的信仰，都是一种价值自觉。

王金曾是一个“意态轩昂的教导员”。在他心里，共产

[1] 郭小川：《郭小川全集》第12卷（外编），广西师范大学出版社，1999年版，第31页。

党员是一种神圣的、不容玷污的荣誉，他这样向党宣誓：“我活着的一生值得我死后欢愉，因为我没辜负作为战士的声誉。”在这样的志士的心中，生死事小，革命的名节才是大事，所以，当他被敌人逮捕时，他当然不会屈服，对党的无限忠诚支撑着他战斗到底。但是，当王金在承受了敌人的严刑拷打，又历尽千辛万苦回到组织的怀抱的时候，组织却不是信赖他，而是怀疑、审查乃至惩罚他，那些冤枉他的话“像刀子般割着”他的心，他的“每条神经都感到疼痛”。于是，他不得不对组织产生了怀疑，他只能相信自己，只能用自己“独特的道路”向组织证明自己的清白。这条“独特的道路”就是“个人奋斗，唯我主义”[1]。王金的“唯我主义”有如下表征：

（1）对组织有所保留。王金收到王世臣的信后，却隐藏起来不向组织汇报，由此可见，王金并没有将自己的全部都交给组织的觉悟。

（2）向组织逼宫。王金把他所遭遇的“怪诞的案情”讲给八个狱友听，党不相信的离奇情景狱友却相信了，并一同向锄奸科长求情、作证，用批评家的话说，这是把矛

---

[1] 郭小川：《郭小川全集》第12卷（外编），广西师范大学出版社，1999年版，第65页。

盾交由反革命解决，“内部由外部去解决”。[1]

（3）个人拯救组织。敌人向我军进攻，有组织的革命力量纷纷倒下，群龙无首，王金挺身而出，指挥战斗，并最终挽救了组织，这样的桥段在“有心”的批评家看来就是“刻骨的讽刺”，因为王金是在“以德报怨”，“是王金把党改造了”。[2]

（4）个人凌驾于组织。经历过这场战役，犯人们洗心革面，有了向善的意愿，却无意加入党组织，这表明在犯人心里，他们的救世主是王金而不是党组织。

以上四点足以说明王金的心灵与党组织若即若离，在他心里，个人伦理和革命伦理各有千秋、纠结缠绕，而缠绕的根子则是隐藏于郭小川内心深处的一道深刻的伤痕——那段延安时期所遭受的不白之冤。诗还可以“怨”？对于革命阵营中的文学家来说，“怨”是一个多么陌生、多么邪恶的词汇啊：向党组织报怨？向党组织报怨的人，当然会受到党组织的清算，其后的文坛大抵就都发“正音”而没有了怨声。

[1] 郭小川：《郭小川全集》第12卷（外编），广西师范大学出版社，1999年版，第55页。

[2] 郭小川：《郭小川全集》第12卷（外编），广西师范大学出版社，1999年版，第56页。

有趣的是，个人与庸众、个人与组织之间持续的、激烈的紧张，使得《一》在写作的当年不可能得到问世的机会，但是，当这样的时代一过去，它就得以发表，并被张军钊拍成轰动一时的同名电影，这电影成了第五代导演的开山之作。而《一》深深吸引新时期读者和观众的地方，正是这种无法消弭的紧张感，只有在这种持续的紧张感中，人性的韧性和深度才会喷薄而出。

三、英雄不能是小资产阶级

《青》（1958年1月初版）是1950年代最重要的成长小说，洪子诚说："小说在否定戴愉、于永泽、白莉萍等（人）的选择的同时，通过对林道静的'成长'来指认知识分子唯一的出路：在无产阶级政党的引领下，经历艰苦的思想改造，从个人主义到达集体主义，从个人英雄式的幻想，到参加阶级解放的集体斗争——也即个体生命只有融合、投入以工农大众为主体的革命事业中去，他的生命的价值才可能真正的实现。"[1]不过，尽管《青》试图证明小资产阶级知识分子的唯一出路，就是自觉接受党的

[1] 洪子诚：《中国当代文学史》，北京大学出版社，1999年版，第119页。

领导，一步步成长为无产阶级英雄，但小说中“清新秀气”“鹤立鸡群”的“小资风”还是与讲求“泥气息、土滋味”的时代氛围格格不入。这样的格格不入当然会被敏锐的批评界捕捉到，他们认定，“小资风”不是无产阶级英雄所该有的气质，并由此启动了长达一年的“锄草”行动。比如，郭开认为，林道静这一形象存在“较为严重的缺点”，“作者是站在小资产阶级立场上，把自己的作品当作小资产阶级的自我表现来进行创作的”，林道静“从未进行过深刻的思想斗争，她的思想感情没有经历从一个阶级到另一个阶级的转变”，“可是作者给她冠以共产党员的光荣称号，结果严重地歪曲了共产党员的形象”。[1] 那么，《青》在哪些方面体现出“小资风”了呢?

（一）爱情小说的女主角

《青》如此开场：清晨，一列火车飞驰，乘客们的视线集中在一个小小的行李卷上，行李卷上插着白绸子包起来的南胡、笙、笛，旁边放着整洁的琵琶、月琴，一位穿着白洋布短旗袍、白线袜、白运动鞋，手里捏着白手绢，

---

[1] 郭开:《略谈对林道静的描写中的缺点——评杨沫的小说〈青春之歌〉》，载《中国青年》1959 年第 2 期。

脸色略显苍白的女学生静静地守着这些幽雅的玩意儿。这是一个寓言性的场景——一个懵懂、无知、美丽、善良的女孩即将展开她的历险之旅。这样的开场至少蕴含着四层含义。

（1）林道静所展现出来的女性美引人注目。她恬静貌美的脸庞（“她的脸庞是椭圆的、白皙的，晶莹得好象透明的玉石。眉毛很长、很黑，浓秀地渗入了鬓角。而最漂亮的还是她那双忧郁的嫣然动人的眼睛。她从小不爱讲话，不爱笑，孤独，不爱理人”）让人着迷，未经世事的纯真让人垂怜，坎坷的身世、无助的表情让人怜惜，这些特征都符合男性对女性美的想象，极容易撩拨起男性的爱慕。

（2）美丽的林道静不是花瓶，而是秀外慧中的“洞箫仙子”。她逃离家庭时带的不是金银财宝、首饰衣物，而是萧、笛、琵琶等乐器，这样的诗情画意更加撩人情愫。请看下面的一幅画卷吧：“她掠了掠轻轻拂动的短发，掏出了心爱的口琴……吹着口琴，她还随走随拾着沙滩上各色美丽的贝壳。”

（3）内外兼修的林道静还是一个娜拉。她不甘在继母的控制下做有钱人的金丝雀，愤而离家，去追求自己的幸福，这种叛逆、不服输的个性和反抗旧道德的勇气，一定会赢得进步青年的倾慕。

（4）不过，一身白衣隐喻了林道静的纯洁干净、混沌未开的原始状态，她还有待成长，从而获得自身的主体性。此时，各种眼光环伺着这个女孩，她既是欲望的对象，又是被嫉妒的对象，她一定会遇见无数凶险，最终才能遇上自己的白马王子吧？这真是一个充满着诱惑和暗示的开头。

这样的女性形象，活脱脱就是一个爱情小说的女主角，因为她几乎满足了男性对于女性的所有想象，难怪余永泽看到她时，“心里像燃烧似的呆想着”：“含羞草一样的美妙少女，得到她该是多么幸福啊！”可是，她跟革命，跟无产阶级英雄有什么关系？她的美貌、多情、幻想和哀怨甚至会腐蚀掉刚性的革命大业吧？批评家当然不会放过这样太过显眼的漏洞。

（二）政治与爱情的同构性

《青》的情节框架是一个女人和三个男人的纠葛，这是言情小说的典范设计——“青春之歌”嘛，不谈爱情谈什么？不过，杨沫显然不可能讲述一个单纯的爱情故事，她要把她的爱情故事赋予革命的意义——林道静为了革命才去恋爱，就在恋爱逐渐深化的过程中，她日益成长得纯粹和坚强，她是革命、恋爱双丰收。杨沫的更精妙的设计在于，林道静的恋爱史的数个阶段与她从信奉个人主义、民主主义的知识分子成长、改造为共产主义革命战士的过程严丝合缝，她对旧日伴侣的抛弃，就是她对于“保守”“落伍”的资产阶级思潮的扬弃，她对新伴侣的依恋，就是她对于“先进”“激进”的共产主义思想的皈依。这一设计背后的逻辑是：资产阶级、小资产阶级知识分子只有在中国共产党的领导之下才能获得真正的解放，才能真正地成长。这样一种爱情、性与政治之间的同构性设计，体现一类根深蒂固的陈腐的想象：软弱、游移、苍白的女性始终是被伤害、被拯救、被争夺的对象，就像资产阶级、小资产阶级知识分子一样，女性只有不断地通过与越来越具有革命性的男人的结合才能实现自身的救赎，正如知识分子只有被无产阶级改造、接纳才能获得重生。在杨沫看来，女人和知识分子的主体性都是成问题的。

林道静一共经历了三段恋爱，她在“永恒的男性”的引领之下不断地飞升。

起初的恋爱对象是余永泽。余永泽是典型的自由主义知识分子，他征服她的一套话语系统是19世纪西方浪漫主义和批判现实主义文学所呈现的浓烈的人道主义——《战争与和平》《悲惨的世界》《茶花女》及海涅和拜伦的诗……他还会告诉她易卜生的《娜拉》、冯沅君的《隔绝》——这是最经典的五四启蒙话语。“骑士兼诗人”余永泽所阐扬的浪漫、热情、奔放的五四文化一下子唤醒了沉睡中的美人，美人心醉神迷，与他同居。同居的小屋也是五四味十足：墙上一边挂着白胡子托尔斯泰的照片，一边是林道静、余永泽的合照。他们的爱情故事很像《伤逝》，子君就是被涓生的“我是我的”之类的启蒙话语所唤醒。不过，道静显然不是子君。子君很快沉湎于日常琐事之中，她和涓生的爱情也就随之枯萎——涓生爱的是一个被五四话语充盈着的对象，而不是一个会过日子的女人。到了《青》中，率先失落的却是林道静：她生活在这么一个狭窄的小天地中，刷锅洗碗、买菜做饭、洗衣缝补，她感到沉闷、窒息……五四启蒙者注定要被她抛弃。

取而代之的是共产党人卢嘉川。卢嘉川给林道静带来了完全不一样的书目：列宁《国家与革命》、高尔基《母亲》以及《铁流》《毁灭》《怎样研究新兴社会科学》……这样一个全新的激动人心的未知世界一下子压倒了余永泽的缠绵和浪漫。为了进一步夯实余永泽的脆弱和虚伪性，杨沫还刻意编织出魏三大伯除夕告贷的戏码，从道义上宣判了小资产阶级知识分子的死刑，他最终满脸阿谀之色地投向反动政客、五四英雄胡适的怀抱，则是历史的必然。五四之梦终结了，“那么，卢兄，你倒指给我一条参加革命的路啊”。不过，卢嘉川只有理论，理论哪能救中国，共产党强调的是枪杆子里出政权，所以，他无法带领她走完她的成长之旅，杨沫只能安排他被捕并被杀害——已经给林道静完成了理论开导的他，还有什么用？

与革命理论的启蒙者卢嘉川不同，江华引导林道静关注中国革命的具体问题，并以县委书记的身份直接领导林道静参加斗争。他的核心概念就是“实际”：“我很希望你以后能够多和劳动者接触，他们对柴米油盐、带孩子、过日子的事知道得很多，实际得很。你也很需要这种实际精神呢。”正是在江华的带领之下，她成人了——入党，并在小说结尾的大游行中站到了队伍的最前列：“游行队伍中，开始几乎是清一色的知识分子——几万游行者当中，大中学生占了百分之九十几，其余是少数的教职员。但是，随着人群激昂的呼唤，随着雪片似的漫天飞舞的传单，随着刽子手们的大刀皮鞭的肆凶，这清一色的队伍渐渐变了。工人、小贩、公务员、洋车夫、新闻记者、年轻的家庭主妇甚至退伍的士兵，不知在什么时候，也都陆续拥到游行的队伍里面来了。他们接过了学生递给他们的旗子，仿佛开赴前线的士兵，忘记了危险，忘掉了个人的一切，毅然和学生们挽起手来。”这是一个耐人寻味的结尾：知识分子是启蒙者、带头人，但只有群众的参与，革命才是可能的。我们还可以解读成知识分子终于在群众的怀抱中获得了合法性。

这样一种与爱情谐振的革命书写至少造成两个后果：（1）追求革命的崇高使命与个人的爱恨得失并驾齐驱，林道静与其说是受到党的召唤而革命，不如说是受到了爱情的蛊惑而革命，这样就使个人的爱情命运成了小说的主轴，消解了党的至高无上的地位和引导作用；（2）使得缠绵悱恻的儿女情、“小资风”一直在小说中弥漫，无法祛除，这与批评家所预想中的英雄气相去甚远。

四、杨沫之痛改前非

1959 年，工人郭开所引爆的一场大讨论将《青》推入争论的漩涡，虽然茅盾、何其芳、马铁丁等文坛大家纷纷撰文力挺，肯定《青》“是一部有一定教育意义的优秀作品”，杨沫还是不得不谨慎地吸收了反对派的意见，对小说进行了大刀阔斧的增删。1960年，修改本问世，据金宏宇研究，与初版本相比较，修改本由37章扩充为45章，“修改了260多处。第一部修改了80多处，第二部修改了170多处。最明显的是增写了8章农村生活的内容和3章学生运动的内容，再版本共计增写七八万字的篇幅”。[1]这一次增删，主要集中于三大焦点问题上，即“林道静的小资产阶级感情问题”“林道静和工农结合问题”和“林道静入党后的作用问题——也就是‘一二·九’学生运动展示得不够宏阔有力的问题”。[2]下文便从这三个方面入手，对于杨沫的“痛改前非”作一番梳理和分析。

（一）删除小资产阶级感情

林道静的小资产阶级感情和趣味集中体现在她与余永泽的纠葛之中。因为余永泽的小资产阶级情调，她爱过这男人，她从一无所知走进了19世纪既荡气回肠又缠绵悱恻的人性世界，也因为他的小资产阶级情调，被启蒙

[1] 金宏宇：《中国现代长篇小说名著版本校评》，人民文学出版社，2004年版，第239页。

[2] 杨沫：《〈青春之歌〉再版后记》，载《光明日报》1960年1月19日。

的、拥有了自主性的她又注定要抛弃他，走向光明到辉煌的革命世界。所以，之于她，他的小资产阶级情调既是负累，也是恩物。不过，在经历了暴风骤雨般的批判之后，杨沫不再缱绻于作为恩物的小资产阶级情调，她只能把它作为负累全盘清理掉。初版本中有太多描写流露林道静对于作为恩物的小资情调的留恋，到了修改本中，这些地方都被删除净尽。对于共产党人卢嘉川，林道静也抱有太多“不健康”的小资产阶级感情——她爱的毕竟是一个革命的男性而不只是革命本身，展现爱情的场景和话语被全部删去。

如果说作为马克思主义理论家的卢嘉川多少有点罗曼蒂克，容易使人忽略他的革命者身份而只是把他当作白马王子的话，从事革命的实际工作的江华就应该沉稳、踏实很多，他应该凶猛如铁锤，朴实如螺丝钉。可是，初版本中的江华不只是铁锤或者螺丝钉，他也有性别，也有对于美丽异性的强烈到既霸悍又羞涩的渴望，这样的渴望显然会腐蚀革命者的坚强意志——铁锤和螺丝钉怎么可能有性别？修改版中江华这些“失态”处一概不见，江华的形象也因此而清洁、高大了许多。只是，只要是一个人，就何曾能够清洁？

（二）与工农兵结合

作为小资产阶级知识分子的林道静有可能成长为真正的革命者，这样的可能性来自小资产阶级的阶级定位本身——既可能走向革命也可能投向反革命的与生俱来的两面性。为了给林道静的小资产阶级身份的两面性做出一个形象的说明，杨沫特意设计了林道静的诡异的出身：佃农之女被大地主林伯唐强奸，生下了林道静，她既是地主的女儿，也是佃农的女儿，她的身上同时长着"白骨头"和"黑骨头"。这样的小资产阶级要扬弃掉自身的两面性，做地主阶级的"贰臣贼子"，唯一的出路就是忠诚于自己身上所流淌着的无产阶级血液，与工农兵结合，他们与工农兵结合的程度，就是他们对于地主阶级反叛的程度。初版本的精力更多地放在林道静如何通过爱情获得革命意识的开悟上面，对于她该如何隔入工农兵则语焉不详。到了修改版，杨沫一举增加了八章的对农村生活的描写，也就是修改版第二部第七章到第十四章，意欲"使她的成长更加合情合理、脉络清楚，使她从一个小资产阶级知识分子变成无产阶级战士的发展过程更加令人信服，更有坚实的基础"。[1] 这一突兀的大幅

[1] 杨沫：《〈青春之歌〉再版后记》，载《光明日报》1960 年 1 月 19 日。

添加，到了意识形态大为松动的1980年代开始广受批评，批评者认为，这是政治宣教功能对于文学审美功能的取代甚至践踏，与工农兵结合在一起的林道静不再是活生生的人物形象，而成了党对于知识分子如何改造自我、提高自我的经典理论的图解。批评者忽略的事实是，那个特殊年代所生产出来的作品当然要与时代本身榫卯相契，它更应该反过来为时代的逻辑和伦理背书、证明，否则难逃被“锄草”的厄运。

杨沫的“天才”在于，她不仅让林道静与工农兵结合了，而且丝丝入扣地呈现林道静从结合之初的本能的恶心到后来的心安理得、甘之若饴这个艰难而痛苦的过程，正因为有了这一过程，小资产阶级的原罪才能得到呈现，小资产阶级与工农兵，游移、彷徨的同路人与坚定的革命者之间巨大的价值差异以及擢升的艰难也才得以彰显。关于这一价值差异，毛泽东有着生动论述：“拿未曾改造的知识分子和工人农民比较，就觉得知识分子不干净了，最干净的还是工人农民，尽管他们手是黑的，脚上有牛屎，还是比资产阶级和小资产阶级知识分子都干净。这就叫做感情起了变化，由一个阶级变到另一个阶级。”[1]不知是杨沫

[1] 毛泽东:《毛泽东论文艺》(增订本)，人民文学出版社，1992年版，第38—39页。

活学活用的天分太高，还是实在想象不出小资产阶级该如何与工农兵结合，香与臭、干净与不干净的辩证同样出现在增写部分里。结合之初，“一股难闻的气味”冲到林道静的鼻孔，这是汗臭、霉臭和油污的恶臭；结合的中途，她还能闻到“一阵恶臭熏鼻”，“道静却不再觉得恶心”；到了成功结合，她“紧紧”地靠近老人的身体，“这时再也闻不见他身上的汗臭”——香臭从来不只是香臭本身，它们是阶级情感的直白表达。

（三）突出革命斗争中的领导力

针对“一二·九”运动描写得不够宏阔，林道静在此运动中的作用更不够鲜明的质疑，修改版作出了两方面的重大修改。首先，全方位、多视角地呈现出“一二·九”运动，重点增写了三章的内容，也就是第三十四章林道静参加北大世界语协会和新文字研究会例会，第三十八章北大历史系与反动派夺取领导权和第四十三章的学生大游行。其次，大幅删改初版本中表现林道静在领导革命运动时不够冷静、机智的描写，把她塑造成仿佛从娘胎中一出来就特别会战斗、能战斗的全能革命家和领导者。这些描写的删除，也透露杨沫及其背后的意识形态的男权取向：

那些软弱的、无作为的、投降的行动都是“娘娘腔”，其实质是阴性的，革命者都是百炼成钢的，当然是阳性的。

通过上述三个方面的梳理，我们可以看到，杨沫刮除了所有具有性别的、柔软的、毛茸茸的描写，增添了许多无性别的、刚硬的、光滑的内容，在此修改过程中，林道静也越发脱去了她的小资气、女人味（在革命的逻辑中，它们两者就是一回事），超凡脱俗地成为一个通体透亮的革命英雄。

可是，这样的毫无人气的洁本仍没有得到批判者的认可，到了“文革”，《青》依然被定性为“替刘少奇、彭真树碑立传”的“大毒草”——《青》表现小资产阶级知识分子的成长史，这样的构思本身就是有罪的，因为无产阶级英雄从一开始就应该完美无缺，哪里需要冗长、烦琐的成长？即便有成长，也只能是从无伤大雅的起点开始，比如，不够细致、机敏，像出身的两面性已属原则性问题，这样的主人公只能被否决、淘汰，哪里来的成长？“文革”一结束，杨沫就迫不及待地再一次调整了《青春之歌》，她好像要还自己一个“清白之身”。可是，到了新时期，无产阶级“新人”的成长这一文学主题已被冷藏、淘汰，杨沫的多愁善感的女英雄、女“新人”注定只能是“十七年”文学的一个暧昧、尴尬的存在，这个存在也因为自身的被否定，只能成为无产阶级英雄想象史、塑造史的重要一环。

五、郭小川之心灵切割

相较于杨沫的觉今是而昨非，郭小川的自我否定就要艰难和复杂得多。

郭小川的诗歌始终在个体的生命感受和革命的工具化要求之间徘徊、撕扯。1957年的“小阳春”气候让他所珍视的个人价值得以破土而出，写出了给他带来厄运的《一》,《一》也恰恰成了他的灵魂深处个人伦理与革命伦理剧烈缠搅的有力证明,《一》就是他的“心史复调”，[1]正是这样的“心史复调”给一个单调的、外在化的时代增添了厚度和温度。不过，“心史复调”是我们的时代的审美和道德追求，而“十七年”的“水晶宫殿”里怎么可能容纳这样的异端？不需要批判者的当头棒喝，郭小川自己也

[1] 夏中义:《革命伦理与个体伦理的心史复调——论郭小川1957年三首叙事长诗及诗人命运》，载《华中师范大学学报》(人文社会科学版)2010年第3期。

会时时狐疑他的个体感受乃至个人主义究竟合不合时宜，于是，他的内心被撕裂了，他的心灵中有两股声音在此起彼伏，他产生了严重的精神危机。[1]

郭小川如此珍视自己的个体感受，这样的感受无法公之于众，他就把它写在日记里。日记承载着他的最隐秘、最柔软的内心世界，这样的内心世界以物化的方式存在着，又反过来对他公开发表的文字所构筑成的另一幅形象产生了质疑、颠覆，他必得时时平复这样无法平复的致命性颠覆。从他的日记等私密文字中，可以清晰看出他的“个人”意识。

（1）他认为个人的力量是具有神性的。他曾说：“一想到宇宙，就感到人太渺小了，但人是不会自己毁灭自己的，生活的力量对人能够吸引住，都会津津有味地活下去，创造着一切。”[2] 人之于宇宙之浩瀚当然微乎其微，但是，人依然能津津乐道地活着、创造着，是因为人有对于生活的向往以及个人的能量。而《一》中的主人公王金，

[1] 郭小川在他的思想总结中这样写道：“（六月）有几天，我的精神很不正常，预感到‘身体和精神都要倒下去’……精神错乱，控制不了自己。”参见郭小川：《郭小川全集》第12卷（外编），广西师范大学出版社，1999年版，第45页。

[2] 郭小川：《郭小川全集》第12卷（外编），广西师范大学出版社，1999年版，第42页。

如同一个在浩渺无垠的宇宙中的个人，虽然力量微弱，却挣扎着向上，他说："王金就是我心目中的英雄，也是我自己的写照。"[1]

（2）他认为个人情感是值得尊重的。他的日记中曾写道："又到默涵处谈近一小时。谈到男女关系这个问题，这是多么丰富的生活呵！人，在这个问题上都是如此敏锐，妻子对丈夫的一举一动都是理解的。而女孩子都喜欢叔叔，男孩子都喜欢阿姨。异性之间的这种奇妙的关系，是作家写不尽的。"[2]在这里，他着重强调异性间存在的微妙、暧昧而敏感的情愫，正是因为这种模棱两可却拨动心弦的情缘，才使得人与人之间的感情变得丰富、驳杂、意味深长，更能激发出作家的创作灵感。由此来看，郭小川所想要捕捉的情感是混沌的、莫名的，而并非革命所要求的单向度的忠诚。

另一种声音在外部施压。1959年，党内针对郭小川作品中暴露的个人主义进行了多次批评，郭小川起初的态度是"非常抵触"，接着思想"转过了弯"，"思想上虽然没

---

[1] 郭小川：《郭小川全集》第12卷（外编），广西师范大学出版社，1999年版，第40页。

[2] 郭小川：《郭小川全集》第9卷（日记，1957—1958），广西师范大学出版社，1999年版，第177页。

有全通，但也觉得自己不对了”。[1]他自己总结，就在个人伦理和革命伦理的对峙让自己“痛苦、彷徨”的时候，“如果不是党组织伸出手来，大喝一声，我是会堕落的，组织上及时地挽救了我”。[2]至此，他彻底放弃仅存的微弱的个人意识，“洗心革面，重新做人”。他几次三番地检讨，都集中在对上述两个方面的反驳上：

（1）对于强调个人力量的方面，他检讨说：“随处流露自我欣赏，自我扩张的东西（向困难进军）”，是“个人主义膨胀，政治上退步，严重右倾，丧失立场”。[3]

（2）对于尊重个人情感的方面，他也做了检讨：“这是长期的个人主义没有清算的结果，是个人主义恶性发展的结果……这个个人主义的幻想破灭了，首先是创作不能搞了，‘身心就要崩溃’。这是个人主义和集体主义、个人利益和党的利益发生了尖锐矛盾时所出现的一种状态。”

由此可见，郭小川已经放弃了对个人情感、个体尊严的坚守，开始向集体主义、党的权威妥协。经历这次心

---

[1] 郭小川：《郭小川全集》第12卷（外编），广西师范大学出版社，1999年版，第28页。

[2] 郭小川：《郭小川全集》第12卷（外编），广西师范大学出版社，1999年版，第29页。

[3] 郭小川：《郭小川全集》第12卷（外编），广西师范大学出版社，1999年版，第62页。

灵的切割之后，他已经被驯服为党的“好儿女”。也因为这样，党内对他的最后判词还是留有余地的：“郭小川同志的个人主义等问题，在性质上是属于世界观的问题，而不是右倾机会主义路线的问题”，[1]他的政治地位并没有动摇。但是，从1959年至1976年，郭小川生命的最后十七年，他再也没写过《一》那样深邃而丰厚的叙事长诗，他从一个复杂丰厚的“心灵诗人”成为了单向度的政治抒情诗人，他“作为一个‘心灵诗人’的生命，恐怕在1959年10月已被窒息”[2]——心灵的一半都被切割掉了，郭小川怎能成为中国的肖洛霍夫？

六、路翎之“最后的奋斗”

与杨沫的痛改前非、郭小川的心灵切割不同的是，当《洼》遭到批评界的炮轰时，路翎试图撰文反驳。在发表无望时，他非但没有放弃，而是将文章扩充到了四万字以

[1] 郭小川：《郭小川全集》第12卷（外编），广西师范大学出版社，1999年版，第76页。

[2] 夏中义：《革命伦理与个体伦理的心史复调——论郭小川1957年三首叙事长诗及诗人命运》，载《华中师范大学学报》(人文社会科学版)2010年第3期。

求自证，终于在《文艺报》刊登，在当时，这是极为罕见的“反批评”。但《文艺报》之所以公开发表他的“反批评”并非要营造文学批评的对话氛围，而是为即将开展的反“胡风集团”运动做准备。路翎未必没有一丝警觉，但他还是孤注一掷，完成了自己“最后的奋斗”，向自己的精神导师胡风致敬。[1] 他的四万字长文始终在为包括家庭、亲人、爱情和生命在内的日常生活的阴性世界辩护，他说：

> 牺牲这一切——家庭、亲人、爱情以至于生命——并不等于这一切没有价值，对这一切没有感情。人们付出牺牲，正是为了保卫这一切——首先保卫和这一切血肉关联的事物：人民、集体、祖国。正因为这一切是可贵的，所以这牺牲才是崇高的。为了

[1] 胡风决定“上书”之前，曾满含热泪对路翎说：“我和你路翎，和阿垅、绿原、牛汉、徐放、谢韬、严望、冀汸、卢甸等结伴而行，我们也有不小心也有莽撞。我现在很感慨，像做最后的奋斗似的。但结果驳回来，说你反党，如何呢？我们走到困难的境地了，终于不能顾忌什么了。为了文艺事业的今天和明天，我们的冲击会有所牺牲。”随后，在历时四个月的时间里，胡风等完成了 28 万字的《关于解放以来的文艺实践情况的报告》。参见路翎：《一起共患难的友人与导师——我与胡风》，载《路翎批评文集》，珠海出版社，1998 年版，第 304 页。

> 保卫这可贵的一切不受敌人蹂躏，为了保卫这个正是有着自己的亲人、爱情、生命在内的祖国，为了保卫这个给了人们以幸福生活和光明希望的祖国，人们走向战场。人们的家庭和爱情，当然是属于个人的，但就其对整体的关系而言，他又是整体不可分割的一部分。人们正是因为了解到这一点，才能为整体的利益而奋斗，产生集体主义的感情。[1]

从这段剖白可以看出许多信息：

（1）路翎所坚持的革命的阳性世界和日常生活的阴性世界的关系，与主流意识形态背道而驰。他认为，亲情、爱情和生命才是最体己、最切身的，生命的爱感、痛感和死感等所有这些无法命名的微妙感受都弥足珍贵，我们之所以付出牺牲，走向革命，正是为了保护这些柔软的领域，而革命和祖国也因此才获得了合法性——用路翎的话说，就是祖国“给了人们以幸福生活和光明希望”。祖国伟大，只是因为它给人带来幸福和希望。所以，阴性世界是阳性世界的出发点和归宿，不以阴性世界为旨归的“集

---

[1] 路翎：《为什么会有这样的批评？——关于对〈洼地上的“战役”〉等小说的批评》，载《文艺报》1955 年第 3 期。

体主义变成了虚无主义”，[1] 而是真正的集体主义不过是走向个人幸福的媒介。[2] 革命服从于日常生活，集体服从于个人，这在革命逻辑和伦理看来，简直是大逆不道，如此异端的言论，他还当作圭臬反复宣谕，他比杨沫、郭小川要顽固，要“反动”得太多，他当然也会为他的“反动”付出深重的代价。

（2）路翎所认定的集体主义和批评家眼中的集体主义相去甚远。路翎笔下的战士，“他的命运和祖国的命运一致，他的对家乡、亲人的感情就是对祖国的感情，他从自己过去所受的苦感到朝鲜人民今天所受的苦，他在斗争的教育下产生着崇高的集体主义感情。”[3] 在路翎眼中，个人主义是母亲与爱人，集体主义便是祖国母亲。因为切身

---

[1] 路翎：《为什么会有这样的批评？——关于对〈洼地上的“战役”〉等小说的批评》，载《文艺报》1955 年第 3 期。

[2] 侯金镜批评说：“作者对人物的描写方法是：差不多每一个人物在完成一个艰巨的任务或是在紧张的情况下面，都做一次有关个人幸福和个人痛苦的回忆，然后这个回忆就产生了战斗的力量。”参见侯金镜：《评路翎的三篇小说》，载《文艺报》1954 年第 12 期。宋之的批评道：“他所描写的志愿军战士，在战场上起作用的，却不是这种伟大的政治感情，而是我妈、我爹、我老婆，要不就是我的绝望的爱情、我的孩子、我的家乡中某一条小河里的鱼等等。”参见宋之的：《错在哪里——评路翎的小说〈洼地上的“瞌役”〉》，载《解放军文艺》1954 年第 8 期。

[3] 路翎：《为什么会有这样的批评？——关于对〈洼地上的“战役”〉等小说的批评》，载《文艺报》1955 年第 3 期。

体验的母爱是人所共有，由己及他地推广开来，集体便是祖国——与个体血肉相连的更崇高、更伟大的母亲。路翎所谓的祖国是他生于斯、长于斯、死于斯的故乡，是饱尝心酸和蹂躏的土地，是满目疮痍需要呵护的家园，这是一种基于文化、传统、情感之上的爱国。他爱这片热土，但这和管辖这片土地的政权无关，也就是说他爱的是文化心理上的祖国母亲，而不是共产党光辉照耀下的祖国母亲。这样一来，党的领导权和指挥权在英雄身上就不再重要，党的权威和集体的崇高就被解构了。为此，侯金镜毫不客气地说："我们的爱国主义思想……是在不断克服个人意识的斗争中产生的，热爱一条小河、小河里的鱼、健壮的妻子，不一定就是爱国主义，只有把这一切和'团体的利益'发生紧密的、不可分割的联系，它们才可以发出爱国主义的光辉，才能给人以勇敢战斗，自我牺牲的力量。"[1]

显然，路翎的自我辩护不仅没能验明自己的革命正身，而且将自己的异端思想暴露无遗，他和他的小说的罪名也被升级为"反党反革命"，就连原先处于观望的、未置可否的作家、批评家此时也不得不表明立场，纷纷发表批判文

---

[1] 侯金镜：《评路翎的三篇小说》，载《文艺报》1954 年第 12 期。

章，例如，杨朔《与路翎谈创作》(《文艺报》1955 年 3 月 15 日)，魏巍《纪律——阶级思想的试金石》(《解放军文艺》1955 年 3 月号)、《路翎写我军的目的在于瓦解我军的斗志》(《解放军文艺》1955 年 7 月号)，巴金《谈〈洼地上的“战役”〉的反动性》(《人民文学》1955 年第 8 期)，陈涌《认清〈洼地上的“战役”〉的反革命本质》(《中国青年》1955 年第 14 期)等，数不胜数。

事实上，1955 年文艺报第 1—4 期连载完《为什么会有这样的批评——关于对〈洼地上的“战役”〉》之后的一个月，路翎就因胡风案被铺入狱，长达 20 年之久。这是路翎评论文章中最长的一篇，也是他入狱前发表的最后一篇，是他知其不可而为之的“最后的奋斗”，他以他的文学生涯，甚至是自己的生命承担起这样的文学理想，实有一种困兽犹斗的悲壮，给文学史留下了一抹惊心动魄的记忆。

从《洼》《一》《青》所引发的批评界一场场别开生面的关于“英雄不该是什么”的论证，以及由此而进行的再修改、再创作等文学活动可以看出，20 世纪 50 年代的批评界对英雄塑造起着至关重要的作用，他们“保证规范的确立和实施，打击一切损害、削弱其权威地位的思想、创作和活动”。[1]批评当然是重要的，但是，批评怎么能左右整个文学创作？而且，批评怎么可能只是“锄草”，批评不也可以是浇花和培土，就像鲁迅所说过的那样吗？[2]不过，那个时代只需要作为“锄草”的批评，需要这样的批评把否定进行到底。于是，从路翎到郭小川再到杨沫，作家愈来愈听话，个人价值愈来愈消减，人情味和儿女情愈来愈淡薄，他们的人物也就愈来愈接近英雄。经过一系列并不轻松的“锄草”运动，英雄的雏形终于在1960年代诞生了，他就是社会主义“新人”梁生宝，从此，中国文学进入了“新人”时代。

---

[1] 洪子诚:《中国当代文学史》，北京大学出版社，1999年版，第25页。

[2] 鲁迅曾说:“因为批评家的职务不但是剪除恶草，还得灌溉佳花，——佳花的苗。”参见鲁迅:《并非闲话三》，载《鲁迅全集》第3卷，人民文学出版社，2005年版，第162页。

第十二章

纪实还是虚构：贾樟柯的叙事困境

纪实与虚构是我们叙述世界的两种最根本的可能，我们的现实和历史、个人的微渺希望和历史的恢宏意图不得不以纪实与虚构的方式展开并得以驻留[1]。不过，深刻的困扰一直存在着：昆德拉说，遗忘（它在抹去）和记忆（它在转化）的双重力量把我们与哪怕是几秒钟之前的过去生生地分开[2]。那么，纪实如何可能，纪实会不会就是虚构的另一种方式？同样，如果没有纪实的冲动和需求的话，虚构有什么必要？又将如何可能？虚构从来不就是抵达真实

[1] 这一点，王安忆体会尤深，她的长篇小说《纪实与虚构》即是明证。

[2] 参见［捷克］米兰·昆德拉：《帷幕》（董强译），上海译文出版社，2006年版，第191页。

的另一扇方便法门？正是基于纪实与虚构之间的界限如此模糊，它们一定要挺进对方才能成全自己的暧昧而丰富的现实。我认定，每一个“诚实”的叙事人在展开自己的叙事行动之前，首先要思考一下他应该如何纪实，怎样虚构，他的叙事行动如何才能在纪实与虚构的两极之间寻找到自身的平衡。

贾樟柯是一位杰出的中国故事的叙事人，对于自己的叙事行动，他有着很深入、成熟同时又极纠结、不稳定的思考。比如，他认为：“历史就是真实和虚构共同形成的，历史不代表毫发无误的真实记录，历史是包含虚构的。”[1]可是，他没有说清楚的问题是：真实和虚构如何共置于历史的机体之中？它们难道没有可能或相互排斥或彼此交融，从而化合出一种崭新的质素？本章主要以《天注定》为例，旁及贾樟柯的创作历程，探究他的叙事如何游走于纪实与虚构的两极，他在两极之间的游走方式会凝定出什么样的独异的光影世界，又一定会给他的光影世界带来哪些致命的缺失。

[1] 贾樟柯、吴冠平、刘小磊：《寻找自己的电影之美——贾樟柯访谈》，载《电影艺术》2008年第6期，第74页。

一、零度叙事与“新闻串烧”

自称为“电影民工”的贾樟柯一直试图把被现代性进程遗忘、淘汰、碾压的普通人的普通生活状态以它们自身的样子真切地呈现出来，用他自己的话说，就是“我想用电影去关心普通人，首先要尊重世俗生活。在缓慢的时光流程中感觉每个平淡的生命的喜悦和沉重”[1]。要知道，“平淡的生命”的喜悦和沉重从来没有资格作为它们自身被叙述出来，它们无法成为自身的目的，它们只能作为某一庄重主体进行自我认同时的“他者”被呈现，或是在某种宏大主旨在宣扬它的教谕时被征用。所以，我们一定不会理会甚至根本不会想到去理会阿Q、白毛女们的喜悦和沉重，他们早就被收编进了改造国民性、“旧社会把人变成鬼，新社会把鬼变成人”之类的主流话语系统，成为话语系统的一枚螺丝钉，一个注脚[2]。只有当中国文学到了阿城、刘震

---

[1] 程青松、黄欧：《我的摄影机不撒谎：六十年代中国电影导演档案》，中国友谊出版公司，2002年版，第368页。

[2] 对于《白毛女》之类，文艺如何毫不留情地删除“平淡的生命”本身，贾樟柯早有清醒认知。他在与侯孝贤对话时说：“当时国内的艺术基本上就是传奇加通俗，这是革命文艺的基本要素。通俗是为了传递给最底层的人，传奇是为了没有日常生活、没有个人，只留一个大的寓言。像《白毛女》这种故事，讲一个女的在山洞里过了三十年，头发白了，最后共产党把她救出来……中间一点日常生活、世俗生活都没有，跟个人的生命感受没有关系。”（参见贾樟柯：《贾想1996—2008》，北京大学出版社，2009年版，第176页。）

云这里，中国电影到了贾樟柯这里，“平淡的生命”的喜悦和沉重才不再是其他事物的任意注脚，它们就是它们自身，它们自身就是起点和归宿。于是，小林家的一斤豆腐馊了竟会如此的严重，严重到成了一篇小说的开头（刘震云《一地鸡毛》），也于是，一个没有地位、前途、理想的小混混的不自觉的焦虑、称不上迷惘的迷惘、从来没有拥有所以也就算不上失落的失落，竟会成为一部电影的全部（贾樟柯《小武》）——它们说明不了什么，也无须说明什么，它们已是如此深重。这样一种祛除意识形态迷雾、“平淡的生命”自行呈现的艺术精神，也就是陈丹青在论述贾樟柯时所总结的“真实”：“我对文艺的期待，就是把我们目击的真实说出来。同时，用一种真实的方式说出来。没有一种方式能够比电影更真实，可是在三十年来的中国电影中，真实仍然极度匮乏。”[1]

陈丹青所谓的真实，也就是在讨论“新写实”小说时大家所习惯称引的“零度叙事”。零度叙事并不是情感的零介入、叙事主体的不在场，因为叙事行动如何离得开叙事人、叙事人的视角，态度怎么可能不影响到叙事行动，更何况情感的零介入本身不正是一种强烈的情感宣示？零

[1] 贾樟柯：《贾想 1996—2008》，北京大学出版社，2009 年版，第 14 页。

度叙事毋宁是一种纪实的姿态，这样的姿态抵制任一种意识形态，怀疑所有的前理解、前判断，它要让未被话语污染的事物的原初状态自行呈现并被记录下来，所以，之所以无动于衷，其实是因为对于叙事对象的深情早已让叙事人有动于衷。正是在此意义上，贾樟柯标举“纪实”：“当我面对自己的生活，面对我的亲朋好友，我想不到除了纪实的风格以外还有什么样的风格，那是一个没有选择的选择。”[1] 不过，贾樟柯没有意识到，作为“没有选择的选择”的纪实，哪里只是一种风格，纪实更是叙事人对于叙事对象的尊重、虔敬，只是这样的尊重和虔敬不是以抒情而是以看似冷眼旁观的姿态表现出来的。零度叙事的叙事伦理，安德烈·巴赞在论述“冷眼旁观的镜头”时有过类似的揭示：“摄影机镜头摆脱了我们对客体的习惯看法和偏见，清除了我的感觉蒙在客体上的精神锈斑，唯有这种冷眼旁观的镜头能够还世界以纯真的原貌，吸引我的注意，从而激起我的眷恋。”[2] 巴赞所谓的“精神锈斑”就是前文所说的前理解、前判断，前理解、前判断可以是由叙

---

[1] 丁宁：《对话：中国新生代影像》(录音整理)，载《电影艺术》2003年第1期，第39页。

[2] ［法］安德烈·巴赞：《电影是什么》(崔君衍译)，中国电影出版社，1987年版，第13—14页。

事人的感觉“蒙”在叙事对象身上的，也可以是在叙事对象既往被叙述的过程中被叙事行动嵌入它的阴凹处并会在新的叙事行动中被唤醒的，而“冷眼旁观的镜头”也就是零度叙事的姿态，零度叙事清除掉层层叠叠的前理解、前判断，于是，叙事对象一下子拥有了一种将语未语的新鲜和可能，“激起”叙事人的深刻的眷恋。

零度叙事的速度一定是缓慢的，因为现实生活自身没法“快进”，不可能“倒带”，更不会如蒙太奇一般随意拼贴。缓慢不同于慢镜头的“慢”。慢镜头中止了现实生活自身的速率，把原本转瞬即逝的生活流片段一个个驻留下来，生活于是以迥异于自身的样态舒展开来。从这个角度说，慢镜头是一种回避生活、再造生活的浪漫化手段。缓慢则是现实生活自身的样态，现实生活自身没有目的，没有规划，没有动力，就像一盘散沙似的，“慢慢地开始，慢慢地推进，慢慢地结束”[1]。在缓慢的叙事中，枝枝蔓蔓的人、事就那么不紧不慢地飘着、荡着，仿佛永远不会消逝。可是，当一个叙事语段过去之后，我们猛然发现，那样的人、事竟过去了。过去了，就不会再来，就像生命本身。缓慢的叙事落实到电影里，一般会用长镜头。长镜头

[1] 麦家：《非虚构的我》，花城出版社，2013年版，第118页。

保持时间的不间断性、空间的统一性，拒绝剪切、拼贴等所有可能干扰到事件的自然流程的“虚伪”的手段，从而最大程度地保证叙事的真实性。

贾樟柯对于长镜头的热衷，受益于侯孝贤。比如那部让贾樟柯“整个人傻掉”的《风柜来的人》，而他自己的最经典的长镜头实践，当属《小武》的结尾处，小武被民警锁在路边的电线杆上的那场围观——现实生活所有的无聊和残酷不是自上而下、由外而内地被揭示、被宣告出来，而是由现实生活本身自然呈现出来的，现实生活悄无声息地张开了血盆大口，吞噬了所有的人们，包括叙事人。正是对于由长镜头所带来的似真性的耽溺，造就了贾樟柯缓慢、沉闷、琐碎、无聊到让人刺痛的光影世界，这样的光影世界让习惯了紧张、剧烈、曲折、突出等传奇趣味的中国电影观众莫名惊诧：这也是电影？

对于似真性的追求，或者说对于现实生活的纪实冲动，让贾樟柯的电影逐渐取消了主角，因为“平淡的生命”从来不会是主角，他们生活的世界中也无所谓主角，主角只是对现实生活进行提纯和重新编排的工具和逻辑后果。取代小武们这些主角涌现出来的，只能是《三峡好人》中的两对夫妻、《二十四城记》中的九位受访者，以及《天注定》中四个带来或者正在走向死亡的人们等一系列人物群像，因为现实生活所有的正是一群看起来毫无瓜葛其实又有着千丝万缕的隐秘关联的凡人们，这样的人们甚至不是他们自身生活的主角，他们吃力地行走在自己根本无法把捉的芜杂、蔓生的生活之中，他们是自身生活的旁观者。如此一来，对于群像的执着就不只是一个美学问题，更是一个叙事人和他所要叙述的现实之间的关系，以及他对于现实性质的基本体认问题。对于这一点，贾樟柯亦有自我剖白："我非常喜欢群像的感觉，一直不喜欢一组固定的人物贯穿始终拍摄，因为我觉得群像的色彩可以带来对现实的复杂性的感觉……"[1]不过，贾樟柯的误解在于，群像所昭示出来的只是现实未被前理解、前判断污染过的原初面目，而不是现实的复杂性，因为群像是对于现实的浮雕式再现，而复杂性只能由典型挺进现实之后赢获，更何况现实可能从来不是复杂的，而只是芜杂地铺陈着而已。其实，群像的平面性，贾樟柯在谈《世界》时也说得很清楚："我觉得平面化是这个电影很重要的一个特点……"[2]——平面的东西，为什么不能有另一种复杂呢？

---

[1] 贾樟柯：《贾想 1996—2008》，北京大学出版社，2009 年版，第 253 页。

[2] 贾樟柯、吴冠平：《〈世界〉的角落》，载《电影艺术》2005 年第 1 期，第 32 页。

如果说《二十四城记》的群像式呈现还略觉潦草、生硬的话，到了《天注定》，贾樟柯推出群像的技巧已经非常娴熟。《天注定》再现了胡文海、周克华、邓玉娇等三起震惊全国的刑事案件，以及每每见诸报端的富士康跳楼事件，并以玉儿（以邓玉娇为原型）来到被胡大海（以胡文海为原型）射杀的焦胜利的胜利集团求职作结，串联起了原本不存在任何关联的四个故事。不过，这样的“新闻串烧”式叙事难免让人小视贾樟柯的叙事能力和诚意：把四个热点新闻串在一处就成了一部电影，这样的电影还不如许多法制电视节目来得引人入胜。无独有偶，同样是在2013年，余华也推出了一部“新闻串烧”式小说——《第七天》。两位一流的叙事人几乎同时选择了“新闻串烧”，让我们不得不思考“新闻串烧”式叙事背后可能潜隐的严肃、诚实的叙事伦理。余华说：“我们的生活是由很多因素构成的，发生在自己和亲友身上的事，发生在居住地方的事，在新闻里听到看到的事等等……”[1]余华想要表达的意思是，在互联网时代，现实生活的概念发生了重大变迁，我们的现实不再仅仅由我们自己所经历的事件构成，

[1] 夏琦：《余华首度回应〈第七天〉“炮轰”》，载《新民晚报》2013年6月25日。

更是由我们从各种传媒主动或被动地听到的、看到的新闻所构成，后者甚至成了一种超级的虚拟现实，虚拟现实给我们的生命所带来的影响比我们亲身经历的事件对我们的影响要大得多，就像我们对地球另一端发生的一起爆炸袭击的了解比对我们小区里发生的一桩盗窃、凶杀事件的了解要远为详尽，所受到的惊恐也更强烈。所以，“新闻才是我们生活的主导元素，互联网时代最基本的现实，正是现实的新闻化”，这样的状况严重到新闻热点的更迭速率成了我们“转换认知对象、调节兴奋程度的速率”，它甚至就是我们的生命节奏本身[1]。从这个意义上说，《天注定》和《第七天》的“新闻串烧”式叙事，正是对于现实新闻化这一互联网时代的巨大现实的洞观和模拟，它们是我们这个时代的一对产儿，又是我们这个时代的两面最清晰的镜子。

“新闻串烧”当然有着强烈的纪实冲动，这里的纪实不单是指对于新闻事件的实录，对于现实新闻化的时代本质的洞观，也是指两位叙事人对于新闻事件的求真的姿态。既然求真，他们的叙事就都是零度叙事，零度叙事清除了

[1] 翟业军:《创世·拟世·慰世——论余华〈第七天〉》，载《东吴学术》2014年第5期，第77页。

新闻事件身上的“精神锈斑”，让它们以原初的面目呈现。在贾樟柯那里，零度叙事就是一再地使用长镜头、空镜头。在这样的镜头中，新闻事件身上那些经由无数次的强调、忽视、变形、拼接所深深烙上的“精神锈斑”被汰尽了，看起来传奇的原来只是最普通和痛切的人生，就像胡大海不再是那个被无数媒体一再塑造出来的杀人魔头胡文海，而是一个有点善良也有点邪恶、既不愿伏低做小又不得不伏低做小的小人物，寻常得与镜头里的其他人甚至物并没有什么两样。在余华那里，零度叙事就是一双死者之眼，死者之眼就像贾樟柯的长镜头一样，无力挺进新闻事件的内里从而赋予对象以自身的逻辑，死者只能被动地与一个又一个新闻事件相遇，被烙下一枚枚深刻的印记，发出一声声既沉重又虚无的叹息。印记烙下了，就再也不会被抹去，他的叹息里飘荡着一个时代的疼痛和悲哀。

综上可见，贾樟柯乃至余华，同时以零度叙事、“新闻串烧”之类方式来叙述中国，是因为他们都有着穿透太过纷乱的前理解、前判断的迷雾，为当下中国立此存照的弘愿。这样的弘愿就是“相信什么就拍什么”[1]——相信不是先验的、被赋予的盲信，而是让叙事对象自行呈现从而理

[1] 贾樟柯：《贾想 1996—2008》，北京大学出版社，2009 年版，第 174 页。

解了对象甚至被对象所占有之后的确信。

二、“苏三，你可知罪”与贾樟柯的罪行推定

纪实是一种动人的誓愿，在技术和理论上却存在太多无可规避的漏洞和困境。比如，当你试图去追踪、理解一个对象的时候，你怎么能打开他/她的心灵？你又凭什么确认你所看到的敞开真是敞开而不是貌似敞开的遮蔽、一种更深层的遮蔽？对于这样的困境，贾樟柯有着深切的体认：“我觉得或许这是纪录片的局限，每个人都有保护自己的一种自然的一种心态。”[1] 同样的体认，一百多年前的王尔德说得更直接：“人在坦诚相见时最习惯伪装自己。给他一个面具，他就会对你讲真话。”[2] 王尔德所说的“坦诚相见”就是纪实。纪实的结果一定是伪装，是遮蔽，他所说的戴面具则是虚构。虚构的时候，人物才有可能说出连他自己都未必相信、未必能够直视的真实——真实从来都是残酷的、不祥的、令人避之唯恐不及的。真实可能寓

[1] 贾樟柯：《贾想 1996—2008》，北京大学出版社，2009 年版，第 182 页。
[2] ［英］王尔德：《谎言的衰落：王尔德艺术批评文学》（萧易译），江苏教育出版社，2004 年版，第 159—160 页。

于虚构而不是纪实。这一诡谲的道理，贾樟柯同样体会颇深："故事片更容易拍到存在于人际关系中的真实，纪录片中的人物刻意回避的生活正是故事片容易表达的内容。"[1]如此一来，纪实还是虚构，怎样纪实、如何虚构，诸如此类的问题就一定会成为贾樟柯电影的头等命题。往深处说，真实存在吗？真实可能吗？真实是一种客观存在，还是一种必得"时时勤拂拭"才能"争"得的境界？抑或只是主体与客体即刻的、相对性的契合？就算真的有客观的真实存在着的话，有限的主体又凭什么来认定先于我们、外在于我们的真实为真实？再往深处说，叙事人无法与真实素面相见，他一定要通过某种想象模式来接近、组织乃至重构叙事对象，他一定会被叙事对象阴凹处潜隐着的"精神锈斑"反向凝视，从而被激出一系列看起来理所当然的前理解、前判断，而叙事对象本身也只能以被某种想象模式重构了的样态展现在叙事人的叙事行动中。如此说来，真实可能是带有叙事人"精神锈斑"的自以为是的真实。当纪实之"纪"这一宏大的誓愿和缜密的行动所指向的并不是真实，贾樟柯又该如何安妥他那颗为当下中国纪实的野心和雄心？

[1] 贾樟柯：《贾想 1996—2008》，北京大学出版社，2009 年版，第 226 页。

于是，贾樟柯不得不虚构——一种作为纪实的补充的虚构，一种比纪实更能挺进到现实生活的内里因而比纪实还能纪实的虚构，就像他谈及《二十四城记》时说：“当这些历史事实大量进入我的大脑时，我越是想记录，就越觉得需要虚构。”[1] 果然，《二十四城记》采访了420工厂的五位工人，可是，五位再普通不过的工人的现身说法又能具备多少典范性，又如何能“反映”出420厂以及绝大多数国营大厂曾经的繁华与如今的落魄？贾樟柯便又虚构了四个人物，特别是大丽（吕丽萍饰）、小花（陈冲饰）和娜娜（赵涛饰）这三代女性，她们的命运变迁形象地勾画出一幢大厦的茁壮、颓圮、坍塌和消亡，至此，《二十四城记》之核终于水落石出了——“二十四城芙蓉花，锦官自昔称繁华”[2]。这是对于逝去的繁华时代的伤悼，也是在刚刚涌现的烈火烹油的时代面前的怨艾和自伤。不过，当虚构比纪实能更“完美”地揭示叙事人的意图的时候，贾樟柯应该警惕，这一由叙事人自外而内地赋予叙事对象而不是由对象深处自我呈现出来的意图可靠吗？叙事人又该

[1] 贾樟柯、吴冠平、刘小磊：《寻找自己的电影之美——贾樟柯访谈》，载《电影艺术》2008年第6期，第74页。

[2] 罗念生：《芙蓉城》，载《罗念生全集》第9卷，上海人民出版社，2007年版，第164页。

如何弥合虚构与纪实之间的裂痕。比如，小花刻意把卷舌发成平舌的做作出来的平凡与那五位工人的真正的平凡，怎么可能是一回事？小花的做作不是精英向底层、虚构向纪实的俯就吗？

更大的危险在于，明明是在虚构，执着于纪实的贾樟柯却可能误以为那就是纪实，而且，在纪实的“幌子”下他会下意识地、心安理得地虚构，更而且，正因为误以为是在纪实，他就会放弃对于“精神锈斑”的警惕，他所叙述出来的可能无非就是一些早已被无数次的叙事行动认定、宣扬甚至鼓吹过的前理解、前判断，于是，貌似先锋的叙事实践不过还是一些旧调重弹而已。这样的宣判看似苛刻，实则有着非常扎实的事实支撑。

如前所述，在贾樟柯的叙事理念中，相比较虚构，纪实拥有着不证自明的价值优越性，他会竭力抑制住自己的倾向性，把它小心翼翼地隐藏在不动声色的长镜头中，当确实有压抑不住的倾向要溢出的时候，他会选择合适的戏曲片段（戏曲长于“露”而不是“藏”）来暗示出他的零度叙事所不能明言的东西，比如，他所钟爱的“夜奔”。《三峡好人》开头，汽笛长鸣，嘈杂声起，川剧《林冲夜奔》中林冲的唱段幽幽起伏：“按龙泉血泪洒征袍，叹英雄孤身无靠，将身投水泊，回首望天高，愤恨难消，怒气腾腾贯九霄！”[1]这段唱词突出的是人物的“愤恨”和“怒气”。到了结尾，韩三明还乡，走钢丝艺人在“云中漫步”，对此超现实的场景，贾樟柯有自己的这般解读：“我觉得虽然很危险，但是要走下去，所以同时也很浪漫。”[2]不过，贾樟柯想象中的浪漫场景又响起了林冲的“悲嚎”和“气恨”：“望家乡山遥水遥，但则见白云飘渺。老萱堂恐丧了，哎呀呀，劬劳！娇妻儿无依靠，哎呀呀，悲嚎！叹英雄，叹英雄气恨怎消？”[3]这段唱词里全是英雄失路、家破人亡的悲怆，哪有多少浪漫气息可言？更关键的是，当“夜奔”的旋律在电影的开头和结尾一再回旋的时候，韩三明与既忧伤萦怀又满腔怒火的林冲，这两个看起来八竿子打不着的人物之间，被贾樟柯赋予了深刻的互文性：韩三明的妻离子散一定同样肇因于一个恶社会的造作，木讷、畏葸如韩三明的底层人民的胸中也燃烧着一团不平之火，他们终将冲冠一怒，“夜奔”上梁山。

---

[1] 重庆市文化事业管理局、戏曲工作委员会编辑：《林冲夜奔》，重庆人民出版社，1954年版，第31—32页。

[2] 《贾樟柯深情解读〈三峡好人〉》，http: //blog.sina.com.cn/s/blog_4b355d26010007o9.html，2006-12-13。

[3] 重庆市文化事业管理局、戏曲工作委员会编辑：《林冲夜奔》，重庆人民出版社，1954年版，第32页。

到了《天注定》，除了在特定的场景引述“夜奔”，比如，正是在晋剧《林冲夜奔》的一股怨气、怒气的持续冲击、激发之下，胡大海这才缓缓地、坚定地作出杀人的决定。“夜奔”更成了一种情结，全面控制了贾樟柯的创作。接受访谈时，贾樟柯毫不隐讳地挑明了这一点：“由陈怀皑与崔嵬于1962年拍摄戏曲影片《野猪林》特别地影响了我在本片中采用的叙事手法。”[1] 在演讲中，他甚至说，当他站在码头、车站，看着行色匆匆的年轻人，“我理解大家都希冀在移动中改变自己的命运，这就是我们所有人的夜奔”[2]。《天注定》竟成了“我们所有人的夜奔”。不管贾樟柯如何淡化“夜奔”的被逼和暴力的色彩，突出“改变”的属性，这样的结论都是足以令人惊诧的。其实，口头上被淡化的被逼和暴力的色彩在叙事展开的过程中随时都会被激活乃至强化。就这样，四则热点新闻被“串烧”成一阕抗暴之歌，近千年前梁山聚啸的豪情在《天注定》中余音绕梁，大海（以胡文海为原型）、三儿（以周克华为原型）等杀人者也被洗清了

---

[1] 《贾樟柯关于〈天注定〉的访谈》，http：//cinephilia.net/archives/18311，2013-5-24。

[2] 贾樟柯应邀演讲称《天注定》是所有人的“夜奔”，http：//news.mtime.com/2013/10/06/1518900.html，2013-10-06。

罪孽，而有罪的只能是那个不公、残酷的社会。另一场合，贾樟柯如此评说《天注定》中的暴力：“当你把人的尊严剥夺到那种程度时，兔子急了还会咬人，所以说尊严是所有暴力问题的触发点。”[1]这里的“兔子说”挑明了杀人无罪、造反有理的梁山逻辑。如此一来，贾樟柯把《天注定》看作一部当代中国的武侠片就显得水到渠成了，因为“武侠片的背后都蕴含着一种政治态度的延伸。而个体在残酷的社会环境下对于所遭受迫害的反抗便是永恒不变的主题”[2]。这样一种从《水浒传》一脉相承而来，又与现代文艺中的“左翼”传统相暗合的反抗的“政治态度”，当然具备道义上的正义性，必定会赢得赞誉声一片，比如，何清涟就提出：“我认为贾樟柯这部《天注定》，堪称中国当代的《清明上河图》。如果说张择端在《清明上河图》中生动地展示了北宋京城汴梁及汴河两岸百业兴旺、百姓安居乐业的繁华景象，贾樟柯的影片则真实地再现了这个时代的中国之丑恶、人们的无奈与绝望，以及少数人的反抗——自杀其实也是一种消极的

[1] 贾樟柯、赵涵漠、林天宏：《解读〈天注定〉》，载《人物》2013年第10期。

[2] ［美］汤尼·雷恩（Tony Ryans）：《贾樟柯关于〈天注定〉的访谈》，http：//cinephilia.net/archives/18311。

反抗。”[1]

不过，贾樟柯以及他的赞颂者很少想到，反抗的政治学不需要任何前提就先天的正确，从来都正确，这样的正确本身会不会就不正确？“逼上梁山”之类古典故事真的能够挪用到当下无比纷杂、有力的现实？当他以沿袭了两千年的“侠以武犯禁”的想象模式去逼近当下现实时，会不会遮蔽了现实的复杂真相，窒息了现实的丰富性和可能性？比如，《天注定》讲述了这样的故事：村民大海多次举报煤矿主贪污腐败、中饱私囊，却投告无门，反遭报复，最终他愤而反抗，枪杀矿主焦胜利、村长、会计、会计的媳妇、传达室的刘流和村民。贾樟柯在影片中的三处虚构值得玩味：一是原型胡文海承包煤矿未果，是因一己之私未得到满足而对村长及新承包的矿主心生憎恨，而在影片中大海举报的出发点成了讨回公道，为民请愿。二是原型胡文海在 3 小时内枪杀 14 人，打伤 3 人，最大的 71 岁，最小的仅 10 岁，所杀无辜者甚多，而到了电影中，大海滥杀无辜的部分被严重减弱，挑选的杀戮场景多是为了彰显大海此举之正义。三是大海萌生杀念的过程，贾樟

[1] 何清涟：《21 世纪的中国〈清明上河图〉——贾樟柯〈天注定〉观后感》，http：//blog.163.com/login.do?err=403，2014-03-19。

柯用力最多，他用虚构的手法穿插了四个文本，这四个文本与整个事件相互暗示，产生互文的效果。具体来看：当大海气愤不过写告状信时，其背景电影是《独臂刀》(邵氏兄弟有限公司出品，1967年)，不经意地让大海的举动与电影中那个血性豪气男人的义举发生某种隐秘的关联。当大海告状无果，心怀愤恨时，影片是晋剧《林冲夜奔》的特写，一句“只因一时愤怒，拔剑！杀死高家奸佞二贼”的唱腔将大海此时的状态与林冲走投无路、被逼梁山的境况等而划之。随后，他拿枪上弹，裹上一张虎皮，一声猛虎长啸，颇有武松打虎之势，虎啸生风，意味着英雄横空出世，要为民除暴。接着大海杀气腾腾地去找庇护村长和矿主的会计，背景是晋剧《铡判官》(《三侠五义》)，大海杀人之举又与包公出于公义铡掉包庇罪人的判官产生了互文性。在四处文本的虚构中，大海摇身一变成了官逼民反的侠义之士，他的杀人之举被诠释成“儒以文犯法，侠以武犯禁”的侠客精神。

让人深思的是官逼民反的“反”，影片中大海的“反”有三个层面：(一)比恶哲学，大海反抗的动机是“要比万恶，我比村长和焦胜利还要万恶”，这种以恶治恶，以暴易暴的思想实际是用一种更大的“恶”惩罚先前之

“恶”，可怕的是这种“恶”在正义的幌子下如猛虎归山更加肆无忌惮。（二）牲口思想，大海将杀人之举定义为“打牲口”，“打 animal”，“打虎”，却始终没有认识到所杀的是活生生的“人”，那么，一个顺理成章的思路是：不管罪恶的轻重缓急一律致死，且打死多少都不足为惜。具体到影片，如果说矿主、村长、会计狼狈为奸罪不可恕的话，那么，刘流只是小奸小坏，罪不至死，抽打牲口的老农，只因大海将自己所受的压迫投射其中，难道就该因此丧命吗？会计的媳妇不过是因为亲代牵连、杀人灭口而已。（三）时代之罪，大海多次说到“没天理了”，影片也借助众人之口反复提及大海生错了时代，要生在战争年代，准能混个开国大将当当。在生不逢时的逻辑前提之下，大海此番举动情有可原，只是时空错位，这样的论调至少有两个后果：一是将杀人本身的罪恶转移给了时代，二是回到了目无法纪、以侠犯禁的前现代的思想牢笼里，而不把诉求寄托于更加进步的“法治”（让所有人在制度的保障下公平地享有权利、免受无辜地伤害）。也就是说，反抗的正义并不代表反抗手段的合理，大海反抗的正当性难道能掩盖泄愤式杀戮的罪恶吗？这才是贾樟柯最应该警惕的问题。大海获得个人权益的同时，如何让其他的人也能拥有相同的权利而免受无辜的伤害？这才是贾樟柯最应该思考的问题。现实如此复杂，一句“官逼民反”怎能涵盖所有事实，用这样的定调来解释社会呈现的种种困境非常草率，甚至贻害无穷。

如果说，贾樟柯将此事件推定成“官逼民反”还不够说服力的话，那么小玉杀官事件就进一步夯实了这一推定。小玉的原型是邓玉娇。当洗浴中心的客人在调戏、逼迫小玉为其服务而小玉不从时，便用一沓钞票抽打小玉的脸。小玉忍无可忍终于拿刀反抗。影片虚构了小玉的形象，她挥刀刺之，头发高高扎起，一脸英气，形似侠女，同时又虚构了她与广东服装厂老板的一段地下恋情。在窝囊而冷漠的老板的反衬下，小玉显得自持而重情，她又被诠释成一个烈女。这样的认定并非牵强附会，而是有充分的事理依据。这又要从贾樟柯的虚构说起。围绕小玉事件，贾樟柯插入了三个不同版本的《白蛇传》：一是开头晋剧《断桥》唱词：“青儿妹妹你莫动手，官人呀，你狠心把我丢，自那日，在西湖得识郎面，又谁知好姻缘呀，变成孽缘。”这段唱词隐隐暗示了小玉的命运，她像白素贞一样命中注定要爱上许仙——一个软弱而薄情的男子——让一段好姻缘变成孽缘。二是穿插了电视剧《新白娘子传奇》，将小玉比附白素贞，暗示她们两个内在精神的一致性。三是提到了电影《青蛇》，这种一致性表现得更加明显了，《青蛇》的插曲是这样的："心如明镜，善如菩提。千年幻化，轮回宿命。妖身人形，修气本性。弃道舍仙，奈何识情，梦绕断梁，誓诺天地。情系世世，矢志不渝。今朝惜君，明日相离。"这段词再好不过地诠释了白素贞命定的悲剧性，而小玉和白素贞具有同构性，相互呼应，相互补充，她们同样心地善良，命定般地遇到了好姻缘，都为此忠贞不渝，可法海（前妻和官员）却百般纠缠和逼迫，最后愤而反抗，与之斗法，无奈许仙（工厂老板）软弱薄情，好姻缘终成孽缘。片中为了加重小玉的爱情的幻灭是"天注定"，又出现两次蛇的意象：一是美女蛇测命运——"姻缘天注定，灵蛇知祸福"——小玉的爱情是缘是劫早已天注定，无法逃脱。二是蛇过道，意味着天将生变，小玉的命运发生转折。

从贾樟柯虚构《白蛇传》的几个文本中可以看出他对小玉的隐含的态度，他将小玉比附成白素贞一样的侠女、烈女（真实的邓玉娇显然不是如此），接着，贾樟柯试图通过虚构回答小玉这般结局的原因：这段不合理的爱情是因为天命难违，小玉杀人是因为官逼民反。贾樟柯如此比附、如此作答势必会产生这样一种效果，那就是小玉的刺杀行为和白素贞的斗法一样是正义之举，所杀的人因为其官员身份而被认为罪有应得，更加坐实官逼民反这一罪行推定，如此一来，正义的反抗着实洗白了反抗过程中的某些不正义。比如，小玉刚刚遭到老板前妻的羞辱，旧恨新仇一时涌上心头，挥刀数次，直至客人死亡，这是否有防卫过当之嫌？然而，在虚构的正义之下，事件的复杂性诸如防卫过当、邓玉娇本人的忧郁症等等避而不谈，到了电影的结尾处，贾樟柯又习惯性地秀出他的拿手绝活——小玉来到了平遥，在古城门外，正上演着晋剧《玉堂春》，堂上的洋洋自得的丑角一再锐声喝问："苏三，你可知罪？"台下的看客们照例是麻木的脸，只有堂下的苏三和台下的玉儿早已悲不能禁。至此，电影观众被贾樟柯的"大虚构"彻底催眠：苏三哪里有罪，有罪的一定是黑暗的社会，玉儿和胡大海们并无什么罪孽需要自知，真正有罪并需要反躬自省的是逼迫这些无辜的"罪犯"铤而走险的社会。所以，我们完全可以把"苏三，你可知罪"的喝问，看作贾樟柯在愤怒地质问："不公的社会，你可知罪？"在一声高过一声的喝问中，贾樟柯的愤怒被推向了高潮。

这就是贾樟柯的罪行推定：他一定要把复杂的现实看成一桩案件，并推定出罪魁祸首来。可是，现实怎么可能只是一桩案件，叙事什么时候成了一次侦破行动，难道没有其他的可能性吗？比如，我们都是无辜的，可是我们一起造作出太深重的罪孽？更严重的是，在愤怒所带来的道德神圣感中，贾樟柯自身的理智也被催眠了，他轻易地掉进了快意恩仇的古典快感中，而忘记了武松的“血溅鸳鸯楼”根本不能见容于现代的理性社会，更忘记了武松乃至所有武侠故事都只是“千古文人侠客梦”而已——纪实大师竟然也只是催眠大师，他的创作也只是造梦工具。就这样，贾樟柯走向了自身的反面。

不仅如此，邓玉娇和富士康接二连三的跳楼人，这些时代的被吞噬者，怎么可能跟胡文海、周克华同日而语？这其中的原因一定是纷繁复杂、不一而足，可是，贾樟柯就是把他们一锅烩了，这是一种不可饶恕的软弱和无力。所以，我们可以认定，拘囿于旧的想象模式的贾樟柯终究无力抵达他所置身的时代，他只能用“好人”、“天注定”这样一些似是而非的旧名词去命名他的人物，去解释他所解释不了的过于庞大的现实。

正是这种把握不了的不断喷涌的新现实的无力感，使得贾樟柯在纪实与虚构的天平上彻底滑向了虚构，一种不是比纪实更纪实，而是在庞大的现实面前闭上了眼睛，只能乞灵于旧时代猛药的向壁虚构。这带来一个严重的叙事后果：声色俱厉的质问胀破了前面四个板块的零度叙事，零度叙事中所有被压抑着的悲情、冤屈被一下子释放出来、喷发出来，前面的压抑甚至可以被视为一种欲扬先抑的叙事技巧，于是，整部电影就成了一次声泪俱下的控诉。这样的控诉标明，贾樟柯所特有的冷静、缓慢、琐屑的叙事模式破产了，他在纪实与虚构之间的游走失衡了，他陷入了他的最大的叙事困境。

贾樟柯对此也有认识："对我来说，一切纪实的方法都是为了描述我内心经验的真实世界。我们几乎无法接近真实本身，电影的意义也不是仅仅为了达到真实的层面。我追求电影中的真实感甚于追求真实，因为我觉得真实感在美学的层面，而真实仅仅停留在社会学的范畴，就像在我的电影中，穿过社会问题的是个人存在的危机，因为我终究是一个导演而非一个社会学家。"[1] 从这段话可以看出，贾樟柯对中国当下现实困境有着切己焦虑，他有一份知识分子的道义和担当，试图以有限的艺术方式来支撑他为民

[1] 贾樟柯：《贾想 1996—2008》，北京大学出版社，2009 年版，第 100 页。

请命的公共关怀，这份关怀支撑他执着地采用纪实的方法来再现当下正在发生的、引人深思的事件，以及普通人正在经历的琐碎而真实的困顿。然而，当现实的材料无力支撑他的期待和想象时，他不得不借助于虚构，而虚构的框架与复杂的现实往往存在龃龉，他并非一个社会学家，面对驳杂的当下现实缺乏有效的阐释力，无法透彻而全面地解释不合理产生的原因，退而求助于一种古典情怀从而简化了造成当下现实的多重原因。

如果将贾樟柯放置在同时代的导演中做比较，他的特点与困境会更加明显。作为“第六代导演”的领军人物，贾樟柯将“第六代导演”以琐碎的日常生活为表现主体，展现个体生命在现实中的境遇，毫无矫饰地还原生活本真的纪实美学表现得更加彻底。如果说第六代导演是把纪实的手法融入故事片——以虚构的框架为主，以纪录片的手法填充（王小帅《十七岁的单车》、娄烨的《苏州河》都是以虚构的故事框架，用纪录片的手法，诸如长镜头、双人镜头、跟镜头、实景拍摄、同期录音填充），那么贾樟柯则是将故事融入纪录片——以实拍为主要框架，虚构只是缝合故事裂缝的手段，正如他所说：“我拍纪录片的时候觉得跟剧情片没有区别，反过来说我拍剧情片的时候也觉得与纪录片没有区别。”如此一来，贾樟柯更容易陷入纪实与虚构的困境。尽管，真实是第六代导演共同的追求，从他们宣称“我的摄像机不撒谎”的口号里便知分晓，然而，抵达真实的路径不只是纪实，或者说纪实所纪之“实”未必是真实，正如波兰导演耶斯洛夫斯基在拍摄了大量纪录片之后突然说：“在我看来，摄影机越接近现实越有可能虚假。”[1]对此贾樟柯也有察觉：“由纪实技术生产出来的所谓真实，很可能遮蔽隐藏在现实秩序中的真实。而方言、非职业演员、实景、同期录音直至长镜头并不代表真实本身，有人完全有可能用以上元素按方配制一副迷幻药，让你迷失于鬼话世界。”[2]如此说来，纪实技术记录的只是形式的、局部的、碎片化的现实，若一厢情愿认为这局部的现实就可以囊括内里的、整体的、全部的真实，是极为荒谬的。真实远不是长镜头里所拍的数十分钟实况，真实需要抽象，需要提取，虚构不是伪饰而是参透现实、世事洞明之后的把捉，在某种意义上虚构是比局部纪实更透彻、更全面、更接近真实的一种方式。贾樟柯的特点恰恰将纪实作为叙述框架，把虚构作为勾连故事的手

[1][2] 贾樟柯：《贾想 1996—2008》，北京大学出版社，2009年版，第99页。

段，那么，当现实比较单一、意义明确，人物较少时，纪实可以起到窥一斑而见全豹的功效，而当现实呈现交融、复杂、零乱、多元、模糊不清（比如《天注定》），需要跳出局部更深邃地、更全面地阐释时，贾樟柯便显示出他的无力。

中文部分

[1] 巴金:《巴金全集》第14卷,人民文学出版社,1990年版。

[2] 蔡圣勤:《孤岛意识　帝国流散群知识分子的书写状况》,外语教学与研究出版社,2011年版。

[3] 陈熹宇、何永康主编:《外国现代派小说概观》,江苏文艺出版社,1996年版。

[4] 陈厚诚、王宁编:《西方当代文学批评在中国》,百花文艺出版社,2000年版。

[5] 陈顺馨、戴锦华选编:《妇女、民族与女性主义》,中央编译出版社,2004年版。

[6] 陈学明:《哈贝马斯"晚期资本主义"述评》,重庆出版社,1996年版。

[7] 程青松、黄欧:《我的摄影机不撒谎:六十年代中国电影导演档案》,中国友谊出版公司,2002年版。

[8] 重庆市文化事业管理局、戏曲工作委员会编辑:《林冲夜奔》，重庆人民出版社，1954 年版。

[9] 范永康:《文化政治与当代西方文论的政治化》，云南大学出版社，2012 年版。

[10] 方汉文:《比较文学高等原理》，南方出版社，2002 年版。

[11] 方薰:《山静居画论》，中华书局，1985 年版。

[12] 顾明栋:《汉学主义　东方主义与后殖民主义的替代理论》，商务印书馆，2015 年版。

[13] 郭熙:《林泉高致》，中州古籍出版社，2013 年版。

[14] 郭小川:《郭小川全集》第 12 卷（外编），广西师范大学出版社，1999 年版。

[15] 龚育之等:《毛泽东的读书生活》，生活 · 读书 · 新知三联书店，1986 年版。

[16] 贺玉高:《霍米 · 巴巴的杂交性身份理论研究》，中国社会科学出版社，2012 年版。

[17] 洪子诚:《中国当代文学史》，北京大学出版社，1999 年版。

[18] 黄文仪主编:《牛津当代大词典》，台湾旺文出版社，1989 年版。

[19] 黄锦树:《谎言或真理的技艺：当代中文小说论集》，台湾麦田出版社，2003 年版。

[20] 姜飞:《跨文化传播的后殖民语境》，中国人民大学出版社，2005 年版。

[21] 金观涛、刘青峰:《开放中的变迁——再论中国社会超稳定结构》，香港中文大出版社，1993 年版。

[22] 金宏宇:《中国现代长篇小说名著版本校评》，人民文学出版社，2004 年版。

［23］贾樟柯：《贾想 1996—2008》，北京大学出版社，2009 年版。

［24］贾平凹：《秦腔》，漓江出版社，2012 年版。

［25］老子：《道德经》，张丽丽主编，北京教育出版社，2015 年版。

［26］李应志：《解构的文化政治实践——斯皮瓦克后殖民文化批评研究》，生活·读书·新知三联书店，2008 年版。

［27］廖炳慧：《回顾现代：后现代与后殖民论文集》，台湾麦田出版社，1994 年版。

［28］廖炳惠：《另类现代情》，台湾允晨文化，2002 年版。

［29］廖炳惠编：《关键词 200：文学与批评研究的通用辞汇编》，台湾麦田出版社，2003 年版。

［30］刘恒：《白涡》，长江文艺出版社，1992 年版。

［31］刘恒：《当代中国小说名家珍藏版·刘恒卷》，文化艺术出版社，2001 年版。

［32］刘佳：《后殖民主义译论与当代中国翻译》，四川大学出版社，2014 年版。

［33］刘康：《全球化民族化》，天津人民出版社，2002 年版。

［34］刘康：《文化·传媒·全球化》，南京大学出版社，2006 年版。

［35］刘康等：《后殖民主义读本》，中央编译出版社，2006 年版。

［36］刘康、李希光：《妖魔化中国的背后》，中国社会科学出版社，1996 年版。

［37］刘小枫：《现代性社会理论绪论》，生活·读书·新知三联书店，1998 年版。

［38］刘绍铭、梁秉钧、许子东编：《再读张爱玲》，山东画报出版社，2004 年版。

[39] 路翎:《路翎批评文集》，珠海出版社，1998 年版。

[40] 鲁迅:《鲁迅全集》，人民文学出版社，1973 年版。

[41] 罗钢:《后新文丛　后殖民主义　人物与思想》，北京师范大学出版社，2015 年版。

[42] 罗钢、刘象豫:《后殖民主义文化理论》，中国社会科学出版社，1999 年版。

[43] 罗钢、刘象愚主编:《文化研究读本》，中国社会科学出版社，2000 年版。

[44] 罗风竹主编:《汉语大词典》第五册，汉语大词典出版社，1994 年版。

[45] 罗念生:《罗念生全集》，上海人民出版社，2007 年版。

[46] 马广利:《文化霸权　后殖民批评策略》，光明日报出版社，2011 年版。

[47] 麦家:《非虚构的我》，花城出版社，2013 年版。

[48] 毛泽东:《毛泽东选集》，人民出版社，1991 年版。

[49] 毛泽东:《在延安文艺座谈会上的讲话》，人民出版社，1975 年版。

[50] 毛泽东:《毛泽东书信选集》，人民出版社，1983 年版。

[51] 毛泽东:《毛泽东论文艺》(增订本)，人民文学出版社，1992 年版。

[52] 毛泽东:《毛泽东外交文选》，中央文献出版社，1994 年版。

[53] 南帆主编:《文学理论新读本》，浙江文艺出版社，2002 年版。

[54] 潘小娟、张辰龙主编:《当代西方政治学新词典》，吉林人民出版社，2001 年。

[55] 潘运告主编:《宋人画论》，湖南美术出版社，2000 年版。

[56] 任一鸣、瞿世镜:《英语后殖民文学研究》，上海译文出版社，2003 年版。

[57] 任一鸣:《后殖民　批评理论与文学》，外语教学与研究出版社，2008 年版。

[58] 盛宁:《人文困惑与反思——西方后现代思潮批判》，生活・读书・新知三联书店，1997 年版。

[59] 生安锋:《霍米・巴巴的后殖民理论研究》，北京大学出版社，2011 年版。

[60] 生安锋:《霍米巴巴》，生智文化事业有限公司，2005 年版。

[61] 石涛:《石涛画语录》，西泠印社出版社，2006 年版。

[62] 施舟人:《中国文化基因库》，北京大学出版社，2002 年版。

[63] 孙歌:《竹内好的悖论》，北京大学出版社，2005 年版。

[64] 唐小兵:《再解读——大众文艺与意识形态》，北京大学出版社，2007 年版。

[65] 陶东风:《社会转型与当代知识分子》，上海三联书店，1999 年版。

[66] 陶东风:《全球化、文化认同与后殖民批评》，北京大学出版社，1999 年版。

[67] 陶东风:《文化研究：西方与中国》，北京师范大学出版社，2005 年版。

[68] 陶家骏:《文化身份的嬗变》，中国社会科学出版社，2002 年版。

[69] 陶家骏:《思想认同的焦虑：旅行后殖民理论的对话与超越精神》，中国社会科学出版社，2008 年版。

[70] 王宁:《全球化与文化：西方与中国》，北京大学出版社，2002 年版。

[71] 王宁:《超越后现代主义》,人民文学出版社,2002年版。

[72] 王宁、薛晓源主编:《全球化与后殖民批评》,中央编译出版社,1998年版。

[73] 王宁、生安锋、赵建红:《又见东方——后殖民主义理论与思潮》,重庆大学出版社,2011年版。

[74] 王宁:《后现代主义之后》,中国文学出版社,1998年版。

[75] 王宁:《全球化:文学研究与文化研究》,广西师范大学出版社,2003年版。

[76] 王宁:《"后理论时代"的文学与文化研究》,北京大学出版社,2009年版。

[77] 王宁、薛晓源:《全球化与后殖民批评》,中央编译出版社,1998年版。

[78] 王宁:《新文学史》,北京大学出版社,2001年版。

[79] 王岳川:《后现代后殖民主义在中国》,首都师范大学出版社,2002年版。

[80] 王岳川:《后殖民主义与新历史主义文论》,山东教育出版社,2001年版。

[81] 王德威:《当代小说二十家》,生活·读书·新知三联书店,2006年版。

[82] 王德威:《落地的麦子不死:张爱玲和"张派"传人》,山东画报出版社,2004年版。

[83] 王尔德:《谎言的衰落:王尔德艺术批评文学》(萧易译),江苏教育出版社,2004年版。

[84] 王维:《山水论》(俞华编),香港中华书局,1973年版。

[85] 王一川:《张艺谋神话的终结》,河南人民出版社,1998年版。

[86] 汪晖、余国良:《90 年代的“后”学论争》,香港中文大学出版社,1998 年版。

[87] 汪晖:《死火重温》,人民文学出版社,2000 年版。

[88] 汪晖:《汪晖自选集》,广西师范大学出版社,1997 年版。

[89] 吴琼:《走向一种辩证批判:詹姆逊文化政治诗学研究》,上海三联书店,2007 年版。

[90] 吴浊流:《亚细亚的孤儿》,人民文学出版社,1986 年版。

[91] 香港岭南学院翻译系“文化 / 社会研究译丛编委会”编:《解殖与民族主义》,香港牛津大学出版社,1998 年版。

[92] 悉达:《轻与重,现世与永恒》,中国民航出版社,2004 年版。

[93] 肖丽华:《后殖民女性主义文学批评研究》,浙江大学出版社,2013 年版。

[94] 谢少波、王逢振:《文化研究访谈录》,中国社会科学出版社,2003 年版。

[95] 谢少波:《另类立场　文化批判与批判文化》,南京大学出版社,2009 年版。

[96] 谢少波:《抵抗的文化政治学》,中国社会科学出版社,1999 年版。

[97] 徐贲:《走向后现代与后殖民》,中国社会科学出版社,1996 年版。

[98] 许宝强,罗永生选编:《解殖与民族主义》,中央编译出版社,2002 年版。

[99] 杨祖陶、邓晓芒编译:《康德三大批判精粹》,人民出版社,2001 年版。

[100] 杨杨主编:《中国新文学大系　1976—2000　第二十九

集　史料·索引卷一》，上海文艺出版社，2009 年版。

[101] 余英时：《中国知识分子论》，河南人民出版社，1997 年版。

[102] 俞剑华编：《中国古代画论类编》上册，人民美术出版社，2004 年版。

[103] 翟晶：《边缘世界　霍米·巴巴后殖民理论研究》，文艺艺术出版社，2013 年版。

[104] 张顺洪、孟庆龙、毕健康：《英美新殖民主义》，社会科学文献出版社，1995 年版。

[105] 张爱玲：《张爱玲典藏全集》，哈尔滨出版社，2003 年版。

[106] 张爱玲：《流言》，五洲书报社，1944 年版。

[107] 张京媛：《后殖民理论与文化批评》，北京大学出版社，1999 年版。

[108] 张京媛主编：《当代女性主义文学批评》，北京大学出版社，1992 年版。

[109] 张京媛主编：《新历史主义与文学批评》，北京大学出版社，1993 年版。

[110] 张京媛主编：《后殖民理论与文化认同》，台湾麦田出版公司出版社，1995 年版。

[111] 张隆溪：《走出文化的封闭圈》，生活·读书·新知三联书店，2004 年版。

[112] 张颂仁、陈光兴、高士明主编：《霍米·巴巴读本》，南方日报出版社，2010 年版。

[113] 张颂仁、陈光兴、高士明主编：《全球化与纠结》，上海人民出版社，2013 年版。

[114] 张颐武：《在边缘处追索——第三世界文化与当代中国文学》，时代文艺出版社，1993 年版。

[115] 张跣:《赛义德后殖民理论研究》，复旦大学出版社，2007年版。

[116] 张旭东:《批评的踪迹：文化理论与文化批评1985—2002》，生活·读书·新知三联书店，2003年版。

[117] 张永清编:《文学与思想丛书　当代批评理论》，人民出版社，2013年版。

[118] 章辉:《后殖民理论与当代中国文化批评》，河南大学出版社，2010年版。

[119] 赵一凡:《欧美新学赏析》，中央编译出版社，1996年版。

[120] 赵毅衡编选:《"新批评"文集》，中国社会科学出版社，1988年版。

[121] 赵一凡:《从卢卡契到赛义德》，生活·读书·新知三联书店，2009年版。

[122] 朱立元主编:《当代西方文学理论》，华东师范大学出版社，1997年版。

[123] 朱立元主编:《法兰克福学派美学思想论稿》，复旦大学出版社，1997年版。

[124] 宗炳、王微原著:《画山水序　叙画》，人民美术出版社，1985年版。

[125] 庄子:《庄子》，河南大学出版社，2008年版。

[126] 中国社会科学出版社编:《人类学的趋势》，社会科学文献出版社，2000年版。

[127] 中国社科院语言研究所词典编辑室编:《现代汉语词典》(修订本)，商务印书馆，1998年版。

[128] 中共中央文献研究室编:《毛泽东书信选集》，人民出版社，1983年版。

[129] 中共中央文献研究室编:《毛泽东哲学批注集》，中央

文献出版社，1988 年版。

[130] 朱国华:《文学和权力：文学合法性的批判性考察》，北京大学出版社，2004 年版。

[131] 祝朝伟:《当代西方文论与翻译研究》，南京大学出版社，2014 年版。

[132] 子通、亦清主编:《张爱玲评说六十年》，中国华侨出版社，2001 年版。

[133] [法] 路易 · 阿尔都塞:《自我批评文集》，杜章智、沈起予译，台湾远流出版公司，1990 年版。

[134] [法] 路易 · 阿尔都塞:《保卫马克思》，顾良译，商务印书馆，1984 年版。

[135] [法] 路易 · 阿尔都塞:《读〈资本论〉》，李其庆、冯文光译，中央编译出版社，2001 年版。

[136] [德] 西奥多 · 阿多诺:《否定的辩证法》，张峰译，重庆出版社，1993 年版。

[137] [英] 马修 · 阿诺德:《文化与无政府状态》，韩敏中译，生活 · 读书 · 新知三联书店，2002 年版。

[138] [意] 安贝托 · 艾柯等:《诠释与过度诠释》，王宇根译，生活 · 读书 · 新知三联书店，1997 年版。

[139] [美] M.H. 艾布拉姆斯:《镜与灯》，郦稚牛等译，北京大学出版社，1989 年版。

[140] [英] 托 · 斯 · 艾略特:《艾略特文学论文集》，李赋宁译注，百花洲文艺出版社，1994 年版。

[141] [美] 本尼迪克特 · 安德森:《想象的共同体》，吴叡人译，上海人民出版社，2003 年版。

[142] [英] 佩里 · 安德森:《西方马克思主义探讨》，高括、魏章玲译，人民出版社 1981 年版。

[143] [法] 安德烈 · 巴赞:《电影是什么》，崔君衍译，中国

电影出版社，1987 年版。

[144][法] 罗兰 · 巴特:《罗兰 · 巴特随笔选》，怀宇译，百花文艺出版社，2005 年版。

[145][法] 罗兰 · 巴尔特《罗兰 · 巴尔特文集》，李幼蒸译，中国人民大学出版社，2008 年版。

[146][美] 丹尼尔 · 贝尔:《资本主义文化矛盾》，赵一凡等译，生活 · 读书 · 新知三联书店，1989 年版。

[147][英] 克莱夫 · 贝尔:《文明》，张静清、姚晓玲译，商务印书馆，1990 年版。

[148][德] 本雅明:《发达资本主义的抒情诗人》，张旭东、魏文生译，浙江摄影出版社，1993 年版。

[149][德] 瓦尔特 · 本雅明:《本雅明文选》，陈永国、马海良编，中国社会科学出版社，1999 年版。

[150][德] 瓦尔特 · 本雅明:《机械复制时代的艺术作品》，王才勇译，中国城市出版社，2001 年版。

[151][日] 柄谷行人:《日本现代文学的起源》，赵京华译，生活 · 读书 · 新知三联书店，2006 年版。

[152][英] 艾勒克 · 博埃默:《殖民与后殖民文学》，盛宁、韩敏中译，辽宁教育出版社，1998 年版。

[153][古希腊] 柏拉图:《柏拉图全集 · 申辩篇》第 1 卷，王晓朝译，人民出版社，2002 年版。

[154][古希腊] 柏拉图:《文艺对话集》，朱光潜译，人民文学出版社，1963 年版。

[155][美] 戴维 · 波普诺:《社会学》，李强等译，中国人民大学出版社，1999 年版。

[156][英] 马 · 布雷德伯里、詹 · 麦克法兰编:《现代主义》，胡家峦等译，上海外语教育出版社，1992 年版。

[157][美] 哈罗德 · 布鲁姆:《批评、正典结构与预言》，吴

琼译，中国社会科学出版社，2000 年版。

［158］［俄］尼古拉·加夫里诺维奇·车尔尼雪夫斯基:《艺术与现实的审美关系》，周扬译，人民文学出版社，1957 年版。

［159］［法］吉尔·德勒兹:《尼采与哲学》，周颖、刘玉宇译，社会科学文献出版社，2001 年版。

［160］［法］吉尔·德勒兹、加塔利:《资本主义与精神分裂（卷二）千高原》，姜宇辉译，上海书店出版社，2010 年版。

［161］［美］阿里夫·德里克:《跨国资本时代的后殖民批评》，王宁译，北京大学出版社，2004 年版。

［162］［美］阿里夫·德里克、保罗·希利、尼克·奈特主编:《毛泽东的思想的批判性透视》，中国人民大学出版社，2015 年版。

［163］［美］阿里夫·德里克:《后革命氛围》，王宁等译，中国社会科学出版社，1999 年版。

［164］［法］雅克·德里达:《解构与思想的未来》，杜小真译，吉林人民出版社，2011 年版。

［165］［法］雅克·德里达:《书写与差异》，张宁译，生活·读书·新知三联书店，2001 年版。

［166］［法］雅克·德里达:《多重立场》，佘碧平译，生活·读书·新知三联书店，2006 年版。

［167］［法］雅克·德里达:《论文字学》，汪堂家译，上海译文出版社，1999 年版。

［168］［美］L. 德赖弗斯、保罗·拉比诺《超越结构主义与解释学》，张建超、张静译，光明日报出版社，1992 年版。

［169］［美］弗莱德·多尔迈:《主体性的黄昏》，万俊人、朱国俊、吴海针译，上海人民出版社，1992 年版。

［170］［加纳］克瓦米·恩克鲁玛:《新殖民主义：帝国主义的最后阶段》，北京编译社译，世界知识出版社，1966 年版。

[171][荷]D. 佛克马、E. 蚁布思:《文学研究与文学参与》,俞国强译,北京大学出版社,1996年版。

[172][荷]D. 佛克马等:《问题与观点:20世纪文学理论综论》,史中义、田庆生译,百花文艺出版社,2000年版。

[173][法]米歇尔·福柯:《性经验史》,佘碧平译,上海人民出版社,2005年版。

[174][法]米歇尔·福柯:《词与物:人文科学考古学》,莫伟民译,上海三联书店,2001年版。

[175][法]米歇尔·福柯:《规训与惩罚》,刘北成、杨远婴译,生活·读书·新知三联书店,1999年版。

[176][法]米歇尔·福柯:《知识考古学》,谢强、马月译,生活·读书·新知三联书店出版社,2003年版。

[177][法]米歇尔·福柯:《声名狼藉者的生活》,汪民安编,北京大学出版社,2015年版。

[178][法]米歇尔·福柯:《古典时代疯狂史》,林志明译,生活·读书·新知三联书店,2005年版。

[179][法]米歇尔·福柯:《必须保卫社会》,钱翰译,上海人民出版社,1999年版。

[180][法]米歇尔·福柯:《性经验史》(增订版),佘碧平译,上海人民出版社,2005年版。

[181][法]米歇尔·福柯:《福柯集》,杜小真编选,上海远东出版社,2003年版。

[182][法]米歇尔·福柯:《不正常的人》,钱翰译,上海人民出版社,2003年版。

[183][法]米歇尔·福柯:《主体解释学》,佘碧平译,上海人民出版社,2005年版。

[184][法]米歇尔·福柯:《权力的眼睛》,严锋译,上海人民出版社,1997年版。

[185][法]米歇尔·福柯:《疯癫与文明》,刘北成、杨远婴译,生活·读书·新知三联书店,2012 年版。

[186][加]诺斯罗普·弗莱:《批评的解剖》,陈慧、袁宪军、吴伟仁译,百花文艺出版社,2006 年版。

[187][意]安东尼奥·葛兰西:《狱中书简》,田时纲译,人民出版社,2007 年版。

[188][美]大卫·雷·格里芬编:《后现代精神》,王成兵译,中央编译出版社,1998 年版。

[189][美]克利福德·格尔茨:《文化的解释》,韩莉译,译林出版社,1999 年版。

[190][美]阿尔文·古尔德纳:《新阶级与知识分子的未来》,杜维真、罗永生、黄蕙瑜译,人民文学出版社,2001 年版。

[191][美]克利福德·格尔茨:《文化的解释》,韩莉译,译林出版社,1999 年版。

[192][德]马丁·海德格尔:《诗·语言·思》,彭富春译,文化艺术出版社,1991 年版。

[193][匈]阿格妮丝·赫勒:《日常生活》,衣俊卿译,重庆出版社,1990 年版。

[194][德]黑格尔:《哲学史讲演录》,贺麟、王太庆译,商务印书馆,1978 年版。

[195][德]黑格尔:《美学》,朱光潜译,商务印书馆,1979 年版。

[196][美]埃德蒙德·胡塞尔:《生活世界现象学》,倪梁康、张廷国译,译文出版社,2005 年版。

[197][英]肖恩·霍默:《弗雷德里克·詹姆逊》,上海人民出版社,2004 年版。

[198][日]吉田祯吾:《宗教人类学》,王子今、周苏平译,陕西人民出版社,1991 年版。

[199][英]巴特·穆尔-吉尔伯特:《后殖民理论——语境 实践 政治》,陈仲丹译,南京大学出版社,2001年版。

[200][英]巴特·穆尔-吉尔伯特等:《后殖民批评》,杨乃乔等译,北京大学出版社,2001年版。

[201][德]汉斯-格奥尔格·伽达默尔:《真理与方法》,洪汉鼎译,上海译文出版社,1999年版。

[202][英]丹尼·卡瓦拉罗:《文化理论与关键词》,张卫东等译,江苏人民出版社,2006年版。

[203][德]恩斯特·卡西尔:《人论》,甘阳译,上海译文出版社,2004年版。

[204][德]卡西勒:《启蒙哲学》,顾伟铭等译,山东人民出版社,1998年版。

[205][美]乔纳森·卡勒:《文学理论》,辽宁大学出版社,1998年版。

[206][德]康德:《历史理性批判文集》,何兆武译,商务印书馆,1991年版。

[207][德]康德:《实用人类学》,邓晓芒译,重庆出版社,1987年版。

[208][美]道格拉斯·凯尔纳等:《后现代理论》,张志斌译,中央编译出版社,1999年版。

[209][德]彼德·科斯洛夫斯基:《后现代文化》,毛怡红译,中央编译出版社,1999年版。

[210][法]朱丽娅·克里斯蒂娃:《中国妇女》,赵靓译,同济大学出版社,2010年版。

[211][捷]克里玛:《布拉格精神》,崔卫平译,作家出版社,1998年版。

[212][英]瓦莱丽·肯尼迪:《萨义德》,李自修译,江苏人民出版社,2006年版。

[213][法]米兰·昆德拉:《帷幕》,董强译,上海译文出版社,2006年版。

[214][英]乔治·拉伦:《意识形态与文化身份现代性和第三世界的在场》,戴从容译,译林出版社,2005年版。

[215][法]让-弗朗索瓦·利奥塔:《后现代状态》,车槿山译,生活·读书·新知三联书店,1997年版。

[216][法]让-弗朗索瓦·利奥塔:《后现代主义》,赵一凡等译,社会科学文献出版社,1999年版。

[217][日]绫部恒雄:《文化人类学的十五种理论》,中国社科院日本研究所社会文化室译,国际文化出版公司,1988年版。

[218][美]凌津奇:《叙述民族主义——亚裔美国文学中的意识形态与形式》,吴礁译,中国社会科学出版社,2006年版。

[219][匈]卢卡契:《卢卡契文学论文集》,中国社会科学院外国文学研究所等编,中国社会科学出版社,1985年版。

[220][德]卡尔·马克思:《资本论》,郭大力、王亚南译,上海三联书店,1999年版。

[221][德]卡尔·马克思、恩格斯:《马克思恩格斯选集》第1—5卷,人民出版社,2006年版。

[222][德]卡尔·马克思:《马克思恩格斯全集》,人民出版社,2006年版。

[223][德]卡尔·曼海姆:《意识形态与乌托邦》,黎鸣等译,商务印书馆,2000年版。

[224][德]卡尔·曼海姆:《文化社会学论要》,刘继同、左芙蓉译,中国城市出版社,2001年版。

[225][美]吉尔伯特·罗兹曼:《中国的现代化》,国家社会科学基金"比较现代化"课题组译,江苏人民出版社,2010年版。

[226][美]布鲁斯·罗宾斯:《全球化中的知识左派》,徐晓雯译,中国社会科学出版社,2000年版。

[227] [美] 波林 · 罗斯诺:《后现代主义与社会科学》，张国清译，上海译文出版社，1998 年版。

[228] [法] 埃德加 · 莫兰:《复杂思想自觉的科学》，陈一壮译，北京大学出版社，2001 年版。

[229] [德] 尼采:《查拉图斯特拉如是说》，黄明嘉译，漓江出版社，2004 年版。

[230] [斯洛文尼亚] 斯拉沃热 · 齐泽克等:《图绘意识形态》，方杰译，南京大学出版社，2002 年版。

[231] [斯洛文尼亚] 斯拉沃热 · 齐泽克:《意识形态的崇高客体》，季广茂译，中央编译出版社，2002 年版。

[232] [法] 萨特:《他人就是地狱：萨特自由选择论集》，陕西师范大学出版社，2003 年版。

[233] [法] 萨特:《存在主义是一种人道主义》，周煦良、汤永宽译，上海译文出版社，1988 年版。

[234] [法] 萨特:《萨特文论选》，施康强选译，人民文学出版社，1991 年版。

[235] [法] 萨特:《存在与虚无》，陈宣良等译，生活 · 读书 · 新知三联书店，1987 年版。

[236] [英] 齐亚乌丁 · 萨达尔:《东方主义》，马雪峰等译，吉林人民出版社，2005 年版。

[237] [英] 拉曼 · 塞尔登编:《文学批评理论——从柏拉图到现在》，刘象愚等译，北京大学出版社，2000 年版。

[238] [美] 爱德华 · W. 赛义德:《知识分子论》，单德兴译，生活 · 读书 · 新知三联书店，2002 年版。

[239] [美] 爱德华 · W. 赛义德:《东方学》，王宇根译，生活 · 读书 · 新知三联书店，1999 年版。

[240] [美] 爱德华 · W. 赛义德:《世界 · 文本 · 批评家》，李自修译，生活 · 读书 · 新知三联书店，2009 年版。

[241][美]爱德华·W.赛义德:《人文主义与民主批评》,朱生坚译,新星出版社,2006年版。

[242][美]爱德华·W.赛义德:《最后的天空之后》,金玥珏译,新星出版社,2009年版。

[243][美]爱德华·W.赛义德:《遮蔽的伊斯兰》,阎纪宇译,台湾立绪文化,2002年版。

[244][美]爱德华·W.赛义德:《文化与帝国主义》,李琨译,生活·读书·新知三联书店,2003年版。

[245][美]爱德华·W.赛义德:《萨义德回忆录》,彭淮栋译,生活·读书·新知三联书店,2002年版。

[246][美]爱德华·W.赛义德:《赛义德自选集》,谢少波、韩刚等译,中国社会科学出版社,1999年版。

[247][德]麦克斯·施蒂纳:《唯一者及其所有物》,金海民译,商务印书馆,1989年版。

[248][美]斯皮瓦克:《从结构到全球化批判:斯皮瓦克读本》,陈永国、赖立里译,北京大学出版社,2007年版。

[249][联邦德国]施太格缪勒:《当代哲学主流》,王炳文等译,商务印书馆,1992年版。

[250][法]茨维坦·托多洛夫编选:《俄苏形式主义文论选》,蔡鸿滨译,中国社会科学出版社,1989年版。

[251][美]薇思瓦纳珊编:《权力、政治与文化——萨义德访谈录》,单德兴译,生活·读书·新知三联书店,2006年版。

[252][英]雷蒙·威廉斯:《关键词:文化与社会的词汇》,刘建基译,生活·读书·新知三联书店,2005年版。

[253][英]雷蒙·威廉斯:《文学与社会》,吴松江、张文定译,北京大学出版社,1989年版。

[254][美]勒内·韦勒克、奥斯汀·沃伦《文学理论》,刘象思等译,江苏教育出版社,2005年版。

[255][澳]安德鲁·文森特:《现代政治意识形态》，袁久红等译，江苏人民出版社，2005年版。

[256][美]韦勒克·沃伦:《文学原理》，刘象愚等译，生活·读书·新知三联书店，1984年版。

[257][英]罗伯特·杨:《后殖民主义与世界格局》，译林出版社，2013年版。

[258][英]特雷·伊格尔顿:《二十世纪西方文学理论》，伍晓明译，北京大学出版社，2007年版。

[259][英]特里·伊格尔顿:《马克思主义与文学批评》，文宝译，人民文学出版社，1986年版。

[260][英]特里·伊格尔顿:《历史中的政治、哲学、爱欲》，马海良译，中国社会科学出版社，1999年版。

[261][英]特里·伊格尔顿:《后现代主义的幻象》，华明译，商务印书馆，2000年版。

[262][英]特里·伊格尔顿:《二十世纪西方文学理论》，陕西师范大学出版社，1987年版。

[263][英]特里·伊格尔顿:《美学意识形态》，王杰等译，广西师范大学出版社，1997年版。

[264][美]弗雷德里克·詹姆逊:《詹姆逊文集》1—14卷，王逢振编，中国人民大学出版社，2015年版。

[265][美]弗雷德里克·詹姆逊:《后现代主义与文化理论》，唐小兵译，北京大学出版社，1997年版。

[266][美]弗雷德里克·詹姆逊:《晚期资本主义文化逻辑：詹姆逊批评理论文选》，张旭东编，陈清侨等译，读书·生活·新知三联书店，1997年版。

[267][美]弗雷德里克·詹姆逊:《快感：文化与政治》，王逢振译，漓江出版社，1997年版。

[268][美]弗雷德里克·詹姆逊:《未来考古学：乌托邦欲

望和其他科幻小说》，吴静译，译林出版社，2014 年版。

[269][美] 弗雷德里克·詹姆逊：《后现代主义与文化理论：杰姆逊教授讲演录》，唐小兵译，陕西师范大学出版社，1986 年版。

[270][法] 弗朗索瓦·朱利安：《迂回与进入》，杜小真译，商务印书馆，2017 年版。

[271][法] 弗朗索瓦·朱利安：《间距与之间：论中国于欧洲思想之间的哲学策略》，卓立、林志明译，台湾五南图书出版股份有限公司，2013 年版。

[272][法] 弗朗索瓦·朱利安：《大象无形：或论绘画之非客体》，张颖译，河南大学出版社，2017 年版。

[273][法] 弗朗索瓦·朱利安：《山水之间：生活与理性的未思》，卓立译，华东师范大学出版社，2016 年版。

[274][法] 弗朗索瓦·朱利安、狄艾里·马尔塞斯：《经由中国　从外部反思欧洲　远西对话》，张放译，大象出版社，2005 年版。

[275][法] 弗朗索瓦·朱利安：《本质或裸体》，拉尔夫·吉普森摄影，林志明、张婉真译，百花文艺出版社，2007 年版。

[276][法] 弗朗索瓦·朱利安：《圣人无意　或哲学的他者》，闫素伟译，商务印书馆，2004 年版。

[277][法] 弗朗索瓦·朱利安：《道德奠基　孟子与启蒙哲人的对话》，宋刚译，北京大学出版社，2002 年版。

[278][法] 弗朗索瓦·朱利安：《美，这奇特的理念》，高枫枫译，北京大学出版社，2016 年版。

[279][日] 竹内好：《近代的超克》，李冬木等译，生活·读书·新知三联书店，2005 年版。

[280][美] 沙朗·佐京：《城市文化》，张廷佺、杨东霞、谈瀛洲译，上海教育出版社，2006 年版。

[281] 包立峰:《意识形态幻象与晚期资本主义现实》, 吉林大学 2009 年博士论文。

[282] 陈晓明、戴锦华、张颐武、朱伟:《东方主义和后殖民文化》,《钟山》1994 年第 1 期。

[283] 陈忠、孟红梅:《后殖民理论的哲学反思》,《东南学术》2003 年第 1 期。

[284] 戴锦华:《新中国电影: 第三世界批评的笔记》,《电影艺术》1991 年第 1 期。

[285] 丁宁:《对话: 中国新生代影像》(录音整理),《电影艺术》2003 年第 1 期。

[286] 丰林:《后殖民主义及其在中国的反响》,《外国文学》1998 年第 1 期。

[287] 高远东:《经典的意义——鲁迅及其小说兼及弗·詹姆逊对鲁迅的理解》,《鲁迅研究》1994 年第 4 期。

[288] 侯金镜:《评路翎的三篇小说》,《文艺报》1954 年第 12 期。

[289] 管建华:《解开殖民与后殖民的死结走向文化平等的音乐对话》,《学术研究》1997 年第 3 期。

[290] 管勇:《再现的权力——萨义德文化政治批评研究》, 扬州大学 2012 年博士论文。

[291] 郭建:《杰姆逊与文化大革命》,《万象》1999 年 5 月号。

[292] 郭开:《略谈对林道静的描写中的缺点——评杨沫的小说〈青春之歌〉》,《中国青年》1959 年第 2 期。

[293] 寒梅:《怎样认识殖民文化》,《文艺理论与批评》1996 年第 3 期。

[294] 何卫华、朱国华:《图绘世界: 弗雷德里克·詹姆逊教授访谈录》,《文艺理论研究》2009 年第 6 期。

[295] 何清涟:《21世纪的中国〈清明上河图〉——贾樟柯〈天注定〉观后感》, 载 http://blog.163.com/login.do?err=403, 2014-03-19。

[296] 黄鹭、吴庆宏:《基于霍米·巴巴杂糅理论的中国英语研究》,《长江大学学报(社会科学版)》2011年第12期。

[297] 姜飞:《后殖民理论探源》,《文艺理论与批评》2001年第5期。

[298] 贾樟柯、吴冠平、刘小磊:《寻找自己的电影之美——贾樟柯访谈》,《电影艺术》2008年第6期。

[299] 贾樟柯、吴冠平:《〈世界〉的角落》,《电影艺术》2005年第1期。

[300] 贾樟柯、赵涵漠、林天宏:《解读〈天注定〉》,《人物》2013年第10期。

[301] 旷新年:《现代文学发生中的现代性问题》,《中国现代文学研究丛刊》1996年第1期。

[302] 林彪:《林彪同志委托江青同志召开的部队文艺工作座谈会纪要》,《红旗》1967年第9期。

[303] 李建群、姚明今:《中国语境中的后殖民文化理论》,《西安交通大学学报》2007年第4期。

[304] 刘禾:《黑色的雅典娜——最近关于西方文明起源的论争》,《读书》1992年第10期。

[305] 刘康:《对中国当代文化思潮的几点思考》,《文艺争鸣》1994年第6期。

[306] 刘康:《全球化"悖论"与现代性"歧途"》,《读书》1995年第7期。

[307] 刘康:《90年代的文化民族化和全球化》,《外国文学》1997年第3期。

[308] 刘康:《世界解读中国与中国解读世界:世纪末的中国

文化批评与论战》,《深圳大学学报（人文社会科学版）》1996年第3期。

[309] 刘康、劳伦斯·格罗斯伯格:《对话：关键时刻的语境大串联》,《中国读书评论》2007年第4期。

[310] 刘康、金衡山:《后殖民主义批评：从西方到中国》,《文学评论》1998年第1期。

[311] 刘贵珍:《自我与他者：霍米·巴巴的后殖民理论对中国当代文学“走出去”的启示》,《深圳大学学报（人文社会科学版）》2013年第4期。

[312] 刘进:《弗雷德里克·詹姆逊的寓言理论评析》,《西华师范大学学报（哲学社会科学版）》2003年第1期。

[313] 刘进:《弗雷德里克·詹姆逊文化诗学概论》《西华师范大学学报（哲学社会科学版）》2002年第2期。

[314] 刘锋杰:《论张爱玲的现代性及其生成方式》,《文学评论》2004年第6期。

[315] 路翎:《为什么会有这样的批评？——关于对〈洼地上的“战役”〉等小说的批评》,《文艺报》1955年第1、2、3期。

[316] 骆萍:《后殖民语境下异化与归化再思》,《重庆工商大学学报》2006年第3期。

[317] 罗钢:《关于殖民话语和后殖民的若干问题》,《文艺研究》1997年第3期。

[318] 毛泽东:《七律·送瘟神（二首）》,《人民日报》1958年10月3日。

[319] 潘少梅:《一种新的批评倾向》,《读书》1993年第9期。

[320] 钱俊:《谈萨义德谈文化》,《读书》1993年第9期。

[321] 尚杰:《语言的“延异”与解构的价值》,《哲学研究》2008年第9期。

[322] 邵建:《东方之误》,《文艺争鸣》1994年第4期。

[323] 邵建:《世纪末的文化偏航——一个关于现代性、中华性的讨论》,《文艺争鸣》1995年第1期。

[324] 邵建:《谈后殖民理论与后殖民批评》,《文艺研究》1997年第3期。

[325] 生安锋:《后殖民主义的"流亡诗学"》,《外语教学》2004年第5期。

[326] 生安锋:《后殖民主义、身份认同和少数人化——霍米·巴巴访谈录》,《外国文学》2002年第6期。

[327] 宋国诚:《后殖民理论在中国——理论旅行及其中国化》,《中国大陆研究》2000年第43卷第10期。

[328] 宋明讳:《后殖民理论:谁是"他者"?》,《中国比较文学》2002年第4期。

[329] 宋之的:《错在哪里——评路翎的小说〈洼地上的"醢役"〉》,《解放军文艺》1954年第8期。

[330] 陶东风:《文化本真性的幻觉与迷误——中国后殖民批评之我见》,《文艺报》1999年第3期。

[331] 童庆炳、王一川、杨乃乔等:《后殖民主义语境下的中国文化——北京师范大学中文系部分师生座谈会纪要》,《文艺争鸣》1994年第2期。

[332] 王宁:《后殖民主义理论批判——兼论中国文化的"非殖民化"》,《文艺研究》1997年第3期。

[333] 王宁:《霍米·巴巴和他的后殖民理论批评》,《南方文坛》2002年第6期。

[334] 王宁:《全球化时代中国电影的文化分析》,《社会科学战线》2003年第5期。

[335] 王宁:《全球化时代的后殖民理论批评》,《文艺研究》2003年第5期。

[336] 王宁:《东方主义、后殖民主义和文化霸权主义批判》,《北京大学学报》1995 年第 3 期。

[337] 王宁:《"东方主义"反思》,《外国文学》1995 年第 5 期。

[338] 王宁:《后殖民主义理论与思潮》,《光明日报》1994 年 9 月 14 日。

[339] 王晓路:《文化政治与文化批评——斯皮瓦克文学观的解读》,《外国文学》2004 年第 5 期。

[340] 王惠萍:《霍米·巴巴的文化翻译理论评析——兼论中国文化身份的构建》,《马克思主义美学研究》2015 年第 1 期。

[341] 王逢振:《全球化语境下的"民族的寓言"》,《中国政法大学学报》2010 年第 6 期。

[342] 王一川、陶东风、张荣翼、孙津:《边缘·中心·东方·西方》,《读书》1994 年第 1 期。

[343] 汪晖:《当代中国的思想状况与现代性问题》,《天涯》1997 年第 5 期。

[344] 汪晖:《我们如何成为"现代"的?》,《中国现代文学研究丛刊》1996 年第 1 期。

[345] 魏宁:《论弗雷德里克·詹姆逊的文学寓言观》,山东师范大学 2009 年硕士论文。

[346] 吴晓东《建立多元化的文学史观》,《中国现代文学研究丛刊》1996 年第 1 期。

[347] 夏琦:《余华首度回应〈第七天〉"炮轰"》,《新民晚报》2013 年 6 月 25 日。

[348] 夏海燕:《全球化语境中的后殖民文化批评》,《江汉大学学报》2003 年第 5 期。

[349] 夏中义:《革命伦理与个体伦理的心史复调——论郭小川 1957 年三首叙事长诗及诗人命运》,《华中师范大学学报》(人文

社会科学版）2010 年第 3 期。

［350］刑战国、张静：《略论德里克的“中国社会史论战”研究》，《历史教学》2005 年第 10 期。

［351］熊元良：《文论“失语症”：历史的错位与理论的迷误》，《中国比较文学》2003 年第 2 期。

［352］许峰：《德里克对中国特色社会主义的“后社会主义”解读》，《中共党史研究》2011 年第 10 期。

［353］杨沫：《〈青春之歌〉再版后记》，《光明日报》1960 年 1 月 19 日。

［354］杨乃乔：《萨义德和他的后殖民主义文艺批评理论》，《文艺报》1994 年 9 月。

［355］杨宁：《城市、空间与人——杨德昌电影中的台北城市形象》，《当代电影》2007 年第 6 期。

［356］阎孟伟：《全球化背景下的后殖民文化批判》，《广东社会科学》2004 年第 5 期。

［357］温梅摘：《后社会主义：“有中国特色的社会主义”——美国学者德里克教授谈“有中国特色的社会主义”》，《前线》1996 年第 1 期。

［358］查日新：《空间转向、文化协商与身份重构——霍米巴巴后殖民文化批评思想述评》，《国外理论动态》2011 年第 3 期。

［359］赵稀方：《中国后殖民批评的歧途》，《文艺争鸣》2000 年第 5 期。

［360］周兴杰：《近十年中国后殖民批评综述》，《燕山大学学报》2003 年第 1 期。

［361］张旭东：《知识分子与民族理想》，《读书》2000 年第 10 期。

［362］张伟：《反全球化与詹姆逊的左翼美学》，《学习与探索》2004 年第 6 期。

[363] 张京媛:《彼与此——评介爱德华·赛义德的〈东方主义〉》,《文学评论》1990 年第 1 期。

[364] 张宽:《欧美人眼中的“非我族类”》,《读书》1993 年第 9 期。

[365] 张宽:《再谈萨义德》:《读书》1994 年第 10 期。

[366] 张宽:《关于后殖民批评的再思考》,《原道》1996 年第三辑。

[367] 张颐武:《后寓言艺术:中国的选择》,《美苑》1996 年第 1 期。

[368] 翟业军:《创世·拟世·慰世——论余华〈第七天〉》,《东吴学术》2014 年第 5 期。

[369] 朱天心、舞鹤:《朱天心对谈舞鹤》,《印刻文学生活志》2004 年第 3 期。

[370] 庄陶:《建立外国文学研究的后殖民主义视角》,《外国语言文学》2007 年第 1 期。

[371] [印度] 霍米·巴巴:《黑人学者与印度公主》, 生安锋译,《文学评论》2002 年第 5 期。

[372] [印度] 霍米·巴巴、生安锋:《后殖民主义、身份认同和少数人化——霍米·巴巴访谈录》,《外国文学》2002 年第 6 期。

[373] [印度] 霍米·巴巴、生安锋:《后殖民性、全球化和文学的表述——霍米·巴巴访谈录》,《南方文坛》2002 年第 6 期。

[374] [印度] 霍米·巴巴:《一个全球性尺度》, 2002 年 6 月在清华大学的演讲词。

[375] [加拿大] 戴安娜·布莱顿:《后殖民主义的尾声:反思自主性、世界主义和流散》, 生安锋译,《社会科学阵线》2003 年第 5 期。

[376][法]雅克·德里达:《延异》,汪民安译,《外国文学》2000年第1期。

[377][美]阿里夫·德里克:《毛泽东和阿尔都塞的遗产:辩证法的问题式、另类现代性及文化革命》,田立新译,《湖南科技大学学报(社会科学版)》2005年第6期。

[378]汤尼·雷恩(Tony Ryans):《贾樟柯关于〈天注定〉的访谈》,http://cinephilia.net/archives/18311。

[379][美]米切尔:《批评的良知:纪念爱德华·赛义德》,生安锋译,《中华读书报》2003年11月5日。

[380][美]桑德尔:《从"比较式对话"到"合作式对话"——对陈来等教授的回应与评论》,《华东师范大学学报(哲学社会科学版)》2016年第3期。

[381][美]弗里德里克·詹姆逊:《处于跨国资本主义时代中的第三世界文学》中文版,《当代电影》1989年第6期。

英文部分

[1] Abrams, M.H. *A Glossary of Literary Terms* (*7th edition*). Boston: Heinle & Heinle, 1999.

[2] Adorno, Theodor W. *Negative Dialectics*. Trans. E.B.Ashton. London: Routledge, 1973.

[3] Ahmad, Aijaz. *In Theory: Nations, Classes, Literatures*. London: Verso, 2008.

[4] Ahmad, Aijaz. "Postcoloniality Theory and the 'Post-condition'." *Socialist Register*. Ed. L. Panitch. London: Merlin Press, 1997.

[5] Althusser, Louis Pierre. *For Marx*. Trans. Ben Brewster.

London: The Penguin Press, 1969.

[6] Althusser, Louis Pierre. *Politics and History*. London: New Left, 1972.

[7] Anderson, Benedict. *Imagined Communities: Reflections on the Origin and Spread of Nationalism*. London: Vesro, 1983.

[8] Anderson, Benedict. *The Spectre of Comparisons: Nationalism, Southeast Asia, and the world*. New York: Verso, 1998.

[9] Arendt, Hannah. *The Origins of Totalitarianism*. New York: Harcourt, Brace and Company, 1951.

[10] Arendt, Hannah. *On Violence*. New York: Harcourt, Brace and Jovanovich, 1970.

[11] Ashcroft, Bill, Gareth Giriffths and Helen Tiffn, eds. *The Empire Writes Back: Theory and Practice in Post-colonial Literatures*. London: Routledge, 1989.

[12] Asheroft, Bill, Gareth Griffiths and Helen Tiffin, eds. *Post-Colonial Studies: The Key Concepts*. London and New York: Routledge, 2000.

[13] Baldwin, James. "Encounter on the Seine: Black meets Brown". *The Price of the Ticket: Collected Non-ficition, 1948-1985*. M. Joseph, 1985.

[14] Berman, Marshall. *All That is Solid Melts Into Air: The Experience of Modernity*. New York: Penguin Books, 1988.

[15] Bhabha, Homi. *The Location of Culture*. London: Routledge, 1994.

[16] Bhabha, Homi. "Day by Day...with Frantz Fanon." *The Fact of Blackness: Frantz Fanon and Visual Representation*. ed. Alan Read. London: Bay Press, 1994.

[17] Bhabha, Homi. "Unpacking my library again." *The Post-colonial Question: Common Skies, Divided Horizons*. eds. Iain Chambers and Linda Curti. London: Routledge, 1996.

[18] Bhabha, Homi. *The Location of Culture*. London: Routledge, 2004.

[19] Bhabha, Homi. "The Commitment to Theory." *The Location of Culture*. London: Routledge, 1994.

[20] Derrida, J. *Of Grammatology*. Baltimore: The Johns Hopkins University Press, 1977.

[21] Deleuze, Gills. *Difference and Repetition*. Trans. Paul Patton. New York: Columbia University Press, 1994.

[22] Deleuze, Gills. *Logique du sens*. Paris: LES EDITIONS DE MINUIT, 1969.

[23] Dirlik, Arif. "Modernism and antimodernism in Mao Zedong's thought." *Critical Perspectives on Mao Zedong's Thought*. Eds. Arif Dirlik, Paul Healy, and Nick Knight. New Jersey: Humanities Press, 1997.

[24] Foucault, Michel. *Les Mots et les choses*. Paris: Gallimard, 1966.

[25] Harasym, Sarahed. *The Post-Colonial Critic*. New York: Routledge, 1990.

[26] Harvey, David. *The Condition of Postmodernity*, Oxford: Basil Blackwell, 1989.

[27] Jameson, Fredric. *The Ideologies of Theory: Essays 1971-1986, vol.2: The Syntax of History*. Minneapolis: University of Minnesota Press, 1988.

[28] Jameson, Fredric. "Periodizing the 60s." in Sohnya Sayres, et al. *The 60s Without Apology*, Minneapolis: University of

Minneasota Press, 1984.

[29] Jameson, Fredric. *The Political Unconscious*. Cornell University Press, 1981.

[30] Jameson, Fredric. *Marxism and Form: 20th Century Dialectical Theories of Literature*. Princeton: Princeton University Press, 1974.

[31] Jameson, Fredric. "Remapping Taipei," in *The Geopolitical Aesthetic: Cinema and Space in the World System*. Bloomington: Indiana University Press, 1995.

[32] Jameson, *Fredric. Postmodernism, or, The cultural logic of Late Capitalism*. New left Revive, 1984.

[33] Jameson, Fredric. *The Cultural Turn Selected Writings on the Postmodern 1983-1998*. London: Verso, 1998.

[34] Liu, Kang. *Globalization and Cultural Trends in China*. Honolulu: University of Hawaii Press, 2004.

[35] Liu, Kang. *Aesthetics and Marxism: Chinese Aesthetic Marxists and Their Western Contemporaries*. Durham, NC: Duke University Press, 2000.

[36] Liu Kang and Tang Xiaobing. *Politics, Ideology, and Literary Discourse in Modern China*. NC: Duke University Press, 1993.

[37] Parr, Adrian, ed. *Deleuze Dictionary*. Edinburgh: Edinburgh University Press, 2005.

[38] Said, Edward W. *Out of Place: A Menior*. New York: Knopf, 1999.

[39] Said, Edward W. *The World, the Text, and the Critic*. Cambridge, MA: Harvard University Press, 1983.

[40] Said, Edward W. *Culture and Imperialism*. London:

Vintage Books, 1994.

[41] Said, Edward W. *Orientalism*. New York: Vintage, 1979.

[42] Said, Edward W. *Representations of the Intellectual*. New York: Vintage Books, 1996.

[43] Said, Edward W. *Covering Islam: How the Media and the Experts Determine How We See the Rest of the World*. NewYork: Pantheon Books, 1981.

[44] Spivak, Gayatri Chakravorty. "Can the Subaltern Speak?" *Marxism and the Interpretation of Culture*. Eds. Cary Nelson and Larry Grossberg. Urbana: University of Illinois Press, 1988.

[45] Spivak, Gayatri Chakravorty. *In other worlds: Essays in cultural politics*. New York and London: Methuen, 1988.

[46] Spivak, Gayatri Chakravorty. *Outside in the Teaching Machine*. London: Routledge, 1993.

[47] Williams, Patrick and Laura Chrisman, eds. *Colonial Discourse and Post-Colonial Theory: A Reader*. New York and London: Harvester Wheatsheaf, 1993.

[48] Ahmad, Aijaz. "Jameson's Rhetoric of Otherness and the 'National Allegory'." *Social Text* No.17 (Autumn, 1987): 3-25.

[49] Ahmad, Aijaz. "The Politics of Literary Postcoloniality." *Race and Class* 36.3 (1995): 1-20.

[50] Anderson, Perry. "Modernity and Revolution." *Macmillan Education UK* 144.19 (March-April 1988): 96-113.

[51] Bhabha, Homi. "Art & National Identity: A Critics' Symposium." *Art in America* 79.9 (1991).

[52] Bhabha, Homi. "Life at the border: Hybrid Identities of the Present." *New Perspective Quarterly* 14.1 (1997).

[53] Dirlik, Arif. "Chinese history and the Question of

Orientailism." *History and Theory* 35.4 (1996): 96-118.

[54] Jameson, Fredric. "Marxism and Historicism." in *New Literary History* 11.1 (1979): 41-73.

[55] Jameson, Fredric. "Third World Literature in the Era of Multinational Capitalism." *Social Text* No.15 (Autumn 1986): 65-88.

[56] Jameson, Fredric. "Actually Existing Marxism," *Polygraph* Vol.6-7 (1993) .

[57] Jameson, Fredric. "Marxism and Historicism." *New Literary History* 11.1 (Autumn, 1979): 41-73.

[58] Liu Kang. "The Problematics of Mao and Althusser: Alternative Modernity and Cultural Revolution." *Rethinking Marxism: A Journal of Economics, Culture, and Society* 8.3 (1995): 1-25.

[59] Liu Kang. "Reinventing 'Red Classics' in the Age of Globalization." *Novel: A Forum on Fiction*, 4 (2007): 49-77.

[60] Liu Kang. "Hegemony and Cultural Revolution." *New Literary History* 27.4 (1996): 34-51.

[61] Liu Kang. "Is There an Alternative to (Capitalist) Globalization? —The Debate about Modernity in China." *Boundary* 23.3 (1996): 193-218.

[62] Liu Kang. "The Legacy of Mao and Althusser: Problematics of Dialectics, Alternative Modernity, and Cultural Revolution." *Rethinking Marxism: A Journal of Economics, Culture, and Society*, 8.3 (1996): 1-25.

[63] Liu Kang. "Aesthetics and Chinese Marxism." *Positions East Asian Cultures Critique*, 3.2 (1995): 597-631.

[64] Liu Kang. "Politics, Critical Paradigms: Reflections on

Modern Chinese Literature Studies." *Modern China* 19.1 (1993): 13-40.

[65] Spivak, Cf Gayatri. "Can the Subsltern Speak? Speculations on Widow-sacrifice." *Wedge*, Vol.7/8 (Winter/Spring 1985): 119-131.

[66] Szeman, Imre. "Who's Afraid of National Allegory? Jameson, Literary Criticism, Globalization." *South Atlantic Quarterly 100.3* (Summer 2011): 803-827.

[67] "The Nobel Prize in Literature 2000-Presentation Speech" . Nobelprize.org. Nobel Media AB 2014. Web. 28 Jul 2018. http: //www.nobelprize.org/nobel_prizes/literature/laureates/2000/presentation-speech.html.

书中不少章节经过修改已经发表在国内期刊上，发表情况如下：

1.《注脚·参照·理论——后殖民主义视域中的“中国”》,《中国比较文学》2018年第4期，CSSCI，2017年国家社科基金青年项目“中学西渐：中国文化对20世纪欧美文论的影响研究”（批准号17CZW009）阶段性成果。

2.《詹姆逊“民族寓言”说之再检讨——以“近代的超克”为参照兼及“政治知识分子”》,《中国比较文学》2016年第4期，CSSCI，第58批中国博士后科学基金资助课题“后殖民主义文学批评中的当代中国”（编号：2015M581578）；国家社科基金重点项目“欧美左翼文论中的中国问题研究成果"（编号：15AZW001）阶段性成果。

3.《为詹姆逊重绘台北地图？——再探台北本土性、全球化与后现代》,《福建论坛》2017年第2期，CSSCI，第58批中国博士后科学基金课题“后殖民主义文学批评中的当代中国"（资助编号2015M581578）阶段性成果。

4.《“间距”/“之间”的能量——兼论中国古典美学之于朱利安的启示》。

5.《从政治实践话语到文化阐释策略——以詹姆逊对毛泽东的思想的美学挪用为例》,《文艺理论研究》2016年第6期。被《复印报刊资料（文艺理论）》2017年第4期转载，CSSCI，第58批中国博士后科学基金资助课题“后殖民主义文学批评中的当代中国"（编号：2015M581578）；国家社科基金重点项目“欧美左翼文论中的中国问题研究成果"（编号：15AZW001）阶段性成果。

6.《“反现代的现代性”之考辨——兼论理论在双向旅行中的结构变化》,《文艺理论研究》2018年第1期，CSSCI，2017年国家社科基金青年项目“中学西渐：中国文化对20世纪欧美文论的影响研究"（批准号17CZW009）阶段性成果。

7.《西方左翼怎样阐释中国马克思主义？——以德里克对〈矛盾论〉的解读为例》，《文艺理论与批评》2018 年第 2 期，CSSCI，国家社会科学基金重大项目“20 世纪西方文论中的中国问题”（项目编号 16ZDA194）阶段性成果。

8.《中国问题对“东方主义”的挑战及其理论潜能》，《文艺争鸣》2018 年第 7 期，CSSCI，2016 年国家社会科学基金重大项目“20 世纪西方文论中的中国问题”（项目编号 16ZDA194）阶段性成果。

9.《后殖民理论中的“中国”如何被表达？——从“第三世界民族寓言”到“属下可以说话吗”》，《马克思主义美学研究》2018 年第 2 期，独立作者。（CSSCI 集刊）

10.《后殖民理论中的民族元素在中国的折射——兼论从抵抗到生成的能量之变》。

11.《肉身的救赎：张爱玲的身体诗学》，《南方文坛》2018 年第 3 期，CSSCI。

12.《纪实还是虚构——贾樟柯的叙事困境》，《文艺研究》2015 年第 8 期。被《复印报刊资料（影视艺术）》2015 年第 10 期转载，CSSCI 权威，国家社科基金重点项目“中国悲剧观念的形成和发展”（批准号：14AEW004）

成果。

这是我出版的第一本书，一整个夏天都在修修改改，填填补补，像养育了许久要出嫁的女儿，为她精挑细选缝制嫁衣，希望可以体体面面地送出门去，但总觉时机尚早，该多留几日，再切磋琢磨一番才可安心。在书的结尾，我最要感谢我的博士生导师刘康、王杰老师，感谢我的博士后导师曾军老师，感谢我的晨晖学者指导老师朱国华、王峰老师，他们在我学术成长的道路上给予了无限支持和鼓励，让我在学术的丛林里秉烛前行。感谢发表我文章的杂志与编辑对青年学者的爱护和提携，让我总有意外的欣喜。关于西方文论中的中国，还有好多有趣的点可待挖掘，这本书的出版，并不是谢幕，而是阶段性的汇报演出，本书是“中学西渐：中国文化对20世纪欧美文论的影响研究”（批准号17CZW009）阶段性成果。

图书在版编目(CIP)数据

西方文论中的中国/吴娱玉著. —上海:上海人民出版社,2018
ISBN 978 - 7 - 208 - 15533 - 6

Ⅰ. ①西… Ⅱ. ①吴… Ⅲ. ①文艺理论-西方国家
Ⅳ. ①I0

中国版本图书馆 CIP 数据核字(2018)第 245217 号

责任编辑 陈佳妮
封面设计 夏艺堂

西方文论中的中国
吴娱玉 著

出　　版 上海人民出版社
(200001 上海福建中路 193 号)
发　　行 上海人民出版社发行中心
印　　刷 上海商务联西印刷有限公司
开　　本 890×1240 1/32
印　　张 14.75
插　　页 2
字　　数 232,000
版　　次 2018 年 11 月第 1 版
印　　次 2018 年 11 月第 1 次印刷
ISBN 978 - 7 - 208 - 15533 - 6/D・3310
定　　价 58.00 元